§ 통하지 않는 그녀 1 §

2017년 8월 18일 초판 1쇄 인쇄
2017년 8월 22일 초판 1쇄 발행

지은이 § 이경미
발행인 § 곽동현
기획&편집디자인 § 신연제, 이윤아
발행처 § (주)조은세상

등록 § 2002-23호.(1998년 01월 20일)
주소 § 경기도 연천군 미산면 청정로 1355
Tel § (02)587-2977
e-mail romance@comics21c.co.kr
블로그 http://goodworld24.blog.me

값 11,000원

ISBN 979-11-6171-203-1 | ISBN 979-11-6171-202-4(set)

통하지 않는 그녀 1

이 경 미
장 편 소 설

GOOD

WORLD

ROMANCE

NOVEL

(주)조은세사

Contents

♥상대가 누구든 48시간 내에
사랑에 빠지도록 만들어 주는 묘약 상륙♥

언니, 오빠, 엄마, 아빠, 할머니, 할아버지!
신생아 빼고는 다 듣는 묘약!
언제까지 짝사랑만 하실 건가요?
언제까지 혼자서 외롭게 속앓이만 하실 건가요?
짝사랑으로 만신창이가 된 그대를
사랑 받는 사람으로 만들어 드려요!

철저한 예약제로 비밀 엄수는 기본!
48시간 내 약효 없을 시 **100%** 환불 보장되니
부담 갖지 마시고 언제든 연락 주세요.

♥Tel : 02—44444—44444, 010—44444—44444♥

1

　어둠이 내려앉은 저녁, 생필품 몇 가지를 사기 위해 집을 나선 래미의
눈에 띈 광고 전단지였다. A4용지만 한 게 떡하니 집 담벼락에 붙어 있다.
　"……사랑에 빠지도록 만들어주는 묘약이라고? 뭐야, 나 보라고 붙여놨
냐?"
　도둑이 제 발 저린다고, '짝사랑' 이라는 단어에 괜스레 래미의 심장이
쿵쿵 뛰어댄다. 그녀는 지금, 12년째 한 사람만 죽어라 짝사랑하는 중이었
으니까.
　"이런 게 있었으면 내가 벌써 샀지, 인간들아. 이런 데 넘어가는 호갱들
이 있으니까 사기꾼들 박멸이 안 되는 거라고. 근데, 지저분하게 왜 하필
우리 집에다가 붙여 놓은 거야?"
　래미는 종이를 떼어내 트레이닝복 바지 주머니에 대충 꾸깃꾸깃 쑤셔
넣고서 마트로 발걸음을 옮겼다.
　근데…… 정말 있으면 좋긴 좋겠다. 짝사랑으로 힘들어하지 않아도 되
니까.

괜히 싱숭생숭해져 터덜터덜 가는데, 갑자기 뒤에서 누군가가 그녀의 어깨를 껴안듯 덮쳐왔다.

뭐야, 이건? 백주 대낮에 추행이냐! 너무 놀란 래미는 몸을 돌려 있는 힘껏 잽을 날렸다.

"스톱! 야, 야. 도래미 나야, 나."

익숙한 음성에 래미는 작게 숨을 들이켰다.

래미의 오랜 짝사랑 대상이자, 친구이기도 한 그놈. 해준이 양손을 어깨 높이까지 들어 올린 채 한 걸음 뒤로 물러나고 있었다.

"하. 너, 이제 복싱도 배우냐?"

"무에타이. 3개월 됐어."

떨리는 마음과는 달리 담담히 대꾸하며 주먹을 내리자, 해준이 기다란 팔을 쓱 뻗어 그녀의 어깨를 끌어당겨 안았다.

"오랜만이야, 도래미."

두근두근. 심장이 미친것처럼 널뛰기를 해댄다.

조금 더 이대로 있고 싶은 마음이 컸지만 래미는 딱딱한 해준의 복근을 꽉 꼬집었다.

"으윽!"

낮은 비명과 함께 해준이 복부를 움켜쥐고서 저만치 물러섰다.

"아무 데서나 덥석덥석 껴안는 거 하지 말랬지?"

"아우, 씨. 3개월 만에 보는 거라 반가워서 그런 거잖아."

"4개월이야."

정확히는 4개월하고도 17일 만이다.

날짜까지 세세하게 말하는 건 너무 속 보이는 것 같아 관두었다.

"아, 그렇구나."

복부를 문지른 해준이 다시금 달라붙어서는 기어코 래미의 어깨에 팔을 걸쳤다.

이런 행동 하나하나가 래미의 가슴속 스위치를 마구 눌러댄다는 것을 해준은 전혀 모르고 있다.

"이제 나타난 거 보니 여자친구와는 헤어진 모양이네."

"뭐, 그렇지.

"넌 어떻게 누굴 만나면 5개월을 못 넘기니?"

"인연이 아닌 모양이지."

그러니까, 내가 널 포기할 수가 없잖아. 혹시 그 인연이 나일 수도 있지 않을까 하는 착각 때문에.

"인연은 무슨. 네가 싫증을 잘 내니까 그런 거겠지."

"뭐, 그럴 수도 있고."

어깨를 으쓱해 보인 해준은 더 말하기 싫은 듯 주제를 바꾸었다.

"어디 가는 길이었어?"

"마트."

"뭐 사러 가는데?"

"생필품."

"마트 갔다가 밥 먹으러 가자."

"이 시간에 무슨 밥."

짤막짤막, 건성인 대답에 해준이 걸음을 멈추고서 래미를 휙 돌려세웠다. 잘생긴 해준의 얼굴이 매섭게 변했다.

"오랜만에 만났는데 왜 이렇게 까칠해? 뭐, 나한테 화난 거 있어?"

하아. 너한테 화난 거?

연애할 땐 연락 한 통 없다가 헤어지면 이렇게 불쑥 나타나는 거?

다른 여자 생기기 전까지 내 옆을 맴돌면서 나 희망고문하는 거?

그러다 여자 생기면 또 연락 끊어버리는 거?

목구멍까지 치밀었지만, 그냥 삼킬 수밖에 없다.

"작업하느라 피곤해서 그래."

그렇게 말해놓고 래미는 아차 싶었다. 해준 앞에서는 작업의 작자도 꺼내면 안 된다.

"맞다. 너 작년부터 글 쓴다고 했지? 제목 뭐야? 어디서 연재해? 필명은 뭔데."

이렇게 질문 공세를 퍼붓기 때문이다.

등 뒤로 식은땀이 삐질 흘러내린다.

어머, 작년이라니. 햇수로 3년 됐는데. 지금 쓰는 건 '하룻밤 사 주세요' 어디서 연재하냐면, 아마 너도 남자니까 잘 알걸? 이름만 대면 다 아는 유료 19금 웹소설 사이트거든. 거기서 에로여신으로 활동해.

아무리 친구라는 이름의 탈을 쓰고 있지만, 짝사랑 상대에게 이럴 수는 없지 않은가!

"너, 넌 말해도 몰라. 여자들이 보는 소설 쓰는 거라서."

"왜? 한번 읽어보게 말해봐."

"돼, 됐어."

빨리 다른 주제로 벗어나고 싶어 머리를 마구 굴릴 때였다.

"어, 선배? 해준 선배 맞죠?"

갑자기 앞에서 낭랑한 목소리가 날아들었다.

해준과 래미의 시선이 동시에 전방으로 향했다. 포니테일이 잘 어울리는 세련된 외모의 여자가 반가운 얼굴로 다가오고 있었다.

"아, 해준 선배 맞네요. 와, 선배 졸업한 후로는 처음 뵙네요."

해준이 비딱하게 고개를 기울였다.

"누구? 내 후배야?"

"저 모르시겠어요? 졸업식 때 선배한테 꽃다발 주면서 나중에 저녁 사 달라고 했잖아요."

"그게 한둘이야?"

래미가 보기에도 너무하다 싶을 정도로 무안을 주는 말투지만, 여자는 계속 생글거린다.

"저, 장해리예요. 조금 달라져서 못 알아보실 수도 있겠네요."

가만히 생각에 잠겼던 해준이 눈을 동그랗게 뜨고서 짝 박수를 쳤다.

"생각났다. 커다란 안경 쓰고 있던 그 2학년. 장해리."

"네, 네. 맞아요."

"그사이 얼굴에 뭔 짓을 했냐?"

"에이, 무슨 짓은요. 그냥, 안경 벗고 화장 좀 한 거뿐이에요."

그러면서 싱긋이 웃는다.

이야, 구라 작렬이네. 딱 봐도 앞트임 쌍수하고 코에 분필 장착했구만. 안경만 벗었대.

"이 동네에 이모네가 있어서 잠깐 들렀다 가는 길인데 선배는 어쩐 일이에요? 혹시, 여자친구분이세요?"

해준을 볼 때와는 달리 래미를 응시하는 후배의 눈동자가 날카롭게 빛난다. 어우, 눈에서 레이저 나오겠다.

"그냥 친구예요."

래미는 선수를 쳤다. 해준의 입으로 듣는 것보다는 자신이 말하는 게 훨씬 속이 덜 쓰리니까.

"그러시구나. 아, 마침 잘됐네요. 혼자 집에 가서 밥 먹기 싫었는데, 혹시 아직 식사 전이시면 같이 저녁 드실래요?"

애, 또 구라친다. 이모네에서 나오는 길이라면서. 이 시간에 잘도 빈속
으로 나왔겠다. 필사적으로 해준과의 시간을 만들려는 게 보였다.

"그래? 나도 저녁 전인데, 같이 먹으면 되겠다. 그전에 마트 가야 돼. 래
미, 생필품 산다고 했지?"

정말, 밥 외에는 별생각 없어 보이는 해준의 얼굴을 흘끔 본 래미는 후
배에게로 시선을 옮겼다.

척 봐도 후배는 '언니, 나 지금 작업 거는 중이잖아요. 그냥 친구라면서
요?' 그런 눈빛을 마구 날려대고 있었다.

저 계집애가 얄미워 모른 척 따라갈까 싶기도 했지만 관두었다.

저 여우가 그녀의 마음을 눈치챌 것 같은 불길한 예감이 들었기 때문이
다. 그러면 너무너무 자존심 상할 것 같았다.

"난 밥 먹었으니까 두 사람이 가면 되겠네."

어머, 언니. 고마워요! 하듯 여우의 입이 귀에 걸린다.

"그래, 그럼. 내일 전화할게."

담백하게 말한 해준은 래미를 두고서 후배 여우와 함께 멀어져 갔다.

잠시 둘의 뒷모습을 바라보던 래미 역시 이내 마트로 발걸음을 돌렸다.

▷　▷　◆　◁　◁

"나 참. 44444에 44444라니, 세상에 이런 번호가 어디 있냐고. 4444
로 할려니 진짜 그 번호가 있을까 봐 양심에 찔려 한 자리 더 넣었냐?"

코웃음을 치며 비웃었지만, 이내 래미의 얼굴은 울상이 되고 말았다.

"아니, 근데, 난 왜 이 종이 쪼가리를 못 버리고 있는 건데!"

그랬다. 래미는 바지 주머니에 꾸깃꾸깃 넣어두었던 그 광고 전단지를 뚫어져라 째려보는 중이었다.

후배 여우가 당장이라도 해준을 낚아챌 것 같은 불안감에 이 말도 안 되는 광고지를 보고 있는 것이다.

"하아. 찢어버리자. 백퍼 사기 아니면 장난일 거야."

비장한 얼굴로 종이를 집어 들고 슬쩍 찢자, 심장이 찢기는 기분이었다. 결국 종이를 내려놓고 말았다.

"이런 미친년!"

정말 미친 것처럼 외친 래미는 팔짱을 끼고서 비스듬히 고개를 기울였다.

"아니지? 잠깐 미친년 하지 뭐. 밑져야 본전치기잖아. 분명히 없는 번호라고 뜰 텐데 뭔 걱정이야? 오우, 도래미 천잰데?"

말도 안 되는 변명으로 스스로를 합리화시키고서 곧장 휴대폰을 집어 들었다. 요상한 번호를 누르는데, 괜히 심장이 벌렁벌렁 뛰어댄다.

"없는 번호라고 뜰 거야. 없는 번호가 확실······."

하지만, 어이없게도 뚜르르르르, 신호음이 커다랗게 귀를 강타했다.

그리고······.

─네, 루나입니다.

뭐, 뭐야? 이 미친 번호가 진짜로 있었단 말이야?

─여보세요?

소년 같기도 하고 성인 남자 같기도 한 묘하게 앳된 목소리가 다시 귀를 잡아채서야 래미는 퍼뜩 정신을 차렸다.

"······루나라고요?"

─네, 맞습니다. 고객님, 광고 보고 전화 주셨나요?

"어, 그게, 그렇죠. 네."

─저희는 전화 상담은 하지 않습니다. 전화로는 예약만 가능한데, 하시겠습니까?

뭐니, 이 진지함은. 말려들면 안 돼.

"저기, 진짜, 그런 묘약이란 게 있나요?"

근데, 난 왜 이딴 걸 되처묻고 있는 건데!

─의심스러우시면 그냥 끊으셔도 됩니다.

너무 당당한 말에 당황한 것은 래미 쪽이었다.

마치, 너 짝사랑 중이라서 전화한 거잖아. 답답한 건 네 쪽 아냐? 라고 하는 것만 같다.

"아니, 그게 아니라……."

─그럼, 상담 예약을 도와드리겠습니다.

"네?"

─음, 내일 오후 9시에 스케줄이 안 잡혀 있네요. 내일 밤 9시로 예약해 두겠습니다.

아니, 뭐가 이렇게 일방적이야?

─성함이 어떻게 되십니까?

"네, 도래미입니다."

이야, 도래미 대답 한번 재깍재깍 잘한다!

─도래미 고객님, 내일 오후 9시로 예약되었습니다. 저희 주인님께서는 기다리는 걸 제일 싫어하시니, 꼭 시간 엄수 부탁드립니다.

하하, 주인님? 노예 12년 후속편 촬영 중이세요?

"예, 뭐. 그러죠."

─위치는 지금 전화 주신 번호로 문자 드리겠습니다.

"아, 넵."

전화를 끊고 난 래미는 멍청한 얼굴로 까만 휴대전화 액정만 바라보았다.

"이뭐병이라더니, 날 두고 하는 말이었어."

이렇게 쉽게 장난질에 넘어가다니. 자책으로 머리를 쥐어뜯고 있는데 문자가 날아왔다.

문자를 확인한 래미의 눈이 동그래졌다. 진짜로 위치를 보내왔기 때문이다.

우리 동네잖아? 거리상으로 별로 멀지도 않다. 걸어서 10분 정도의 거리?

"하아. 근데, 이거 장난일 거야. 아니면, 사이비 종교나 불법 다단계 뭐 그런 거겠지. 이런 건 호구나 낚이는 거라고. 내가 여기 낚이면 사람이 아니라 물고기지. 도래미가 아니라 붕어 딸래미가 되는 거라고."

▷　▷　◆　◁　◁

다음 날 밤.

「LUNA」

라는 고풍스러운 간판이 걸린 2층 건물 앞에, 붕어를 부모로 둔 물고기 한 마리가 부동자세로 서 있었다.

결국 낚여서 여기까지 와 버린 것이다.

"넌 진짜, 물고기도 아냐. 물고기도 생각이라는 건 할 거 아냐. 넌 그냥, 돌멩이야, 돌멩이."

자책도 잠시, 건물을 바라보는 래미의 얼굴은 감탄과 호기심으로 물들었다.

"진짜 있긴 있네. 지도에 공터만 보여서 없는 줄 알았는데, 언제 이런 게 생겼지?"

빅토리아풍의 우아한 건물은 외양만 봐서는 대저택처럼 느껴지기도 했고, 잘 꾸며진 고급 바(bar)나 커피숍 같기도 했다.

잠시 고민하던 래미는 9시가 코앞이자 이내 입구로 가 두꺼운 문을 밀었다. 주인님인지 뭔지가 기다리는 것을 싫어한댔으니까.

딸랑, 딸랑. 풍경소리가 커다랗게 울려 퍼진다. 하지만, 안에서는 인기척이 없다.

"아무도 안 계세요?"

조심스레 안으로 들어서서 목소리를 냈지만 조용하기만 하다.

"아무도 없는 건가?"

래미는 조금 긴장을 한 채 슬그머니 주변을 둘러보았다.

바니, 커피숍이니 했던 예상과는 달리 벽면을 빼곡히 둘러싸고 있는 진열장에는 죄다 오래돼 보이는 물건들이 자리 잡고 있다.

"뭐하는 곳이지? 골동품상회 같기도 하고."

은은한 조명 때문인지, 골동품들 때문인지 전시회장 같은 커다란 내부는 꽤나 음산하고도 오싹한 분위기였다.

확실히 사이비 종교 단체나 불법 다단계 업체는 아닌 듯했다. 그렇다고 묘약인지 뭔지를 거래하는 곳은 더더욱 아닌 듯했고.

"처음부터 장난일 거라 예상한 거잖아. 근데, 누가 있어야 뭐라도 물어볼 거 아냐. 저기요, 여기 아무도 안 계세요?"

커다랗게 외치고도 대꾸가 없자, 그냥 발길을 돌렸다. 그리고 그 순간이었다.

"음…… 이상하게 잠에서 깼다 했더니, 여자 냄새 때문이었어."

소름끼치도록 낮은 남자의 음성이 래미의 뒷덜미를 낚아챘다.

여자 냄새라니? 나보고 하는 말이야?

너무 놀라 몸을 돌린 래미는 그대로 얼어붙고 말았다. 아니, 눈앞에 펼쳐지고 있는 광경에 놀라 얼이 빠져버렸다는 게 더 정확했다.

뭐지, 이 남자? 사, 사람 맞아? 사람이 아닌 것 같아. 뭐가 이렇게 예뻐?

정말이었다. 조금 떨어진 곳에 서 있는 남자는 마치, 시공간을 초월한 존재인 것만 같은 모습이었다.

커다란 키와 하얗고 작은 얼굴, 그리고 절로 탄성을 자아내게 할 정도의 아름다운 외모. 남자는 오드아이다. 한쪽은 피처럼 붉고, 또 한쪽은 연한 회색인. 게다가 남자의 머리칼은 바닥에 질질 끌릴 정도로 길었으며, 어두운 조명에서도 환하게 반짝이고 있을 만큼 신비한 은발이었다.

래미를 바라보고 있는 남자의 미려한 입매가 묘하게 올라간다. 같은 남자라도 홀려버릴 듯 색기 가득한 미소에 오싹 소름이 돋아 올랐다.

"어떻게 된 건지는 모르겠지만, 내게 내려진 선물이라면 기꺼이 받아야지."

알아들을 수 없는 남자의 말을 채 곱씹을 틈도 없었다. 그것은 래미가 눈 한 번 깜짝할 정도의 찰나였다.

마치 순간이동을 하듯 남자가 시야에서 사라지더니, 갑자기 코앞으로 훌쩍 다가와 있었다.

헉, 뭐, 뭐야!

비명을 지를 사이도 없이 남자는 래미의 팔목을 낚아채고서 바짝 끌어당겼다. 남자에게 안기다시피 당겨진 래미는 심장마비가 올 지경이었다.

맞닿아 있는 남자의 몸과 손은 얼음장처럼 차가웠으며, 가까이서 마주

한 두 눈은 신비함을 넘어 섬뜩하기까지 했다.

"다, 당신 정체가 뭐야. 꽤 멀리 있었는데 어떻게 그렇게 빨리……."

남자가 나머지 한 손을 올려 얼굴을 어루만지는 바람에 질문도 끝내지 못한 채 굳어버렸다.

"떨고 있네? 무서워하지 마."

무서워 말라지만 이 정체 모를 남자의 음성은 살인마의 것처럼 음산했다.

지금은 이 남자의 정체 따위를 궁금해 할 여유가 없었다. 우선 이 상황에서 벗어나고 봐야 했기에 정신을 다잡았다.

"이, 이봐요. 다시 나갈게요. 바로 나갈 테니, 이것 좀 놔 줘요."

"이젠 늦었어."

늦다니, 뭐가?

"내 모습을 봤으니까."

남자의 미려한 입술이 비틀려 올라가자 래미는 다급히 외쳤다.

"어, 어우. 그쪽 모습이 뭐가 어떻다고 그러죠? 아, 아주 평범하신데. 길 가다 마주쳐도 누군지 못 알아볼 거예요."

하지만, 남자는 전혀 동요하지 않고 그저, 아찔하게 미소 지을 뿐이었다.

"여기서 그쪽을 본 건 입 밖으로 내지 않을게요. 맹세요."

여전히 그녀의 얼굴을 부드럽게 어루만지던 남자가 돌연 고개를 숙이는 바람에 래미는 동작 그만 상태가 되었다.

싸늘한 감촉이 느껴졌다. 잔뜩 긴장하고 있는 여린 목덜미에 냉기 가득한 남자의 숨결이 쏟아진다.

"……흐음. 순결한 냄새."

뭐, 뭐, 뭐라고? 그, 그런 걸 냄새로 알 수가 있단 말이야?

"네 냄새가 나를 깨워버렸지. 네 냄새가…… 나를 더욱 미치게 만들고 있어."

알아들을 수 없는 말을 중얼거린 남자가 고개를 들어 시선을 부딪쳐 왔다.

"넌 내 거야."

순간, 래미의 눈이 커다랗게 떠졌다. 남자의 고개가 그녀에게로 숙여졌기 때문이다.

흐읍!

억눌린 신음이 입 밖으로 튀어나왔으나 이내 삼켜지고 말았다.

작은 턱을 지그시 누른 남자가 이내 고개를 기울여 그녀의 입술을 머금었다. 지금껏 살면서 단 한 번도 겪어본 적 없는 진한 키스.

입술과 그 안의 속살을 모조리 삼켜버릴 것만 같은 깊은 키스에 래미는 정신을 차릴 수가 없었다.

"그만…… 그만……."

벗어나기 위해 고개를 돌리고 몸부림을 치자, 남자의 입술이 슬쩍 떨어졌다.

"금방 즐기게 될 거야."

잔뜩 가라앉은 음성으로 소곤거리듯 말한 남자는 래미가 채 뭐라고 하기도 전에 다시 입술을 덮었다.

조금 전보다 더욱 집요하고 농밀하게. 어쩐지 절박함마저 느껴진다.

아, 어떡해…… 밀어내야 하는데…….

이 남자…… 키스를 너무 잘한다. 머릿속이 아찔해지고 몸에 힘이 다 빠져버릴 만큼.

마치, 홀리기라도 한 것처럼 자꾸만 나른해지는 건 이 남자가 키스를 너무 잘해서일까.

아니면, 이 묘한 남자에게 정말 홀리기라도 한 걸까.

남자의 입술이 떨어진다 싶더니, 갑자기 래미의 두 발이 둥실 떠올랐다. 그는 래미에게 공주님 안기를 시전하고서 어디론가로 향했다.

"잠깐, 잠깐만요. 지금 어디로 가는 거죠?"

남자가 아찔할 정도로 농염한 미소를 지었다.

"여기서 너를 먹을 수는 없잖아. 난 상관없지만."

먹어? 뭘? 나를?

정신이 번쩍 들었다. 래미는 남자에게서 떨어지기 위해 미친 듯이 발을 버둥거렸다.

"하아. 이 미친! 내, 내가 무슨 음식이야? 내려줘, 내려달라고!"

자유로운 양손으로 가슴팍을 때리고 꼬집고 난리를 쳐도 남자는 바위처럼 꿈쩍도 하지 않는다. 지금껏 배웠던 운동이며 호신술들이 하나도 먹히지 않았다.

"헉, 헉! 야, 이 미친놈아! 제발 내려달란 말이야!"

"……처음부터 여기에 오지 말았어야 했어. 네가 자초한 거야."

당연한 듯 래미에게 책임을 돌린 남자는 거침없이 발걸음을 옮겼다.

남자는 너른 공간을 지나 아래로 연결된 듯한 어둡고 긴 계단을 내려가기 시작했다.

뭐야, 여기 지하도 있어?

숨이 콱콱 막혀오기도 잠시, 너른 공간이 래미의 눈앞에 펼쳐졌다.

대형 서점이 연상될 정도로 벽면을 빼곡히 채우고 있는 책장과 책들. 종이책 특유의 냄새가 확 밀려든다.

하지만, 래미의 시선을 사로잡은 건 구석에 자리 잡고 있는 커다란 침대였다. 책으로 가득한 이곳에 전혀 어울리지 않는 조합.

그런 생각을 하는 것도 찰나일 뿐이었다. 남자가 그녀를 그 침대에 내려놓았기 때문이다.

침대에 몸이 닿자마자 래미는 미친 듯이 구석으로 도망쳤다.

"미쳤어. 제정신이 아냐. 당신, 지금 무슨 짓을 하고 있는 줄이나 알아?"

"고통스럽지는 않을 거야."

무슨 개소리야!

너무 기가 막혀 말조차 입 밖으로 나오지 않았다. 그는 어쩐지 즐거운 얼굴로 씨익 웃었다.

"순결한 피는 아주 오랜만이네."

방금 피라고 한 거야?'

남자는 구석에 몸을 딱 붙인 채 웅크리고 있는 래미에게로 손을 뻗었다. 순식간에 팔목을 잡혀 침대의 한가운데로 끌어당겨진 래미는 울기 일보직전이었다.

"이봐요, 지금 나를 놔주면 아무한테도 오늘 얘기 안 할게요. 그러니까, 제발 나 좀 보내줘요. 당신, 이러는 거 범죄잖아. 죄짓기 전에 그냥 놔달라고!"

커다란 눈에 그렁그렁 눈물이 맺히자 남자는 그녀의 볼을 부드럽게 어루만졌다.

"괜찮아. 두려워하지 마."

달래듯 말한 남자는 래미의 목덜미로 고개를 숙여 길게 숨을 들이켰다.

"흐음. 이 냄새…… 너무 좋아. 피, 심장, 어느 것 하나도 싫은 게 없어."

또다시 피를 언급했다. 이번에는 심장까지 덧붙여서.

남자의 중얼거림을 곱씹던 래미는 뻣뻣이 굳어버렸다. 그렁그렁하던 눈물도 너무 놀라 쏙 들어갔다.

설마, 먹는다는 말이 그 뜻이 아니었어? 진짜, 입으로 먹는다는 뜻이었어? 뭐 이런 변태 사이코패스가 다 있지?

남자가 고개를 들어 래미의 눈을 들여다보았다.

"아프지 않을 거야. 내 눈을 봐."

부드러운 음성이 마치 주술을 거는 것만 같다. 이상하게도 거부할 수가 없어 래미는 남자의 눈을 바라보았다.

남자의 입술이 만족스럽게 포물선을 그렸다. 그는 여전히 시선을 고정시킨 채 래미의 손을 움켜쥐고서 입술로 가져갔다.

분명히 차가운 입술인데, 꼭 불에 데기라도 한 것처럼 손바닥이 화끈거린다.

나…… 왜 이러지? 밀어내야 하는데. 어떻게 해서든 빠져나가야 하는데. 근데, 왜 자꾸 몽롱해지는 것 같지?

남자의 입술이 팔목 안쪽의 연약한 살을 지그시 눌렀다.

이상해…… 이상하게 기분 좋아. 아냐. 이러면 안 돼. 정신 차려, 도래미.

머릿속에 되뇌었지만 신비하면서도 아름다운 남자의 눈에 매료되어 아무것도 할 수가 없다.

사람이 어떻게 이렇게 예쁠 수가 있지? 몰라…… 알게 뭐야. 이렇게 기분 좋은데.

남자의 얼굴이 그녀에게로 기울어지자 래미는 가벼운 한숨과 함께 조그만 입술을 열었다.

차갑지만 뜨겁게 느껴지는 남자의 입술을 받아들이며 그녀는 스르르 눈을 감았다.

거침없이 입 안의 경계선 안으로 침범해 오는 남자의 진한 입맞춤에 래미는 더욱 아찔해졌다.

이 남자…… 진짜, 키스를 잘해. 으응…… 기분 좋아.

조금 더…….

래미는 저도 모르게 남자의 옷깃을 꽉 움켜쥐었다.

어, 나 지금 누구의 옷을 쥐고 있는 거지? 아…… 키스 중이었구나.

맞아. 키스 중……. 뭐? 키스 중이라고? 지금, 내가?

정신이 번쩍 들었다.

"자, 잠깐! 지금 뭐 하는 거예요!"

다급히 외치며 래미는 남자의 어깨를 밀어냈다. 갑작스런 래미의 거부에 남자가 놀란 표정을 지었다.

"너…… 정신이 든 거야?"

"정신이 들다니. 당신, 나한테 무슨 짓을 한 거야?"

남자의 은색 눈썹이 슬쩍 찌푸려졌다.

"이럴 리가 없는데."

작게 중얼거린 남자는 벗어나려 안간힘을 쓰고 있는 래미의 턱을 고정시키고서 자신을 바라보게 만들었다. 눈이 마주친 래미의 머리가 아찔해졌다.

이상해. 또, 또 멍해지잖아.

꼭 술을 마신 것처럼 정신이 아득해진다. 몽롱한 상태의 래미를 들여다보는 남자의 입술이 만족스럽게 휘었다.

저 미소, 저 입술, 너무 예뻐. ……가지고 싶어.

남자는 바라보기만 할 뿐인데, 래미는 기분이 묘해졌다.

"키스……하고 싶어."

순간적으로 내뱉고서 래미는 흠칫, 놀라 정신을 차렸다.

뭐, 뭐래! 내가 지금 뭐라고 한 거야?

민망함으로 인해 래미의 얼굴이 시뻘겋게 달아올랐다.

"내, 내가 이런 사람이 아닌데, 이럴 리가 없는데. 도래미, 자꾸 왜 이러는 건데!"

남자를 거부하지 않고 나눈 키스며, 조금 전의 중얼거림까지, 래미의 머릿속은 뒤죽박죽 엉망진창이었다.

하지만, 남자 역시 혼란스러운 표정이기는 매한가지였다.

"또 정신을 차렸네. 이런 적은 한 번도 없었는데."

"또 정신을 차렸다니. 당신, 도대체 정체가 뭐야?"

남자는 래미의 턱을 엄지로 부드럽게 어루만졌다.

"말해줘 봤자 넌 안 믿겠지만, 오랜만에 나를 즐겁게 해준 값은 해줘야겠지?"

래미의 얼굴이 토마토소스처럼 벌겋게 달아올랐지만, 남자는 태연하게 말을 이었다.

"난 흑마법사야."

……뭐? 흑 뭐라고? 흑마법사?

래미는 멍청한 얼굴로 남자를 빤히 응시했다.

차라리 뱀파이어나 구미호쯤으로 말했으면, 100보 양보해서 믿었을지도 모를 일이었다.

그런데, 흑마법사라니.

아아. 그냥 변태 사이코패스가 아니었어. 미친 변태 사이코패스였어.

"믿지 않을 거라고 했잖아."

남자의 말에 래미는 퍼뜩 표정을 바꾸었다.

"아뇨, 믿어요. 당신이 흑마법사라는 거."

"진짜?"

"그, 그럼요."

표정과는 정반대로 말하는 래미를 보며 남자가 쿡쿡, 웃었다.

"뭐, 아무래도 상관없지."

그가 웃음기를 거두고서 덧붙였다.

"어차피 죽으면 끝이니까."

놀라서 방어할 틈도 없이 남자가 래미의 몸을 누르며 위로 올라탔다.

"이, 이러지 말…… 헉!"

남자의 손이 래미의 연약한 목을 거세게 옥죄었다.

금세 숨이 가빠오고 얼굴이 시뻘겋게 달아올랐다.

목을 조이고 있는 손을 떼어내기 위해 마구 꼬집어대고 몸부림을 쳐도 남자는 요지부동이었다.

"네가 나타나지만 않았어도 죽은 듯이 잠들어 있었을 거야."

죄의식이라고는 조금도 없는 듯 남자의 음성은 무미건조했다.

컥, 컥, 숨넘어가는 소리가 작은 밀실에 울려 퍼졌다.

너무 괴로워…… 죽을 것 같아! 제발 그만…… 그만…….

커다랗게 치떠진 래미의 눈에서 눈물방울이 흘러내린다.

"주술에 끝까지 걸렸더라면 이렇게 고통스럽지도 않았을 텐데."

그는 가만히 래미에게로 고개를 숙여 흘러내리는 눈물을 혀로 핥았다.

"울지 마. 네 영혼은 잘 달래줄게."

중얼거린 남자는 심장이 뛰고 있는 래미의 왼쪽 가슴으로 나머지 손을 가져갔다.

왼쪽 가슴에 극심한 통증이 일었지만, 래미의 반항은 무력하기만 했다.

정신이 아득해져 왔다.

머릿속에 마지막이라는 단어가 떠오르고 커다랗게 떠졌던 눈이 조금씩 감기기 시작했다.

그때였다.

벌컥! 문이 열리는 소리가 커다랗게 울려 퍼졌다.

어둠을 뚫고 들어온 한 줄기 빛과도 같은 그 소리에 생기를 잃어가던 래미의 눈동자에 힘이 들어갔다.

빛을 되찾은 래미의 눈에 허둥지둥 문을 열고 들어온 앳된 남자가 포착되었다.

"주인님! 안 돼요!"

다급한 외침이 들려오고, 목에 가해지던 압박이 거짓말처럼 사라졌다. 심장 부근을 칼로 오려내는 것 같던 통증도 함께 없어졌다.

나, 산 건가…… 어떻게 된 거지?

겨우 살았다는 안도감과 이 상황에 대한 궁금증이 해일처럼 밀려왔지만, 래미는 그대로 정신을 잃고 말았다.

2

"……으음 ……허리 아파……."

한창 깊은 잠에 빠졌던 래미는 허리가 너무 아파 꾸물꾸물 몸을 뒤척였
다.

"……침대가 왜 이렇게 딱딱해……."

꼭 바닥 같다. 그것도 그냥 방바닥이 아니라 울퉁불퉁한 시멘트 바닥.

"죽겠네……."

다시 몸을 뒤척이려는데 어린아이의 음성이 귀에 박혀 들어왔다.

"어, 거지다, 거지! 여자 거지!"

아우…… 뭐가 이렇게 시끄럽니. 창문을 열어놓고 잤나?

"엄마, 엄마! 여자 거지!"

"쉿, 조용히 해. 그러는 거 아냐."

"왜? 거지 맞는데."

"자꾸 그럼 못써요. 너, 엄마 말 안 듣고, 공부도 안 하고 그러면 이담에
커서 저렇게 되는 거야. 알겠니? 그리고 저런 사람들은 거지가 아니라 노

숙자라고 하는 거야, 노숙자. 쯧쯧, 그만 구경하고 가자."

뭔가 이상했다. 창문 너머가 아니라, 바로 옆에서 나누는 것만 같은 생생한 대화 소리다.

래미는 옆으로 누운 자세 그대로 눈꺼풀을 밀어 올리고서 슬그머니 눈동자를 굴렸다. 흐릿한 시야에 방 안이 아닌, 그녀의 집 앞 골목 풍경이 들어왔다.

순간적으로 뒷머리가 비쭉 일어선 래미는 화급히 몸을 일으켰다.

뭐, 뭐, 뭐야. 왜 밖인 건데! 나, 나 왜 이러고 있는 건데!

그러니까, 대문 옆 담벼락에 누워 신나게 자고 있었던 거다. 거지니, 노숙자니, 했던 게 모두 그녀를 보고 했던 말이다.

우와아아아아! 우와아아아아악! 개쪽팔려! 쪽팔려 미쳐버리겠네!

정상적인 사고를 할 틈이 없었다. 미친 듯이 몸을 날린 래미는 바람처럼 대문을 열고 집 안으로 들어섰다.

"미쳤어, 미쳤어! 아니, 나 왜 방이 아니라 길바닥에서 자빠져 자고 있는 건데?"

마구 머리를 지어 뜯으며 래미는 지난밤의 기억을 더듬으려 애썼다.

"분명, 술을 마신 건 아닌데…… 도대체 어젯밤에 뭘 했기에……."

생각하려 애쓰자 뭔가에 홀린 것처럼 정신이 몽롱해졌다.

"음…… 어제 밖에 나갔었던 건가?"

갑자기 머릿속 일부분이 지우개 질 된 것처럼 하얗게 돼버렸다.

"……아닌가. 그냥 잠들었었나?"

기억해내려 했지만 도무지 희미하기만 했다.

"뭐지…… 왜 멍하기만 하고 생각이 안 나는 거야? 설마, 몽유병이 생기기라도 한 거 아냐?"

그게 아니라면, 기억에도 없는 노숙을 설명할 길이 없다.

오싹, 소름이 돋는 와중에도 래미는 지난밤에 요상한 꿈을 꾸었다는 걸 어렴풋이 느꼈다.

"근데, 무슨 꿈이더라? ……뭔가 아슬아슬하고 묘했던 것 같은데."

하지만, 짙은 안개 속을 걷는 것처럼 모든 게 뿌연데다 머리가 욱신거려 와 래미는 생각하기를 접었다.

▷　▷　◆　◁　◁

기억에 없는 노숙을 한 뒤 며칠이 흘렀다.

걱정과 달리 또다시 그런 일은 일어나지 않았고 래미는 일상생활을 이어 나가는 중이었다.

「"……나, 하룻밤 사 줄래요?"

표정이라곤 전혀 지을 줄 모를 것 같던 남자의 반듯한 이마가 살짝 모아졌다가 이내 펴졌다.

새해는 벌벌 떨리는 입술을 다시 한 번 움직였다.

"갈 곳도 없고 돈도 없는데…… 나, 하룻밤만 사 줘요."

당돌하고도 어처구니없는 새해의 말에 남자는 대답 대신 수표 몇 장을 꺼내 그녀에게로 내밀었다.

"비켜."

"돈이 궁하긴 해도 내가 거지는 아니라서 그냥은 못 받아요. 그쪽이 나를 안 사 주면 난 또 다른 차에 뛰어들어야 해요."

"이봐, 적당히 해둬. 주는 돈을 안 받은 건 너야."

"말했잖아요. 난 거지가 아니라서 거저 주는 건 안 받는다고. 그렇다고 딱히 뭔가를 지불할 수 있는 것도 아니니, 그냥 사 주세요."」

"픕! 푸웁! 그냥 사 달라고? 묻지도 말고 따지지도 말고 사 줘야 해? 아우, 개오글거려! 이게 말이야, 막걸리야?"

간만에 집으로 놀러 온 베스트 프렌드 인희가 래미의 컴퓨터 화면에 떠 있는 한글 문서를 쭉 읽어내려 가다 미친 듯이 비웃고 있었다.

"야, 원래 오글오글, 므훗므훗하게 써야 하는 거란 말이야."

아무리 베프라도 조금 민망해진 래미는 열려 있던 파일을 접고서 노트북을 꺼 버렸다.

"왜 꺼? 좀 더 보게 놔두지. 사 주는지 안 사 주는지 궁금은 하구만. 그래서, 몸으로 때워? 열심히?"

"몰라. 사이트에 업로드되면 돈 주고 봐, 기집애야."

"와, 독한 것. 친구한테까지 돈 받아 처묵으라고 그러네?"

"나도 처묵고 살아야 되잖아."

"아우, 치사 빤스. 내가 더러워서 돈 내고 본다."

"고맙."

인희가 반쯤 어이없는 웃음을 흘리고서 이내 야릇한 표정을 지었다.

"아무리 생각해도 신기하단 말이지. 평생 연애 한번 못 해본 애가 어떻게 19금 웹소설을 쓰냔 말이야. 독자들이 상상이나 하겠어? 에로여신으로 날리고 있는 도래미가 사실은 야동을 보면서 응응응을 마스터했다는 거."

"먹고살려면 뭐."

위로하듯 인희가 래미의 어깨를 토닥였다.

"그러지 말고 지해준 시끼를 정리해 버려. 언제까지 그놈 뒷모습만 볼 거야? 이년 저년 다 사귀고 다니는 놈이 뭐가 좋다고 아직까지 그러는지 이해할 수가 없다니까? 나 같으면 더러워서 줘도 안 해요."

"망할 년. 꼭 아픈 데를 찌르지. 12년 동안 친구로만 보려고 노력해 봤지만 안 되는 걸 어떡해. 마음이 내 마음대로 되는 거면 얼마나 좋겠냐고."

"그럼, 자빠뜨려버려. 그래서 넘어오면 사귀는 거고, 아니면……."

"친구로 지내는 것도 끝이고?"

래미가 말끝을 자르며 톡 쏘자 인희는 어깨를 으쓱해 보였다.

"그럴 각오로 자빠뜨려야지."

"나쁜 년. 지 일 아니라고 쉽게 말하지."

"어우, 복잡한 년. 내가 너만큼만 예뻤으면 세상 모든 여자들 다 꼬시고 다녔을 거야."

남자와는 연애가 되지 않는 인희의 발언에 래미는 샐쭉하니 눈을 떴다.

"해준이 시끼한테는 더럽대놓고."

"아니, 그냥 꼬시기만 한다고. 아무튼. 야, 너 그러다가 좋은 시절 다 간다? 그럼, 지금처럼 예쁜 얼굴에 빵빵한 가슴 유지할 거 같아? 평생, 첫 키스 한번 못 해보고 늙으면 퍽이나 좋겠다."

인희의 악담에 래미가 입술을 삐죽 내밀었다.

"못 해보긴 누가 못 해봐."

"뭐, 키스? 네가 키스를 해봤다고?"

"당연히 해봤지. 그까짓 거."

마스카라가 곱게 발린 속눈썹을 내리깔며 인희가 피식 웃었다.

"에이, 지해준 바라기가 다른 놈이랑 퍽도 해봤겠네."

"진짜 해봤는데?"

인희의 눈이 동그랗게 떠졌다.

"어머머! 누구랑? 누구야? 빨리 불어!"

"그게…… 어……."

어? 나, 누구랑 키스를 해본 거지? 분명 해봤는데?

자신감 가득한 얼굴이 점점 굳어지고, 우물쭈물 말문까지 막히자 인희가 그럼, 그렇지 하는 표정을 지었다.

"그래, 그래. 내가 이해한다. 상상 속에서라도 해봐야지, 어쩌겠어."

"야, 아니야. 상상은 무슨."

"아니면 누구냐니까?"

"아니, 그게……."

래미는 다시 꿀 먹은 벙어리가 되고 말았다.

이상해. 나, 분명히, 분명히 해봤는데. 왜 기억이 안 나지?

왜 머릿속을 지워버린 것처럼 멍한 거지?

"아님, 꿈에서 해봤던가."

뭐, 꿈? 꿈에서 키스?

갑자기 꿈결과도 같은 희미한 기억이 래미의 뇌를 긁고 지나갔다.

차갑지만 뜨겁게 느껴지던 입술.

그녀를 삼켜버릴 것 같던 진한 키스.

부드럽게 얼굴을 어루만지던 손길.

또…… 또…….

"아, 맞다! 오드아이!"

거침없이 튀어나온 외침에 인희가 깜짝 놀라 어깨를 흠칫했다.

"뜬금없이 웬 오드아이? 너 첫 키스 상대가 오드아이였다고?"

래미의 심장이 빠르게 두근거려 대기 시작했다. 더불어 머리가 지끈거린다.

이상했다. 저번부터 가물가물, 머릿속을 맴돌고 있는 꿈만 떠올리려 하면 꼭 조건반사처럼 머리가 깨질 듯이 아팠다.

다시 기억의 편린이 눈앞에 아른거린다.

"야, 도래미. 갑자기 왜 그래?"

인희가 잔뜩 걱정스러운 얼굴로 바라봤지만, 래미는 나올락 말락 하는 재채기를 하려 애쓰는 사람처럼 멍하니 허공을 응시했다.

한쪽은 붉고 한쪽은 회색으로 빛나던 신비한 오드아이.

바닥까지 닿았던 길고 화려한 은발.

아름다운 얼굴의 남자.

……키스.

그리고…….

루나!

루나라는 단어를 생각해 내자, 마치 지독하게 그녀를 옭아매던 봉인이 풀린 것처럼 머리가 확 밝아졌다.

그리고 루나에서의 모든 기억들이 해일처럼 머릿속을 잠식했다.

▷　▷　◆　◁　◁

"으음……."

루이는 머리가 깨어질 것 같은 극심한 통증과 함께 어렴풋이 눈을 떴다.

"주인님! 이제 정신이 드세요?"

미성의 목소리가 커다랗게 귀를 강타하고 나서야 루이는 눈에 힘을 주었다.

익숙한 침실 내부와 함께 잔뜩 걱정스러운 얼굴을 하고 있는 복만이 시야에 들어왔다.

"지하에 있어야 할 내가 왜 침실에 있지?"

감정이라고는 조금도 실려 있지 않은 건조한 저음이 공간에 울려 퍼졌다.

"그, 그게…… 제가 침실로 모셨습니다."

"왜."

우물쭈물, 잔뜩 당혹스러운 얼굴을 하고서 복만이 슬그머니 루이의 눈을 피했다. 뭔가 잘못을 저질렀을 때마다 나타나는 복만의 버릇이었다.

뭔가 이상했다.

죽음과도 같은 잠에 빠져 있어야 할 하루 동안 뭔가 일이 일어났던 게 틀림없다.

"확인해 보면 알겠지."

침대에서 몸을 일으킨 루이는 큼지막한 걸음으로 발걸음을 떼었다.

바닥에 끌리는 루이의 긴 은발을 밟지 않으려 조심하며 복만이 졸졸 뒤따라갔다.

"주인님, 미, 미리 말씀드리지만, 주인님께서는 일주일 만에 눈을 뜨신 거예요."

"뭐, 일주일?"

"그, 그렇습니다."

루이의 미간이 구겨졌다.

'그날'이 되면 잠들어 있는 시간은 단 하루. 하루만 잠들어 있으면 아무 문제없이 그 빌어먹을 저주를 피해 갈 수 있다.

그런데, 일주일 동안이나 잠에 빠져 있었다고?

루이는 더 캐묻지 않고 방의 한쪽 벽면을 꽉 채우고 있는 진열장 앞에 섰다.

"주인님, 일단, 전적으로 제 잘못입니다."

"머리 아프니까 좀 닥쳐."

"죄, 죄송합니다."

복만이 깨갱하고 저만치 뒤로 물러나자 루이는 파란 빛을 띠고 있는 작
은 유리병을 집어 들었다. '시간의 눈물'이 들어 있는 병이었다.

루이는 손가락으로 시간의 눈물을 찍어 허공에 문양을 그렸다.

"에스르바르데 커드랏 아이할리만."

주문을 중얼거림과 동시에 기억하지 못하는 시간들이 루이의 눈앞에 펼
쳐지기 시작했다.

어두운 밤, 한 여자가 루나를 찾아왔다. 밀실에 잠들어 있던 그는 그 여
자의 냄새로 인해 깨어나 버렸다.

그리고 본능에 따라 행동하는 그 자신.

여자의 심장을 꺼내기 직전에야 나타난 복만이 주사기를 찔러 그를 저
지한 것까지.

모든 게 영화처럼 생생히 드러났다.

잠시 뒤, 싸늘한 얼굴로 의자에 다리를 꼬고 앉아 있는 루이와 그 앞에
나 죽었소, 고개를 푹 숙인 복만이 있다.

"그날, 왜 여자가 루나에 발을 디뎠지?"

"그게, 제가 날짜를 착각했습니다. 저는 다음날을 '그날'로 착각을 하고
고객님 예약을 받아버렸습니다. 죄, 죄송합니다."

루이는 지끈거리는 관자놀이를 꽉 눌렀다.

이유 불문하고 사람, 특히 여자가 루이의 근처에 발걸음 하면 안 되는
날이 있다.

피, 쾌락, 악의 본성이 루이를 집어삼켜 버리는 날.

루이와 복만이 '그날'이라고 부르는 날.

그날이 되면 스스로를 통제할 수도 없고, 기억조차 할 수가 없다.

100일마다 반복되는 그날은 루이에게 내려진 형벌, 저주였다.

"일이 그 지경이 되기까지 넌 어디 있다가 마지막에야 겨우 나타났지?"

"그, 그게……."

우물쭈물하던 복만은 루이의 붉은 눈동자가 타오르듯이 짙어지자 퍼뜩 입을 열었다.

"정말, 죄송합니다! 여, 옆 동네 엘리자베스가 놀러 와서, 자, 잠시만 논다는 게 그만 깜빡하고……."

루이의 얼굴에 핏기가 삭 가셨다.

"하필 그날, 루나에 여자를 불러들인 걸로도 모자라서 개와 노닥거리느라 상황 파악까지 늦었다는 뜻이군?"

"제가 죽을죄를 지었습니다, 주인님!"

"네가 조금만 늦었어도 그 여자는 죽었어."

그 절체절명의 상황을 떠올린 복만은 고개를 푹 숙였다.

"죄, 죄송합니다."

"그 여자는 어떻게 했지? 내 본모습을 확실히 봤는데."

발끝만 바라보고 있던 복만이 고개를 들고서 조금은 자신 있는 표정을 지어 보였다.

"그건 걱정 안 하셔도 됩니다. 망각의 가루로 기억을 지운 다음, 혹시나, 그럴 일은 없겠지만, 만에 하나 루나의 루자라도 기억이 나더라도 꿈으로 여기게끔 몽환의 루비도 썼습니다."

"그리고."

"가방 속 신분증을 확인해서 집 앞까지 확실히 모셔다 드렸습니다. 아마,

아무 문제없이 일상생활을 하고 계실 겁니다."

언제 잘못을 저질렀냐는 듯 복만은 완전히 자신만만한 모습이었다.

벌어진 일을 되돌릴 수 없고, 나름대로 수습도 잘한 것 같아 루이는 더 훈계하지 않기로 마음먹었다.

무엇보다 지금은 머리가 너무 지끈거렸다.

"한 번만 더 일을 만들어 봐. 바로 본모습으로 되돌려줄 테니."

"헉! 아, 알겠습니다. 조심, 또 조심하겠습니다!"

루이는 이마에 한 손을 얹고서 복만을 물끄러미 보았다.

"그런데, 너. 주사기에 넣은 게 뭐야."

"아, 늪의 저주요."

너무도 해맑게 흘러나온 대꾸에 루이의 눈썹이 움찔, 경직되었다.

"얼마나."

"그건 기억이 잘 안 납니다. 너무 상황이 급박하게 돌아가는 것 같아 허겁지겁하다 보니…… 음, 아마 40cc 정도 될 겁니다.

제기랄. 어쩐지 머리가 깨질 것 같더라니. 죽지 않고 일주일만 잠든 게 행운이군.

늪의 저주 10cc는 100kg의 성인 남성도 1초 만에 골로 가게 만들 수 있는 맹독이었다. 그런데, 그걸 40cc나 쓰다니.

나를 죽일 셈이었어? 하는 얼굴로 복만을 봤지만, 멀뚱멀뚱 눈만 깜빡이고 있을 뿐이었다.

쉬고 싶어 나가라는 손짓을 할 때였다. 복만의 귀에 걸려 있는, 평범한 귀고리 모양의 '엘리모른의 신호'가 반짝이기 시작했다.

엘리모른의 신호는 주술이 담긴 통신용 보석으로, 주로 주인님인 루이와 지금처럼 '광고 전단지'를 본 고객과의 연락을 할 때만 쓰이는 것이었다.

"아, 고객님 연락인가 봐요."

복만이 눈을 빛내며 엘리모른의 신호를 꾹 눌렀다.

늘 그렇듯 사랑을 갈구하는 고객님의 연락은 복만을 행복하게 만들었다. 복만은 사랑에 빠진 고객님을 구제해 주는 게 매우 좋았기 때문이다.

"네, 루나입니다."

―……하아 ……진짜로 받았네.

깊은 한숨 소리와 함께 잔뜩 긴장한 음성이 방 안에 울려 퍼졌다.

02―44444―44444

대한민국 내에서는, 아니, 지구를 통틀어도 있을 수 없는 번호기에, 다들 처음에는 반응이 한결같았다.

사실, 곳곳에 붙여 놓은 광고 전단지는 짝사랑을 하는 사람의 눈에만 보이도록 주술을 걸어둔 것이기에, 아무나 이 번호를 누른다고 해서 다 복만과 통화할 수 있는 건 아니었다.

"네, 고객님. 전단지를 보고 연락하셨군요."

―…….

"고객님?"

―야, 너.

갑작스레 흘러나온 날 선 말투에 복만은 커다란 눈을 깜빡였다.

"예에? 고객님 방금 뭐라고……."

―너지? 그때 전화 받은 거. 나를 루난지 뭔지 하는 이상한 곳에 보내서 죽을 뻔하게 만든 거. 목소리가 딱 맞네.

헉! 순간적으로 놀란 복만의 얼굴이 귀신을 본 것처럼 딱딱하게 굳었다. 이렇게 말할 수 있는 사람은 세상에 단 하나밖에 없었다.

그날, 주인님에게 죽을 뻔했던 그 도래미 고객님!

아픈 머리를 진정시키려 애쓰던 루이 역시 한쪽 눈썹을 세우고서 복만을 보았다.

—야. 왜 대답이 없어!

커다란 고함 소리에 복만은 기절하기 일보직전이었다.

분명히 망각의 가루와 몽환의 루비를 썼는데 어떻게, 어떻게 기억을 해냈단 말인가!

"저, 저 고객님. 제, 제가 5분 내로 다시 전화 드리겠습니다!"

—뭐? 이봐, 너…….

그러고는 일방적으로 엘리모른의 신호를 꾹 눌러 통화를 단절시켜 버렸다.

"망각의 가루와 몽환의 루비를 썼다면서."

채 놀란 마음을 추스를 사이도 없이 루이의 싸늘한 목소리가 날아들었다.

"네, 네! 분명히 썼습니다."

"그럼, 방금 그건 뭐야."

"저, 저도 모르겠습니다."

"종류를 헷갈려서 잘못 쓴 건 아니고?"

복만의 얼굴이 억울함으로 물들었다.

"아, 아닙니다! 분명 망각의 가루와 몽환의 루비였습니다! 다른 건 몰라도 늘 고객님들께 쓰는 건데, 그건 절대로 헷갈리지 않습니다!"

그건 사실이었다. 묘약을 구매한 사람들에게 루나에 대한 기억을 없애기 위해 두 가지는 항상 쓰는 것이었다.

"그럼, 어떻게 기억을 한단 말이야. 평범한 여자가 무슨 수로."

작게 중얼거리던 루이는 문득, 시간의 눈물을 통해서 본 기억 중 이상한 것이 있음을 깨달았다.

그러고 보니 그 여자, 주술에 완전히 걸리지 않았어. 처음에는 걸렸다가도 뒤에는 정신을 차렸었지. 그런 적은 한 번도 없었는데…… 뭐지, 그 여자.

한숨을 흘린 루이는 복만에게 턱짓을 해보였다.

"전화 안 해? 5분 내로 전화한다면서."

"아, 맞다!"

손뼉을 딱 친 복만이 심각한 표정을 지었다.

"일단, 다시 오시라고 할까요? 그래서 이번에는 주인님께서 직접 확실히 손을 쓰시는 게 어떨까 합니다."

루이가 붉은 입술을 슬쩍 올려 웃었다.

"너 같으면 여기서 죽을 뻔했는데 다시 오겠어?"

"아, 아! 그, 그렇군요. 저 같으면 절대 안 오죠! 그, 그럼 이제 어쩌죠?"

잔뜩 우는 상을 하던 복만은 다시 엘리모른이 반짝여 대자 사색이 되고 말았다.

헉, 헉. 가쁜 숨을 몰아쉬고서 복만은 엘리모른을 눌렀다.

"네, 네. 루나입니다."

—하. 그래도 전화는 꼬박꼬박 받네?

앙칼진 목소리가 단박에 튀어나왔다.

"죄, 죄송합니다."

—죄송이고 나발이고, 너 도대체 뭐야? 그리고…… 그 미친 변태 살인마 자식은 또 뭔데? 루난지 뭔지 거기는 뭐하는 소굴이야? 범죄 집단이야, 어?

미, 미친 변태 살인마 자식이라고?

입을 턱 벌린 채로 복만은 루이의 눈치를 보았다. 다행히 주인님이 별다른 표정을 짓고 있지 않아 안도의 한숨을 흘렸다.

"저, 저기 고객님. 저는 루나의 종업원, 복만이라고 하고요. 루나는 범죄의 소굴이 아니라 골동품을 취급하는 곳입니다."

―아, 그러세요? 그럼, 지금 루난지 뭔지에 있겠네?

"예? 아, 네. 이제 곧 가게 오픈 시간이긴 한데……."

―20분 내로 갈 테니 딱 대기하고 있어.

"예?"

'고객님?' 하고 불러 보았지만, 이미 전화는 끊어진 상태였다.

복만은 믿을 수 없는 표정으로 루이를 보았다.

생각지도 못한 상황에 루이의 눈동자에도 이채가 감돌았다.

"드, 들으셨죠? 20분 내로 오, 오신다는데요?"

"이상한 여자네. 죽을 뻔한 곳에 다시 오겠다니."

"괴, 굉장히 당차신 분 같기는 한데 말입니다."

팔짱을 낀 채 잠시 생각에 잠겼던 루이가 이내 묘한 미소를 지었다.

"뭐, 잘됐지. 제 발로 걸어와 준다니."

▷　▷　◆　◁　◁

결국 루나 앞까지 온 래미는 「OPEN」 틴사인보드가 걸린 출입문을 노려보았다.

사실, 통화만 되지 않았어도 그저, 생생한 꿈을 꾼 것으로 치부했을 것이다. 한데, 통화를 하는 순간 깨달았다. 모든 게 현실이었다는 것을.

딸랑딸랑.

갑자기 문이 슬며시 열리면서 풍경 소리가 울려 퍼졌다. 뒤이어 스무 살은 됐을까 할 정도로 어린 남자가 문밖으로 모습을 나타냈다.

"어, 어서 오세요. 고객님! 기다리고 있었어요."

"너니? 통화한 게?"

기선 제압을 하기 위해 고압적으로 나가자 남자가 조금 주눅 든 표정을 지었다.

"네, 그, 그렇습니다. 제가 조금 전 통화했던 복만입니다."

이름 참 토속적이다. 목소리는 몇 번 들었으니 그렇다 치더라도 안면이 있다.

어디서 봤더라? 분명, 낯이 익는데…… 아!

해답은 금방 나왔다.

"그쪽이 그때 나 구해줬었지? 목 졸려서 죽어가고 있을 때."

복만의 눈이 동그래졌다.

"기, 기억을 다 하시는군요."

"그러니까 여기 왔지."

"그, 그렇죠."

"왜 그랬어? 왜 나를 여기로 유인해서 죽을 뻔하게 만들었어? 그래놓고 왜 구해 줬지?"

복만이 쩔쩔매며 허리를 90도로 접었다가 폈다.

"정말, 정말 죄송합니다! 그게, 원래 예약 손님을 받으면 안 되는 날인데 제가 고객님 예약을 잡는 바람에 일어난 일입니다."

"나 참. 진짜로 묘약이라는 걸 판매한다는 뜻이야, 뭐야?"

"물론입니다! 효과는 100퍼센트 자신할 수 있고요."

굉장히 자부심 강한 얼굴로 말한 복만이 쌀쌀맞은 래미의 표정을 보고서 슬그머니 누그러들었다.

"저, 고객님. 우선, 안으로 들어가셔서 이야기를 나누시면……."

"이번에 들어가면 시체로 나올 것 같은데."

"헉, 아닙니다! 절대, 절대 그런 일 없을 테니 안심하셔도 됩니다. 약속 드릴 수 있습니다."

그러고는 두꺼운 출입문을 활짝 열어놓았다.

"정 불안하시면 이렇게 문을 열어둘게요."

사실, 백주 대낮이고, 문을 열어놓은 것쯤은 그녀의 결정에 아무런 영향도 주지 않는다. 그 신비한 남자를 꼭 다시 한 번 마주하고 싶었으니까.

참 이상했다. 그에게 죽을 뻔했는데도 두렵다거나 하는 감정은 들지 않는다. 그가 무서웠다면 혼자 여기까지 올 생각은 꿈에도 못했을 것이다.

어쩌면, 너무 이상한 일을 당해 반쯤 이성이 마비된 건지도 모르겠다.

래미는 가게 내부 한쪽에 응접용으로 마련되어 있는 티테이블로 안내되었다.

"저, 고객님. 차나 음료라도 드시겠어요?"

"왜, 수면제라도 넣어서 주려고? 안 마셔."

복만은 거의 울상이 되어 펄쩍 뛰었다.

"아우, 아닙니다, 절대!"

"됐으니까, 본론으로 들어갈게."

"네, 네. 말씀하세요."

래미는 빨간 운동화를 신은 한쪽 다리를 꼬고서 도도하게 팔짱을 꼈다.

"그동안 나 말고 몇 명이나 여기로 유인한 거야? 그래서 몇 명이나 죽었어?"

"헉! 유인이라니요. 맹세코 그런 적 없습니다."

"어디서 개구라를. 내가 산중인인데. 그때 그쪽이 나타나지 않았으면 내가 이렇게 여기 앉아 있었을 것 같아?"

"그건, 정말 죄송합니다만, 우리 주인님께서는 결코 살인마가 아니십니다."

"노예 12년 찍는 건 여전하네."

"네?"

"됐고. 묘약 어쩌고저쩌고하는 건 말도 안 되는 핑계고, 여기서 도대체 무슨 일을 벌이는 거지? 그리고 그 주인님이라는 사람은 정체가 뭐고."

매서운 얼굴로 질문을 던지고서 답을 기다리고 있을 때였다.

"내 정체는 말했잖아. 그날."

들어본 적 있는 묵직한 저음이 너른 홀에 울려 퍼졌다.

음성의 주인공이 곧장 뇌리에 주입되자 래미의 어깨가 흠칫, 굳었다. 아무래도 상대가 상대다 보니, 긴장이 되는 건 어쩔 수 없었다.

속으로 심호흡을 하고서 그녀는 소리가 난 쪽으로 시선을 돌렸다.

순간, 남자를 발견한 래미의 동공이 커다랗게 확장되었다.

어? 그 남자인데…… 그 남자가 아니었다.

분명, 그날의 그 남자는 존재를 의심하게 만들 정도로 신비함의 결정체였다.

그런데, 저만치 서 있는 남자는 거의 본 적 없는 색깔 조합의 오드아이도 아니었고, 라푼젤의 싸다구를 날릴 정도로 길고 화려한 은발도 아니었다.

저 하얗고 예쁜 얼굴만 같을 뿐, 전체적인 분위기가 그때와는 확연히 달랐다. 꼭 얼굴만 비슷하게 닮은 이란성쌍둥이처럼.

3

"……당신이 그때 그 사람이라고요?"

루이가 표정 없는 얼굴로 미미하게 고개만 까딱해 보였다.

꼿꼿한 자세가 마치 중세시대의 귀족처럼 도도하기 그지없다.

"오드아이도 아니고, 은발도 아닌데…… 당신이 그 사람이라고?"

래미를 빤히 응시하고 있는 루이의 얼굴이 묘하게 풀어졌다.

"정말 그날의 기억을 다 하는 모양이네."

뭐야, 진짜. 저 복만이라는 아이도 그렇고, 이 남자도 그렇고 왜 자꾸 다 기억을 하네, 마네 하는 거야?

"이상한 마법이라도 써서 그날 기억을 다 지운 것처럼 말하는군요?"

어이가 없어 해본 말인데, 마주앉은 복만이 헛기침을 해대며 슬그머니 시선을 피했다.

"지운 거 맞아."

루이의 짤막한 말에 래미는 기가 막힌 얼굴이 되었다.

"내 기억을 지웠다고? 하. 나 참, 무슨 말도 안 되는 소리를……"

"아닌 것 같아? 잘 생각해 봐."

래미는 당황스러워졌다.

그럴 리가 없잖아. 사람의 기억을 인위적으로 지운다는 게 말이나 돼?

아니, 아니다. 그 다음 날 아침 노숙자처럼 길바닥에서 깨어났는데도 전혀 기억하지 못했다. 꼭 꿈을 꾼 것만 같았던 증상은? 거기다 한참이 지난 이제야 다 생각난 건 어떻게 설명하지?

거기까지 생각이 미치자 래미는 오싹 소름이 돋아 올랐다.

정말, 이곳에서의 기억을 의도적으로 없애기라도 한 거란 말이야?

래미가 잔뜩 혼란스러운 눈으로 멀찍이서 꼼짝도 않고 있는 남자를 바라보는 순간이었다.

갑자기 루이의 모습이 시야에서 사라졌다.

"뭐, 뭐야? 저번처럼 또, 또 사라졌어!"

저도 모르게 소리를 지른 래미는 의자를 뒤로 밀치며 몸을 일으켰다. 사라진 루이가 티테이블 앞에 나타났기 때문이다.

"이번에는 확실히 봤어. 동작이 빨랐던 게 아니라, 분명히 사라졌다가 다시 나타났어. 외, 외, 외계인!"

래미의 외침에 루이의 까만 눈동자가 짜증스런 기색을 머금었다.

그는 기다란 손으로 우아하게 이마를 쓸었다.

"이래서 인간들은 딱 질색이라니까. 흑마법사라고 기껏 말해 줬더니 외계인이래. 외계인이 뭐야."

그러고선 복만이 빼주는 의자에 긴 다리를 꼬고 앉았다. 그가 팔짱을 낀 채 래미에게 턱짓을 해보였다.

"앉으라고 하십니다."

해석은 복만의 몫이었다.

충격과 경악스러운 심경으로 멍하니 서 있던 래미는 이내 털썩 앉아 중얼거렸다.

"이건 말이 안 돼. 세상에 어떻게 이런 일이 일어날 수가 있지?"

"인간들 진짜 짜증 나. 눈으로 증명해 줘도 안 믿는다니까."

비딱한 루이의 말투에 래미는 눈을 치떴다.

"사라졌다가 나타난 건, 그래. 그건 뭐, 마술이든 요술이든 맞다고 쳐요. 근데, 왜 난 다 기억을 해내고 여기 온 거죠? 인위적으로 지웠다면서."

"그게, 고객님께서는 아무래도 특수 체질이신 것 같습니다."

복만의 빠른 대꾸에 래미가 어이없는 웃음을 흘렸다.

"흑마법이라더니 웬 특수 체질?"

"저희도 처음 겪는 일이라 뭐라 설명할 방법이 없습니다만, 고객님께는 흑마법의 힘이 잘 통하지 않는 것 같습니다."

그렇게 정의를 내려주자 갑자기 뭔가 특별한 사람이 된 것 같다.

"원래 무식한 귀신한테는 부적도 안 통한다는 말이 있잖아요?"

복만이 너무도 해맑은 얼굴로 그렇게 말하기 전까지는.

래미가 한쪽 눈썹을 세운 채 바라봐서야 복만이 고개를 갸웃거렸다.

"아, 비유가 잘못됐나? 무식하면 용감? 이것도 아닌가? 어휴, 사람들 비유법은 아무리 배우려 해도 잘 안 되네요. 너무 어렵거든요. 하하."

우와, 이 시끼가 더 나빠! 그래! 나 이쪽으로는 무식해서 흑마법인가 머시긴가도 안 통하고, 그래서 겁도 없이 왔다!

근데, 이놈이고 저놈이고 왜 자꾸 사람 타령이야? 너넨 사람 아니고 뭔데?

하아.

거친 한숨을 내쉬고서 래미는 그때와는 전혀 다른 모습과 분위기를 가진 루이를 응시했다.

"이봐요, 그쪽. 확실히 대답해 줘요. 그날 내가 만났던 사람이 그쪽 맞나요?"

질문의 의도를 파악하듯 잠시 눈만 깜박이던 루이가 고개를 끄덕여 보였다.

"나 맞아."

"그렇군요. 맞다니까 믿죠."

별다른 토를 달지 않고 인정한 래미는 슥 몸을 일으켰다. 그리고…….

퍽!

하는 파열음이 고요한 내부에 울려 퍼졌다.

래미가 날린 어퍼컷에 정통으로 얻어맞은 루이의 고개가 반대쪽으로 홱 돌아가 있었고, 생각지 못한 상황에 복만은 턱이 빠져라 입을 벌리고 있었다.

"흑마법사고 나발이고 간에, 사람을 죽일 뻔했으면, 보자마자 사과를 하든가 적어도 왜 그랬는지 변명은 해야 하는 거잖아. 그런데, 어쩜 그렇게 시종일관 꼿꼿한 자세를 할 수가 있죠?"

하지만, 루이에게서는 대답은커녕 그 어떤 반응도 없었다. 그는 고개가 돌아간 그 자세 그대로 넋이 나간 상태였다.

"주, 주, 주, 주인님!"

다급히 정신을 차린 복만이 루이를 살폈다.

"주인님! 괜찮으세요? 아우, 어떡해. 눈 뜨고 기절하셨나 봐!"

복만이 시끄럽게 떠들어 댔으나 루이는 속눈썹조차 움직이지 않은 채 굳어 있었다.

너, 너무 세게 주먹을 날렸나?

슬그머니 걱정이 된 래미는 손을 뻗어 루이의 눈앞에 흔들었다.

"이봐요. 정신 좀 차려 봐요. 꼴랑 여자 주먹에 맞고 기절…… 윽."

고개를 홱 돌린 루이가 돌연 손목을 낚아채는 바람에 래미는 화들짝 놀라 굳어버렸다. 그때와 똑같다. 손이 너무 차가워. 얼음처럼.

"……내 몸에 손대지 마. 정말로 죽여 버린다."

피부의 온도만큼이나 시린 눈으로 루이가 나직이 내뱉었다.

"하. 기막혀 죽겠네, 진짜. 사과하랬더니, 대놓고 죽여 버린다고? 중세 시대 귀족도 그쪽처럼 도도하지는 않겠네요. 내가 사과만 받고 끝낼랬는데, 댁 하는 행사머리를 보니 도저히 안 되겠어. 법적인 조치 취할 테니 그렇게 알아요."

빨간 입술을 움직여 쉬지 않고 늘어놓은 래미는 루이의 손에 잡힌 팔로 시선을 내렸다.

"근데, 댁은 왜 내 몸에 손대고 있는데? 이거 놔요!"

그러고서 있는 힘껏 몸 쪽으로 팔목을 끌어당기는 순간, 루이의 입술이 비웃듯 슬쩍 위로 향했다.

그는 기다렸다는 듯 팔목을 움켜쥐고 있던 손아귀에서 힘을 빼버렸다.

"어, 어."

균형을 잃고서 휘청휘청 뒤로 물러나던 래미는 벽면 쪽 장식장에 사정없이 처박히고 말았다.

"이것 봐요! 갑자기 그렇게 놔버리면 어떡……."

너무 민망해 핏대를 세워 외치던 래미는 장식장이 흔들리는 느낌에 퍼뜩 시선을 올려 위를 보았다.

장식장 위에 있던 쇠로 된 물건이 곧장 머리 위로 굴러떨어지는 게 포착되었다.

헉!

이미 피하고 말고 할 틈이 없었다. 그저, 본능적으로 움츠러들며 눈만 질끈 감아버릴 뿐이었다.

"이스하르드만 알데스 아이할리만."

알아들을 수 없는 언어가 낮은 음성을 타고 울려 퍼졌다. 그리고 이어지는 고요함.

진작 사달이 나고도 남았어야 하는데 아무런 일도 일어나지 않자 래미는 슬그머니 눈을 떴다.

위로 시선을 준 그녀의 입술이 턱 벌어졌다.

"이게 도대체 어떻게, 아니, 어떻게 이런 일이……."

딱 봐도 묵직한 물건이 그녀의 머리에 떨어지기 직전인 상태로 허공에 멈추어 있었다. 아마 그대로 맞았으면 골로 갔을지도 몰랐다.

멈춘 것은 물건만이 아니었다. 루이의 곁에 있는 복만이 그녀를 향해 '안 돼!' 라고 외치는 것 같은 모습으로 굳어 있었다.

"진짜, 말도 안 돼. 이 공간이 다 멈추어버렸어."

그렇지 않은 건 오로지 루이와 그녀밖에 없었다.

자세를 곧추세운 래미는 여전히 우아하게 다리를 꼬고서 앉아 있는 루이를 바라보았다.

"당신이 이렇게 만든 건가요?"

"……."

루이는 대답 대신 그녀를 빤히 바라보기만 할 뿐이었다.

"어, 음. 일단은 고마워요. 덕분에 살았어요."

래미의 인사에도 루이는 대꾸하지 않은 채 슥 몸을 일으켰다. 그러곤 저벅저벅 그녀에게로 발걸음을 옮겼다.

그날과 분위기가 다르긴 했지만, 미끈하게 큰 키와 날카로운 눈빛은 래미에게 충분히 위협적이었다.

"거기 딱 서요. 할 말 있으면 거기서 말해요."

경고해 봤자 루이가 들을 리 없었고, 그녀의 등은 진작 장식장에 닿아 있기에 뒤로 물러날 곳도 없었다.

금세 신발이 맞닿을 정도로 루이가 바짝 가까워지자 래미는 흡, 숨을 들이켰다.

위험해. 위험하다고, 이 남자.

공간 이동 같은 것도 마음대로 휙휙 하고, 주변의 시간을 멈출 줄 아는 신비한 사람이라서가 아니라, 거침없이 자신을 탐했던 사람이라는 기억 때문에 몸이 먼저 위험을 감지했다.

루이의 손이 그녀에게로 향했다.

"뭐, 뭐하는 거예요! 이러지 말아요!"

날카로운 외침 뒤 머릿속에 후회라는 단어가 새겨졌다.

루이가 '뭘?' 하는 표정으로 허공에 멈추어 있는 물건을 제자리에 올려놓았기 때문이다.

아아, 쪽이야. 쪽 팔려서 죽을 것 같아!

래미의 얼굴이 사과처럼 시뻘겋게 달아올랐다. 하지만, 다음 순간 루이의 차가운 손이 그녀의 턱을 움켜쥐었다.

뭐야, 이건 또 무슨 시간차공격이야?

생각과는 반대로 심장이 미친 듯이 울려대기 시작한다.

"이렇게 평범할 뿐인데. 도대체 왜."

이해할 수 없는 말을 중얼거린 그가 시선을 내려 래미의 눈을 들여다보았다.

"이걸로 네게 진 빚은 없는 거야."

나직이 말한 루이는 래미의 턱을 놓아주었다. 그제야 정신을 차린 래미는 루이의 말을 곱씹었다.

"빚? 그러니까, 방금 골로 갈 뻔한 걸 구해 줬으니 그때의 일은 퉁치자, 뭐, 이런 뜻이죠?"

루이의 날카로운 시선을 고스란히 받고 있던 래미가 한쪽 눈썹을 세웠다.

"누구 맘대로 퉁을 쳐? 난 고맙다고 했는데, 그쪽은 사과도 안 했고, 변명도 안 했잖아. 쌤쌤이 하고 싶으면 사과부터 하시든가."

"어. 미안."

쿨내 진동하는 사과에 래미는 어버버, 말문이 콱 막혀 왔다.

"아니, 무슨 사과를 그, 그렇게……."

"한 번 더 해? 정말 미안."

그런 다음 루이는 엄지와 중지를 '딱' 소리가 나게 교차시켰다.

"……안 돼! 고객님, 어서 피하세…… 어?"

공간을 잠식하고 있던 정지 상태가 풀리고 제일 먼저 복만의 음성이 울렸다.

주위를 휘휘 둘러보고 상황 파악을 한 복만이 커다랗게 안도의 한숨을 내쉬었다.

"어우, 다행입니다. 저는 고객님이 다치는 줄 알고 얼마나 걱정을 했는데요. 우리 주인님께서 고객님의 생명을 구해 주신 은인이시네요? 그럼, 그때 일도 용서해 주시는 거죠?"

하고, 말한다. 누가 그 주인에 그 노예 아니랄까 봐 역시나 퉁치자는 뜻이다.

해맑은 얼굴의 복만을 한번 째려본 래미는 작게 한숨을 흘리고서 루이를 올려다보았다.

"사과는 했으니 변명도 한번 들어보죠. 나한테 왜 그랬어요?"

"뭘."

그는 전혀 모르겠다는 표정으로 물끄러미 볼 뿐이었다.

"아니, 그, 그때 나한테 그랬잖아요."

"그러니까, 뭘."

"처음 보는 나한테 막, 키, 키스하고, 막 만지고, 그래놓고 왜 죽이려고 했느냐고! 그건 내 첫!"

거기까지 외치고 래미는 말을 끊었다. 차마, 첫 키스였다는 건 죽어도 밝힐 수가 없었다.

"제정신이 아니었어, 그때는."

아주 담백하게 흘러나온 변명에 래미는 속눈썹을 몇 번 깜빡이고서 이마를 구겼다.

"그게 끝? 부연설명 정도는 해줘야 하는 거 아닌가요?"

"아, 그건 제가 설명 드리겠습니다!"

복만이 급히 끼어들었다.

"사, 사실, 그날은 묘약 실험을 하는 날이었습니다."

"묘약 실험?"

복만이 루이의 눈치를 흘끔 보고서 말을 이었다.

"네, 네. 그렇습니다. 보셨다시피 우리 주인님께서는 평범한 분이 아니십니다. 거기에는 동의를 하십니까?"

정말 어리둥절하지만, 눈으로 봤으니 믿을 수밖에 없다. 래미가 고개를 끄덕하자 복만이 말을 이었다.

"주인님께서는 그 특별한 능력으로 상대방을 사랑에 빠지게 만들어 주는 묘약을 만드십니다. 거짓말로 고객님을 유인한 게 아니라는 거죠."

"……그런데?"

묘약 이야기에 조금 혹해진 래미는 이마를 슬그머니 폈다.

"그런 묘약을 고객님들께 판매하려면 임상실험이 필수 아니겠습니까?"

"……그래서?"

"그 실험을 주인님께서는 직접 하십니다. 먼저 사용해 보신 다음, 안전한 것만 선별해 고객님께 선을 보이지요. 그래서 실험이 있는 날에는 결코 고객님을 받지 않습니다."

"그런데, 실수로 내 예약은 받았다?"

"정말 대실수였지요. 거기다 설상가상으로 묘약 실험까지 잘못되어 부작용이 일어나는 바람에 주인님께서 오락가락, 그런 행동을 하시게 된 겁니다."

"하필 그날, 예약 실수에, 부작용까지 콤보로 왔다는 거네?"

"예. 일이 그렇게 돼버렸죠."

복만이 임시방편으로 지어낸 거짓말임을, 루이가 묘약 실험 같은 걸 전혀 할 리 없다는 걸 조금도 알지 못하는 래미로서는 썩은 과일을 입에 문 것 같은 얼굴이 되고 말았다.

결론은 묘약인지 뭔지 그 망할 실험을 하다가 부작용을 겪는 바람에 제정신이 아니었다는 거잖아!

"그러니까, 그날 내가 아니라 아무나 여길 왔어도 그런 일을 당했을 거란 뜻이네?"

"네에. 그렇지요."

래미는 후욱, 숨을 들이켰다.

망할! 실수였다면 다야? 난 첫 키스였다고오! 생애 첫 키스를 제정신이 아닌 놈과 했다고오! 물어내! 물어내! 물어내라고, 내 첫 키스!

이렇게 외치고 싶었다. 하지만, 너무너무 자존심이 상해 주먹만 꽉 말아 쥘 수밖에 없었다.

"저, 고객님. 그래서 드리는 말씀인데, 묘약 필요하지 않으세요?"

흠칫, 래미는 어깨를 굳혔다. 그렇다. 그날, 이상한 이곳에 발을 들인 이유는 묘약이 필요해서였다.

"하. 넌 내가 그런 게 필요할 미모로 보이니?"

"그 광고는 짝사랑 중인 분들께만 보입니다. 주인님의 능력이시죠."

켁! 너무 민망해 얼굴에 열이 확 오른다.

"필요하시면 도래미 고객님께는 공짜, 아니, 선물로 드리겠습니다. 사과의 의미로 주인님께서 드리겠답니다."

"사과의 뜻이라고?"

"예. 주인님께서 겉은 무뚝뚝해 보여도 속은 또 안 그렇습니다."

복만의 은근한 말에 래미의 시선이 휙 루이에게로 향했다.

"필요 없으면 말든가."

팔짱을 낀 채 정말 무뚝뚝하게 툭 뱉어주신다.

"안 받으시면 완전 손햅니다. 효과가 확실한 만큼 정말 비싸거든요."

복만이 얘는 해맑게 사람 부추기는 재주 있네? 받아야 돼, 말아야 돼?

"뭐, 진짜로 있다 치고. 안 받으면 손해라 치고. 난 특수 체질이라 그런 거 안 통한다면서."

"아, 그때는 상황이 급해서 제가 손을 써서 그런 거고요. 묘약은 주인님께서 직접 만드신 거니, 그런 걱정은 안 하셔도 됩니다."

"그래? 그럼, 그거 효과는 얼마나 가는 건데?"

"평생이요. 죽을 때까지."

아주 태연하게 흘러나온 대답에 래미는 눈을 동그랗게 떴다.

"평생 나만 좋아한다고?"

"네, 그렇죠. 그러니까 아주 고가에 거래가 되죠."

"아니, 그건 좀 너무한 거 같은데. 평생이라니."

당황한 표정의 래미를 물끄러미 응시하던 루이가 붉은 입가에 비소를 머금었다.

"인간들은 참 이기적이지."

"무슨 뜻이죠?"

"상대방을 얻기 위해 비싼 값을 치르면서까지 약을 원하지만, 막상 그 효과가 평생이라고 하면 주저하거든."

"그게 뭐가 이기적이란 거죠?"

루이가 슥 그녀에게로 고개를 기울여 코가 맞닿을 정도로 가까워졌다.

으으, 무슨 남자 피부가 이렇게 도자기 같단 말이야?

래미의 속마음과 상관없이 루이가 대답을 했다.

"당장 발아래 꿇리는 건 좋은데, 그게 평생 간다면 부담스럽거든."

"그거야 당연히 부담스러운 거 아닌가요?"

"물론 그렇겠지. 나중에 그 상대가 지겨워진다거나, 다른 사람이 좋아질 수도 있을 테니까. 다들 그런 날이 오면 쓸 수 있게 효과를 없애주는 약도 만들어달라더군. 너 역시 그들과 다를 바 없는 생각이겠고."

래미는 가만히 속눈썹을 깜빡였다. 루이의 눈이 반박해 보라는 듯 차갑게 빛난다.

"……그게 아니라, 너무 불쌍하잖아요."

"뭐?"

"나 아닌 다른 인연이 있을 수도 있는데, 평생 나만 바라보는 거, 그거 너무 안됐잖아. 나 때문에 평생 가짜 사랑만 하다가 죽을 거 아니에요. 그런데 어떻게 안 부담스러울 수가 있어."

예상치 못한 대답에 차갑기만 하던 루이의 눈동자에 묘한 기운이 돌았다.

"그래서 받기 싫어?"

마치, 유혹이라도 하듯 그의 음성이 부드러워졌다.

심연같이 까만 루이의 눈 속에 빨려 들어가는 듯한 느낌을 받으며 래미는 입술을 열었다.

"……아뇨. 주세요."

루미의 미려한 입술이 만족스러운 미소를 머금는다.

아, 저 미소. 그때와 똑같다. 사람을 정신없이 홀리는 저 미소.

어쩐지 얼이 빠지는 것 같아 애써 정신을 차리려 애쓰는 사이, 복만이 자그만 약병을 내밀었다.

"고객님, 필요하신 것 여기 있습니다."

래미의 시선이 복만의 손으로 떨어졌다.

저게 그 묘약이라고?

주저, 주저 손을 내밀어 복만에게서 약병을 받으려는 찰나였다.

"티아르로카 미나프 이소할리만."

루이가 또다시 알아들을 수 없는 말을 나직이 흘렸다.

"방금 그건 뭐죠? 주문?"

"뭐, 그런 셈. 효과 더 잘 나타나라는."

부드럽게 말한 루이는 복만에게서 약병을 가로채 래미의 손에 쥐어 주었다.

"가져가."

거부할 수 없는 힘이 실린 음성. 래미는 더 주저하지 않고 약병을 받아들었다.

묘약의 사용 기한은 12시간. 그 시간이 지나면 효과 없음.

복용 후 48시간 이내에 효과가 나타나게 되며, 평생 지속.

상대방의 눈을 마주 본 상태에서 복용할 것.

"이걸 써, 말아. 아우, 미치겠네."

래미는 몇 시간 전 루나에서 가져온 조그만 약병과 복만이 적어준 주의 사항을 번갈아 보며 고민에 빠졌다.

"사용 기한이 겨우 12시간이 뭐야."

그 말인즉슨, 오늘 내로 해준을 만나 담판을 지어야 한다는 뜻이다.

"일단은 약속부터 잡자. 지해준 시끼를 만나본 다음 결정을 하는 거야."

결심을 한 그녀는 해준에게로 전화를 걸었다. 고상한 클래식 선율이 흘러나오고 얼마 지나지 않아 해준이 전화를 받았다.

—어, 왜. 도래미.

"바빠?"

—어, 좀. 왜?

"통화 가능해?"

—음. 짧게는 괜찮아.

해준이 이렇게 말을 뚝뚝 끊어서 한다는 건 정말 바쁘다는 의미다.

"이따 퇴근하고 시간 돼?"

—오늘?

"어. 시간 되면 같이 밥이나 먹었으면 해서."

—오래 살고 볼 일이네? 도래미가 먼저 밥을 다 먹자 그러고.

"그러게. 시간 괜찮아?"

―근데 어쩌냐. 선약 있는데.

안 돼! 사용 기한이 오늘까지란 말이야!

"주, 중요한 약속이야?"

―후배와 저녁 약속 있어.

"후배?"

―응. 아, 너도 본 적 있어. 저번에 너희 집 근처에서 봤는데.

뭐? 설마, 여시? 그사이 긴밀하게 연락까지 하면서 지냈단 말이야?

순간, 머릿속에서 띵, 하는 소리가 나고 어지럼증이 밀려들었다.

"아, 그때 그 후배. 서……얼마, 걔랑 사귀니?"

만약 그런 거라면 이 약은 쓸모가 없다.

아무리 오랜 시간 해준 때문에 가슴 아팠어도, 남의 남자를 빼앗고 싶은 마음은 눈곱만치도 없었다.

―인마, 나도 취향이란 게 있다. 그런 건 아니고 저번에 밥 얻어먹었으니 오늘 대접하겠다더라고.

안도의 한숨이 폭풍처럼 튀어나오려는 것을 간신히 참고 래미는 입술을 움직였다.

"그 약속, 미루면 안 될까? 내가 좀 급해서 그런데."

사실 약속을 가로채는 것도 나쁘긴 매한가지다. 하지만, 시간이 얼마 없으니 어쩔 수가 없다.

쏴리다, 후배야. 어차피 사랑은 타이밍이잖아.

―그래. 알았어.

해준은 두말 않고 응했다. 시간과 장소를 정하고 전화를 끊은 다음에 야 래미는 고민이 끝났음을 깨달았다.

아니, 해준이 여자 후배를 들먹이는 순간, 마음의 결정을 내린 것이다.

묘약을 쓰는 걸로.

▷   ▷   ◆   ◁   ◁

늘 그렇듯 루나는 묘약, 골동품을 떠나 철저한 예약제로 운영된다.

낮에는 고가의 골동품을, 밤에는 묘약을 거래하지만, 루이의 그날 컨디션에 따라 모조리 취소하는 경우도 많았다.

고객이 없는 조용한 시간, 복만은 골동품의 먼지를 닦는 중이었고, 루이는 티테이블에 앉아 고서적을 읽는 중이었다.

"……저, 주인님. 궁금한 게 있는데요."

복만이 하던 일을 멈추고서 주저주저 루이의 반응을 기다렸다.

"뭔데."

고서에서 눈을 떼지 않으며 심드렁하게 대꾸하자, 복만이 쪼르르 뛰어와 마주 보고 앉았다.

"저, 도래미 고객님께서는 묘약을 드셨을까요?"

"알게 뭐야. 급하면 먹었겠지."

"저…… 제가 정말 궁금해서 그러는데…… 이소할리만은 저, 저주의 주문이 아닙니까?"

루이는 시선을 들지 않은 채 책장을 넘겼다.

"그런데."

"그, 그런데 어째서 도래미 고객님에게 묘약을 넘기실 때 이소할리만 주문을 외우신 건가 해서요."

"어째서라니. 저주 내리려고 그런 거지."

여전히 책에 시선을 고정시키고서 태연하게 말하는 루이를 보며 복만은 눈을 동그랗게 떴다.

"예? 여기에서의 모든 기억만 없애려고 직접 대면하신 게 아닙니까?"

그제야 루이는 잔뜩 귀찮은 얼굴로 고개를 들었다.

"그러려고 했는데 생각이 바뀌었어."

"어떻게요?"

"죽이는 걸로."

"예에?"

복만이 입을 턱 벌리고서 경악스러운 표정을 지었다.

"아, 아니, 왜요? 그, 그분이 무슨 잘못을 했…… 헉! 혹시, 주인님께 주먹을 날려서……"

"닥쳐!"

서늘한 루이의 외침에 복만이 입을 합 닫았다.

"그 일, 또 입 밖으로 꺼내면 너도 죽여 버린다."

"아, 알겠습니다."

복만은 겁을 먹으면서도 슬그머니 루이를 향해 원망의 눈초리를 해보였다.

"아무리 그래도 어떻게 죽음의 저주를 내릴 수가 있습니까. 그 고객님 너무 불쌍하잖아요. 짝사랑 한번 청산해 보겠다고 여기 오셨다가 봉변만 당하시고……."

"묘약 먹었으면 상대방 사랑은 듬뿍 받아보고 죽을 테니 걱정 마. 하루 더 시간 여유를 줬거든."

"어휴, 참 인정도 많으십니다!"

그렇게 외친 복만은 루이가 쩌려보는 바람에 깨갱, 움츠러들었다.

루이가 짜증스럽게 손을 휘휘 내젓고서 책으로 시선을 내리자, 복만은 더 말을 붙이지 못하고 몸을 일으켰다.

다시 마른 헝겊을 쥐고서 먼지를 닦고 있을 때였다.

"억세게 운은 좋은 것 같으니 거기에 희망을 걸어보든지. 뭐, 그럴 일은 일억 분의 일도 안 되겠지만."

책장 넘기는 소리와 함께 나직한 중얼거림이 흘러나왔다.

"예? 그게 무슨 말씀이십니까?"

"보란 듯이 아이할리만을 저항하더군."

"시간을 관장하는 주문이 아닙니까? 아, 혹시 아까 고객님을 구하기 위해 시간을 멈추셨을 때, 도래미 고객님께서는 안 걸리셨군요! 그럼, 저주도 도래미 고객님을 피해 갈까요?"

복만이 질문을 던졌지만 궁금해 죽든지 말든지 루이는 대꾸 없이 우아하게 책만 볼 뿐이었다.

▷   ▷   ◆   ◁   ◁

해준이 근무하는 호텔 근방에 위치한 레스토랑은 퇴근시간이라 그런지 꽤나 사람들로 북적거렸다. 래미는 구석 쪽 테이블에 앉아 해준을 기다리는 중이었다.

핸드백 속 약병이 잘 있나 확인하는 사이 해준의 음성이 바로 지척에서 들려왔다.

"일찍 왔네. 오래 기다렸어?"

퍼뜩 핸드백을 닫고서 래미는 고개를 들어 해준을 바라보았다.

"아냐. 나도 방금 막 왔어."

회색 슈트를 근사하게 차려입은 해준의 등장에 주변 이목이 전부 그녀의 테이블로 향하고 있었다.

어딜 가나 남녀 구분 없이 스포트라이트를 받을 정도로 잘 빠진 녀석이었으니까.

"진짜, 오래 살고 볼 일이네. 도래미가 먼저 밥을 먹자 그러고."

해준이 의자를 빼고 앉으며 말을 이었다.

"얼마나 급한 일인데, 회사 근처까지 찾아오셨을까."

래미는 작게 헛기침을 했다.

"어, 배 안 고파? 우선 뭐라도 먹으면서⋯⋯."

"여긴 파스타 맛있어. 아님, 스테이크 먹을래?"

"아냐, 파스타가 더⋯⋯."

말이 끝나기도 전에 해준이 웨이트리스를 불러 이것저것 주문을 했다. 그러곤 목을 조이고 있는 넥타이를 느슨하게 풀어 내렸다.

"자, 주문했으니 얘기해봐."

"이럴 때 보면 성격 무지 급하다니까?"

"뜸들이지 말고 빨리 불어."

래미는 반쯤 어이없는 표정을 짓다가 이내 작게 한숨을 흘렸다.

"어, 음. 그게⋯⋯ 내가 좋아하는 사람이 있거든. 정말 많이 좋아하는 사람."

래미는 조심스레 말하고서 해준의 반응을 살폈다.

"그래? 애인 생겼어?"

그렇게 묻는 해준의 표정과 음성은 평온함 그 자체였다. 조금도 동요하지 않는 것이다.

"아직은. 고백해 볼까 하고."

"안 돼. 하지 마."

단호한 해준의 말에 래미는 심장이 시큰거려 왔다. 마치, 나한테는 절대 고백하지 마, 라고 하는 것처럼 느껴졌기 때문이다.

"왜, 왜에?"

"그냥, 너 좋아해주는 놈 만나. 여자는 좋아해주는 사람 만나야 행복해져. 그리고 잘못 고백했다가 사이까지 틀어지는 거 주변에서 여럿 봤다."

래미는 급격히 목이 말라왔다.

아니, 이 자식 뭐 알면서 이러는 거야? 왜 이렇게 김빠지는 말만 골라 하는 건데?

"아니, 혹시 알아? 그 사람도 나 조, 좋아할지."

"그랬으면 진작 들이댔겠지. 여자가 고백해줄 때까지 입도 못 여는 거면 병신인 거고."

확실한 촌철살인에 심장이 쿡 찔리는 기분이었다.

"그럼, 하지 말아야겠네?"

"하지 마, 인마. 절대로. 찌질한 것들이나 여자들이 고백해주면 좋아서 헤실거리는 거고. 여자가 먼저 들이대면 그것만큼 매력 없는 것도 없다고."

래미는 기가 막힌 웃음을 흘렸다.

"요새 남자 여자가 어디 있어? 그리고 야, 넌 오는 여자 안 막고, 가는 여자 안 잡으면서."

"무슨. 오는 여자라도 골라서 만나. 가는 여잔 등 떠밀어주고."

래미는 입을 턱 벌렸다. 아무리 좋아하는 놈이라도 이럴 땐 정말 죽여 버리고 싶다!

그래. 결심했어. 지해준, 네 카사노바 짓도 이제 끝임을 선언한다. 세상의 모든 가엾은 여인네들을 위해 넌 내가 접수한다.

래미는 핸드백 속에 잘 모셔둔 자그만 약병을 꺼냈다.

"지해준. 내가 신호 주면 그때부터 눈 깜빡이지 말고 내 눈만 봐봐."

"왜."

심드렁한 해준의 반응에 래미는 겨우 마음을 가라앉혔다.

"그냥 그렇게 해봐."

"갑자기 눈은 왜……."

"아 좀! 시키는 대로 하라고!"

버럭, 튀어나온 신경질에 해준이 어깨를 움찔하고서 양손을 들어보였다.

"알았어, 알았다고. 지금부터 네 눈만 볼게. 안 깜빡이고."

마치, 마네킹처럼 해준이 자신을 빤히 바라보고 있자 래미는 퍼뜩 약병을 따 쭈욱 들이켰다.

"아우, 뭐가 이렇게 써."

씀바귀나물 열 배 정도의 쓴맛에 절로 인상이 써질 뿐, 묘약이라는 것에 대해 그다지 특별한 느낌은 없었다.

"언제까지 이러고 있어야 돼."

약병을 바라보고 있던 래미는 잔뜩 충혈된 해준의 눈을 보고서야 손바닥을 탁 쳤다.

"어, 땡, 땡."

눈을 몇 번 깜빡인 해준이 인상을 찌푸려 보였다.

"뭐 한 거냐, 도래미."

"어, 약 먹었어."

"정신병원 다니나?"

래미는 대답 대신 해준과 시선을 마주쳤다.

"지해준."

"왜."

"음, 무슨 느낌 같은 거 안 와?"

"느낌?"

"어. 느낌. 뭔가 평소와는 다른 느낌 같은 거."

해준이 고개를 비딱하게 기울여 래미를 물끄러미 바라보았다.

"평소와 다른지는 모르겠고 확실히 느낌은 와."

해준의 대답에 래미는 눈을 번쩍 떴다.

"정말? 벌써 느낌이 와? 어, 어떤 느낌인데?"

"뭘 어떤 느낌이야. 진동 오는 느낌이지."

그렇게 툭 내뱉고는 주머니 속의 휴대전화를 꺼내 들었다. 해준의 전화기가 징징징, 힘차게 진동을 해대고 있었다.

"전화 받고 올게."

해준이 작게 혀끝을 차 보이고서 이내 자리에서 일어났다.

민망한 표정으로 헛기침만 해대고 있던 래미는 그가 완전히 모습을 감추어서야 씨익, 웃었다.

"지해준, 넌 이제 끝났어. 이 시끼야."

▷   ▷   ◆   ◁   ◁

"아, 씨. 이제 한 시간밖에 안 남았는데."

해준의 눈앞에서 약을 먹은 지 어언, 어언 47시간이 지나갔다. 48시간 내에 무조건 약효가 온다는 그 약.

"아니, 근데 왜 고백은커녕 연락 한 통이 없어? 어? 진작 도래미 네가 좋아 죽겠어. 보고 싶어 죽겠어. 이러고 남았어야 하는 거 아냐?"

하루에도 수십 번 배터리 만땅의 휴대전화를 들었다 놨다 하며, 잠도 못 자다 보니 안구에 질환이 올 지경이었다.

"하아. 아냐. 48시간이래잖아. 기다려 보는 거야. 아직 1시간이나 남았 다고."

그렇게 마음을 다잡은 지친 몸을 침대에 누였다. 뻑뻑한 눈의 피로가 풀 릴 때까지 눈만 잠시 감고 있을 요량으로.

하지만……

"뭐야. 뭐가 이렇게 어두워?"

잠결에 놀란 래미는 퍼뜩 머리맡에 둔 휴대전화를 집어 들었다.

어두운 방 안에 퍼지는 휴대전화의 불빛으로 인해 절로 인상이 찌푸려 졌지만 그녀는 시간을 확인했다.

"열한 시? 밤 열한 시란 말이야?"

놀라서 몸을 벌떡 일으키기도 잠시, 래미는 휴대전화를 해부하기 시작 했다.

"부재중 전화 빵. 그래, 문자. 오오, 있다. 두 건!"

침을 꿀꺽 삼키고서 확인한 문자는 동호회 회비 안내에 대한 단체 문자 와 스팸이었다.

"토, 톡으로 남겼을지도…… 없네, 톡은. 톡 자체가 온 게 없네, 없어."

래미는 휴대전화를 힘없이 툭 떨어뜨렸다.

"아우, 시불! 이게 뭐야아! 48시간 내에 효과 있다매! 근데, 지금 보자, 보자…… 52시간 지났거든?"

잠이 달아난 래미는 방 안의 불을 확 밝혔다. 눈이 부셔와 눈을 감는데,

조용하던 휴대전화가 우웅, 우웅, 우웅 진동을 해댔다.

"서, 설마!"

퍼뜩 휴대전화를 집어 들고서 액정을 바라본 래미는 푸시시, 김빠진 얼굴이 되었다. 표정만큼이나 귀찮은 손짓으로 통화를 연결시켰다.

"어, 왜. 김인희."

—야, 야. 빅뉴스.

"몰라. 끊어. 지금 통화할 기분 아니거든?"

—지해준 관련인데?

흡, 저도 모르게 숨이 들이켜졌다.

맞다. 인희에게 연락해서 나 좋다고 했을 수도 있잖아. 꼭 면전에 대고 고백하라는 법은 없으니까!

"뭔데? 빅뉴스가."

—나 지금, 팀 회식이라 2차로 H대 근처 펍에서 한 잔 하고 있었거든?

"그, 그런데?"

갑자기 뭔가 불길한 예감이 스멀스멀 뇌를 잠식하기 시작했다.

—글쎄, 지해준이 딱! 여자랑 딱! 들어오는 거야. 난 지를 봤는데, 지는 나를 못 봤거든? 근데, 둘이 그냥, 쪽, 쪽, 쪽, 거리면서 난리도 아닌 거 있지?

무언가로 뒤통수를 가격 당한 것처럼 머리가 얼얼해지고 정신이 하나도 없다.

"지, 지해준 맞아?"

—이 언니, 좌우 시력 둘 다 1.5인 거 알지? 백퍼 그 시끼야. 그사이 여자 생겼나 봐. 헤어진 지 얼마나 됐다고 벌써 여자래? 헤퍼빠진 시끼.

"……."

—이년아, 그러니까 정신 좀 차려! 세상 남자 다 돼도 지해준 놈은 안 된

다고.

"……알았어. 끊어. 나중에 통화해."

생각보다 덤덤하게 말하고 전화를 끊었다.

그런데, 갑자기 눈물 한 줄기가 볼을 타고 주룩 흘러내렸다.

"하. 너도 다됐다, 도래미. 이깟 걸로 질질 짜기나 하고. 그래. 사람의 마음을 움직이는 약 따위는 없는 거야. 넌 그냥, 외계 생명체들한테 놀아났을 뿐이야. 그냥, 지해준 마음 한번 떠봤다 셈 치면 되는 거라고. 어차피 기대도 안 했잖…… 어흐ㅇㅇㅇ!"

눈물이 봇물처럼 터져버렸다.

"기대를 안 하긴, 뭘 안 해! 어흐어흐! 이틀 내내, 아흐ㅇㅇㅇ! 잠도 못 자면서 연락 기다리고, 흐ㅇㅇㅇㅇ…… 얼마나 설레었는데에!"

눈물만큼이나 홍수처럼 흘러넘치는 콧물을 닦기 위해 래미는 티슈로 손을 뻗쳤다.

티슈 몇 장을 뽑아대던 래미의 움직임이 뚝 멈추었다.

"……손이 왜 이래."

정확히는 손톱이었다. 일단, 폭풍 코 풀기를 한 다음 래미는 제 손을 가까이에서 바라보았다.

"갑자기 손톱이 왜 이렇게 새까매?"

정말로 손톱은 매니큐어를 칠해 놓은 것처럼 까맣게 반질거리고 있었다. 다른 손을 보자, 역시나 마찬가지였다.

물벼락을 맞은 것처럼 오싹, 소름이 끼쳐와 래미는 퍼뜩 제 발로 시선을 내렸다.

"뭐, 뭐야. 발톱까지 모두 다 새카맣게 변했어. 잠들기 전까지도 안 이랬는데?"

눈을 화등잔만 하게 뜬 래미는 화장대로 직행했다. 거울을 본 그녀는 믿을 수가 없어 입을 턱 벌렸다.

"내 얼굴이……."

마치, 죽은 사람처럼 얼굴은 핏기 하나 없이 하얗게 질려 있었으며, 입술 역시 까만 립스틱을 바른 것처럼 변해 있었다.

악!

이 야심한 시각에 비명이 입 밖으로 튀어나오려는 것을 가까스로 집어삼켰다.

순간, 래미의 머리에 한 단어가 스쳐 지나갔다.

"부……작……용?"

4

루이는 커튼 틈을 비집고 들어오는 햇살을 맞으며 상쾌하게 잠에서 깼다.

긴 은발을 바닥에 끌고서 거울 앞에 선 그는 잘생기다 못해, 아름답기까지 한 얼굴을 응시했다.

"내가 이래서 밖을 안 나가지. 이 얼굴로 나가봐. 다들 기절하고 난리 날 거 아냐."

자화자찬을 늘어놓으며, 이마에 몇 가닥 흘러내린 은발을 기다란 손가락으로 우아하게 쓸어 올릴 때였다.

"주, 주인님! 큰일 났어요! 아니, 좋은 일인가? 아, 아니다. 좋쁜일?"

다급한 복만의 목소리가 문밖에서 커다랗게 들려 왔다.

"아침부터 왜 저래. 천박하게."

벌컥, 노크도 없이 침실 문이 열리는 소리가 들려왔다.

"노크. 노크하라고 몇 번 말해?"

짜증스럽게 휙 몸을 돌린 루이는 생각지도 못한 상황에 한쪽 눈썹을 세 웠다.

"뭐야. 이 상황은."

안절부절못하고 있는 복만과, 모자와 커다란 마스크를 하고서 눈만 빠끔 내놓은 차림으로 씩, 씩 숨을 몰아쉬는 여자가 차례로 시야에 들어왔다.

"그게, 갑자기 가게에 들이닥치셔서…… 제, 제가 주인님을 모시고 오겠다고 말씀을 드렸는데도, 기어코 따라 올라오시는 바람에 어쩔 수가 없……."

허리를 굽실거리며 상황 설명 중인 복만을 옆으로 밀치며 여자가 한 발짝 앞으로 다가왔다.

"하…… 그 모습. 그때 내가 잘못 본 게 아니었어."

여자가 마스크를 벗으며 얼굴을 드러냈다.

거무스름해진 입술을 반쯤 벌리고서 멍하니 서 있는 래미를 응시하는 루이의 눈동자 역시 당황스러운 기색을 담고 있었다.

"……이소할리만을 저항했어?"

루이는 래미에게로 성큼 다가섰다. 작은 턱을 움켜쥐고서 하얗게 질려 버린 얼굴과 검은 입술을 이리저리 살폈다.

"설마 했는데, 진짜 저항해 버렸어."

400년 만에 처음 있는 일이다. 래미에게 시선을 고정시키고 있는 루이의 붉은 입술에 싸늘한 미소가 번졌다.

"그게, 당신 본모습이군요."

정신을 차린 듯한 래미의 음성에 루이는 속으로 한숨을 삼켰다.

죽음의 저주를 정면으로 저항해 버린 여자 때문에 본모습을 하고 있다는 것도 잊고 있었다.

"왜. 너무 아름다워 정신을 못 차리겠지?"

비딱한 말에 래미가 어이없는 얼굴로 피식 웃었다.

"그러는 난 며칠 사이 너무 섹시하게 변해서 미치겠죠? 이래봬도 아무것도 안 칠한 민낯이거든."

래미가 보란 듯이 잡힌 턱을 바짝 들이대자, 그제야 루이는 그녀의 얼굴을 놓아주었다.

"내가 이렇게 된 거 부작용 맞죠?"

그녀가 양손을 들어 올려 손톱을 보여주었다.

"그쪽이 준 거 먹어서 이렇게 된 게 확실하거든? 묘약인지 나발인지 그거 효과 없는 건 내가 백번 양보해서 그냥 넘어가죠. 근데, 내 모습은 어떡할 건데?"

저건 분명 죽음을 저항해서 생긴 표식이다. 죽음의 주문은 저항이 불가능할 정도로 강력하다.

그런데, 저 여자가 그것을 정면으로 이겨낸 통에 이행되지 못한 저주가 겉으로 표출된 것이다.

"빨리 원래대로 돌려줘요. 이렇게 만들었으니 방법은 있겠죠?"

"있기는 하지만 실행 가능성 제로인데."

너무도 단호히 흘러나온 말에 래미는 믿을 수 없는 표정을 지었다.

"농담……하는 거죠?"

"농담하는 걸로 보여?"

되물은 루이는 흠, 하고 길게 한숨을 뿜어냈다.

"첫째, 네가 죽으면 자동으로 원래대로 돌아와."

래미의 한쪽 입술이 씰룩 올라갔다.

"지금 나랑 장난 까요? 그게 무슨 방법이야? 뭐, 자살이라도 하란 말이에요?"

"둘째, 시전자인 내가 죽든가."

"아, 그 방법이 있었네? 잘됐네. 이참에 내가 그냥 그쪽 죽여 버릴라니까."

이를 갈며 말하는 래미에게 작게 '천박해'를 중얼거리고서 루이는 계속했다.

"셋째, 나보다 더 강한 힘을 가진 흑마법사한테 풀어달라고 하면 돼."

"머리털 나고 흑마법산지 뭐시긴지는 그쪽이 처음인데, 다른 흑마법사를 찾으라고?"

"그러면 돼."

"당신보다 강한 흑마법사, 아니, 당신 말고 흑마법사가 있긴 해요?"

"몰라, 나도."

"그냥, 내가 그쪽 죽이는 걸로 합시다!"

시뻘게진 얼굴로 후욱, 후욱 심호흡을 한 래미는 털썩 바닥에 주저앉았다.

"이제 어떡해. 평생 이렇게 귀신같은 꼬라지로 살 수는 없잖아. 난 도대체가 왜 이렇게 생겨 먹은 거야? 남들 다 통한다는 묘약 안 통해서 짝사랑도 못 이루는 주제에 부작용까지 걸릴 건 또 뭐냐고."

망연자실 넋두리를 하는 래미를 내려다보며 루이가 무미건조하게 말을 이었다.

"넷째, 나랑 자든가."

"뭐……라고요?"

"나랑 자면 해결된다고."

한순간 정적이 흘렀다. 잠시, 루이의 말을 곱씹은 래미가 번쩍 고개를 들었다.

"그쪽과…… 자면 원래대로 돌아온다고?"

루이가 도도한 자태로 고개만 까딱해 보였다. 래미의 입에서 즉각 어이없는 웃음이 튀어나왔다.

"거짓말. 말도 안 돼."

루이의 미간이 찌푸려졌다.

"내가 너 같은 거와 자고 싶어서 그딴 거짓말을 지어냈을 거라고 생각해?"

루이는 정말 기분 나쁘고 불쾌한 표정이었다. 되레 그녀가 더 머쓱해졌다.

"아, 아니, 무슨 그런 이상한 방법이 다 있어?"

가만히 지켜보고만 있던 복만이 퍼뜩 끼어들었다.

"어둠을 다스릴 수 있는 건 더 강한 어둠만이 가능하거든요. 그래서 고객님께 내려진 이소할리만 저주는 주인님께서도 풀 도리가 없는 거예요. 저주를 걸 때와 풀 때의 힘이 같으니까요."

"그런데?"

"하지만, 주인님 몸속에 내재된 어둠의 기운은 그보다 훨씬 강하고 무궁무진합니다. 육체의 결합 시 더 약한 기운은 자동으로 억눌려지게 되니, 도래미 고객님께서는 원래대로 돌아오실 수 있는 거죠."

육체의 결합이라는 복만의 말에 당황하기도 잠시, 래미는 의아한 표정을 지었다.

"잠깐. 이소머시기? 그거, 약발 잘 받으라고 한 주문 아니었어? 저주라니?"

래미의 질문에 크게 당황한 복만이 루이의 눈치를 흘끔 보더니, 이내 손을 내저어 보였다.

"아, 아닙니다. 야, 약발 잘 받으시라는 주문 마, 맞습니다. 어, 그러니까, 약발 잘 받으시라는 건데, 부작용이 더 강하게 나타나셔서, 제, 제가 저주라고 했나 봅니다."

뭔가 이상하고 꺼림칙했으나 더 따져봤자 상황만 복잡하고 길어질 것 같아 그냥 넘어가기로 했다.

"다른 방법은요."

"그게 끝."

하아. 소사소사 맙소사다. 도대체 어떻게 해야 할지 감도 오지 않는다. 그렇다고 평생 이렇게 살 수는 없지 않은가.

잠시 멍하니 눈만 깜빡이던 래미는 이내 몸을 일으켜 루이와 마주 보고 섰다.

"정말로 그쪽과 자면 원래대로 돌아와요?"

"그렇다니까."

"……좋아요. 자요."

루이의 고개가 슬쩍 옆으로 기울었다.

"지금 그 말, 진심이야?"

"실행 가능성 있는 건 그거밖에 없는데 어떡해. 자자고요."

래미가 짜증스럽게 턱을 치켜들었다. 그런 그녀를 물끄러미 응시하던 루이가 이내 입술을 열었다.

"그래, 그럼."

래미의 동공이 순간적으로 확장되었지만, 루이는 그녀에게서 시선을 떼지 않은 채 툭 내뱉었다.

"복만, 나가 있어."

"예, 예?"

"구경할 거면 계속 있고."

"어, 아, 네, 넵!"

황급히 대답한 복만이 신속 정확하게 밖으로 나가서는 문을 꼭 닫아주었다.

방 안에 둘만 남게 되자 루이는 조금의 망설임도 없이 래미의 팔목을 낚아챘다.

"앗! 자, 잠깐만요!"

급박하게 돌아가는 상황에 놀란 래미가 팔목이 잡힌 반경 내에서 최대한 뒤로 물러났다.

래미의 반응에 루이의 붉은 입술 끝이 미미하게 비틀려 올라갔다.

"왜. 자자고 큰소리치더니."

"뭐, 뭘 이렇게 급하게……."

"급한 거 아니었나?"

"아, 아니, 물론 급하지만, 그래도 이렇게 갑자기는……."

"갑자기 들이닥친 건 네 쪽이지."

자꾸만 말꼬리를 자르는 루이 때문에 가뜩이나 창백한 래미의 얼굴이 마녀처럼 음산해졌다.

"그거야! 하루아침에 꼴이 이렇게 변했는데 안 돌 사람이 어딨나요?"

"그래서 안 쫓아내고 봐주는 중이잖아."

"뭐라고요! 그게 말이야, 막걸리야! 지금 내가 누구 때문에…… 읏."

루이가 팔에 힘을 주어 끌어당기는 바람에 래미는 더 말하지 못하고 그대로 딸려가 가슴팍에 부딪치고 말았다.

"그러니까, 고쳐준다잖아."

나직하게 말한 루이는 주저 없이 래미의 허리를 감고서 그대로 들어

올렸다.

아찔한 느낌과 어지럼증이 동시에 덮쳐와 래미는 저도 모르게 눈을 감았다.

성큼성큼 거침없는 발걸음이 이어지고 그녀는 어느새 푹신한 침대에 내려졌다.

"잠깐만요."

겨우 눈을 떠 한 마디를 뱉어낸 래미는 잔뜩 초조한 눈으로 루이를 올려다보았다.

"저기, 나는…… 그러니까, 정말로……."

"말은 그만."

단호하게 말한 루이가 그녀의 어깨를 내리눌렀다. 순식간에 침대에 등이 닿자 래미는 얼음처럼 굳어버렸다.

뒤이어 루이가 망설이지 않고 침대 위로 올라와 그녀에게로 손을 뻗어왔다.

허리 라인에 와 닿는 서늘한 감촉에 래미는 다급히 그의 손을 밀어내려 애썼다. 물론, 꼼짝도 하지 않는다.

"왜 이럴까. 고쳐달라고 한 건 너야."

조금 짜증이 섞인 말투에 래미는 가쁜 숨을 내쉬며 눈을 치떴다.

"그래요. 미친 거 알지만, 내가 하자 그랬어. 이래야 고칠 수 있다니까. 근데, 근데 이런 식은…… 그쪽은 아무렇지도 않아요?"

"뭐가."

루이는 전혀 모르겠다는 표정이었다.

"나랑 이, 이러는 거. 우, 우리는 서로 이름도 모르고 아무것도 아는 게 없어요. 근데, 이러는 거 너무 어색하고 이상하고 민망하잖아요."

"글쎄."

마치, 눈앞에 돌멩이 하나를 두고 바라보는 것처럼 루이는 태연함 그 자체였다.

"그리고 나는, 나는……."

처음이라는 말이 죽어도 나오지 않아 래미는 입술을 작게 깨물었다.

이 남자의 손에 죽을 뻔했던 그날, 순결한 냄새 어쩌고저쩌고했던 건 제정신이 아니었다니, 기억도 못 할 게 뻔했다.

"하아."

입 밖으로 깊은 한숨을 흘린 래미는 표정 없이 그녀를 내려다보고 있는 루이와 시선을 맞추었다.

색이 다른 루이의 오드아이는 조금의 감정도 담고 있지 않았다.

아니, 그녀는 이 남자의 감정을 조금도 짐작할 수 없다는 게 더 정확했다.

"정말로 원래대로 돌아오는 거 맞죠?"

"확실히."

래미는 착잡하게 루이를 응시하다 이내 고개를 끄덕였다.

"……해요."

루이가 기계적으로 손을 뻗쳐와 그녀가 입고 있는 얇은 트레이닝 바지를 끌어내리려 하자 래미는 다시금 그의 팔목을 꽉 움켜쥐었다.

"아직, 아직, 스토옵!"

루이의 얼굴에 어리기 시작하는 짜증을 보며 래미는 다급히 말을 이었다.

"당신, 이름! 이름이 어떻게 돼요? 난, 난 도래미예요."

아무리 상황이 이렇게 됐어도 이름조차 모르는 상대와 첫 경험을 치르는 건 너무 서글픈 일이었다.

초조하고 불안하고 싱숭생숭하고 묘한 래미의 기분과는 달리 루이는 무미건조하게 래미를 응시했다.

"이름 같은 건 알아서 뭐하게."

그는 조금도 이해하지 못하겠다는 얼굴을 하고 있었다.

"적어도 이름 정도는 아는 게…… 하, 됐어요. 당신이란 사람은 감정이 있기나 한 건지 모르겠네요. 설명해 봤자, 모를 테니 이름이나 말해 줘요."

뾰족한 래미의 말에 루이는 귀찮은 듯이 툭 던졌다.

"루이."

루이…….

이름도 평범하지는 않다. 가만히 이름 두 자를 뇌리에 새기는 사이 루이에 의해 하의가 무릎까지 끌어내려졌다.

너무 민망해 절로, 헉, 신음이 튀어나왔다.

나 지금 잘하고 있는 거야? 정말 이대로 괜찮은 거야?

생각을 곱씹을 사이도 없이 너무나 쉽게 바지가 몸에서 분리되었다.

뒤이어 루이의 기다란 손이 속옷의 밴드에 닿자 래미는 심장이 튀어나올 듯 놀라 화급히 상체를 일으켜 앉았다.

"안 돼! 잠깐, 잠깐만요!"

루이의 미간이 확 구겨졌지만 래미는 너무도 당황스러워 귀까지 발갛게 달아올랐다.

어찌 되었든 남녀가 거사를 치르는 일이 아닌가.

엄연히 순서가 있는데, 곧장 속옷부터 벗기려 드니 래미의 입장에서는 당연히 두려울 수밖에 없었다.

"뭐 하자는 거야? 하자고 한 건 네 쪽이야."

루이는 아주 불쾌한 얼굴로 래미를 노려보았다.

"그게 아니라, 아무리 그래도 순서란 게 있는데……다, 다짜고짜 그러면…….."

부끄럽고 자존심 상하는데다 이런 상황에 놓인 게 너무도 분하고 비참해 래미는 금방이라도 감정이 폭발할 것만 같았다.

가만히 그녀의 말을 되새긴 루이가 비소를 머금었다.

"지금 연애놀음이라도 하자는 건가?"

루이의 싸늘한 말에 래미는 울컥 치밀고 말았다.

"누가 그렇대요? 내가 지금 그쪽이랑 이러고 싶어서 이러는 거 아니잖아요! 이 상황을 만든 건 전적으로 그쪽이잖아. 그쪽이 미안해하는 게 맞는 거잖아! 근데, 왜 내가 안절부절못해야 하고, 왜 내가 이렇게 비참한 기분을 느껴야 하는 건데? 그쪽은 나랑 자는 게 아무렇지 않은가 본데, 나는, 나는…… 흑…… 어우, 씨."

기어코 눈물이 볼을 타고 흘러내렸다. 이런 눈물마저 너무 자존심 상해 래미는 침을 꾹 삼켜 울음을 누른 다음 손등으로 눈물을 닦아냈다.

그런 래미에게 시선을 고정시키고 있던 루이가 희미한 한숨을 흘려보냈다.

그가 가만히 손을 뻗어 래미의 얼굴에 남은 눈물을 닦아주었다.

"뭐, 원한다면."

작게 중얼거린 루이가 이내 힘을 주어 그녀의 어깨를 끌어당겼다.

갑작스런 상황에 래미의 눈이 커다랗게 떠졌으나 이내 질끈 감기고 말았다.

"흐읍."

어떻게 할 틈도 없이 루이의 입술이 와 닿는 바람에 래미는 고작 숨만

들이킬 수밖에 없었다.

작은 턱을 지그시 눌러 긴장감으로 굳어 있는 입술을 열고서 혀가 침범해 들어갔다. 어찌할 줄 몰라 자꾸만 뒤로 물러나는 말캉한 살점을 낚아챘다. 예민한 점막을 세밀하게 훑고 빨아들이는 농염한 키스에 래미는 정신이 아찔해졌다.

하아…… 이 남자 진짜 키스 잘해.

마치, 그의 연인이 되어 키스를 받고 있는 것 같은 기분이 들게 할 만큼 노골적이고 집요한 입맞춤이었다.

루이의 차가운 손이 셔츠 속으로 들어와 부드럽게 등을 어루만지자 래미는 오싹 소름이 돋아 올랐다.

래미의 입 안을 마음껏 점령하던 입술은 맥이 뛰고 있는 목덜미로 옮겨 갔다. 혀와 입술을 이용해 연약한 피부에 키스 자국을 남기며 입술은 더욱 아래로 향했다.

루이는 래미가 입고 있는 트레이닝복 상의의 지퍼를 내리고서 면으로 된 흰색 티셔츠까지 거침없이 가슴께로 밀어 올렸다.

헉.

루이가 선사해주던 아찔함에 빠져 조금씩 긴장을 풀어가던 래미는 그의 손이 브래지어 속으로 침범하려 하자 화급히 양손으로 막았다.

"아, 자, 잠깐만요."

"왜 또 이러실까. 원하는 대로 순서도 밟아 가는데."

너무 차가운 말투에, 래미의 심장이 한없이 바닥으로 추락했다. 그녀는 모래가 들어간 것처럼 버석거리는 눈으로 루이를 바라보았다.

조금 전까지 뜨거운 키스를 선사했던 사람과 눈앞의 이 남자가 동일인물이 맞는지 의심이 들 정도로 루이의 얼굴은 무표정함 그 자체였다.

루이의 행위는 단순한 몸짓에 불과할 뿐이었던 것이다. 그저, 기계적으로 키스해 주고 어루만져주는.

꼭 동냥을 받는 거지가 된 기분이었다. 그제야 반쯤 제정신이 아니던 상태가 원래대로 돌아왔다.

"……안 할래요. 못 하겠어."

낮게 말한 래미는 가슴께까지 말려 올라가 있는 셔츠를 내렸다.

"마음대로."

팔짱을 낀 채 가볍게 어깨를 으쓱해 보인 루이가 이내 말을 덧붙였다.

"기회를 버린 건 너야. 더 이상 귀찮게 하지 마."

"……."

래미는 말없이 침대 한쪽에 뒹굴고 있는 트레이닝 바지를 챙겨 입고서 퍼뜩 침대에서 내려왔다.

"이거 말고 다른 걸 찾아줘요."

막 침대에서 몸을 일으키던 루이가 한쪽 눈썹을 쭉 치켜세웠다.

"뭐라고?"

"그쪽과 자야 하는 거 말고, 다른 방법요."

물끄러미 그녀를 응시하던 루이가 성큼 다가왔다. 그의 입술에 조소가 걸렸다.

"그럼, 죽여줄까?"

래미는 작게 입술을 깨물고서 위협적으로 서 있는 그를 올려다보았다.

"나 죽이는 거 말고, 그쪽을 죽일 수도 없으니 패스. 내가 직접 또 다른 흑마법사 찾는 것도 자신 없어. 있는지 없는지도 모르겠고."

"그러니까 자준다잖아."

"그래서 못 하겠다고. 당신 몸 적선 받기 싫어서."

루이는 미간을 찌푸린 채 우아한 동작으로 이마를 쓸어 올렸다.

"어쩌란 거야? 제시한 거 외에는 방법이 없다고."

작게 한숨을 흘리며 생각에 잠겼던 래미가 이내 입술을 열었다.

"세 번째 걸로 해요. 다른 흑마법사 찾는 거. 그거, 당신이 해줘요. 신기한 능력도 있으니까, 찾을 수 있을 거 아냐."

루이의 입에서 피식, 웃음이 흘러나왔다.

"나보다 강한 흑마법사?"

"어딘가는 있을지도 모르잖아요."

"뭐, 그럴지도."

"그러니까, 당신이 찾아줘요."

"내가 왜."

끝까지 타협점이 보이지 않아 래미의 얼굴에 확 열이 올랐다.

"그쪽이 이렇게 만들었잖아!"

"선택의 여지는 없어. 기회를 저버린 건 너고. 라프냐갸 트라르루 아므 샤르트."

루이가 주문을 외움과 손을 휘적 움직이자, 끼이익, 의자 끌리는 소리가 울렸다.

그것은 순간적으로 일어난 일이었다. 방 한쪽에 놓였던 의자 하나가 쑥 다가오더니 그녀의 뒷무릎을 탁 쳐서는 앉게 만들었다.

"어, 뭐, 뭐야?"

루이가 다시 손을 한 번 허공에 휘두르자 래미를 앉힌 의자가 쏜살같이 방 밖으로 향하기 시작했다.

"헉, 안 돼! 내려줘!"

신기한 상황에 놀라고 말고 할 틈도 없었다. 순식간에 방을 벗어난 의자는 아래층으로 향하는 계단에서도 거침없었다.

"이런 미친! 스톱, 스토옵!"

마치, 롤러코스터처럼 휙 계단을 내려간 의자는 루나의 출입구에 다다라서야 뚝 멈추었다.

두꺼운 출입문이 자동으로 열리자, 의자는 쓰레받기가 쓰레기를 털 듯 래미를 밖으로 툭 털어내고서 안으로 쑥 들어가 버렸다.

"으으, 토, 토할 것 같아."

쫓겨난 황당함은 둘째 치고 멀미가 나서 돌아버릴 것만 같았다.

의자에서 버려진 그대로 앉아 속을 다스리는데, 허겁지겁 복만이 달려나왔다.

"고객님! 괜찮으세요?"

"괜찮아 보여?"

"……."

대답 대신 머리를 긁적인 복만이 친절하게 래미를 일으켜주었다.

"쫓겨나시고…… 모습도 그대로시네요."

래미는 엉덩이를 탈탈 털며 미간을 구겼다.

"저 냉동 법사랑 자는 게 쉬울 것 같아?"

복만이 알 만하다는 표정으로 가만히 고개를 주억거렸다.

"워낙 인간미가 없는 분이긴 하시죠. 하지만, 이제 어떻게 하실 거예요? 주인님께서는 정말 큰마음을 먹고 고객님을 고쳐주겠다고 하신 건데, 그걸 거부하셨으니, 아마 다시는 주인님께서 먼저 손 내미실 일은 없을 거예요."

꼭 질책하는 듯한 말투에 래미는 팔짱을 척하니 끼고서 복만에게로 시선을 주었다.

"복만 노예."

"예?"

"애초에 이 사달이 난 게 나 때문이야? 부작용을 전혀 고려하지 않은 게 누구지? 복만 노예 주인 때문 아니야?"

"그, 그렇죠."

"근데, 복만 노예도 그렇고 그 잘난 주인도 그렇고, 왜 고쳐주는 걸 선심이라도 쓰는 것처럼 그러는 건데? 그것도 나한테는 아주 치욕스러운 방법인데. 당연히 책임을 통감하며 내가 원래대로 돌아올 때까지 A/S 해줘야 하는 게 기본 아냐?"

복만이 아서라 하는 표정을 지어 보였다.

"상대가 무려 주인님이십니다. 지금은 조용히 지내고 계시지만, 무서운 분이시라고요. 수틀리면 고객님을 쥐도 새도 모르게 없애는 건 일도 아니신 분입니다."

"나 흑마법 같은 거 잘 안 통한다면서. 그래서 묘약인지 뭔지도 안 먹힌 거 아냐?"

복만이 고개를 절레절레 흔들었다.

"고객님을 제외한 다른 것에는 잘 통하는 게 문제죠. 차가 쌩쌩 달리는 도로 한복판을 주술로 잠깐 멈추고 그 안에 고객님을 밀어 넣은 다음 원래대로 돌리면 어떻게 될까요?"

섬뜩한 복만의 말에 래미의 표정이 설핏 굳어졌다.

"뭐, 뭐야. 복만 노예, 지금 나 협박하는 거야?"

"그게 아니라, 지금 주인님께서는 나름대로 고객님께 신경을 쓰고 계신다는 걸 말씀드리는 겁니다."

하, 그러니까 닥치고 시키는 대로 해라? 가재는 게 편이다, 이거지?

래미가 까칠하게 바라보자 복만이 퍼뜩 말을 이었다.

"주인님께서 누군가에게 이렇게 관대하신 건 고객님이 처음, 아니, 두 번째예요. 다른 분 같았으면 벌써 사달이 났을 겁니다."

"관대? 저 까칠함의 절정이 관대라고? 아이고, 아주 고맙네요."

입술을 삐죽이며 비꼰 래미는 슬쩍 턱을 치켜들었다.

"첫 번째는…… 누군데?"

"주인님의 연인이십니다."

생각지도 못한 단어에 래미의 입술이 턱 벌어졌다.

"연, 연인? 저 얼음한테 여자가 있다고?"

여자는커녕, 연애 감정이란 게 있는지조차 의문인 인간한테 연인이라니.

너무 뜻밖이라 놀라움을 표출하던 래미는 이내 눈을 번쩍 떴다.

"잠깐. 그럼, 임자 있는 놈과 잘 뻔했다는 거잖아!"

"아, 아닙니다. 그런 건 절대 아니니 오해하지 마세요."

"아니라니?"

"그분께서는 이미 이 세상 분이 아니십니다. 아주 오래전 이야기죠."

그렇게 말하는 복만의 얼굴이 조금 침울하게 가라앉아 있었다. 어쩐지 어깨를 두드려 주고 싶은 충동이 일었지만 관두었다.

래미는 고개를 들어 커튼이 쳐진 2층 창문을 바라보았다.

홀로 남겨진 얼음 흑마법사와 죽은 연인이라……. 뭔가 사연이 있는 것만 같아 기분이 묘하다.

"뭐 그렇다고 해도 황제한테 승은을 입게 된 궁녀처럼 내가 감사해야 하는 상황은 아니잖아. 사랑하지도 않는 남자와 자는 거, 진짜 불쾌한 일이라고."

"그럼, 주인님을 사랑하시도록 노력하시면 되겠습니다만."

아무 스스럼없이, 해맑기까지 한 복만의 제안에 래미는 기막힌 웃음을 흘렸다.

"복만 노예, 미쳤어? 나 좋아하는 사람 있어. 그래서 이 꼴이 된 거 몰라?"

"얼마나 되셨는데요?"

"뭐…… 12년."

"그 정도면 그냥 포기하시는 게 더……."

"죽을래? 내 맘이거든?"

매섭게 쨰려보는 래미의 기에 압도당해 찔끔거린 복만이 한숨을 푹 내쉬고서 입을 열었다.

"그럼, 방법은 하나네요."

"방법이 있어? 뭔데?"

"주인님께서 고객님을 사랑하게 만드는 거요."

복만의 은근한 말에 래미는 입을 터억 벌렸다.

"저 인간이, 뭐, 나를 어떻게? 사랑? 그게 무슨 방법이야!"

"주인님께서는 한번 마음을 주시면 상대를 위해 뭐든 다 하십니다. 분명, 고객님께서 원하는 대로 다 들어주실 겁니다."

저 얼음덩어리가 나를 사랑하게 만들라고? 그게 가능하기나 한 일이야?

이마에 손을 얹고서 생각에 잠겼던 래미는 곧 머리를 흔들었다.

"복만 노예, 그쪽 주인님을 꼬시는 게 내 12년 짝사랑을 이루는 것보다 억만 배는 더 힘들 것 같은데?"

"물론, 아주 힘들기는 할……."

"됐고. 주인님 약점 같은 거, 뭐 아는 거 없어?"

"주인님 약점이요? 없는데요?"

단호한 대답에 래미의 입술이 씰룩 올라갔다.

"약점 없는 사람이 어디 있어? 그러지 말고 얘기 좀 해주면 안 돼?"

"진짜 없는데요? 주인님께서는 완벽 그 자체시거든요."

누가 그 주인에 그 노예 아니랄까 봐 찬양질 쩌네, 진짜.

잔뜩 어이없는 표정을 짓고 있는 래미를 향해 복만이 낮게 한숨을 내쉬어 보였다.

"주인님을 꽤 오랜 기간 모셔온 제가 고객님께 조언 하나 드리겠습니다."

이제 갓 스무 살을 넘긴 것 같은데 도대체 몇 살부터 노예 생활을 시작했다는 거야?

"뭐라도 말해 주면 고맙지, 나야."

"주인님 성격을 이기실 수도 없겠지만, 이기려 들지도 마세요."

"그게 무슨 말이야?"

"주인님께서는 자신을 이겨 먹으려는 상대에게는 가차 없는 성격이십니다. 오히려, 약한 상대를 더 배려하신다고 할까요."

조금 의외의 말에 래미는 가만히 속눈썹을 깜빡였다.

흐음, 억강부약 스타일이라는 거잖아. 강한 자는 억누르고 약한 자는 도와준다.

"그러니까, 고객님께서도 주인님께 맞서시기보다는 방법을 조금 달리하심이 어떨까 싶습니다."

래미는 미간을 슬쩍 찡그린 채 엄지로 이마를 긁적였다.

"뭐, 약한 척 불쌍한 척하라는 거지?"

"네, 네. 그렇죠."

"미치겠네. 청순가중형은 딱 질색인데. 체질적으로 안 맞는데……."

▷　▷　◆　◁　◁

어둑어둑해진 저녁, 루나 앞에 꼿꼿이 서 있는 래미의 창백한 얼굴에는 지친 기색이 역력했다.

"아, 목말라. 다리가 터질 것 같아. 몇 시간째 이러고 있는지 감도 안 오잖아."

그녀는 루이에게 쫓겨난 뒤부터 지금까지, 하루 종일 꼼짝 않고 부동자세로 서 있는 중이었다.

"하아, 진짜. 이 정도 했으면 좀 쓰러져 줘야 되는 거 아냐? 나 왜 이렇게 강철 체력이니?"

여리여리한 외모와 달리, 래미는 약한 척하는 건 도무지 할 수가 없었다. 척이 아니라 진짜로 약해지고 불쌍해지면 몰라도.

그래서 이 미친 짓을 감행했다. 루이의 반경 안에서 쓰러지면 복만을 통해서라도 보게 될 테니까.

그러면, 척하는 게 아니라 진짜 비련의 여주인공처럼 불쌍해 보일 테니까.

"조금 있으면 불쌍하다고 만나 주겠지?"

"저, 주인님. 진짜 고객님을 저대로 두실 건가요?"

길게 드리워진 커튼을 슬쩍 들추어 밖을 내다본 복만이 심각한 얼굴로 루이에게 물었다.

"냅둬. 지치면 가겠지."

흔들의자에 앉아 책을 읽으며 루이가 심드렁하게 대꾸했다.

"아니, 하루 종일 저렇게 꼼짝 앉고 계시는데, 쓰러지시면 어쩌시려고요. 금세 해가 질 거고 더 추워질 거예요."

계속되는 복만의 징징거림에 루이가 시선을 들어 물끄러미 바라보았다.

"네가 시켰어? 불쌍한 모습으로 서 있으면 내가 봐줄 거라고?"

"예에? 그럴 리가요! 저, 저, 절대로 아닙니다."

손까지 내저으며 펄쩍 뛰었으나 거짓말하는 티가 나도 너무 났다.

"근데, 실수했어. 전혀 측은해 보이지 않아. 저건 나한테 시위하는 거거든."

톡 쏜 루이가 다시 아래로 시선을 내리자 복만은 입이 바짝 타들어가는 것만 같았다.

아이고오, 제 말이 그 말입니다. 불쌍한 척하시랬더니, 저 미친 무대뽀 고객님께서 그런 건 죽어도 못 하겠다고, 무작정 저러고 계신 거라고요!

"주인님, 정말 너무 하십니다. 따지고 보면 다 주인님께서 이소할리만을 거시는 바람에 저렇게 되신 거잖아요."

결국 복만이 부루퉁하니 원망했지만 루이는 어깨를 으쓱했다.

"그래서 고쳐준댔는데, 본인이 싫다잖아. 강제로라도 했어야 해?"

"헉, 그, 그런 뜻은……."

"한가하니 남 걱정이나 하고 있는 모양이지?"

갑자기 일 더미가 떨어질 것 같아 복만은 뒤로 슬금슬금 내뺐다.

"아, 아닙니다. 고서 정리를 덜 해서요. 마저 하러 가겠습니다!"

그러고선 꽁지가 빠져라 내빼는 복만을 비딱하니 응시하던 루이는 들고 있던 책을 접어 탁자에 올려놓았다.

흔들의자에서 몸을 일으킨 루이는 느릿한 걸음으로 창가에 섰다. 검지만 뻗어 두꺼운 커튼을 빠끔 들추고서 아래를 내다보았다.

"아직도 그 자세 그대로 있네?"

처음, 그러니까 래미를 쫓아내고 얼마 지나지 않아 복만이 '주인님께서 만나 주실 때까지 도래미 고객님이 밖에 서 계시겠답니다!' 하고 고했을 때 슬쩍 봤던 딱 그 모습이었다.

"……오기 한번 끝내주네. 어지간히 지기 싫어하는 성격이군."

루이의 입가에 미미한 미소가 떠올랐다.

"오기가 지나치면 독이 되는 법이지."

미소를 지워버린 루이는 커튼을 닫고서 이내 몸을 돌렸다.

루이의 그런 마음을 조금도 알지 못하는 래미는 이제나저제나 그가 모습을 보이기만을 기다리고 있었다.

"이쯤 됐으면 좀 나올 법도 한데, 이 인간은 끝까지 안 나와 보네? 아직 안 쓰러져서 별로 안 불쌍해 보이나? 아 씨, 조금만 어지러워도 그냥 드러누워 버려야지."

그렇게 망부석으로 있는 사이 해는 점점 더 기울었고 기온도 더 낮아졌다.

툭.

갑자기 코끝에 차가운 액체가 떨어졌다. 래미는 지친 고개를 젖혀 하늘을 응시했다.

툭. 투둑, 투둑.

어두운 하늘에서 금세 후두둑 비가 떨어진다. 래미의 표정이 딱딱하게 굳어졌다.

"와, 타이밍 한번 끝내 주네. 축축한 건 계획에 없다고. 정말, 비련의 여

주인공이 따로 없구만."

그녀는 고개를 푹 숙인 채 쏟아지는 비를 맞을 수밖에 없었다.

살굿빛 은은한 조명이 켜진 방 안은 우아한 클래식 선율로 가득 메워져 있었다.

억대 가격을 호가하는, 전 세계 25대밖에 없는 골드문트사의 한정판 스피커를 통해 웅장한 음질이 끊임없이 흘러나왔다.

"주인님, 큰일 났어요!"

몇 안 되는 취미 중 하나인, 음악 감상을 하던 루이는 갑자기 들이닥친 복만으로 인해 눈을 번쩍 떴다.

"또, 또. 노크."

"앗, 죄송합니다."

복만이 퍼뜩 열린 문에다 노크를 하고서 안으로 들어서자 쯧쯧, 혀끝을 찬 루이는 이미 산통이 깨진 탓에 리모컨을 눌러 오디오를 꺼버렸다.

"넌 요새 큰일이 뭐가 그렇게 많아?"

"빨리 창문 밖을 한번 보세요."

순간, 머리를 스치는 생각에 루이의 한쪽 눈썹이 슬쩍 위로 향했다.

"뭐…… 아직 안 갔어?"

"안 갔다 뿐이겠습니까? 지금 비까지 온다고요."

의자에서 몸을 일으킨 루이는 창으로 다가가 커튼을 휙 걷었다. 투명한 유리창에 빗물이 마구 흘러내린다.

그리고 어둠 속 한구석, 쏟아지는 비를 고스란히 맞고 서 있는 가냘픈 실루엣이 시야에 들어왔다. 처음 봤던 그 자세 그대로.

"진짜 아직 안 갔네?"

이쯤 되면 오기가 아니라 미친 거다. 미치지 않고서야 저러고 있을 리가 없다.

"저러다 큰일 나겠습니다."

"그러니까. 왜 저렇게 미련을 떨고 있는지 모르겠네."

"주인님을 만나려고요."

너무도 똑 부러지는 복만의 대답에 루이는 어깨를 으쓱했다.

"만나서 어쩌라고. 자 주겠다는 것도 싫다잖아."

"어휴. 그러게 좀 다정히 대해 주시지 그러셨습니까. 그랬으면 이미 상황 끝났을 일인데요."

순둥순둥한 복만답지 않은 질책성 발언에 루이는 작게 미간을 찡그렸다.

"냅둬. 이소할리만이 먹혔으면 진작 죽었을 목숨이야."

건조하게 말한 루이가 조금 거칠게 커튼을 치려 할 때였다.

"……도래미 고객님이 저주에 안 걸릴 거라 예상하셨잖아요, 주인님께 서는."

또박또박 흘러나온 복만의 말로 인해 루이는 저도 모르게 손을 멈칫했다가 이내 커튼을 쳤다.

루이는 빙글 몸을 돌려 복만과 마주 보았다.

"내가?"

"아닙니까?"

"아닌데."

"걸리지 않을 거라 예상하셨으니, 강력한 죽음의 주문도 서슴지 않고 내려 보신 게 아닙니까?"

루이는 대답 대신 여자의 것보다 더 길고 풍성한 속눈썹을 깜빡였다.

저주를 내린 게 아니라, 내려 본 것이라니. 바꿔 말하면 처음부터 죽일 생각은 없지 않았느냐 하는 뜻이다.

어쩐지 스스로도 인지하지 못했던 정곡을 쿡 찔린 것 같아 루이는 조금 불편해졌다.

"뭐. 일억 분의 1정도쯤."

"그 지독한 확률을 뚫고 살아남은 분께서, 하루 종일 아무것도 안 드시다가 탈진해서 돌아가시는 건 너무 허망한 일 아닐까요?"

"하루 굶는다고 안 죽어."

매정한 루이의 말에 복만이 잔뜩 볼멘 표정을 지으며 창 쪽으로 향했다.

"어휴, 비도 점점 더 많이 오는데…… 진짜, 잘못되기라도 하면 어쩌시려고……."

중얼중얼, 커튼을 들추고서 밖을 내다본 복만이 헉, 숨을 들이켰다.

"어, 어! 주인님! 고객님께서 쓰러지셨어요!"

복만의 외침에 창밖으로 시선을 준 루이의 눈매가 가늘어졌다.

"오기가 지나치면 독이 된다니까. 쯧."

조금 전까지도 박힌 못처럼 꼿꼿하게 서 있던 실루엣이 언제 그랬냐는 듯 바닥에 쓰러져 있다.

작은 몸에 마구잡이로 쏟아지고 있는 비가 마치, 장대처럼 거칠디거칠다.

"어휴! 하루 종일 물 한 모금도 입에 안 댄 채 저러고 계셨는데 안 쓰러지고 배겨? 어떡해요, 주인님? 계속 저대로 두실 거예요?"

복만의 재촉에 인상을 찌푸리고서 커튼을 내린 루이가 이내 툭 내뱉었다.

"가보든가."

복만에게 데려오라는 뜻이다. 그제야 입을 한 바가지로 벌린 복만이 꾸벅꾸벅 고개를 숙이고서 재빠르게 내달렸다.

"흠. 귀찮게 됐네."

저렇게까지 버티리라고는 생각지도 않았는데, 뭔가 제대로 잘못 엮인 느낌이었다.

아니, 처음, 아이할리만에 걸리지 않았을 때 조금 놀란 걸로 끝났어야 했다. 호기심에 이소할리만까지 써본 게 크나큰 실수였다.

"주인니임!"

밖에 나갔던 복만이 그 잠깐 사이 물이 뚝뚝 떨어지는 몰골로 다급히 나타났다.

"헉, 헉! 안 계십니다! 도래미 고객님이 보이지 않습니다!"

이건 또 무슨 소리야?

루이는 커튼을 열어 아래를 보았다.

복만의 말마따나 방금 전까지도 시체처럼 널브러져 있던 도래미가 흔적도 없이 사라져버렸다.

"그냥 갔겠지, 뭐."

"어휴, 주인님 만나려고 그 고생을 하면서 버텼는데 그냥 가셨을 리가요. 그리고 쓰러진 분이 일어나서 가셨다는 것도 말이 안 되고요."

평소에는 어벙하다가 이럴 때는 꼭 꼬박꼬박 말대꾸도 잘한다.

"도래미 고객님께 무슨 일이라도 생겼으면 어떡하죠? 호, 혹시 나쁜 일이라도 당하셨으면 어쩝니까?"

루이는 잔뜩 귀찮은 표정을 지었다.

이 여자와 엮이고부터 평온한 일상에 미세하게 균열이 가는 기분이다.

아니, 여자를 시험해본 그때 이미 금이 가버린 건지도 모른다.

"……진짜 귀찮게 만드는 여자네."

조금 굳은 얼굴로 중얼거린 루이의 모습이 순식간에 자취를 감추었다.

5

그 시각, 사라진 래미는 어두컴컴한 골목에 쭈그리고 앉아 있었다. 복만의 걱정과는 달리 아주 시원하게 볼일을 보는 중이었다.

빗소리에 요란한 음향이 가려진 것을 다행으로 여기며.

"아으…… 방광 터져 돌아가시는 줄 알았네."

어지럼증이 몰려와 쓰러지듯 누워 버린 것은 참 좋은 방법이었다.

그런데, 누워서 비를 맞고 있으니 참고 참았던 생리현상이 너무 적나라하게 느껴진다는 것이다. 어쩔 수 없이, 후딱 볼일만 보고 돌아갈 참이었다.

"어으으, 이러는 사이에 그 인간이 나와 보면 안 되는데…… 참 오래도 나온다. 어흐, 시원해."

겨우겨우 방광을 비운 다음, 완전히 흠뻑 젖어 질척이는 옷을 끌어올리고서 그녀는 퍼뜩 제자리로 돌아갔다.

루이가 나오지 않았음을 안도하며 래미는 다시 바닥에 드러누웠다.

그러나…….

이미 루이는 다 보고, 다 들었다.

볼일을 보는 것도, 어흐, 시원해 하는 소리도. 허둥지둥 제자리로 와 누워 주시는 것까지 모조리.

"……기막히네, 진짜."

죽은 듯이 꼼짝 않고 누워 있는 래미를 조금 떨어진 곳에서 지켜보며 루이가 중얼거렸다.

그런데, 입에서는 자신도 모르게 실소가 튀어나왔다. 셀 수 없을 만큼 오랜 세월을 살아왔지만, 저렇게 웃기고 어이없는 여자는 처음이었다.

루이는 웃음기를 거두고서 빗물을 찰박이며 래미에게로 다가갔다. 그녀는 여전히 시체놀이를 충실히 이행 중이었다.

"흐음. 이봐, 그만 일어나지?"

아기다리 고기다리던 루이의 음성이 빗소리에 섞여 들려오자 래미의 눈썹이 저도 모르게 움찔했다.

그, 그만 일어날까? 아니지, 안 돼. 난 지금 쓰러진 상태라고. 안 들린다, 안 들린다, 레드 썬!

"일어나기 싫으면 계속 그러고 있던가."

어쩐지 위협적인 말에 순간적으로 눈을 뜰 뻔했지만 그녀는 초인적인 인내심을 발휘했다.

그 어떤 말을 해도 안 들린다. 난 기절 중이니까.

"마음대로. 대신 더 이상 기회는 없어."

라고, 루이가 말하기 전까지는.

더 장고를 때리고 자시고 할 것 없이 래미는 조건반사적으로 눈을 번쩍 떴다.

마구잡이로 쏟아지는 빗속에 무표정한 얼굴로 팔짱을 낀 채 서 있는 루이와 그대로 시선이 마주쳐 버렸다.

계속 누워 있기도 뭣해 래미는 조금 머쓱한 얼굴로 몸을 일으켰다.

사람이 쓰러져 있는데 손 한 번을 안 잡아주네. 인정머리 없는 흑마법사 같으니라고!

"내 방식대로 되돌릴 거야. 거슬리게 하면 언제든 그만둘 거고."

"그 말은 시간이 걸린다는 뜻인가요?"

"바로 되돌려질 줄 알았어?"

어이구, 참 잘빠지셨어. 애초에 누구 때문에 이 개고생을 하고 있는 건데!

"얼마나 걸리는데요?"

"몰라, 나도. 며칠이 될지 몇 달이 될지."

"뭐야, 그게! 그동안 계속 이렇게 살라고? 우리 가족들은 어떻게 보고? 내 친구들, 동호회 활동은 또 어떻게 하란 말인데!"

"싫으면 말고."

어우, 저, 저, 얄미운 말투!

"싫긴요. 워낙 대단한 분이시라 바로 되는 줄 알았다는 거죠."

그녀의 이죽거림에 루이가 입술 끝을 비스듬하게 올리고서 툭 내뱉었다.

"대단한 분은 너고."

"내가 뭐? ······무슨 뜻이죠?"

"복만도 안 하는 노상 방뇨까지 하고."

처음에는 잘못 들은 줄 알았다. 아니, 이미 이때 사고회로가 멈춰 버렸다.

"화장실이 급하면 그냥 들어와서 써도 되는데. 노상 방뇨는. 쯧."

아주 완벽한 확인 사살.

너무 민망하고 기가 막혀 래미는 그대로 돌이 되고 말았다. 그런 그녀를 물끄러미 바라보며 루이가 말을 이었다.

"내일부터 매일 밤 9시까지 루나로 와. 1분이라도 늦으면 안 해."

그러고서 순식간에 눈앞에서 사라져 주신다.

비가 억수같이 쏟아지고 있는 어두운 거리에 잠시 적막감이 감돌았다.

그러나 얼마 지나지 않아 래미의 처절한 비명이 울려 퍼진다.

"악! 쪽팔려, 쪽팔려, 쪽팔려! 개쪽팔려! 나 그냥 확 죽을래!"

고개를 푹 숙인 래미는 우사인 볼트가 된 것처럼 미친 듯이 집으로 내달렸다.

▷　　▷　　◆　　◁　　◁

으으…… 머리 아파……. 어지러워 죽을 것 같아. 목도 마르고…… 숨……막혀…….

마치 불구덩이 속에 있는 것처럼 온몸이 뜨거웠다.

잠이 든 건지, 진짜 기절을 한 건지 분간이 안 될 정도로 래미는 정신을 차릴 수가 없었다.

아무래도 지독한 감기에 단단히 걸린 모양이다.

제대로 먹지도, 자지도 못한 채 그 억수 같은 비를 맞고 있었으니 그럴 만도 했다. 게다가 원고 마감 때문에 아침까지 강행군이었다.

"하아…… 일어나기 싫어……."

그래도 일어나야 했기에 래미는 억지로 눈을 뜨고 꾸물꾸물 상체를 일으켰다.

으으…….

천장이 빙빙 돌고 바닥은 자꾸만 키스하자고 덤벼든다.

눈을 감았다가 뜬 래미는 벽에 걸린 시계로 시선을 주었다. 어느덧 저녁 8시를 가리키고 있다.

"대충 씻기만 하면 늦지는 않겠네."

9시에서 1분이라도 늦으면 안 된다는 루이의 말을 되새기며 억지로 침대와 작별을 고했다.

"진짜…… 완전히 다 고쳐지기만 해봐. 그 잘난 낯빤대기를 다 쥐어뜯어 버릴 거야. 아냐, 그냥 침을 퉤 뱉어버릴까?"

그런 상상을 하자 백만 분의 일쯤은 짜증이 누그러드는 래미였다.

"어우, 어지러워. 감기약이 어딨더라."

빈속이지만, 그거라도 챙겨 먹고 가야 루이 앞에서 병든 닭새끼처럼 비실대지는 않을 것이다.

▷　▷　◆　◁　◁

"15분이나 일찍 왔네?"

방금 막 루나에 도착한 래미를 향해 흑마법사 루이가 날린 말이었다.

그는 응접용 테이블 앞에 다리를 꼬고 앉아 골동품을 살펴보고 있는 중이었다.

"1분이라도 늦으면 안 한다면서요. 늦는 것보다는 낫잖아요."

뾰족하게 대꾸한 래미는 아픈 티를 내기 싫어 로봇처럼 뻣뻣하지만, 정확한 걸음으로 루이와 마주 보고 앉았다.

하지만, 루이는 계속해서 골동품만 살펴보고 있을 뿐 그녀 쪽으로는 시선도 주지 않는다.

"약속된 시간 전에는 1분도 할애하기 싫으신 모양이네요."

"알면 됐어."

래미의 입술이 씰룩 비틀려 올라갔다.

바보 아냐? 빨리 시작하면 일찍 끝날 거 아냐?

턱까지 차오른 말을 뱉고 싶어 입이 근질거렸으나 억지로 참았다. 대신, 카악, 퉤! 해주는 상상으로 만족했다.

루이는 정확히 9시가 되자 복만에게 골동품을 건네고서 몸을 일으켰다.

"따라와."

어이구, 대답할 기운도 없다.

래미는 물먹은 솜처럼 무거운 몸을 일으켜 몇 걸음 앞에 걸어가는 루이의 뒤를 따랐다.

바닥이 덤벼드는 것 같은 어지러움이 더욱 맹렬해진다.

애써 덤덤한 척 거의 무의식적으로 걷는데, 본 적 있는 계단이 시야에 들어왔다.

지하로 통하는, 아주 약한 조명등만 켜져 있는 어두컴컴한 계단.

계단이 시작되는 곳에서 래미의 걸음이 멎고 말았다.

아무래도 죽을 뻔했던 그 기억 때문에 절로 지하에 대한 거부반응이 이는 건 어쩔 수 없다.

"……지하로, 그때 그 서고로 가는 건가요?"

이미 계단을 내려가던 루이가 잠깐 멈추고서 돌아보았다.

매끈한 루이의 얼굴에 반쯤 음영이 드리워졌다. 그 섬뜩한 분위기에 래미는 오싹 소름이 돋았다.

"걱정 마. 지난번과 같은 일은 일어나지 않을 테니까."

낮게 말한 루이는 다시 거침없이 계단을 내려갔다.

잠시, 이마를 구기고 있던 래미는 뜨거운 한숨을 흘리고서 이내 발걸음을 떼었다.

그래, 죽기밖에 더하겠어? 이 꼴로 평생 사는 것보다는 낫겠지.

아주 깊게 이어진 계단이 끝나고, 온 사방이 책으로 빽빽이 차 있던 서고가 나왔다. 하지만, 여기가 최종 목적지는 아니었다.

이리저리 미로처럼 배치된 책장 사이를 한참이나 지나고, 공간의 제일 깊은 곳에 당도해서야 루이가 멈추어 섰다.

"드나르드스."

루이의 입에서 들릴 듯 말 듯 작은 중얼거림이 흘러나왔다.

그 순간, 감기로 인해 절여진 배추 같던 래미의 얼굴이 놀라움으로 한껏 물들었다.

"거, 거울이 생겼어."

정말이었다. 아무것도 없던 벽면에 타원형 모양의 전신거울 하나가 모습을 드러냈다.

마치, 억센 넝쿨들이 뒤엉켜 거울의 테두리를 장식하고 있는 것 같은 기괴한 모양새였다.

"잘 들어. 지금부터 너와 나, 거울 속으로 들어갈 거야."

멍하니 거울을 응시하고 있던 래미가 놀란 눈으로 루이를 바라보았다.

"뭐…… 뭐를 어쩐다고요? 이 거울 안으로 들어간다고요?"

"거울 안에는 어둠의 영혼들이 봉인돼 있어. 들어가면 그들이 너를 탐낼 거야."

어둠의 영혼들…… 탐내다…….

채 곱씹지도 않았는데 단어들이 주는 섬뜩함에 래미는 으스스 한기를 느꼈다.

"그, 그게 나를 원래대로 돌리는 거랑 무슨 상관이 있는 건데요."

"어둠을 누를 수 있는 건 더 강한 어둠이니까. 어둠의 존재들과 접촉하는 것만으로도 네 증상이 조금씩 완화될 거야."

그건 복만을 통해 들어 알고 있다.

"저 안에 있는 어둠의 영혼들이 당신보다 더 강하다는 뜻인가요?"

"글쎄. 속한 세계가 다르니 단정 지을 수 없어."

그렇게 말한 루이가 돌연 질문을 던졌다.

"숨, 얼마나 참을 수 있어?"

"숨? 호흡 말이에요? 한창 수영 배울 때 물속에서 40초 정도는 참아본 적 있어요."

"수중에서 40초면 가능할 수도 있겠군."

알아들을 수 없는 말에 래미는 눈을 깜빡였다.

"갑자기 그런 건 왜 묻는 건데요?"

"코나 입으로 숨을 들이마시는 순간, 그 호흡을 따라 저들 중 하나가 네 몸을 차지하게 될 거야. 밖으로 튕겨진 네 영혼은 영영 저 거울 속에 갇히게 될 테고."

허, 헉.

너무 놀라 감기 증상 따윈 이미 흔적도 없이 사라지고 없었다.

이게 도대체 21세기 대한민국에서 할 수 있는 대화란 말인가? 아니, 아니! 숨을 쉬는 순간 저, 저, 거울 속에 갇히게 된다니!

"얼, 얼마나 참아야 하는데요?"

"1분."

"……1분? 30초도 아니고 1분이라고요?"

갑자기 멀쩡하던 호흡이 콱콱 막혀오는 듯했다.

"왜 하필 1분이죠?"

"저 안에서의 1분이 여기 시간으로 1시간이지. 거울의 문은 한 번 열렸다 닫히면 1시간 후에나 다시 열 수 있고."

래미의 얼굴이 새하얗게 질렸다.

"그, 그럼, 일단 들어가면 무조건 무호흡으로 1분을 버텨야 한다는 거잖아요."

고개를 끄덕인 루이가 잔뜩 질려 있는 래미를 물끄러미 응시했다.

"앞으로 이 과정을 몇 번, 아니, 몇십 번은 거쳐야 해. 들어갈 때마다 넌 네 영혼을 빼앗기지 않게 필사적으로 숨을 참아야 하고."

"……."

"네게 마지막으로 제시할 수 있는 방법은 이것뿐이야."

래미는 마른침을 삼켰다.

"나, 죽이려고 일부러 이러는 건 아니죠?"

"못 하겠으면 그만 돌아가든가."

또, 또, 또! 정떨어지는 말투!

얄밉지만 화를 내고 자시고 할 마음의 여유가 없었다.

"호흡을 뱉는 건 어때요? 그것도 안 돼요?"

"들이마시지만 않으면 돼."

크게 들이마신 다음 아주 조금씩만 흘린다면 어쩌면 가능할 것도 같았다.

"잠깐, 잠깐. 연습 좀 해볼게요."

"마음대로."

휴대전화의 스톱워치를 켠 래미는 커다랗게 숨을 들이마신 동시에 스타트 버튼을 눌렀다.

1, 2, 3, 4, 5…….

액정 속 숫자가 빠르게, 하지만 래미의 눈에는 느릿하게 변하기 시작했
다.

"푸하!"

폭풍 같은 숨을 몰아쉬는 순간 액정 속 숫자는 57초였다.

"봤어요? 봤어? 나 57초 참았어요. 버틸 수 있을 것 같아요!"

"3초 모자라는데."

역시나 가시처럼 뾰족한 말만 날려 주신다.

"1분씩이나 참기가 쉬운 줄 알아요? 내가 그래도 꾸준히 운동을 해서 폐
활량이 좋으니까 이 정도라고요. 그리고 30초 모자라는 것보다는 3초가
낫잖아요."

"그럼 꿈도 못 꾸는 거고."

카아아악! 퉤! 퉤! 지금 당장 실행해 버리고 싶지만 꾹 참았다.

루이가 래미의 손으로 슬쩍 시선을 내렸다.

"핸드폰은 금지야."

"왜요? 가서 시간도 확인해야 하고……."

"빛과 상극인 것들이야. 빛을 보면 본능적으로 방어를 하기 위해 흉포해
진다. 감당할 수 있으면 가지고 들어가."

차가운 루이의 대꾸에 래미는 두말하지 않고 퍼뜩 휴대전화를 바닥에
내려놓았다.

"지금 거울을 열 거야."

"지, 지금요?"

"거울은 열리면 바로 다시 닫히니 곧장 따라 들어와야 돼."

"오케이. 준비됐어요."

잔뜩 긴장하고 있는 래미와 다르게 루이는 별다른 표정 없이 거울에 손바닥을 갖다 대었다.

래미는 다급히 그의 팔을 붙잡았다.

"나, 나 1분을 못 참으면 어쩌죠?"

"어쩌긴. 갇히는 거지."

심드렁하게 대답한 루이는 래미의 손을 탁 밀어내고서 거울에 집중했다.

갑자기 평범한 거울이 파도처럼 일렁거리더니, 피를 머금은 것처럼 새빨갛게 변했다.

"지금이야. 숨 참고 따라와."

너무도 순식간에 루이가 거울 속으로 사라져버렸다.

래미 역시 생각이고 뭐고 할 정신없이 후욱! 숨을 들이마시고서 안으로 뛰어들었다.

루이와 래미를 차례대로 삼킨 핏빛 파도가 곧바로 잠잠해지더니 언제 그랬냐는 듯 차가운 거울로 돌아왔다.

거울 속으로 들어간 래미는 하마터면 숨을 내뱉을 뻔했다. 안은 그야말로 빛 한 줄기 없는 암흑천지의 세상이었기 때문이다.

두려움이 왈칵 밀려온다.

루이, 루이는 어디 있지?

앞이 보이지 않는데다 말까지 할 수 없으니, 루이가 어디 있는지 알 수가 없다.

그때, 마치, 칠판에다 손톱을 긁는 것만 같은 소름끼치는 대화 소리가 래미의 귀를 강타했다.

"어? 인간이야, 인간!"

"신선한 몸이네, 신선한 몸."

"이게 얼마 만이야?"

"내 거야! 내가 가질 거야!"

"안 돼! 내 거야! 내가 먼저 발견했다고!"

"웃기지 마! 내가 이날을 얼마나 기다렸는데!"

"마찬가지야. 머리부터 발끝까지 다 내가 가질 거라고!"

서, 설마. 루이가 말한 그 어둠의 영혼들? 어, 어떡해!

쿵쾅쿵쾅.

심장이 마구잡이로 뛰어대고 긴장을 한 탓에 벌써부터 호흡이 가빠오기 시작했다.

래미는 실수로라도 숨을 쉴 수 없게 한 손으로 코와 입을 꽉 틀어막고서 다른 손을 더듬더듬 허공에서 움직였다.

루이, 루이! 어디 있는 거야!

무섭고 숨이 막혀 돌아버릴 지경이었다. 당장이라도 눈물이 터질 것 같고, 호흡을 해버릴 것만 같았다.

갑자기 무언가 희미하게 팔을 스치고 지나갔다.

루이?

그쪽으로 고개를 돌리는 찰나였다.

심장이 한없이 바닥으로 추락하는 동시에, 불가항력으로 인해 래미의 입술이 턱 벌어지고 비명이 튀어나왔다.

"아아아아악!"

시뻘건 눈동자를 커다랗게 치뜬 어둠의 존재들이 래미의 팔에 조롱조롱

매달려 있었기 때문이다.

합!

래미가 다급히 입을 틀어막았으나, 이미 호흡은 반 이상이 빠져나가 버리고 만 상태였다.

식은땀이 흐르고 온몸의 털이란 털은 죄다 일어났다. 숨이 턱턱 막혔다. 당장이라도 죽을 것만 같았다.

어느새 모여든 어둠의 존재들은 그녀의 온몸은 물론이고 턱밑까지 다닥다닥 들러붙어 있었다.

"어? 얘, 숨을 안 쉬네?"

"죽은 존잰가?"

"아냐, 아냐. 신선한 영혼이야."

"아하, 숨을 참는 거구나?"

"안 돼, 그럼. 숨 쉬어, 숨!"

"숨! 숨 쉬라고!"

어, 어떡해!

쿵쾅쿵쾅쿵쾅.

심장의 소리가 귀까지 울려대고 호흡은 머리끝까지 차올랐다. 밖에서 1분을 참는 것과 여기서 참는 것과는 하늘과 땅 차이였다.

한계였다. 더 이상 참을 수가 없었다. 본능적으로 숨을 들이마시기 위해 입을 여는 순간이었다.

흡.

차가운 입술이 래미의 열린 입술을 빈틈없이 막았다. 동시에 인공호흡을 하듯 폭풍 같은 공기가 그녀의 입 안으로 밀려 들어왔다.

루이?

뒤이어 커다란 손이 그녀의 팔목을 단단히 움켜쥐었다. 이 감촉은……. 루이, 루이다!

그렇게 인식하자 거짓말처럼 마음이 한결 편해지고 두려움도 덜해졌다.

몇 초를 더 버틸 무렵, 팔목을 움켜쥔 루이가 거침없이 그녀를 끌어당겼다.

억겁 같던 1분이 다 된 것이다.

래미는 허겁지겁, 정신없이 루이를 뒤따랐다.

거울을 빠져나온 래미는 완전히 패닉 상태였다.

너무 충격을 받은 나머지 새파랗게 질려 가쁜 숨만 몰아쉴 뿐이었다.

"괜찮아?"

"……."

루이는 고개를 푹 숙인 채 반응을 보이지 않는 래미의 작은 턱을 들어 올렸다.

시선이 마주치자, 경악으로 가득 차 있던 래미의 두 눈에 그렁그렁 눈물이 맺힌다.

"……어, 어디 갔었어요."

입술을 치아로 작게 깨문 그녀가 주먹을 쥐고서 루이의 가슴팍을 툭툭, 때리기 시작했다.

"어디 갔다가 나중에 나타난 거예요? 내가…… 얼마나 놀랐는데…… 흑!"

괄괄하기 그지없는 평소와 전혀 다른 래미의 반응에 루이는 가슴 한구석이 뜨끔거리는 듯했다.

"혼자서…… 얼마나 무서웠는데…… 흐으……."

루이는 힘없이 자신의 가슴팍을 두드리고 있는 래미의 어깨를 끌어당겨 그대로 품에 안았다. 작은 어깨가 바들바들 떨리고 있는 것이 고스란히 느껴진다.

　얼마나 공포에 시달렸으면 이럴까 싶어 루이의 마음도 착잡해졌다.

　루이는 래미를 진정시키기 위해 정수리에 턱을 괴고서 연약한 등을 가만히 어루만졌다.

　"미안. 내 실수야."

　더없이 부드러운 음성이었으나, 루이의 표정은 날카롭게 날이 서 있었다.

　사실, 서로 다른 공간에 떨어질 거라고는 생각조차 못 했었다. 들어갈 당시의 시간 차 때문에 그런 현상이 벌어진 모양이었다.

　"다시는 그런 일 없을 거야."

　잠시, 아이를 다루듯 조심스레 등을 다독이던 루이는 문득 래미의 몸이 심상치 않다는 느꼈다.

　"뭐야. 몸이 불덩어리잖아. 너, 괜찮아?"

　상태를 살피기 위해 껴안고 있던 어깨를 슬쩍 밀어내던 루이의 새카만 눈썹이 움찔 굳어졌다.

　툭.

　가슴팍 사이에 갇혀 있던 래미의 팔이 힘없이 아래로 떨어져버렸다. 뒤이어 가녀린 몸이 휘청, 균형을 잃었다.

　래미가 바닥으로 무너지지 않게 다급히 허리를 받친 다음 루이는 그녀를 안아 올렸다.

　"하긴. 그 비를 맞으면서 버텼는데, 몸 상태가 정상인 게 더 이상한 거지."

작게 혀끝을 찬 루이는 이내 지하를 벗어나기 위해 힘을 썼다.

드나르드스를 두 번이나 열고, 안에서 래미를 찾아다니느라 힘을 꽤 많이 소진했음에도 무리해서 순간이동을 할 수밖에 없었다.

"엇? 도래미 고객님께서 왜 이러신 거예요?"

루나의 홀을 서성이며 두 사람이 나오기만을 기다리고 있던 복만이 두 눈을 동그랗게 뜨고서 다가왔다.

"혹시, 드나르드스 안에서 무슨 일을 당하신 건가요?"

루이는 미간을 슬쩍 찌푸리고서 복만을 찌릿, 노려보았다.

"내가 있는데 무슨 일을 왜 당해?"

"그, 그렇죠. 그럼 왜······."

"감기. 열이 펄펄 끓어."

"아! 비를 많이 맞으셨죠."

"미련스럽게 굴면 이렇게 되는 거야."

루이는 괜스레 비꼬고서 이내 덧붙였다.

"뜨거운 물과 수건 가져와."

"아, 네. 알겠습니다."

복만이 빠르게 시야에서 사라지자 루이 역시 2층으로 발걸음을 옮겼다.

자신의 방에서 그리 멀지 않은 침실로 래미를 데려온 루이는 폭신한 침대에 그녀를 눕혔다.

눈을 굳게 감은 그녀는 미동 없이 뜨거운 호흡만 뱉어내고 있었다.

침대에 걸터앉은 루이는 가만히 래미의 뜨거운 이마에 손을 얹었다.

"너 때문에 내 일상이 자꾸 흔들리는 건 정말 달갑지 않다고."

루이의 입가에 쓴웃음이 걸렸다.

"그때 이소할리만을 거는 게 아니었는데."

모든 건 자신의 탓이었다.

벌컥, 문이 열리는 소리와 함께 복만이 들어와서야 루이는 이마에 얹었던 손을 거두어 들였다.

"주인님 여기, 뜨거운 물과 수건 가져왔습니다."

"여기 두고 나가."

루이가 지시한 대로 수건과 물통을 내려놓은 복만이 걱정스레 래미를 응시했다.

"고객님 옷 벗길까요? 땀을 많이 흘리시는데."

그러고서 성큼 침대로 다가오자 루이가 바로 손을 흔들어 보였다.

"됐으니까, 그만 나가봐."

"하지만, 저대로 두면 더 심해질 텐데요."

"내가 해."

"예?"

"내가 한다고."

루이의 짤막한 말에 복만이 아주 해맑게 손을 내저었다.

"아우, 주인님께서 직접요? 그냥, 제가 하겠습니다. 드나르드스 여시느라 기운도 많이 쓰셨을 텐데 얼른 쉬세요."

그 순간, 루이의 얼굴이 확 구겨지는 것을 복만은 보았다. 속눈썹만 끔뻑끔뻑하던 복만이 이내 눈을 동그랗게 떴다.

"뭐야. 그 표정은."

루이의 얼굴이 더욱 험악해지자 복만은 퍼뜩 고개를 내저었다.

"아, 아닙니다. 전 그만 나가보겠습니다!"

씩씩하게 외친 복만이 이내 몸을 돌려 입구로 향했다.

뒤돌아선 복만의 입이 찢어질 듯 귀에 걸린 걸 루이는 전혀 알지 못했다.

▷ ▷ ◆ ◁ ◁

응…… 시원해. 기분 좋아…….

폭신한 베개에 얼굴을 묻고서 눈을 꼭 감고 있는 래미의 붉은 입술에 기분 좋은 미소가 어렸다.

땀을 많이 흘린 그녀의 몸을 누군가가 깨끗하게 닦아주는 듯한 느낌이었다. 부드러운 손길과 젖은 수건이 몸을 스쳐 지나갈 때마다 보송보송 개운해진다.

누가…… 내 몸을 닦아주는 거지?

어렴풋이 현실과 꿈의 경계선에 있던 래미는 차츰 정신을 차렸다.

지금 누가 내 몸을 닦아주고 있다고? 누가?

래미의 눈이 부스스 떠졌다.

"정신이 좀 들어?"

낮은 음성이 들리고 익숙한 얼굴이 흐릿하게 보인다.

루이였다. 한 손에 수건을 들고서 침대에 걸터앉아 있는 루이가 고스란히 시야에 포착되었다.

순간적으로 래미의 뇌리에 번개가 내리꽂히는 듯했다.

헉! 설마, 나 닦아주던 사람이 루이였어?

생각지 못한 상황에 눈을 번쩍 뜬 래미는 목 아래부터 살폈다.

으억!

예상대로 겉옷은 없고 위아래 속옷만 입고 있다. 다급히 이불을 목까지 끌어당긴 래미는 헉, 헉 가쁜 숨을 몰아쉬었다.

"이, 이게 어떻게…… 다, 당신이 왜…….”

"기억 안 나? 거울에서 나온 뒤 곧장 기절한 거.”

"내가 기, 기절했었다고요?”

"그랬어. 땀을 한 바가지나 흘려서 어쩔 수 없이 겉옷은 벗길 수밖에 없었고.”

그렇게 말한 루이가 갑자기 손을 뻗쳐와 그녀의 한쪽 팔목을 낚아챘다.

"헉, 왜, 왜요?”

"마저 닦게. 이쪽 손만 닦으면 되거든.”

그러고서 래미가 멘붕 상태에 빠졌거나 말거나 꿋꿋이 손을 닦았다.

"다 됐어.”

태연한 루이와 달리 래미는 도무지 어떤 반응을 보여야 할지 감조차 잡을 수가 없었다.

기절한 그녀를 위해 저 도도한 남자가 나름 신경을 써 주는데, 왜 함부로 옷을 벗겼냐고 따지기조차 애매한 상황이었다.

'하지만, 하지만 거의 알몸을 보였다고! 미쳐버리겠네!'

도래미 인생에 이런 적은 머리털 나고 처음 있는 일이었으니, 제대로 된 사고가 될 리 없다. 그저 굳은 듯이 누운 자세로 눈만 끔뻑거리고 있을 뿐.

또다시 루이의 손이 다가온다.

"헉. 또 왜, 왜요. 다 닦았다면서요.”

말하면서도 민망해 얼굴에 열이 확 오른다.

루이는 대꾸 대신 래미의 이마에 손을 얹었다.

두근.

생각지 못한 루이의 행동에 래미의 심장이 울려대기 시작한다.

"아직 열이 그대로네.”

루이 특유의 차가운 손은 금세 이마를 떠났지만, 래미의 가슴은 좀처럼 진정되지 않는다.

'나, 나 미쳤나 봐. 왜 가슴이 두근대고 난린데.'

아무래도 너무 아파 제정신이 아닌 듯했다.

얼른 일어나 여기서 나가는 게 상책이었다.

"나, 옷 좀 줄래요? 그만 가야 될 것 같아요."

이불이 흘러내리지 않게 꼭 쥐고서 반쯤 상체를 일으키려 하자 루이가 그녀의 어깨를 간단히 눌렀다.

두근, 두근.

심장이 더욱 거세게 요동을 쳐댄다.

"안 돼. 열도 안 내렸는데. 한밤중이라 가는 것도 그래."

"하, 하지만……."

"옷도 세탁실에 있고."

아, 옷. 땀을 한 바가지나 흘렸댔지.

확실히 쐐기를 박는 말에 래미는 포기하고 말았다.

"더 자 둬."

나직이 말한 루이가 수건과 따뜻한 물이 든 통을 들고 방을 나갔다.

가만히 그가 사라진 방문을 응시하던 래미는 뜨거운 한숨을 흘렸다.

"아프다고 너무 친절한 거 아냐?"

문득 거울에서 나온 직후의 상황이 머리에 떠오른다. 놀란 그녀를 진정시켜 주기 위해 품에 안고서 한없이 다정히 다독여 주었었다.

"어우, 원래대로 할 것이지."

괜스레 심장이 간질간질 거리는 느낌에 래미는 이불을 머리끝까지 뒤집어써 버렸다.

다음 날 오전.

래미는 간만에 푹, 숙면을 취하고 눈을 떴다.

바꿔 말하면 노숙에 이어 두 번째 외박인 셈이다. 아마, 부모님과 함께 살았더라면 맞아 죽었을 것이다.

아직 조금 머리가 아프긴 했으나, 그래도 이 정도면 살 만했다. 기지개를 쭉 켠 래미는 침대 옆 협탁에 놓인 휴대전화로 손을 뻗쳤다.

"벌써 10시가 넘었네. 낯선 방에서 정말 오지게도 잤구만."

꼬르륵, 배꼽시계가 밥 달라고 울려댄다.

래미는 얇은 이불을 가슴께까지 둘둘 말고서 침대에서 내려섰다.

"입을 옷이 있어야 나갈 텐데."

방 안을 둘러보자 금박 장식의 앤티크 벽장이 눈에 들어왔다.

래미는 두르고 있는 이불을 밟지 않기 위해 종종걸음으로 벽장에 다가섰다.

"뭐라도 입을 만한 게 있었으면 좋겠다."

벽장문을 열고서 안을 본 래미는 가만히 눈을 깜빡였다. 안에는 딱 한 벌의 옷만 걸려 있었다.

노란 원피스 한 벌.

요즘에 제작된 건 아닌지 구제 느낌이 물씬 풍기는 옷이었다.

"남자 둘만 사는 곳에 웬 촌빨 작살 원피스지?"

외롭게 걸린 원피스를 보니 왠지 모르게 기분이 가라앉는다.

여자 옷이 있어 만세라도 불러야 할 판인데 이상하게 조금도 기쁘지 않다.

"나 왜 이래? 입고 갈 옷이 있어서 천만다행이구만."

그래. 우선 이거라도 빌려 입자. 옷을 갖다 줄 때까지 여기 죽치고 있을 수는 없잖아.

그럼에도 한참이나 고민을 때리던 래미는 내키지 않았지만 원피스를 꺼 냈다.

"후딱 입고 깨끗하게 세탁해서 돌려주지 뭐."

허물을 벗듯 이불을 내린 래미는 면소재로 된 노란 원피스를 입었다.

"뭐, 딱 맞네."

그때 똑똑. 노크 소리가 울려 퍼졌다.

"네, 네. 들어오세요."

문을 열고 들어온 것은 루이였다. 마침, 그의 한 손에 그녀의 옷이 들려 있다.

두근.

루이를 마주하자 잠잠해진 심장이 또 울려댄다.

"어, 내 옷 가져온 거예요? 잘됐다! 안 그래도 옷이 없어서 이거라도 입 고……."

"너, 뭐야. 그거 어디서 났지?"

래미의 말을 자르는 루이의 음성은 더없이 낮게 가라앉아 있었다. 문 앞 에 석상처럼 서 있는 그의 표정은 눈에 띄게 굳어 있었다.

뭐, 뭐지? 이 옷 입으면 안 되는 거였나?

"어, 그게 이 벽장 안에 있더라고요. 이거 하나밖에 없어서 입었는데."

"벗어."

래미는 자신의 눈과 귀를 의심했다.

너무 차갑다.

지난밤과 동일 인물이 맞나 싶을 정도로 눈앞의 루이는 완전한 얼음 그 자체였다.

"알았어요. 벗을 테니, 내 옷 주고……."

"당장!"

노기 가득한 고함 소리에 래미는 너무 놀라 어깨를 움찔 굳혔다.

너무 기가 막혀 그녀의 입술이 파르르 떨린다.

"벗는다고요. 그러니까 내 옷 주고 나가요!"

성큼성큼. 더 말하지 않고 루이가 큰 걸음으로 훌쩍 다가왔다. 너무 위협적인 그 모습에 주춤주춤 뒤로 물러나던 래미의 등이 벽장에 닿았다.

루이의 커다란 손이 뻗쳐와 무자비하게 원피스의 가느다란 어깨끈을 잡아챘다.

투둑.

너무 놀라 비명도 나오지 않았다.

상상을 초월할 정도로 강한 힘에 원피스의 앞 단추가 서너 개 떨어져 나갔다.

지금…… 무슨 일이 벌어지는 거지?

뜯어진 단추 사이로 속옷이 드러났지만, 추스를 생각도 못한 채 래미는 굳어버렸다.

루이가 가져온 옷을 가슴팍에 던져주었음에도 래미는 받지 못하고 떨어뜨렸다.

모멸감에 그녀의 어깨마저 떨려 왔다.

순간, 뇌리를 스치는 생각에 래미는 있는 힘껏 루이를 쏘아 보았다.

"지금 입고 있는 옷, 그 여자 옷인 모양이네."

너무 화가 나 작게 중얼대다시피 한 말이었다.

"읏!"

예고도 없이 루이가 그녀의 양어깨를 거세게 움켜쥐고서 바짝 끌어당긴 것이다.

"너, 방금 뭐라고 했어."

바닥에 깔리는 한없이 낮은 음성. 얼음보다 더 싸늘한 표정. 당장이라도 어깨를 분질러버릴 것 같은 억센 힘.

역시나. 옛 여자 이야기는 판도라의 상자였다.

복만은 아무렇지 않게 말해 주었지만, 옷 하나에 이 난리를 치는 걸 보니 확실했다.

"네 입에서 왜 그런 말이 나오지?"

"왜요. 나한테는 아무렇지 않게 모멸감 주면서, 당신 상처는 아파요?"

"복만의 짓이군."

심장이 철렁 내려앉는다. 불똥이 그렇게 튀어버리다니. 너무 큰 모멸감에 잠시 사고 능력을 상실해 버린 대가였다.

입술이 바짝 말라온다.

"복만 씨 끌어들이지 마요, 복만 씨는 아무 잘못 없어요. 내가 막 캐물어서 어쩔 수 없이 대답한 거예요. 그것도 실수로 그렇게 나온 거지, 절대 복만 씨 잘못이 아니에요. 그분에 대해 얘기한 것도 별로 없⋯⋯읏."

루이의 손아귀에 더욱 힘이 들어가는 바람에 래미는 작게 신음을 흘렸다.

어깨가 빠질 듯한 통증이 덮쳐 왔으나, 그런 것쯤은 문제가 되지 않았다.

무표정함을 가장하고 있는 루이의 눈동자가 푹 꺼져버린 것처럼 어두웠기 때문이다.

"……다시는 입에 담지 마. 처참히, 천천히 죽여줄 테니."

지독히도 공허한 목소리로 뇌까린 루이는 부서져라 옥죄고 있던 작은 어깨를 툭 밀치듯 놓아주었다.

비틀거리며 벽장에 부딪치는 래미를 서늘하게 응시한 루이가 이내 자취를 감추었다. 더 같은 공간에 있기 싫은 듯이.

방 안이 고요함을 되찾자 잠시 멍하니 서 있던 래미는 무너지듯 바닥에 주저앉았다.

서러움에 참았던 눈물이 왈칵 터져버렸다.

기분이 아주 엉망진창이었다.

6

방금 막 샤워를 끝내고 나온 래미는 머리에 수건을 덮어쓴 채로 화장대 앞에 앉았다.

진한 커피색 립스틱을 바른 것 같은 입술.

하얗다 못해 푸른 기까지 도는 창백한 피부.

"그 미친 거울 속에 한 번 들어갔다 나왔다고 쪼매 원래대로 돌아오긴 했네."

손톱 발톱 역시 여전히 까맣기는 했지만, 농도가 많이 연해진 상태였다. 아마, 몇 번 더 들어갔다 나오면 확실히 원상 복귀될 듯싶었다.

하지만, 래미가 루나를 찾지 않은 지는 어느덧 사흘째였다.

"그 모욕을 받고 거길 다시 가면 내가 사람이 아니지. 진짜 붕어딸래미지. 그냥, 이렇게 살 거야. 화장만 잘하면 뭐, 섹시 컨셉으로 밀고 나가도 되겠네."

뽀족하게 내뱉었지만, 거울 속 래미의 표정은 어둡기만 했다. 공허하게 느껴졌던 루이의 노기가 계속해서 머릿속에 맴도는 탓이다.

"내가 뭘 그렇게 잘못한 거야? 벗는다고 했잖아. 그런데도 굳이 단추를 뜯어버릴 만큼 내가 큰 죄를 지은 거야?"

그저, 이 세상 사람이 아니라는 이유 하나만으로 그렇게 화를 냈을 리가 없다.

뭔가 사연이 있을 테지.

그럼에도 한 가지 확실한 건 루이가 그녀를 아주 많이 사랑했다는 것.

아니, 어쩌면 아직 못 잊고 있는지도 모른다. 루이의 텅 빈 눈동자가 그렇게 말해주고 있었으니까.

아주 기분이 묘했다. 좋은 쪽이 아니라, 뭔가 불쾌한 느낌.

"어우, 생각하지 말자. 이제 거기랑은 인연 끊자고."

고개를 붕붕 내젓고서 잔뜩 젖어 있는 수건을 풀 때였다.

지이이잉. 지이이잉. 지이이잉.

화장대에 놓인 휴대전화가 진동을 해댄다. 액정을 확인한 래미의 입매가 딱딱하게 굳었다.

복만 노예.

하루도 빼먹지 않고 이렇게 연락이 왔지만 래미는 무시해 버렸다.

"복만 노예가 뭔 죄야. 그래도 안 받아. 난 그냥 이렇게 살 거라고."

래미는 액정을 눌러 통화 거절을 하고서 젖은 머리를 빗었다.

지이이잉. 지이이잉. 또다시 진동 소리가 울린다.

"왜 이렇게 끈질겨? 안 받는……."

조금 짜증스럽게 중얼거리던 래미는 액정을 보고서 퍼뜩 휴대전화를 집어 들었다.

복만 노예가 아니라 지해준이다!

요 근래 이상한 일을 겪느라 얘를 잠깐 잊어버렸다.

음, 음! 아, 아! 곧장 목소리를 가다듬고서 통화를 연결시켰다.

"어. 지해준. 왜."

―어. 도래미. 자는데 깨웠어? 목소리가 거지 같다.

이걸 확 씨, 그냥 확 씨! 열심히 목소리 가다듬은 거거든?

"그래, 네가 깨웠어. 그지 같은 소리 하네. 자다가 깨면 다 그렇지."

자다 깨지는 않았지만 그런 것처럼 해버렸다.

쿡쿡. 낮은 웃음소리가 감미롭게 귓가에 감겨 온다.

하. 지해준, 웃음소리 하나는 끝내주지. 뭐, 웃음소리만? 머리부터 발끝까지 그냥 죽음이지.

문득, 이 세상 사람 같지 않은 외모의 소유자인 루이의 모습이 순간적으로 떠올랐다.

'뭐, 비주얼만 보면 지해준뿐만 아니라 세상 남자들 다 비교 불가 대상이긴 하지.'

―오늘 저녁에 시간 괜찮아?

해준의 물음에 이내 생각을 털어버렸다.

왜 갑자기 루이를 생각하고 난리야?

"오늘 저녁?"

―어. 선약 없으면 저녁이나 같이하자고. 밥도 먹고 술도 한잔할까 해서.

래미는 슬쩍 미간을 찌푸렸다.

어? 저번에 김인희가 너 펍에서 웬 여자랑 쪽쪽쪽, 거리는 거 봤다던데? 여자 생긴 거 아니었어?

"웬일? 여자친구랑 약속 없어?"

―뭐냐, 뜬금없이. 웬 여자?

"아냐? 안 생겼어?"

하, 하고 기가 찬 듯한 웃음소리가 들려 왔다.

—야, 아무리 내가 여자에 환장한 놈이라도 얼마나 됐다고 그새 또 여자를 만나? 누구한테 뭔 소리를 들었냐?

뭐지, 그럼 그 쪽쪽쪽은? 김인희 시력이 양쪽 다 1.5인데. 잘못 봤을 리가 없는데.

그렇다고 취조하듯 사생활을 캐물을 수도 없다. 괜히 마음만 들키기 딱 좋지.

"아니, 요 며칠 연락이 없어서 또 생긴 줄 알았지."

—난 여자 안 만나면 할 일도 없는 놈이냐? 됐고. 술 콜?

"갑자기 웬 술?"

—오늘 불금이잖아. 시간 돼, 안 돼?

"콜, 콜!"

생각을 지우고서 신나게 외쳤다.

안 그래도 기분 꿀꿀한데 한 잔 먹지 뭐. 지해준 얼굴이나 실컷 보면서.

▷　▷　◆　◁　◁

원래도 사람이 붐비지 않는 루나는 시베리아 벌판처럼 황량하기 그지없다.

루이는 고서를 넘기는 중이었고, 복만은 잔뜩 풀 죽은 얼굴로 근처를 서성이고 있었다.

"저, 도래미 고객님께서는 다시 여기에 발걸음 안 하실 건가 봐요."

"……."

루이는 대꾸 없이 책장만 넘겼다.

"며칠 내내 전화했지만 안 받으십니다."

"⋯⋯."

여전히 루이는 말이 없었다.

복만은 입을 댓발이나 내밀고서 원망스러운 표정을 지었다.

"이게 다 주인님께서 너무하신 탓입니다."

"입 다물어."

강약 없는 톤이지만, 잔뜩 날이 서 있다. 하지만 복만 역시 잔뜩 부루퉁한 상태였다.

"오죽했으면 고객님께서 발걸음도 안 하시겠습니까? 아직 완전히 고쳐지지도 않았⋯⋯."

"내가 너를 용서했다고 생각해?"

낮게 흘러나온 노기 가득한 음성에 복만은 곧장 합죽이가 되었다.

사실, 복만은 입이 열 개라도 할 말이 없다.

래미에게 '그분'의 이야기를 한 것과 원피스를 버리지 못하고 남겨둔 것, 모두가 대역죄인 것이다.

하필, 그 방 벽장 속에 넣어 두었을 줄이야. 하도 오래전이라 기억도 가물가물한데.

"저, 저는 볼일 좀 보고 오겠습니다."

축 처진 어깨를 하고서 복만은 밖으로 나가버렸다.

고요함이 찾아오자 루이는 펼쳐 들고 있던 책을 탁 덮었다. 기다란 손으로 이마를 쓸어올리는 그의 표정 역시 잔뜩 가라앉아 있었다.

알고 있다. 그날, 자신이 너무 심했다는 것을.

눈에 띄지 말았어야 할 게 보인 탓이다. 도래미의 입에서 그녀가 들먹여진 탓이다. 그래서 심연 속에 처박아둔 기억을 떠올리게 만든 탓이다.

"젠장."

아무리 변명해 보아도 기분은 나아지지 않는다.

상처를 받은 도래미의 얼굴이 뇌리에서 떠나지 않기 때문이다.

▷　▷　◆　◁　◁

"헐. 깜짝이야. 너, 도래미 맞냐?"

집 근처 술집에서 마주한 해준의 첫 마디였다.

미리 자리를 잡고 기다리던 해준이 평소보다 진한 메이크업의 래미를 보고서 입을 떡 벌리고 있었다.

"그, 그냥 힘 좀 줬지."

어색하게 말한 래미는 해준의 맞은편에 마주 보고 앉았다.

"힘을 줘도 너무 줬네. 마녀 코스프레라도 한 줄 알았잖아."

"마녀? 그렇게 이상해?"

"어. 완전. 그런 화장 남자들 백이면 백 다 싫어하는 스타일이야. 특히 그 진한 커피색 입술."

확실한 촌철살인에 래미는 땡감 씹은 얼굴이 되었다.

망할. 아직은 무리였구나.

다행히 조명이 어두워 지나치게 창백한 피부는 부각되지 않은 모양이었다.

씨이. 이대로 살 거라는 거 취소해야 하나?

해준 앞이라 예쁘게만 보이고 싶었는데 보자마자 저러니 기운이 쭉 빠진다.

"뭐. 그래도 본판이 예쁘니 밉진 않네."

생각지도 못한 말에 래미의 심장이 쿵, 내려앉았다.

"헷갈리니까, 칭찬이든 욕이든 하나만 해."

"칭찬. 다른 여자들이 그렇게 메이크업했으면 진짜 이상했을 텐데, 넌 나름 괜찮아."

하여튼 여자의 마음을 들었다 놓았다 하는 자식.

"어우, 고마워 죽겠네."

해준이 아무렇지 않게 피식 웃었지만, 래미로서는 두근댈 수밖에 없었다.

시간이 점점 흐르고 한창 술자리가 무르익어 갔다.

테이블에는 먹고 남은 과일 조각이 몇 개 담긴 접시가 아무렇게나 놓여 있었고, 빈 맥주병도 여러 개 세워져 있었다.

"도래미, 너 오늘 너무 무리하는 거 아냐? 너무 급하게 마신다."

잔에 반쯤 담긴 맥주를 완전히 비운 래미가 알코올기가 도는 발음으로 중얼거렸다.

"괜찮아. 기분 개떡 같아서 술 한 잔 하고 싶었거든."

"왜?"

라고 물은 해준이 이내 아, 하며 눈을 동그랗게 떴다.

"혹시, 너 좋아한다는 상대한테 고백했다가 차인 거야?"

"뭐래. 하지 말라며. 안 했어, 안 했다고."

무심한 해준에게 조금 신경질적으로 대꾸한 래미는 한숨을 푹 쉬었다.

"우연히 만난 사람이 있는데, 완전 악연이야. 그 인간 때문에 내 일상이 엉망진창이 돼버렸는데도 눈 하나 깜짝을 안 해요. 아니, 내가 내 일상을 돌려주세요, 사정을 해야 할 판이라니까? 성질머리는 얼마나 못됐는지,

지 위에 아무도 없어."

"설마, 네가 좋아한다는 게 그 사람은 아니지?"

"뭐래! 완전 재수 없어!"

즉각적인 버럭에 해준이 어깨를 움찔했지만 래미는 눈을 가늘게 떴다.

"꼴에 노예도 있어."

"노예?"

"어! 완전 웃기지? 그것도 아주 말 잘 듣는 착한 노예. 그러니, 세상 모든 사람이 다 지 아래로 보이는 거지. 잘났어, 정말."

식식거리며 말한 래미가 맥주병으로 손을 뻗치자 해준이 급히 그녀의 팔목을 움켜쥐었다.

"워, 워. 너무 급하게 마신다. 천천히 마시라고. 그러다 금방 취해서 훅 간다?"

래미는 해준에게 잡힌 손목을 물끄러미 보다가 커다란 눈을 새치름하게 치켜떴다.

그리고 조금 취한 김에 혀 짧은소리도 냈다.

"왜. 나 취하면 버리고 갈 끄야?"

해준이 허, 바람 빠지는 소리를 내고서 미간을 찡그렸다.

"이 자식이 어디서 끼를 부려? 혀 길게 빼고 말 안 해?"

합. 래미는 입술을 닫고서 슬그머니 입 안으로 밀어 넣었다.

쯧, 혀끝을 찬 해준이 래미의 잔에 맥주를 가득 따랐다. 그러곤 툭 내뱉는다.

"설마, 내가 너 버리고 가겠냐? 너무 급하게 마시다가 어디 잘못되면 어쩌냐?"

역시. 이러니저러니 해도 내 걱정해 주는 건 지해준밖에 없다니까?

배시시, 웃으며 래미는 맥주를 한 모금 홀짝였다.

▷　▷　◆　◁　◁

"아 나, 진짜. 그렇게 천천히 마시랬더니, 그냥 들이붓고 뻗어버리냐."

해준은 열심히 골목을 걷는 중이었다. 목에는 래미의 핸드백을 걸고, 등에는 그 핸드백 주인을 업고서.

"그나마 술버릇이 없어서 내가 봐준다."

얌전히 잠이 든 래미를 업고 가는 것도 뭐, 그다지 나쁜 기분은 아니었다.

한 가지만 빼면.

"이 자식. 침 드럽게 흘려 쌌네. 등이 다 젖었잖아."

인상을 팍 찌푸리며 걷는 사이 어느덧 래미의 집 앞에 당도했다.

"야, 도래미. 일어나 봐. 집에 다 왔어."

래미를 업은 채 한 손으로 다리를 흔들자 그녀가 작게 움직임을 보였다.

"정신 차려봐. 집에 다 왔다고. 도어락 비번 뭐야?"

"……으응."

래미가 일어나는 듯하자 해준은 그녀를 바닥에 내려놓았다.

휘청. 해준은 발이 바닥에 닿자마자 비틀거리는 래미의 팔뚝을 낚아챘다.

순간, 래미의 얼굴을 본 해준의 눈이 커졌다.

"뭐야, 애 자면서 운 거였어? 침이 아니라?"

비틀비틀 몸을 가누지 못해 대문에 기대어버린 래미의 감은 눈이 흠뻑 젖어 있었다.

"어린애도 아니고."

조금 안쓰러운 얼굴로 웃은 해준은 이내 래미의 어깨를 흔들었다.

"도래미. 일어나 봐. 여기 집이야. 도어락 비번 뭐냐니까."

"……지입?"

"그래. 집. 정신 좀 차리라고."

래미가 슬그머니 젖은 속눈썹을 들어올리고서 눈을 마주쳐 왔다.

가물가물, 몇 번이나 게슴츠레한 눈을 깜빡거린 그녀가 입술을 움직였다.

"이게 누우구더어라."

그러곤 빛의 속도로 해준의 멱살을 와락 움켜쥔다.

"헉. 야, 야. 너 왜 이래?"

"아, 그 도오도하신…… 주우인님 아니세요오?"

"뭐래냐. 나 지해준이야, 지해준."

해준은 기가 막힌 웃음을 내뱉었다. 술에 취해 다른 사람과 착각을 하고 있는 모양이었다.

"얘가 없던 주정이 생겼네?"

"하…… 당신, 즈응말 시러."

"야. 나도 네가 싫다."

건들거리는 몸짓으로 해준을 째려보던 래미가 다시 눈물을 글썽거린다.

"어, 얘 또 우네?"

"그래도 그러치…… 어뜨케 입고 있는 옷…… 단추를 그르케 뜯어버리냐? 내에가 을마나 무안했는데……."

"그래, 그래. 내가 미안해. 다 미안하니까, 일단 들어가자. 도어락 번호부터 불러줄래?"

알 수 없는 주정에 해준은 식은땀을 흘렸다. 하지만, 멱살을 움켜쥐고 있는 래미의 손아귀에는 더욱 힘이 들어갔다.

"내 키수! 멋대로 한 그 키스는 그건 어쩔…… 것이야?"

"뭐, 뭐? 네 키스? 야, 야. 그걸 나한테 그러면 어쩌냐. 어우, 미쳐버리겠네."

"하아…… 그거, 내 처엇 키쑤였다고오."

문득, 해준은 래미가 넘어지지 않게 붙잡으며 내뱉어진 말들을 가만히 곱씹어 보았다.

"뭐야. 입고 있는 옷 단추를 뜯고 멋대로 키스를 했는데, 그게 첫 키스였다고?"

해준의 눈썹이 매섭게 치켜 올라갔다.

"그거 범죄 아냐? 야, 도래미. 너 좋아한다는 놈이 너한테 그랬다는 거야?"

"내 처엇 키스 물어내…… 물어내라고…….."

눈이 풀려버린 래미의 얼굴을 바라본 해준이 실소를 흘렸다.

"나 참. 내가 지금 술 취한 애한테 무슨 얘기를 듣자고 이러는 거야?"

"……내 키스…… 복수할…… 끄야…….."

일단은 이 술떡이 된 녀석을 방 안에 넣어두는 게 급선무였다.

"그래, 그래. 복수는 맨정신에 하고, 일단 비번부터 좀…….."

순간, 래미를 달래던 해준의 모든 동작이 멈추어버렸다.

멱살을 움켜쥐고서 복수를 외치던 래미가 돌연 그를 끌어당긴 것이다.

쪽.

하는 소리와 함께 래미의 작은 입술이 정확히 해준의 입술에 닿았다가 떨어졌다.

"······복수했다아. 이번에눈······ 내에가 먼저 했으니까 복수우 서엉공."

그러고서 맥없이 그의 가슴팍으로 무너져 버렸다.

래미가 바닥에 헤딩하지 않게 거의 반사적으로 허리를 받쳤지만, 해준은 그대로 돌처럼 굳어버리고 말았다.

정지 버튼을 누른 것처럼 해준은 한동안 움직일 수가 없었다.

래미의 집에서 조금 떨어진 까만 어둠 속.

그런 둘을 지켜보는 이가 있었으니.

귀족처럼 오만하고 꼿꼿한 자세로 암흑 속에 몸을 가리고 있는 루이였다.

"연애 사업을 하시느라 오지 않은 거였군."

무미건조하게 중얼거리고 있는 루이의 입술 끝이 슬쩍 위로 향했다.

하지만 곧 아래로 떨어진다.

두 사람을 응시하고 있는 루이의 얼굴은 무표정하기 그지없었으나, 심연 같은 까만 눈동자는 매섭게 번뜩인다.

어둠과 동화되어 있던 루이가 이내 모습을 감추었다.

▷　▷　◆　◁　◁

"아으, 시원해. 그래도 아직 죽을 것 같네."

시원한 꿀물을 한 사발 들이켠 래미는 구부정한 자세로 어슬렁어슬렁 방으로 들어왔다.

침대에 다시 몸을 누인 그녀는 필사적으로 어젯밤 일을 떠올리려 애썼다.

"······미친다, 진짜. 어떻게 하나도 기억이 안 나지?"

살면서 필름이 끊기도록 술을 마신 건 어제가 처음이었다.

그것도 지해준 앞에서.

요즘 너무 상상 밖의 일을 겪는 바람에 잠깐 뇌의 사고회로가 멈춰 버렸다.

"실수라도 했으면 어떡하지? 막 추태 부리고 그런 거 아냐? 미쳐버리겠네."

머리는 지끈지끈, 속은 울렁울렁, 꼬라지는 엉망진창. 말 그대로 상태가 멜롱이었다.

"설마, 고, 고백이라도 한 거 아냐?"

농담이 아니었다. 12년 동안 필사적으로 숨겨온 걸 한순간의 실수로 발설해버렸다면?

갑자기 불안감이 엄습해와 래미는 아픔도 잊고 벌떡 상체를 일으켰다. 기억이 나지 않으니, 도무지 견딜 수가 없다.

그때였다. 침대 옆 협탁에 놓인 휴대전화가 지이잉, 지이잉, 진동을 해댄다.

"으악!"

액정을 들여다본 래미의 얼굴이 울상이 되었다.

지해준. 이름 석 자가 떡하니 반짝이고 있었기 때문이다.

"어떡해, 어떡해."

아직 마음의 준비도 못 했는데!

징그러운 물건을 대하듯 억지로 휴대전화를 집어든 래미는 이내 통화를 연결시켰다.

"어, 어. 지해준."

─안 죽고 살아 있네?

뭐지, 이 약간의 삐딱함은?

"어, 뭐. 그, 그렇지."

─속은 좀 괜찮냐?

"어, 어."

수화기를 타고 무슨 말이 흘러나올지 몰라 온 신경이 곤두선다.

"참, 참! 나 어제 집에 어떻게 온 거야? 정말, 기억이 하나도 안 나."

일단은 선수를 날렸다. 기억이 안 난다는 걸 강조해서.

─당연히 안 나겠지. 몸도 못 가눴는데 정신은 가눴겠냐? 내가 업고 너 데려다 줬다, 인마.

윽. 내가 미쳐!

갑자기 더욱 수렁에 빠지는 기분이었다. 이미 인사불성이 되어 업혔다는 것만으로도 추태가 아닌가!

"그, 그랬어? 그래도 나 도착해서는 정신 좀 차렸지?"

─저엉신? 정신을 차려? 죽을래? 대문이랑 현관 비번도 한참이나 지나서 겨우겨우 알려주는 바람에 진땀 뺐거든?

조졌다. 설마, 그 정도로 술이 떡 됐을 줄이야.

"하, 하. 내가 어제 좀 과하게 마시긴 했어. 미안해, 고생했어."

─도래미.

해준의 음성이 잔뜩 낮아졌다.

동시에 래미의 심장도 철렁 내려앉았다.

서, 설마. 아직 왕건이가 남아 있는 건 아니지?

─너, 정말 기억 하나도 안 나?

헉. 나, 나 진짜 고백했나?

"어? 어. 하나도 안 나. 전혀. 왜, 왜?"

—……

해준이 몇 초 동안 침묵을 지키는 바람에 래미의 심장은 더더욱 쪼그라들었다.

"혹시, 나 뭐 실수라도 했어? 주사 부리고 그랬어?"

들릴 듯 말 듯한 작은 한숨 소리가 새어 나온 뒤 해준이 대답을 했다.

—아니. 안 했어. 전혀.

"정말?"

—어.

"근데, 왜 대답하는데 뜸을 들여?"

여전히 미심쩍은 기분이 가시지 않아 래미는 마른침을 삼켰다.

—앞으로 그러지 말라고 겁 한 번 줘 본 거야. 다른 데서 그랬으면 너 큰일 나, 인마.

"어, 그, 그래? 진짜 별일 없었던 거 맞지?"

—그래.

정말 다행스러운 대답에 래미는 환희의 비명을 지를 뻔했다.

소리 듣고 팬티 질러!

술에 취해 뻗은 것도 추태긴 했지만, 더 이상한 짓을 안 한 것만으로도 천만다행이었다.

—살아 있으니 됐네. 나 그만 들어가 봐야 해.

"어, 어. 일 열심히 해."

그러고서 전화를 끊으려 할 때였다.

—앞으로 다른 사람들 앞에서는 그렇게 취하지 마.

아아, 그렇게 추태였구나!

"어, 응. 알았어. 고생했어. 미안해."

―들어간다.

통화를 끝낸 뒤 래미는 기운이 쭉 빠져 침대에 벌렁 누워버렸다.

그 잠깐 사이에 10년은 늙어버린 기분이었다.

"역시 나이 먹고 필름 끊기는 건 죄악이야. 죄악이라고. 다시는 술 안 마셔야지."

해준은 까맣게 변해버린 휴대전화의 액정을 물끄러미 들여다보았다.

"다행이네. 전혀 기억을 못 한다니."

만약 기억하고서 어색해하면 어쩌나 걱정했는데, 반응을 봐서는 전혀 모르는 듯했다.

아무리 오랜 시간을 친구로 지내 왔어도 성별이 다른 이상, 선을 넘게 되면 순식간에 관계가 어긋나 버린다.

주변에서도 많이 봐 왔고, 그 역시 꽤 많이 겪었기에 그 끝이 뻔하다는 것을 충분히 알고 있었다.

결혼까지 골인하거나, 생판 남보다 더 못한 사이가 돼버린다는 것.

해준의 경우는 모두 후자였다. 끝이 좋지 않은.

학창시절부터 지금까지, 이제 그에게 남은 여자 사람 친구라고는 래미와 인희 둘밖에 없었다.

래미는 전혀 그를 남자로 봐주지 않았고, 인희는 남자라는 존재에 관심이 없었으니 가능한 일이었다.

"김인희는 라이벌이지."

여자를 좋아하니까. 킥. 작게 웃으며 중얼거린 해준은 이내 발걸음을 옮겼다.

래미가 기억에서 끄집어내지 않는 이상, 어젯밤 일은 무덤까지 가져갈 것이다.

래미와의 우정을 먼저 깨는 일은 결단코 없을 테니까.

전혀 기억 못 한다는 래미의 확인을 듣고 나니 복잡하기만 했던 머릿속이 조금 누그러지는 듯했다.

7

짙은 어둠이 내려앉은 밤. 하늘하늘 캐노피가 드리워진 루이의 침실.

아름다운 은발 머리를 침대 밑으로 길게 늘어뜨린 채 루이가 깊은 잠에 빠져 있었다.

불현듯, 희고 반듯한 루이의 이마가 구겨졌다. 결코 반갑지 않은 존재의 기척이 맹렬히 신경을 긁어댔기 때문이다.

루이는 가만히 눈을 떠 상체를 일으켰다.

역시나. 예상했던 존재가 떡하니 눈앞에 나타나 있었다.

"오랜만이군. 이렇게 대면한 게 얼마 만이더라?"

여유 만만한 상대와 달리 루이의 얼굴은 굳어졌다.

"쿡쿡. 내가 네 앞에 드러났다는 건 네 고민이 크다는 증거겠지? 아, 뭔가가 너를 끊임없이 자극하고 있다는 뜻이려나?"

루이는 대꾸 대신 상대를 노려보았다.

자신과 똑같은 모습을 하고 있는 존재. 그리고 그의 눈에만 보이는 존재.

"내가 한번 맞혀볼까?"

"닥쳐."

"으흠, 화가 나셨나? 나 같은 건 100일마다 한 번씩만 나타나서 죽은 듯이 잠만 자다 사라져야 하는 건데, 이렇게 떡하니 눈앞에 있으니, 고결한 자존심에 상처라도 난 모양이군?"

아주 즐거운 얼굴로 말한 존재가 침대에 엉덩이를 대고 앉았다.

"그렇게 생각 마. 난 어차피 너야. 네 가장 끔찍하고 잔악한 부분."

그랬다. 떼려야 뗄 수 없는 존재. 루이의 본성인 어둠의 집약체.

색기 가득한 미소를 지은 존재가 다시 입술을 움직였다.

"그 아이 때문이지? 그날, 잠든 나를 깨웠던 그 아이. 400년 만에 이소 할리만을 저항한 그 아이. 그 아이가 네 신경을 긁어대고 있는 거지?"

"웃기는 소리 말고 꺼져."

"쿡쿡쿡. 아닌 척하지만 관심이 가시겠지. 평범한 여자아이가 어째서 주술에 걸리지 않고, 저주까지 저항해 버렸는지."

"잠깐의 호기심이었을 뿐이야."

존재가 커다랗게 웃어젖히고서 곧 정색을 했다.

"그런데 왜 난 그날도 아닌데 네 눈앞에 나타났을까?"

"……."

"솔직히 탐나지? 그날 내가 그 아이를 먹지 못했던 게 너도 아쉬웠던 거야. 으음, 그 순결하고 신선한 냄새. 가져버리고 싶지?"

"닥쳐."

"그런데, 그 순결하고 신선한 냄새를 다른 놈이 가질 거라고 생각하니 미쳐버리겠지? 심장이 마구 뛰고, 머리가 아파 죽겠지?"

루이의 표정이 더더욱 어둡게 꺼졌다.

"이봐, 그냥 이쯤에서 이성을 놓아 봐. 이 정도 일탈이 뭐가 나빠? 예전에 비하면 아무것도 아닌데. 한 번쯤은 본능에 충실해도 좋잖아. '그때처럼.' 쿡쿡쿡."

순간, 루이의 머릿속에 전기가 번쩍 이는 듯했다.

루이는 가만히 눈을 감았다가 떴다. 그의 입가에 한 줄기 미소가 감돌았다.

"고맙군. 정신을 차리게 해줘서."

반대로 눈앞의 존재가 크게 당황하기 시작했다. 더불어 위풍당당한 모습도 점점 흐려진다.

"이, 이봐. 그, 그냥 한 번이잖아. 잘 생각해봐. 그, 그 아이를 만난 건 우연이 아닐지도 몰라. 어, 어쩌면……."

"그만 꺼져."

존재의 모습이 더욱 희미해졌다.

"잠깐, 잠깐. 하…… 빌어먹을."

험악하게 욕설을 뱉어낸 존재가 섬뜩하게 눈동자를 번뜩였다.

"언제고 그 아이로 인해 네 그 잘난 가면이 벗겨질 때가 있을 거야. 아닌 척해도 네 모든 감각은 그날 그 아이의 향긋함을 아주 잘 기억하고 있을 테니. 그때를 기약하지."

음산한 미소를 희미하게 남긴 존재가 이내 흔적도 없이 자취를 감추었다.

어두운 방 안이 고요함을 되찾자 루이는 작게 한숨을 흘렸다.

"……뭐. 그동안 사람들 틈에 오래 살긴 했지."

낮게 중얼거린 루이는 아무렇게나 흐트러진 긴 머리칼을 한쪽으로 넘겼다.

그의 표정은 그 어느 때보다 차분하고 냉정했다.

▷　▷　◆　◁　◁

"예? 바, 방금 뭐라고 하셨어요, 주인님?"

복만은 하마터면 들고 있던 포크와 나이프를 식탁에 떨어뜨릴 뻔했다. 복만은 혼이라도 나간 것만 같은 얼굴이 되었다.

"왜 못 들은 척이야. 여기 그만 뜰 거라고."

태연하게 말하고서 우아하게 스테이크를 써는 주인님이었다.

챙그랑.

확실한 대답에 복만은 포크와 나이프를 그만 동그란 접시 위에 떨어뜨리고 말았다.

"……어, 어째서요? 갑자기, 아니, 그럼, 어디로…….”

"조용한 곳으로 갈 거야. 묘약 만드는 것도, 골동품도 다 시시해졌어."

"왜 갑자기 그런 결심을 하신 건가요."

뜻밖의 날벼락에 충격을 받은 복만의 얼굴이 한껏 침울하게 가라앉았다.

루이는 나이프를 내려놓고서 복만의 얼굴을 빤히 응시했다.

"넌 여기 남아도 돼."

복만의 입매가 딱딱하게 굳어졌다.

"주인님."

"나 그만 따라다녀도 된…….”

"싫습니다."

복만답지 않게 매서운 얼굴을 하고서 루이의 말을 잘랐다.

"왜 저를 떼어 놓으시려는 겁니까?"

"사람들 없는 곳으로 갈 거야. 넌 사람들을 좋아하니까 여기 있으라는 거지."

"싫습니다. 저는 무조건 주인님을 따라갈 거예요. 주인님이 안 계신데 혼자 여기 있으면 뭐하겠습니까? 혼자 남기 싫어요. 싫습니다. 전 무조건……."

"알았으니까, 그만해."

루이가 미간을 슬쩍 찡그려서야 복만은 입을 닫았다.

하지만, 세상을 다 잃은 것만 같은 기분에 복만은 울기 일보직전인 표정이었다.

이곳에 와서 친해진 모든 것들과 이별을 해야 하는 거니까. 그럼에도 주인님과 떨어지는 건 상상할 수가 없다.

주인님은, 가뜩이나 고립된 생활을 자처하는 주인님은 자신마저 없으면 더욱 철저히 세상과 등지고 외로이 살아갈 게 분명했다.

"……그럼, 언제 떠나실 생각이세요?"

"아직 해결할 문제가 있거든. 그거 해놓고."

"예? 해결하실 문제라면……."

말끝을 흐리던 복만이 눈을 번쩍 떴다.

"도래미 고객님을 말씀하시는 거죠?"

"……."

대답하지 않았지만 루이의 까만 눈은 더욱 음울하게 빛나고 있었다.

▷　▷　◆　◁　◁

"이제 복만 노예는 전화도 한 통 안 하네. 며칠 내내 줄기차게 해 쌌더니.”

래미는 시꺼먼 휴대전화의 액정을 흘끔 확인하고서 시선을 들어 거울을 바라보았다.

진한 화장 외에는 가릴 수가 없는 요상한 상태의 얼굴을 보니 절로 한숨이 흘러나온다.

더군다나 그 진한 화장을 본 해준의 반응이 영 별로였던 터라 더욱 신경이 쓰였다.

“돌아버리겠네. 그 끔찍한 거울 속에는 또 들어가고 싶지 않은데.”

생각만으로도 몸이 부르르 떨려 왔다.

더군다나 들어가서 살아남기 위해서는 루이에게 호흡까지 나누어 받아야 한다.

그것도 무려 마우스 투 마우스로.

“아악! 안 돼. 안 된다고!”

자기밖에 모르는 도도한 인간에게 목숨 줄을 맡기는 건 지금으로선 자존심이 너무 상했다.

어떻게 해야 하나 갈피를 못 잡고 있는데, 띵똥, 톡 알림음이 울렸다. 부모님과 함께 살고 있는 빼질이 동생 놈이었다.

[누나, 엄마가 주말에 집으로 오라심.]

억. 첩첩산중이다. 아니다. 올 것이 왔다. 평생 가족을 안 볼 건 아니니까.

[왜? 나 주말에 좀 바쁜데.]

[정규직도 아니고 꼴랑 몇 시간짜리 알바나 하는 주제에 뭐가 바쁘냐고 엄마가 소리 지르심.]

그럴 만도 했다. 그녀가 19금 웹소설을 쓴다는 건 인희밖에 모르니까.

[뭐, 알바는 사생활 없냐? 왜? 뭐 때문에 오라시는데?]

[밑반찬 만드심.]

[아아. 이번 주는 안 돼.]

[그럼, 엄마 ㄱㄱㄱ]

헉!

[어우, 귀찮게 뭐 하러 그러신대? 그냥 택배로 보내시라고 그래. 나 진짜 바쁘다고.]

[ㄴㄴㄴ엄마 ㄱㄱㄱ하심.]

이 자식, 백수 주제에 어쩌고저쩌고할 때는 또박또박 다 쓰더니!

아, 동생 놈 톡에 대해 뭐라고 할 입장이 아니다. 엄마가 직접 오시면 분명 하룻밤 묵고 가실 게 뻔했다.

그럼, 민낯 들킬 확률 백 퍼센트고. 차라리 그녀가 꼭두새벽에 갔다가 오후 즈음 오면 그만이다.

[알았어. 주말에 집으로 간다고 말씀드려.]

[ㅇㅇ]

핸드폰을 내려놓은 래미는 머리칼을 쥐어뜯었다.

"망할. 결국엔 또 내가 굽히고 들어가야 하는 거잖아."

그날에 대한 사과는커녕, 이제 복만 노예에게서 연락도 없는데. 그동안 가지 않았다고 나 몰라라 쫓아낼지도 모른다.

아니, 그 촌빨 작살 원피스를 입은 순간부터 그녀는 아웃이었는지도 모를 일이다.

갑자기 서글픔이 확 밀려온다.

그날 저녁.

루나에 갈 준비를 일찌감치 마친 래미는 죽을상을 하고서 방 안을 서성였다.

"일단. 무조건 미안하다고 하는 거야. 그때는 내가 너무 심했……긴 뭘 심해? 심한 건 그 인간이었지! 옷 단추 다 뜯고, 소리 지르고!"

버럭, 외친 그녀는 고개를 흔들었다.

"아우, 바보! 이러면 안 돼. 안 된다고. 너, 주말에 이 꼴로 집에 갈 거야? 그럴 거 아니면, 무조건 성질 죽여야 된다고."

후우, 한숨을 뱉어낸 래미는 다시 마음을 가다듬었다.

"그때는 내가 미안했어요. 정말. 지금 생각하니……."

"뭐가 미안한데?"

갑자기 등 뒤에서 들려온 음산한 음성으로 인해 래미의 발걸음이 뚝 멎었다.

뭐, 뭐, 뭐지? 방금 무슨 소리가…….

"뭐가 미안하냐니까?"

심장이 철렁 내려앉았다. 래미는 반사적으로 몸을 돌렸다.

"우아아아아아악!"

요란스럽게 비명을 지른 래미는 벌어진 입술을 닫지 못한 채 굳어버리고 말았다.

믿을 수 없게 루이가 그녀의 침대에 다리를 꼬고 앉아 있었기 때문이다.

"다, 당신이 여길 어떻게……."

예상조차 못 했던 상황에 래미는 기절하기 일보직전이었다.

"우리 집은 어떻게 알고…… 아니, 이렇게 갑자기……."

너무 놀라 횡설수설해 대던 래미는 이내 작게 입술을 깨물었다.

루이를 마주하자, 아니, 루이가 먼저 자신을 찾아주자 그간의 서러움과 서운함이 마구 치솟는 탓이다.

"여긴 왜 온 건데요? 지금 이거 무단침입인 거 알죠?"

이 남자에게 그런 것쯤이야 아무 상관이 없다는 걸 잘 알고 있었다. 그럼에도 그녀는 뾰족하게 굴고 싶었다.

지금껏 그녀가 속상했던 것만큼 되돌려주고 싶었다.

그때까지도 가만히 그녀를 응시하고만 있던 루이가 입을 열었다.

"주말에 그 꼴로 집에 가기 싫을 거 같아서."

래미는 다급히 뒷목을 잡았다.

확실히 처음부터 다 봤다는 거다. 너무 민망해 래미의 창백한 얼굴이 급격히 붉어졌다.

아아, 정말 이 남자 앞에만 있으면 체면이고 나발이고 하나도 건질 수가 없다. 그저, 창피함의 연속이었다.

잠시 시근덕거리고 있던 래미는 부끄러움 같은 건 잠시 접어두고서 도도하게 턱을 슬쩍 들어 올렸다.

"그래도 뭐…… 복만 씨 전화도 안 받고, 발걸음도 안 하니 걱정은 됐나 보네요? 고고하신 분께서 이렇게 직접 데리러 온 걸 보면."

"데리러 온 거 아닌데."

곧장 떨어지는 대꾸에 래미는 흡, 숨을 들이켰다.

정말, 이 남자와는 안 맞아도 너무 안 맞다. 뭐라도 하나 얻어걸리는 게 없다!

"그럼, 여기까지 왜 왔어요? 나 혈압 올리려고 온 거예요?"

삐딱한 물음에 루이가 슥 몸을 일으켰다.

"원래대로 되돌려주려고."

"뭐라고요?"

150 1

나직이 말한 루이가 성큼 다가오자 래미는 몸을 움찔했다.

"나를 원래대로 되돌려주는 방법은 그 거울 속에 들어갔다 나오는 것밖에 없는 거 아닌가요?"

루이는 대답 대신 가만히 손을 올려 래미의 턱을 움켜쥐었다.

불현듯 생각 하나가 래미의 뇌리를 스치고 지나가면서 루이에게 잡힌 래미의 턱이 긴장감으로 굳어졌다.

"서, 설마. 원래대로 되돌려준다는 게 그때 그, 그 방법은 아니죠?"

그녀의 거부로 미수에 그쳤던 그 일. 지금 래미의 머리에는 그것밖에는 떠오르지 않았다.

데려가기 위해 온 게 아니라면 그 방법밖에 없지 않은가.

"경고하는데, 나 그 방법은 싫다고 했어요. 분명히. 아무리 그쪽과 별별 경험을 다해 봤어도 그건 아니에요. 차라리 거울 속에 백 번 들어갔다 나오는 게 나아요."

강경한 래미의 발언에 루이가 희미하게 미소를 지었다. 그 미소가 어쩐지 더 불안스럽게 느껴져 래미는 입 안이 바짝 말라왔다.

"거울 속으로 드나드는 게 귀찮아서, 그래서 그런 거라면 가끔, 가끔 한 번씩만 갈게요. 그러니까……."

갑자기 눈앞이 몽롱해지는 바람에 래미는 말끝을 흐렸다.

나, 나…… 왜 이러지? 왜 갑자기 정신이 하나도 없지?

래미는 속눈썹을 깜빡깜빡하며 루이를 올려다보았다.

까맣던 루이의 눈동자가 오드 아이로 보인다. 한쪽은 붉고 또 한쪽은 회색인. 하지만, 머리칼은 여전히 새카맣다.

래미는 저도 모르게 입술을 슬쩍 벌리고서 하염없이 루이의 모습만 바라보았다.

아…… 저 오드 아이…… 은발일 때와는 또 느낌이 달라.

예쁘다…… 예뻐. 진짜, 사람이 이렇게 예뻐도 되는 거야?

얼이 빠진 채로 자신만 멍하니 보고 있는 래미를 지켜보던 루이가 작게 중얼거렸다.

"원래 쓰던 것보다 훨씬 더 힘이 많이 드네."

그래 봤자 겨우 멍하게 있다가 언제 깰지 모르지만.

루이는 계속해서 눈을 깜빡이고 있는 래미의 허리를 한쪽 팔에 감고서 끌어당겼다.

"어, 어?"

"역시. 금방이군."

미간을 살짝 구긴 루이는 당장이라도 정신을 차릴 것 같은 래미의 눈동자에 시선을 고정시키고서 더욱 강한 주술을 걸었다.

다시 래미의 다갈색 눈동자가 흐릿해지자 루이는 힘의 봉인을 해제하는 주문을 나직하게 읊었다.

"시아르로르데 시마므샤."

주문이 끝나자마자 루이의 검은 머리칼이 사정없이 휘날려댄다.

그는 지체하지 않고 래미의 작은 턱을 눌러 입술을 열었다. 그리고 인공호흡을 하듯이 한 치의 빈틈도 없이 자신의 입술을 밀착시켰다.

강제로 열린 래미의 입 안으로 봉인이 해제된 어둠의 힘들이 사정없이 밀려들어가기 시작했다.

잠시 후. 루이는 어둠의 기운을 잔뜩 몸속에 받아들이고서 정신을 잃어버린 래미를 침대에 누였다.

죽은 듯이 누워 있는 래미의 머리부터 발끝까지, 시커먼 매연이 감싸고 있는 것처럼, 검은 기운들로 넘실거린다.

래미의 몸에 남아 있는 이소할리만을 누를 정도로 강력한 어둠의 힘을 주입시킨 상태니, 아마 내일이면 원래대로 돌아올 것이다.

주입된 힘은 래미가 흑마법사가 아니니, 1, 2년이면 흔적도 없이 흩어져 버릴 테고.

루이는 가만히 손을 뻗어 얼굴에 마구잡이로 흐트러져 있는 래미의 머리칼을 쓸어주었다.

"나도 그 방법은 싫거든. 그렇게 질색을 해대는데 나도 자존심 상한다고."

작게 중얼거리는 루이의 붉은 입술에 한 줄기 선혈이 흘러내린다. 갑작스레 힘을 너무 써버린 탓이다.

루이는 제 속에 봉인되어 있던 힘의 3할을 래미에게 불어 넣었다. 힘의 3할을 그냥 단순히 쓴 게 아니라 잃어버린 것이다. 시간이 지난다 해도 다시 채워지지 않는다는 것을 의미함이었다.

"천적을 만나면 꼼짝없이 죽겠군."

피식, 웃음을 흘린 루이는 래미를 물끄러미 응시했다.

"내가 뿌린 씨앗이니, 내가 거두는 게 맞겠지."

자조적으로 중얼거린 루이는 래미의 볼을 가볍게 어루만졌다.

"너와의 인연도 이걸로 끝이군. 잘 지내."

나직한 말을 남긴 루이는 이내 래미의 방에서 자취를 감추었다.

▷　　▷　　◆　　◁　　◁

"으으으……."

기지개를 쭉 켜며 잠에서 깬 래미는 멍하니 천장을 응시했다.

끔뻑끔뻑, 속눈썹을 파닥이던 그녀는 이내 상체를 벌떡 일으켰다.

"어, 뭐야? 아침이야?"

너무 당황스러워 창으로 쏟아지는 햇살에 눈이 부신 줄도 모를 정도였다.

분명, 저녁이었고, 루이가 찾아와 원래대로 되돌려주겠다고 한 것까지 모두 다 방금 전 일처럼 기억에 생생했다.

그런데, 왜 아침인 거냐고?

흠칫, 놀라 퍼뜩 목 아래를 살핀 래미는 후, 안도의 한숨을 내쉬었다. 옷도 어제 입고 있던 그대로였고 특별히 몸이 이상하다는 것도 느껴지지 않았다.

그러다 문득, 핑크빛의 손톱이 시야에 포착되었다.

"어? 뭐, 뭐야? 손톱 색깔이 원래대로 돌아왔잖아?"

발톱도 마찬가지로 언제 그랬냐는 듯 원래의 색이 되어 있었다. 그러고 보니, 드러난 손이며 팔목 역시 시체 같던 푸르죽죽 창백함이 싹 가신 상태였다.

래미는 침대를 박차고 나와 곧장 화장대 거울 앞으로 갔다. 거울 속에는 핑크빛 입술과 하얀 피부를 자랑하던 예전의 도래미가 자리 잡고 있었다.

"마, 만세! 돌아왔다, 돌아왔다고!"

푸쳐핸접을 하고서 잠시 동안 미친 듯이 기뻐하던 래미는 이내 감정을 누그러뜨렸다.

"근데, 이게 도대체 어떻게 된 일이지?"

몸을 원래대로 되돌리기 위한 실행 가능성 있는 방법은 두 가지밖에 없었다.

루이와 자거나, 거울 속에 몇 번이고 드나들거나. 하지만, 그 두 가지는 확실히 아닌 듯했다.

분명, 루이가 뭔가를 하고 간 것 같은데, 도무지 그것까지는 기억에 없었다.

"설마, 또 기억을 지운 건가?"

하는 의심도 잠깐 들었지만, 그것도 아닌 것 같았다. 기억을 지운 거라면 무단침입도 같이 없앴을 것이다.

몸이 원래대로 돌아온 것은 기뻤지만, 타는 듯한 궁금증은 참을 수가 없었다.

지난밤, 무슨 일이 있었는지 알아내기 위해 래미는 허둥지둥 몸을 일으켰다.

"……이럴 수가."

대충 세수와 양치만 하고 루나로 달려온 래미는 그야말로 패닉 상태가 되고 말았다.

얼마 전까지만 해도 건물 정면에 박혀 있던 「LUNA」라는 고풍스러운 간판이 흔적도 보이지 않는다.

간판뿐 아니었다. 카페 같기도 하고 바 같기도 하던 그 빅토리아풍 건물이 믿을 수 없게도 그냥, 주거용 건물로 바뀌어 있었다.

까맣고 커다란 대문을 멍청하게 응시하며 몇 번이나 눈을 비벼 보았지만 루나가 아니었다.

"이게 어떻게 된 일이야……."

정신없이 우두커니 서 있던 래미는 다급히 잠긴 대문을 두들겨 보았다.

"저기요, 아무도 안 계세요? 복만 노예! 복만 노예, 거기 없어?"

그 흔한 벨조차 없는 철제 대문을 마구잡이로 두드릴 때였다.

"어이구, 시끄러워. 아가씨, 아침부터 정신 사납게 무슨 일이에요?"

노인의 것으로 추정되는 목소리가 래미의 귀를 잡아챘다.

래미는 퍼뜩 몸을 돌렸다. 뽀글머리를 한 할머니 한 분이 바로 옆 건물에서 나오고 있었다.

"아, 죄송합니다. 여, 여기 어떻게 된 건가요?"

자신이 생각해도 바보 같은 질문이었다. 다짜고짜 여기 어떻게 된 거냐니. 하지만, 머릿속이 하얗게 돼버린 탓에 제대로 된 사고가 될 리 만무했다.

"거기가 어떻게 되다니, 무슨 말이유?"

"아니, 여기 있던 가게 말이에요."

"가게?"

"네, 네. 루나라고 골동품상회가 있었잖아요."

할머니가 눈살을 슬쩍 찌푸리더니 래미를 이상한 눈으로 슥 훑었다.

"거기 무슨 골동품상회가 있어? 거기는 아주 오래전부터 가정집이었는데."

"네? 그, 그럴 리가요. 여기 분명히 루나라고……."

"아가씨, 내 여기 산 지 30년째유. 옆에 뭐가 있는지도 모를까. 여기는 쭉 그 집이 있었어요. 잘못 찾아온 거 아니유?"

그러고서 '젊은 사람이 정신은, 쯧쯧.' 한다.

이럴 수가. 아니, 어떻게 이런 일이 있을 수가 있지?

그럼, 그동안 내가 보고 겪은 건 뭐란 말이야? 루이는? 복만 노예는?

모두 다 뭐란 말이야? 내가 환상, 신기루를 보기라도 한 거야?

텅 빈 눈으로 망연자실 서 있던 래미는 막 다시 몸을 돌려 들어가려는 할머니에게 다가갔다.

"할머니, 잠깐만요."

할머니가 발걸음을 멈추고서 래미에게로 시선을 주었다.

"그럼, 저 안에는 누가 살았나요? 지금 누가 살고 있긴 하나요?"

절박한 래미의 물음에 할머니가 요상한 표정으로 주름진 눈을 끔뻑거렸다.

"아니, 글쎄. 사람이 사는지 안 사는지 그건 나도 몰라. 사람 사는 기척도 못 느끼겠고."

래미는 눈앞이 캄캄해져 왔다.

뭐야, 정말. 뭐지?

"어, 맞다. 아주 가끔 젊은 총각 하나가 왔다 갔다 하는 것 같기도 하고······."

이어진 할머니의 말에 래미는 눈에 힘을 주었다.

"호, 혹시, 스무 살 정도 돼 보이는 서글서글하게 잘생긴 청년 아닌가요?"

할머니가 반색을 하며 박수를 짝 쳤다.

"어! 그래, 맞아요, 맞아. 눈도 크고 얼굴도 뽀얀 게, 요새 텔레비전에 나오는 총각들처럼 생겼지. 가끔 다녀가는 건지 뭔지 한 번씩 요 앞에서 마주치면 헤실헤실 잘도 웃어줬지."

아아! 래미는 이마에 손을 턱 얹고서 커다랗게 숨을 내쉬었다.

복만이었다. 분명, 복만이 맞았다. 그러니까, 그녀가 겪은 것들이 모두 환상, 신기루는 아니라는 뜻이다.

꽉 막혔던 가슴이 아주 미미하게 내려가는 듯했다.

"어이구, 내 정신. 나 찌개 올려놔서 가봐야 하니까, 아가씨, 시끄럽게 하지 말고 다시 잘 알아보고 와요. 알았수?"

허둥지둥 할머니가 집 안으로 사라지고 다시 고요함이 찾아왔다.

래미는 휘청거리는 몸을 겨우 벽에 기대었다. 그녀는 가만히 눈을 감고 지난밤을 곱씹어 보았다.

"……이렇게 흔적도 없이 사라지려고 내 방에 직접 왔던 거야."

이렇게 한마디 말도 없이 가버리려고 나를 고쳐준 거야?

처음부터 그랬지만, 참 매정하다. 그래도 어떻게 이렇게 홀연히 떠날 수가 있지?

루이는 몰라도 복만까지 이럴 줄은 꿈에도 몰랐다.

바짝 말라버린 입술 사이로 한숨이 새어 나왔다.

"하긴. 내가 뭐라고. 어차피 나란 사람은 그 둘에게 아무것도 아니었을 텐데."

그저, 묘약 손님이었을 뿐.

"잘됐지, 뭐. 가뜩이나 이상한 일만 겪어서 정신이 도는 줄 알았는데, 이제 편안히 일상생활을 하면 되는 거잖아."

그래. 그랬다. 몸도 원래대로 돌아왔으니 문제 될 건 하나도 없었다.

늘 그랬던 것처럼 노트북 앞에서 씨름하고, 틈나면 인희와 수다를 떨고, 지해준도 만나고, 한동안 가지 못했던 체육관이며, 동호회 활동도 다시 하고, 주말마다 부모님도 찾아뵙고.

"그래. 이걸로 된 거야. 잊자, 잊자고, 도래미."

그냥, 한여름 밤의 꿈 한번 요란하게 꾸었다고 생각하면 되는 거였다. 마음을 다잡은 래미는 집으로 발걸음을 옮겼다.

갑자기 목이 불덩이를 삼킨 것처럼 묵직하니 아파왔다. 이어 콧날까지 시큰시큰 아려온다.

이내 눈앞이 부옇게 변했다.

주룩.

무게를 이기지 못한 눈물방울들이 볼을 타고 흘러내리기 시작했다.

"흐흑…… 한마디만 해주고 가지…… 떠난다…… 이 말 한마디가 뭐가 그렇게 힘들다고…… 흑!"

분명, 악연인데 왜 이렇게 서운하고 마음이 아픈 걸까.

몸이 원래대로 돌아오면 이쪽으로는 기침도 하지 않을 거라고 수십 번도 넘게 다짐했는데, 이 감정은 뭐란 말인가.

바쁘게 아침을 시작한 사람들이 흘끔흘끔 쳐다보면서 지나갔지만 래미는 서럽게 눈물을 쏟아냈다.

"복만 노예가 더 나빠. 착한 척은 혼자 다 했으면서…… 작별 인사도 없이 가버리냐…… 흑흑흑."

고객님, 고객님 하던 복만 노예와, 까칠하기 그지없던 그 주인 루이가 커다랗게 머릿속에 떠올랐다.

그간 있었던 일들이 무성영화의 필름처럼 빠르게 뇌를 스쳐 지나가자 눈물이 더욱 앞을 가린다.

8

호텔에서의 업무를 마치고 집으로 온 해준은 넥타이부터 풀어 젖혔다.

백오피스 업무라 프런트 오피스보다 상대적으로는 스트레스를 훨씬 덜 받는 편이지만 해준은 조금 예외였다. 호텔의 대표이사가 부친이기에, 늘 긴장 속에서 지내야 한다.

조금이라도 흐트러지거나 실수를 하게 되면, 낙하산이라는 딱지가 붙기 마련이니까.

실상은 월등한 성적으로 입사를 했는데도 말이다.

와이셔츠 단추를 풀어 내리는데 띵동, 문자 도착 소리가 울렸다. 김인희 의 문자였다.

[지해준, 이번 주 금요일에 뭐하냐? 오랜만에 램네 집에서 배달 음식 시 켜서 맥주 한잔하자. 누나가 쏜다.]

이상하게도 심장박동 수가 빨라짐을 느꼈다.

문자의 주인이 김인희라서가 아니라, 내용을 보자 이상하게도 가슴이 일렁인다.

음, 그런데 이미 선약이 있는 상태였다. 호텔 식음부에서 근무 중인 화려하게 생긴 예쁜이와. 완전 자신의 취향이라 은근히 기대하고 있던 참이었다.

[어쩌지? 나 선약 있는데.]

[아, 그래? 오랜만에 뭉치나 했는데.]

[미안. 나중에 한번 뭉치자. 오빠가 쏜다. 심심하겠지만 이번에는 둘이서 마셔.]

[ㅋㅋ괜춘. 안 심심해. 우리 팀에서 알바하는 꼬맹이가 내 폰에 있는 램 사진 보더니, 뿅가서는 데리고 가달라고 조르고 있어서 램한테 물어보고 데려가려고.]

순간, 가슴이 싸해지는 게 묘하게 불쾌감이 일었다.

해준은 빠르게 문자를 날렸다.

[야. 모르는 남자를 왜 램 집에 데려가? 그거 실례야.]

[뭐래. 우리 팀 꼬맹이라니까 웬 모르는 남자?]

그러고서 문자가 뚝 끊겨버린다.

"하. 뭐야. 지는 알지만 램은 모르는 남자 맞잖아."

괜스레 식식거리던 해준은 문득, 어이가 없어 쿡, 웃음을 흘렸다.

"내가 지금 뭐 하는 짓이냐? 자기네 팀 꼬맹이를 데려가서 술을 마시든 말든 내가 무슨 상관이라고. 미친놈."

고개를 절레절레 흔든 해준은 휴대전화를 침대에 아무렇게 던져 놓았다.

셔츠를 벗고 운동으로 다져진 근육질 상체를 드러낸 그가 이내 삐딱하게 고개를 기울였다.

"아니지. 도래미 술 취하면 안 되는데. 이상한 주사 생겼던데."

술에 취해 조그만 입술을 쭉 내밀고서 어린아이들이나 할 법한 입맞춤을 해오던 래미가 뇌리를 스쳐 지나갔다.

머리에 번개가 꽂히듯 해준은 정신이 번쩍 들었다.

"안 돼, 안 되지. 만약 그 꼬맹이한테 그러면 어떡해. 나야, 오빠 같고 아빠 같은 입장이지만, 그놈은 아니지. 웬 떡이야, 덤벼들겠지."

해준은 휴대전화를 집어 들고 슬그머니 문자를 날렸다.

[김인희. 나 약속 취소됐다. 나도 갈 거야.]

▷　　▷　　◆　　◁　　◁

불타는 금요일 저녁. 래미의 거실에는 맥주 파티가 막 시작된 참이었다.

음식과 생맥주 모두 오로지 배달되어 온 것들로만 한 상 가득 차려졌다.

래미와 해준이 나란히 앉고 맞은편에 인희와 아르바이트생인 팀 막내, 유민이 자리를 잡았다.

"와, 폰사로 본 것보다 훨씬, 훨씬 더 미인이시네요. 래미 누나라고 불러도 되죠?"

생글생글, 유민의 LTE—A급 붙임성에 인희가 놀라지 말라고 덧붙였다.

"얘, 회사 밖에서는 나한테도 그냥 누나라고 부른다? 알바하러 온 날 회식 자리에서 누나라 그러더라."

"난 뭐 직장 상사도 아니니 당연히 누나라고 불러도 되죠."

"넵! 이제부터 누나라고 부르겠습니다, 충성!"

유민의 오버에 래미와 인희가 쿡쿡 마주 보고 웃었다.

안면이 없는 유민 때문에 불편하면 어쩌나 조금 걱정했는데, 예상 외로 분위기는 금세 화기애애해졌다.

겉으로 보기에는.

'이 친구, 어쩐지 복만 노예랑 닮았잖아. 서글서글, 동글동글.'

복만이 떠오르니 자동으로 그 주인, 루이가 생각나고 만다.

자체발광 비주얼로 늘 무뚝뚝한 얼굴만 하고 있는 도도한 주인님.

그녀의 첫 키스 상대. 너무도 강렬한 기억들을 남기고 증발해버린 그 남자.

갑자기 가슴에 돌덩이가 얹힌 듯 답답해져 왔다.

"야, 램. 왜 이렇게 맥주를 못 마셔?"

인희의 물음에 그제야 래미는 생각을 털어버리고 마음을 눌렀다.

'다 끝난 인연들인데 왜 자꾸 떠오르고 난리야? 정말, 정말 잊자고!'

"아, 내일 일찍 집에 가야 돼. 어마마마 소환."

"아하. 그럼, 적당히 마셔."

그건 핑계에 가까웠다. 버스를 타고 가면서 졸아도 되니까. 사실은 해준 앞에서 또 술떡이 된 모습을 보여줄 수가 없기 때문이다.

요즘 같은 기분으로 술 마시면 누구라도 붙잡고 울어버릴 것만 같아 그런 모습까지는 절대로 보여주기 싫었다.

"자자, 그럼 안주라도 열심히 드세요. 너무 마르셨어요, 여신 누나."

유민이 프랑크소시지가 찍힌 포크를 두 손으로 공손히 내밀었다.

"여신 누나래. 하하. 고마워요."

조금 부담스럽긴 했으나, 성의를 봐서 래미는 포크를 받아 들고 소시지를 먹었다.

"우와, 인형이 말만 하는 줄 알았더니 음식도 먹어!"

계속되는 유민의 찬사에 래미와 인희가 웃음을 터트릴 때, 해준은 속으로 코웃음을 쳤다.

'지랄하네.'

어떻게든 래미에게 잘 보이려 여신님 어쩌고저쩌고해대는 게 한심하기 그지없다.

'뭐. 너무 어설퍼서 불쌍하기도 하네.'

바보가 아닌 이상, 저 성의 없는 멘트에 넘어갈 여자가 세상천지에 어디 있다고.

더군다나 래미는 학창시절부터 얼짱으로 소문나 있었고, 인기도 상당했다. 그런데, 저 뜬금없는 찬양질이 래미의 성에 차기나 하겠는가.

아마 인희를 봐서 겉으로는 웃고 있어도 속으로는 짜증이 치솟고 있을 것이다.

'아니지. 짜증은 내가 났지.'

이럴 줄 알았으면 그냥, 식음부 예쁜이와 시간을 보낼 걸 그랬다.

'내가 지금 여기서 뭐 하고 있는 거야.'

래미가 저번처럼 술을 많이 마실 것 같지도 않았고, 저 촐랑이 역시 그다지 신경 안 써도 될 것 같았다.

아직 솜털도 안 가신, 그냥 어린놈이었으니까. 남자 냄새 같은 건 하나도 안 나는.

'흐음. 적당히 일어나 버릴까.'

맥주 한 모금을 들이켜며 잠깐 생각에 잠길 때였다.

"어, 누나, 잠깐만요. 여기 뭐 묻었어요."

하고 말한 유민이 이내 손을 뻗어 엄지로 래미의 입가를 쓱 닦아 주었다.

"아, 고마워요."

예상외의 스킨십에 래미가 조금 놀라 속눈썹을 파닥거린다.

해준의 눈동자가 날카롭게 빛났다.

저건, 어쩌다 그냥 한번 해본 행동이 아니었다.

아주 많이 해본 자연스러운 몸짓. 갑자기 저 어린놈에게서 수컷 냄새가 진동을 해댄다. 동족이다!

'이 자식, 위험한데.'

결국, 해준은 이 자리를 뜨는 것을 포기하고 말았다.

밤 10시를 훌쩍 넘긴 시각.

래미 집 거실에서 벌어지는 술자리는 시간이 지남에 따라 점점 더 무르 익어 가고 있었다.

"어라아? 수울이 떨어졌네?"

인희가 얼큰하게 달아오른 얼굴로 껄렁껄렁, 빈 병 몇 개를 흔들어 보였 다.

"앗, 그럼 제가 갔다 오겠습니다!"

싹싹함이 몸에 밴 유민이 씩씩하게 외치고서 벌떡 일어나다 살짝 몸을 휘청거렸다.

"어, 어. 나 안 취했는데 왜 이러지."

빨간 얼굴로 어리둥절해하는 게 귀여워 작게 웃음을 흘린 래미가 몸을 일으켰다.

"내가 갔다 올 테니 그냥 있어요."

"안 돼요, 램 누나. 어떻게 이 한밤중에 여신님께 술심부름을 시키겠어 요?"

"괜찮아요. 여기서 제일 술을 안 마신 사람이 나니까 내가 빨리 갔다 오 면 돼요."

"어우, 안 됩니다. 요즘 세상이 얼마나 흉한데요. 음, 흠. 그럼, 램 누나, 저랑 같이⋯⋯."

막 유민이 속내를 드러내려는 찰나였다.

"내가 갔다 올게."

해준이 슥 일어났다. 유민의 입술이 미미하게 굳었다가 펴졌다.

"어우, 형님. 그냥 저랑 램 누나랑 갔다 와도 되는⋯⋯."

"그냥 있지?"

해준이 매섭게 찌릿, 노려보자 유민이 눈썹을 움찔했다. 그런 유민을 조금 위압적으로 내려다본 해준이 이내 몸을 돌렸다.

급격히 냉랭해진 분위기 사이로 해준의 음성이 날아들었다.

"래미, 따라와."

"어어? 나?"

"나 여기 마트 몰라."

"어, 그래. 알았어."

래미는 취해서 눈에 힘을 주고 있는 인희와 조금 굳어 있는 유민에게 손을 흔들어 보이고서 해준을 뒤따랐다.

밖으로 나온 래미는 저벅저벅 앞서서 걷고 있는 해준의 옆으로 쪼르르 다가섰다.

"야, 애 무안하게 뭘 그렇게 무섭게 그러냐?"

"내가 뭘."

해준은 저도 모르게 퉁명스레 말하고 말았다.

"내가 뭘은. 너, 쟤 마음에 안 드는구나?"

"어. 완전. 언제 봤다고 누나누나, 램램이야? 지가 뭔데."

0.1초 만에 대답을 해놓고 해준은 속으로 신음을 삼켰다.

이렇게 감정 조절을 못 하고 되는 대로 말해보기는 어릴 적 이후로 처음이었다.

마치, 심술 난 아이가 된 기분이었다.

래미 역시 어이없는 표정으로 웃더니, 이내 그의 팔을 툭툭 두들겼다.

"그래, 그래. 이해해. 저렇게 끼 부리는 타입은 여자들한테나 귀여움 받지 남자들 사이에서는 밉상 맞지 뭐. 나도 램램거리는 건 좀 거북하긴 했어. 너랑 인희만 쓰는 애칭인데."

"거북하면 하지 말라고 해."

래미가 슬쩍 눈을 흘겼다.

"인희 봐서 참는 거야. 그러니까, 너도 너무 싫은 티 내지 마. 다음부터 절대 데려오지 말라고 하면 되고. 알았지?"

래미가 이렇게까지 말하니 해준은 그나마 짜증이 조금 누그러지는 듯했다.

"그래도 난 좀 감회가 새롭던데? 너 군대 가기 전이랑 꽤 비슷해서."

래미가 이렇게 말하기 전까지는.

해준은 걸음을 뚝 멈추고서 래미를 내려다보았다.

"내가 저랬다고?"

"응. 딱 저랬어."

너무도 똑 부러지는 대답에 해준은 뒷골이 쭉 당겨 왔다. 입에서는 기막힌 웃음이 튀어나왔다.

"야. 말도 안 되는 소리 한다. 내가 저 촐랑이 같았다고? 장난 까냐?"

"어. 여자 좋아하고 끼 부리는 거 딱 똑같은데?"

해준의 입매가 미미하게 비틀렸다.

여자에게 잘 보이려 아부나 해대는 애송이 자식이랑 자신이 같다니 너무 기분이 나빴다.

"야, 램. 난 여자를 좋아는 해도 저렇게 싼티 작렬은 아니었어."

래미가 해준을 물끄러미 응시하다 풉, 웃음을 터트렸다.

"싼틴지 뭔지는 나도 모르겠고, 야, 넌 더 했어."

"뭐, 뭐라고?"

"너 예쁜 여자 없으면 술자리는커녕, 선배가 밥 사준대도 거절했잖아. 맘에 드는 여자 있으면 애인 있어도 무조건 뺏어야 직성이 풀리고. 그래서 너 별명이 커플 브레이커였잖아. 그래도 군대 다녀온 뒤로는 양다리는 안 걸쳤으니 인간 된 거지, 뭐."

물 흐르듯 담담하기 짝이 없는 래미의 발언에 해준은 심장이 쿵, 내려앉는 듯했다.

틀린 말이 아니었지만, 래미의 입을 통해 들으니 인간 이하가 따로 없다.

12년 지기로 지내오는 동안 보여준 게 겨우 그런 모습뿐이었나 싶어, 충격이 밀려들었다.

"애들 기다리겠다. 빨리 가자."

래미가 해준의 어깨를 툭 치고는 저만치 앞장서 나가기 시작했다.

해준은 표정을 굳힌 채 성큼성큼 따라가 래미의 팔목을 낚아채고 돌려 세웠다.

"어, 왜, 왜?"

갑작스런 행동에 래미의 동그란 눈이 더욱 커졌다.

"네 눈에 비친 내가 그래?"

"뭐?"

"네 눈에는 내가 그렇게 쓰레기였어? 다른 모습은 없어?"

래미의 입술이 어버버, 벌어졌다.

"누가 쓰레기래? 난 그냥 네가 유민일 너무 싫어하니까, 그러지 말라고 한 소린데."

"내가 그놈 싫어하든 말든 네가 왜."

"지해준. 너 갑자기 왜 그래?"

래미의 외침에 해준은 정신이 들었다.

제기랄. 그러게. 나 지금 뭐 하나? 언제부터 도래미한테 내가 어떤 모습으로 보일지 신경 썼다고.

아무래도 술이 너무 과해 취했나 보다.

해준은 잡고 있던 래미의 팔을 스르르 놓았다. 그는 손바닥으로 얼굴을 비비고서 이내 입술 끝을 올렸다.

"그래도 비교할 걸 해. 난 여자들한테 질척거리면서 아부는 안 했으니까. 난 좀 급이 달라."

"피. 그래, 그랬지. 대신 쟤보다 스킨십은 쩔었지."

"야. 자꾸 저거랑 비교할 거야?"

"어. 계속 비교할 거야. 너넨 동급이거든."

래미가 혀를 쑥 내밀어 '메롱'을 해보이고서 달음질을 쳤다.

"이씨, 너 잡히면 죽는다!"

내일모레 서른 살 둘이 동네에서 나 잡아 봐라를 시전 중이었다.

▷   ▷   ◆   ◁   ◁

"누나!"

백팩을 메고서 막 버스에서 내린 래미는 귀를 잡아채는 우렁찬 음성에 고개를 돌렸다.

"누나아!"

횡단보도 맞은편에, 다섯 살 터울의 남동생 래원이 주변 사람들보다 머리 하나는 쑥 큰 키로 양팔을 흔들고 있었다.

"어우, 저 자식 목청은 여전하네."

말은 그렇게 해도 래미의 얼굴에는 반가움이 물씬 담겼다.

신호등 색깔이 바뀌고 횡단보도를 건너자 래원이 그녀의 가방을 대신 멨다.

"안 와도 된다니까 뭐 하러 왔냐?"

"나 안 왔으면 여기서 집까지 걸어가게? 동네까지 들어가는 버스도 띄엄띄엄 있는데."

"택시 타고 가면 되지."

"어허. 시급 6,000원짜리 몇 시간 하는 알바가 웬 택시? 너무 사치스럽다고 생각 안 해?"

래미는 이맛살을 찌푸리며 래원이 가지고 온 자전거로 시선을 주었다.

"사치고 나발이고 니 그 자전거 뒤에 매달려 가는 것보다는 낫거든?"

"기름 한 방울 안 나는 나라에서 자전거면 훌륭한 거지."

영감님처럼 말한 래원이 훌쩍 안장에 올라탔다.

"야, 타. 시속 30킬로로 달려 주겠어."

래원의 너스레에 래미는 어이없는 웃음을 터트렸다.

역시, 가족만큼 힐링이 되는 존재는 없는 모양이었다. 간만에 마음이 편해지는 걸 보면.

막 한쪽 다리를 올려 자전거 뒷자리에 올라타려고 할 때였다.

자전거 바로 옆으로 눈에 확 띄는 핑크빛 지프 한 대가 스르르 지나갔다.

'지프가 올핑크라니 귀엽네.'

풋, 웃으며 무심결에 창문이 내려진 운전석을 본 래미의 동공이 커다랗게 확장되었다.

믿을 수 없게도 운전대를 잡고 있는 사람의 낯이 익었기 때문이다.

'서, 설마! 보, 복만 노예?'

심장이 철렁, 내려앉기도 잠시, 래미는 후딱 자전거 뒤에 올랐다.

핑크색 지프가 서행을 하고 있으니 어쩌면 확실히 확인해볼 수도 있을 것만 같았다.

"야, 달려. 빨리, 빨리."

"어? 어."

래미의 재촉에 래원이 얼떨결에 출발을 했다.

그런데, 지프가 조금씩 속력을 내기 시작하는 바람에, 래미의 속은 타들어가는 것만 같았다.

"야, 야. 더 빨리."

"어우! 뭐래. 누나 태우고 더 이상 어떻게 빨리 가냐?"

"저, 저 앞에 핑크 지프 따라잡아야 된다고!"

"허억, 왜? 돈이라도 떼였냐? 사기 당한 거야?"

핑크 지프의 뒤꽁무니가 점점 더 멀어지고 있었기에 래미는 대답 대신 냅다 외쳤다.

"복만 노예! 복만 노예!"

하지만, 야속하게도 핑크빛 지프는 속력을 내더니 이내 시야에서 사라지고 말았다.

미친 듯이 페달을 밟던 래원 역시 속력을 늦추었다.

"하아. 뭐야. 사기꾼이 아니라 노예였냐?"

하지만, 래미는 망연자실한 얼굴로 하염없이 차가 사라진 전방만 보고 있을 뿐이었다.

분명 앳된 얼굴에 서글서글한 인상을 가진 복만이 맞았는데. 너무 아쉽고 허무해 바닥으로 꺼지는 듯한 기분이었다.

그때, 래원이 한 마디를 툭 던졌다.

"저 지프, 동네에서 본 적 있는 것 같은데."

래미의 눈이 번쩍 뜨였다.

"뭐라고? 저 차를 동네에서 봤다고? 정말이야?"

"워, 워. 내가 본 건 아니고 아버지가."

"아빠가?"

"어. 며칠 전에 아버지가 약수터에 물 뜨러 가셨다가 분홍색 지프가 산에서 내려오는 걸 보셨대. 색깔이 워낙 특이해서 한참 쳐다보셨다더라고. 그 말 듣고 에이, 지프를 올핑크로 칠한 미친놈이 어디 있어요, 그랬거든. 근데, 어쩌면 저 지프인지도 모르겠네."

래미는 훅, 숨을 들이켰다. 그녀의 심장이 마구 두근두근 뛰어 대기 시작했다.

래미의 부모님이 사는 곳은 경기도에서도 외곽에 위치한 작은 마을이었다. 줄곧 도시 생활만 하다 아버지의 퇴임 뒤 전원생활을 시작했다.

동생 래원은 군 입대를 위해 휴학한 상태라 부모님과 함께 생활하는 중이었고.

간만에 네 식구가 다 모인 이른 점심 식탁은 어느 때보다 복작거린다.

"딸램, 요새 일이 많이 힘들어? 얼굴이 저번보다 못하네."

어머니, 나현이 근 한 달 만에 집으로 온 래미의 밥 위에 부지런히 반찬을 올리며 걱정스러운 표정을 지었다.

"에이, 실내에서 알바 몇 시간 하는 게 뭐가 힘들어요? 먼지 날리는 곳에서 막노동하는 사람들도 천진데."

짝!

엄마표 스매싱이 등짝에 꽂히자 래원이 잔뜩 오버하며 앗, 따가를 연발해 댄다.

"백수인 네가 할 말은 아닌 듯싶다?"

"에이, 내일모레 군 입대하는 아들한테 백수라뇨. 제가 두 분 힘드실까 봐 텃밭도 얼마나 열심히 가꾸고 있는데요."

아버지 경석이 눈을 가늘게 떴다.

"이놈아, 밭이나 마구잡이로 헤집어놓지 말어. 상추 좀 따오랬더니 그 큰 발로 돌아다니면서 작물을 다 밟아놨어."

"그거뿐이게요? 고추 몇 개 따오랬더니 어찌나 세게 당겼는지 가지들을 다 꺾어놨지 뭐예요."

죽이 척척 맞는 부모님의 공격에 래원이 머쓱한 표정으로 머리를 긁적였다.

"제가 워낙 섬세한 거랑은 거리가 멀어서…… 뭐, 그래도 하겠다는 의지가 중요하죠. 하하."

래미를 비롯해 부모님들이 고개를 절레절레 흔들며 어이없는 웃음을 흘렸다.

"참, 아빠. 약수터에서 분홍 지프 보신 적 있다고 하셨죠?"

경석이 반쯤 내려온 안경을 밀어 올리고서 놀란 표정을 지었다.

"분퐁 지프? 응, 그래. 본 적이 있지. 래원이 저 녀석은 지프를 분홍으로 칠한 정신 나간 사람이 어딨냐며 내가 잘못 본 거라고 했지만. 분명히 봤다고. 근데, 넌 그걸 어떻게 알아?"

래원이 쿨럭, 작게 헛기침을 하며 끼어들었다.

"그게 말입니다, 아버지. 그거…… 저도 봤어요. 버스정류장 근처에서 지나가는 걸 봤어요."

"그렇지? 있지? 내가 잘못 본 거 아니지?"

"예, 예."

"어이구, 저 녀석이 말도 안 된다고, 아빠더러 색맹 아니냐고 얼마나 놀려댔는 줄이나 아니?"

"죽을죄를 지었사옵니다."

누명을 벗은 사람처럼 후련해 하는 경석을 보며 래미는 말을 이었다.

"그 차를 보신 게 며칠 전이라고 하셨죠?"

"보자, 보자. 약수를 뜨러 갔을 때니까 4일 전인가, 그럴 거야."

"그전에는 한 번도 보신 적 없고요?"

"전혀 본 적 없지. 그날 처음으로 봤는데, 어찌나 놀랐는지 몰라. 갑자기 약수터 뒤쪽에서 분홍이 불쑥 나타나서는 순식간에 산을 타고 내려가는 거야."

"갑자기 나타났다고요?"

"어어. 통에 물을 가득 담으려면 시간이 꽤 걸리잖니. 그래서 경치 구경이나 하고 있었지. 그럼, 보통 저 멀리서부터 그 분홍이 보였어야 하는 건데, 그런 거 전혀 없이 진짜, 바로 코앞에 불쑥 튀어나오더라고. 꼭 뭐에 홀린 것 같아서 한참 멍 때리고 있었어."

분명, 예사로운 현상이 아니기에, 래미는 벌써부터 심장이 두근거렸다.

"호, 혹시 운전자를 보셨어요?"

"그거까지는 볼 정신이 없었지."

아……. 기대감에 들떴던 마음이 스르르 누그러진다.

"근데, 갑자기 그 지프는 왜? 아는 사람 지프냐?"

"누나 노예 찾는 중이래요."

래원이 또 불쑥 끼어들었다.

"노예?"

부모님의 시선이 동시에 자신에게로 날아들자 래미는 하하, 어색하게 웃었다.

"아, 아는 사람 지프가 맞는 거 같은데 저도 확실한 건 몰라요. 그리고 그 친구 별명이 노예거든요."

그러고서 래원에게 슬쩍 눈을 부라려 보였다. 뒤진다이!

래원이 바로 깨갱, 꼬리를 내리고서 딴청을 피워댄다.

"딸, 이따 오후에나 돼서 갈 거지? 마른반찬들 다 진공포장 해놨으니까, 갈 때 하나도 빼먹지 말고 가져가."

나현의 말에 래미는 잠시 뜸을 들였다가 입을 열었다.

"저, 내일 가려고요."

"내일? 일은 어쩌고?"

"어, 그게 저, 저녁 타임이라 내일 조금 일찍 가면 돼요."

거짓말 한번 술술 잘 나온다.

"어머, 그래도 되니? 잘됐다. 간만에 우리 딸램하고 같이 자겠네?"

소녀처럼 기뻐하는 나현을 보니, 죄책감이 쑥 밀려온다. 부모님과 하루를 보내고 가는 게 목적은 아니었으니까.

"딸램, 어디 가려고?"

그날 오후 무렵, 운동화를 단단히 신고서 마당에 선 래미를 보며 나현이 물었다.

"오랜만에 맑은 공기 좀 맡고 싶어서요. 동네나 한 바퀴 돌고 오려고요."

"그래? 혼자서 심심할 텐데, 엄마도 같이 갈까?"

윽! 속으로 신음을 삼키고서 래미는 다급히 내뱉었다.

"아니에요. 뜀박질 좀 하려고요. 좋은 공기 마시면서 운동 좀 할까 하고요."

"아. 그래, 그럼."

"다녀올게요."

"너무 늦지 않게 와. 저녁에 너 좋아하는 갈비찜 해먹게."

"네."

씩씩하게 외친 래미는 이내 집을 나섰다.

래미는 예전에 아빠를 따라 몇 번 가본 적 있던 약수터로 발길을 옮겼다.

이곳 약수터는 산기슭 깊숙이 위치해 있는데다 아무런 시설 없이 딱 약수만 졸졸 흐르는 터라 동네 주민들 외에는 발걸음을 잘하지 않았다.

그래서인지 아직 해가 있는 오후였지만, 약수터는 을씨년스러운 분위기가 물씬 풍겼다.

"음. 이 약수터 뒤쪽에서 지프가 불쑥 나타났댔지?"

래미는 약수터를 지나 조금 더 깊은 산 쪽으로 올라가기 시작했다. 솔직히 어쩌자고 이러는 건지 그녀 스스로도 알 수가 없다.

그 지프의 주인이 복만인지 아닌지 확실하지도 않은데다, 여기 왔다고 해서 다시 마주칠 수 있을 거란 확신도 없다.

약수터 근처에 초소를 지어놓고 24시간 내내 감시를 할 수 있는 것도 아니고.

'막상 만나게 되면 그때는 뭐라고 할 건데? 왜 말없이 사라져버렸어? 작별 인사 정도는 해야 하는 거 아냐? 뭐 이런 말?

그게 아니면, 그동안 겪은 게 환상이나 신기루가 아니었다는 걸 증명이라도 하고 싶은 걸까.

그녀도 알 수가 없었다.

일단은 한 번이라도 좋으니 마주하고 싶었다. 그러면 이 탈 것 같은 갈증도 해소될 것 같았다.

"하아, 산이라 조금 쌀쌀하네. 긴팔을 입고 올 걸 그랬나."

다소 비탈진 산을 오를수록 차가운 바람이 래미의 드러난 살을 맹렬히 스치고 지나갔다.

그렇게 조금 나아가던 래미의 발걸음을 뚝 멎었다.

마치, 폭풍우와도 같은 거친 바람이 마구잡이로 래미의 몸으로 쏟아졌기 때문이다.

"어우, 갑자기 무슨 바람이 이렇게 세?"

산속의 나뭇잎들과 딱딱한 나뭇가지 부스러기들, 돌, 먼지 같은 것들로 인해 눈조차 제대로 떠지지 않는다.

눈살을 찌푸린 채 바람을 맞으며 잠시 서 있을 때였다. 가느다랗게 뜬 시야에 이상한 광경이 포착되었다.

한여름 뙤약볕 아래 흐물거리는 대기처럼 저 앞에 보이는 공간이 사정없이 일렁이고 있는 것이다.

"뭐지, 저건?"

평소에 흔히 보아 오던 그런 아지랑이가 아니었다.

그냥 피어오르는 게 아니라, 꼭 일정한 법칙을 가지고 인위적으로 일렁이는 것만 같았다.

"확실히 평범한 현상은 아닌데. 저것 봐. 계속 같은 패턴으로 공간이 일그러지고 있잖아."

래미는 마른침을 삼키고서 바람을 맞으며 앞으로 나아갔다.

일렁이는 공간에 바짝 다가선 그녀는 훅, 숨을 들이켜고서 조심스레 한 발짝 내밀었다.

그리고 그 순간이었다.

"으앗!"

발을 들이밀자마자 어마어마한 힘이 그녀의 몸을 쑤욱 안으로 빨아들인다.

진공청소기 속에 빨려 들어가는 먼지가 이런 기분일까.

어딘가로 사정없이 끌어당겨진 그녀는 그대로 균형을 잃고 바닥에 벌렁 자빠지고 말았다.

그녀를 끌어당긴 엄청난 힘이 사라지고 세차게 불던 바람도 없어졌다.

"어우, 깜짝이야. 뭐가 어떻게 된 거지?"

래미는 너무 얼떨떨해 잠시 넘어진 그대로 주변을 둘러보았다.

주위는 조금 전과 전혀 달라진 게 없었다. 여전히 비탈진 산속 그대로였다.

"어어, 분명 끌려 들어온 것 같은데, 그대로잖아."

그러던 찰나, 래미의 눈이 동그랗게 열렸다.

저만치 멀리, 우거진 수풀 속에 산장으로 추정되는 건물 하나가 포착되었기 때문이다.

"조금 전까지만 해도 없었는데 웬 산장?"

혹시, 헛것을 보는 건 아닌가 싶어, 몇 번 눈을 깜빡인 다음 다시 전방을 주시했으나 여전히 그 자리에 있다.

두근.

심장이 조금씩 빠르게 펌프질을 해댄다.

몸을 빨아들이는 이상한 아지랑이, 그리고 방금 전까지는 보이지 않던 산장.

모두 뭐라고 설명할 수 없는 기묘한 현상들이었다.

하지만, 루이를 대입시키면 얘기가 달라진다. 그 신비한 남자라면 충분히 이런 상황을 만들 수 있을 테니까.

갑자기 마음이 급해진다. 뭐가 됐든 저 산장으로 가서 확인을 해봐야 했다.

래미는 퍼뜩 몸을 일으켰다. 순간, 한쪽 발목을 망치로 가격당한 듯한 통증이 일어 그녀는 주저앉고 말았다.

"으윽."

아무래도 조금 전 빨려 들어온 직후 넘어지면서 발목을 접질린 듯했다.

"아, 어떡해. 꼼짝도 못 하겠어."

어찌할 줄 몰라 래미의 얼굴이 참담함으로 물들었다.

▷　　▷　　◆　　◁　　◁

"저, 주인님. 내일모레쯤 하루 종일 나갔다 와도 될까요?"

안락의자에 앉아 책을 들여다보고 있던 루이는 복만의 물음에 심드렁하게 대꾸했다.

"어젯밤에 나갔다가 오늘 오전에 들어온 거 아니야?"

"아, 네. 마, 맞습니다."

"그냥, 거기 있으라니까 왜 따라와서는."

"예? 그게 무슨 말씀이세요? 저는 주인님 곁이 좋습니다."

루이가 시선을 들어 마주 앉은 복만을 물끄러미 응시했다.

"너, 엘리자베스 보러 가려는 거잖아. 어젯밤에도 그랬고."

복만의 얼굴이 놀라움을 담았다가 이내 조금 침울하게 바뀌었다.

"그게, 떨어져 있으니 너무 보고 싶어서요. 이제 나이도 많아서 눈도 가물가물하고, 제가 챙겨줄 게 많거든요."

"그러지 말고 그냥 그 주인한테 얘기해서 데려와. 돈 요구하면 원하는 대로 주고."

"아…… 그건 안 됩니다. 주인 할머니께서도 엘리자베스가 없으면 안 되거든요. 서로 의지하는 가족이나 다름없어서요."

정말 심각한 복만과 달리 루이는 가볍게 어깨를 으쓱했다.

"마음대로 해. 나가는 것까지 내게 일일이 묻지 마. 딱히 이곳에서 할 일이 있는 것도 아니고."

"앗, 고맙습니다!"

입이 귀에 걸려 방을 나가는 복만의 뒷모습을 보며 루이는 작게 고개를 저었다.

"개랑 노닥거리는 게 뭐가 그렇게 좋다고."

다시 책으로 시선을 내릴 때였다.

루이의 새카만 눈썹이 흠칫 휘고 뒤이어 반듯한 이마가 찡그려졌다.

"이 느낌은……."

침입자다. 자신이 쳐둔 결계를 뚫고 누군가가 안으로 들어온 것이다.

루이의 입매가 꾹 다물렸다. 허락되지 않은 자가 멋대로 결계 속으로 들어온 건 처음이었다.

힘의 3할을 잃어 예전보다 결계가 약해졌다 해도 있을 수가 없는 일이었다.

"재밌네. 누굴까."

책을 내려놓은 루이는 천천히 몸을 일으켰다.

"미치겠네, 진짜."

래미는 휴대전화의 배터리를 분리했다가 꽂은 다음 전원 버튼을 눌렀다. 하지만, 켜지지 않았다.

분명, 점심을 먹는 내내 충전을 해둔 터라 배터리 방전은 아니었다. 한데, 조금 전 래원에게 도움을 요청하기 위해 들여다본 전화기는 거짓말처럼 꺼져 있었다.

"멀쩡한 전화기가 갑자기 왜 켜지지도 않고 맛이 가버린 거냐고."

접질린 발목은 조금씩 부어오르기 시작했고, 전화는 먹통이 되어 연락할 곳도 없다.

오도 가도 못한 채 이러고 있으니, 너무 난감해 눈물이 날 것만 같았다.

"마지막으로 한 번만 더 해보자. 제발 켜져라, 켜져……."

"여기는 통신 불가야."

갑자기 머리 위로 날아든 낮은 목소리.

래미는 들고 있던 휴대전화를 그대로 바닥에 떨어뜨려버렸다.

동시에 철렁, 심장도 한없이 아래로 추락하고 말았다.

그녀의 모든 행동이 찰나 동안 멎었다.

"침입자가 너라니."

다시 들려온 익숙한 음성. 특유의 비딱한 말투.

두근, 두근, 두근.

떨어졌다고 생각한 심장이 마구잡이로 뛰어대기 시작했다. 래미의 고개가 기계처럼 어색하게 위로 향했다.

그녀는 몇 발자국 떨어진 곳에서 자신을 응시하고 있는 루이와 그대로 시선을 마주치고 말았다.

한여름 밤의 꿈으로 치부해 버리기에는 너무도 강렬했던 그 남자 루이가 바로 눈앞에 있는 것이다.

이제야 래미는 깨달았다. 숨이 막힐 것처럼 갑갑했던 이유가 바로 루이 때문이었다는 것을.

그를 마주하자 미칠 것 같던 갈증이 사라진다.

"……증발해 버린 줄 알았는데, 겨우 여기 있었네요."

어쩐지, 콧날이 시큰거려오는 탓에 그녀의 목소리가 조금 떨렸다.

루이의 표정은 더없이 딱딱했다 아니, 믿을 수 없는 상황에 너무 놀라 굳어져 버렸다는 쪽이 더 맞았다.

루이가 말없이 저벅저벅 다가왔다.

바스락, 바스락. 발자국 소리가 조용한 산중에 더없이 크게 울린다.

바로 코앞까지 온 그가 한쪽 무릎을 꿇고서 눈을 맞추었다.

"여기는 어떻게 알고 온 거지?"

"그러는 당신은 왜 여기 있는 건데요?"

먼저 궁금증을 해소해 주지 않으면 대답하지 않을 거야.

한 치의 양보도 없는 눈싸움이 오갔다.

문득, 루이의 눈길이 부어오르기 시작한 래미의 발목으로 향했다.

"다리는 왜 그래."

"지금 다리가 문젠가요!"

순간적으로 울컥, 치받쳐 올라 래미는 소리를 지르고 말았다.

"사람이 어쩜 그래요? 어쩌면 그렇게 아무 말도 없이 사라져버릴 수가 있어요?"

"……."

"옷깃만 스쳐도 인연이라는데, 우리, 그거보다는 더 스쳤잖아요. 그럼, 적어도 작별 인사 정도는 하고 갈 수 있는 거 아닌가요? 아무리 내가 그쪽에게 별 볼 일 없는 사람이라도 그렇지…… 어우, 씨."

말하다 보니, 서운한 감정이 북받쳐 와 기어코 눈물이 터져버렸다.

자존심이 너무 상해 자그만 입술만 세게 깨무는데, 루이의 낮은 한숨 소리가 귀를 적셨다.

뒤이어 루이의 손이 가만히 다가와 래미의 얼굴을 감쌌다. 그렁그렁 맺혔다가 이내 흘러내리는 눈물을 엄지로 닦으며 루이가 쓴웃음을 지었다.

"옷깃보다 더 스친 게 문제겠지."

래미는 작게 훌쩍이며, 발갛게 충혈된 눈을 깜빡거렸다.

"……그게 무슨 뜻이죠?"

대답 대신 어두운 표정으로 그녀의 얼굴만 어루만지던 루이가 이내 손을 거두어들였다.

루이는 래미의 허리와 무릎 안쪽에 손을 넣어 그녀를 안고서 몸을 일으켰다.

그가 들릴 듯 말 듯 작게 중얼거렸다.

"너 이제 큰일 났다는 뜻."

9

"도, 도, 도래미 고객님! 도래미 고객님이 아니십니까?"

안겨 있는 래미와 안고 있는 루이를 마주한 복만의 외침이 산장 내부에 커다랗게 울려 퍼졌다.

복만은 흡사 귀신이라도 본 것처럼 놀란 얼굴이었다. 그러면서도 후딱 허리를 숙여 보였다.

"고, 고객님. 그간 잘 지내셨어요?"

"뉘신지?"

저 서글서글한 얼굴을 보니 반가움이 물씬 들었으나, 래미는 뾰족하니 쏘고 말았다.

복만이 잔뜩 미안한 표정을 지었다.

"죄, 죄송합니다. 말씀도 없이 사라져서 많이 서운하셨죠?"

"아니. 내가 왜 서운해? 하나도 안 서운해."

새침한 대구에 당황한 복만이 하하, 어색하게 웃고는 루이를 바라보았다.

"혹시, 주인님께서 모시고 오신 거예요?"

"그럴 리가."

"아, 아니, 그럼 도대체 여긴 어떻게 알고 고객님께서 오신 건가요?"

루이는 대답 대신 미간을 구겼다.

지독히도 화가 났다. 어떤 결심으로 힘의 3할이나 포기했는데. 그렇게
까지 해놓고 여기 와서 결계를 친 이유가 뭔데.

어째서 도래미가 여기 있느냐 말이다!

루이는 더 거세게 치미는 화를 누르기 위해 안간힘을 썼다. 화를 다스리
지 못하면 본성이 스멀스멀 고개를 치켜들 테니까.

그리고 우선은 부어오른 래미의 발목부터 살펴야 했다.

루이는 안고 있던 래미를 소파 테이블 위에 내려놓고서, 그녀와 마주 보
고 앉았다.

"가서 구급상자와 마라의 잎사귀 가져와."

"아, 넵."

여전히 얼떨떨한 얼굴로 대꾸한 복만은 우물쭈물 대지 않고 곧장 사라
졌다.

루이와 단둘만 남게 되자 래미는 어쩐지 표정 관리가 힘들었다.

자신이 내쉬는 숨소리가 너무 커다랗게 들릴 정도로 고요한 내부.

마주 보고 앉은 자세.

루이의 손이 예고도 없이, 7부 바지 아래로 매끈하게 드러난 그녀의 다
리로 향했다.

"어어, 잠깐만요."

래미가 채 만류하기도 전에 루이는 한 손으로 가느다란 종아리를 받쳐
들고서, 다른 손으로 흙이 잔뜩 묻은 운동화를 벗겨 냈다.

뒤이어 짧은 양말도 망설임 없이 벗겨 낸 루이가 부어 있는 래미의 발목과 발을 손으로 감쌌다.

루이의 거침없는 행동에 래미의 얼굴이 확 달아올랐다.

"뭐, 뭐하려고요?"

"부기 빼야지."

"아니, 부기 빼는데 왜 손으로 그래요. 어, 얼음 없어요?"

아무리 다쳤다지만, 발을 통째로 잡힌 민망함에 어찌할 줄 모르던 래미의 표정이 스륵 풀어졌다.

원래도 서늘하던 루이의 손이 조금씩 더 차가워지고 있었기 때문이다.

꼭 얼음찜질을 하는 것처럼.

"손이 너무 차가워요. 괜찮아요?"

"괜찮아."

"어떻게 한 거예요?"

"어둠의 기운이 찬 성질이라. 얼음보다는 이쪽이 나아."

어쩐지 화가 난 것처럼 루이의 표정은 무뚝뚝했으나, 그래도 꼬박꼬박 대답은 다 해준다.

"너무 차가우면 말해."

두근.

래미는 마른침을 삼키고서 가볍게 고개를 끄덕여 보였다.

다시 고요함이 찾아왔다. 뭔지 모를 묘하고 간질간질한 느낌.

무슨 말이라도 해야 이 어색함이 가실 텐데.

루이를 만나면 아주 할 말이 많을 것 같았는데, 뭐부터 물어야 할지 머릿속이 뒤죽박죽이다.

그때 침묵을 깨고 루이가 먼저 말문을 열었다.

"이제 말해 봐. 내가 여기 있는 건 어떻게 알고 찾아온 거야. 복만이 언질을 줬기 때문이지? 그게 아니라면 지금 네가 여기 있는 거 납득이 안 되거든."

부드러운 듯했으나 위압적인 음성. 뭔가 굉장히 마음에 안 들거나 기분이 나쁜 모양이다.

어쩐지 저렇게 멋대로 단정하고 물으니, 솔직하게 대답해 주기가 싫었다.

게다가 복만까지 함께 말없이 튀었는데 언질은 무슨!

"내가 왜 당신을 찾아왔을 거라는 대단한 착각을 하는 거죠?"

"뭐, 그럼 복만을 찾아오셨나?"

잔뜩 비꼬는 말투.

"주인도 아니고 내가 노예를 왜 찾아와요? 그리고 복만 씨 나 보자마자 귀신 본 것처럼 하얗게 질리는 거 못 봤어요? 그게 연기로 보였다면, 복만 씨는 충무로 진출해야 되겠네요."

루이의 눈썹이 슬쩍 모아졌다.

"복만이 아니라고?"

"자기 뒤꽁무니만 쫓아다니는 노예도 못 믿어요?"

"그럼, 도대체 네가 여길 어떻게 알고 왔다는 거지? 대한민국 땅에 산이 여기밖에 없는 것도 아닌데, 하필 여기에."

"뭘 어떻게 알고 와요? 우리 부모님이 이 산 밑 동네에 사시니까 뵈러 온 거뿐인데."

"……뭐?"

구겨졌던 루이의 눈썹이 위로 향했다.

"……부모님?"

"네. 부모님. 아. 남동생도 같이 사네요. 다음 달에 군대 갈."

"……"

루이는 잠시 할 말을 잃고 긴 속눈썹만 깜빡였다.

그러다 이내 다시 입술을 움직였다.

"그럼, 이 산에 온 건."

"요 아래 약수터에 들렀다가 잠깐 올라왔죠. 물 한 잔 마시고 올라와서 경치 보면 죽음이거든요."

전혀 막힘없는 래미와 반대로 루이의 입매는 조금씩 굳어져 간다.

"그러니까…… 이렇게 마주친 게 우연이라는 거지?"

래미는 완전히 순진무구한 표정으로 고개를 끄덕였다.

"당연히 우연이죠. 난 그냥 부모님 댁에 왔고, 원래 하던 대로 약수 한 잔 마시고 산에 올랐을 뿐이란 말이죠."

"……"

"물론, 이상한 아지랑이 속으로 훅 끌어당겨질 거란 건 예정에 없었지만요. 덕분에 넘어져서 다리를 다친 것도 마찬가지고요. 근데, 갑자기 당신 목소리가 들리네요? 얼마나 당황스러웠는데요."

혹시나 댁을 만날 수 있을까 해서 산을 올랐다는 건 죽을 때까지 말 안 해줄 거야.

그렇게 말했지만, 래미 역시 우연치고는 너무 기묘한 느낌이었다.

복만이 운전하는 것으로 추정되는 지프를 보게 된 것.

하필, 부모님 집 근처에다, 산에서 내려오는 지프를 아버지가 목격한 것.

물론, 그녀가 행동으로 찾아 나섰으니 이렇게 루이와 마주 보고 앉아 있는 결과도 있는 거겠지만.

이런 래미의 마음을 알 리 없는 루이의 까만 눈동자는 더욱 어둡게 가라앉았다.

래미가 보았다는 아지랑이는 결계였다. 다른 사람들 눈에는 보이지도, 느껴지지도 않는 결계. 통과할 수가 없다.

그런데 결계가 도래미를 안으로 끌어당겨버렸다니.

루이의 미려한 입술에 희미하게 쓴웃음이 걸렸다.

"네 말이 다 사실이면 우연 맞네."

아주 지독한 우연.

도래미를 피해서 이곳에 왔더니, 보란 듯이 다시 눈앞에 나타나버렸다.

이걸 어떻게 설명해야 할까. 이미 발톱을 드러내버린 악의 본성이 시시각각 도래미를 노릴 터였다.

그나마 지금은 냉정함을 유지하고 있지만, 놈이 미쳐 날뛰기 시작하면 감당하기가 어렵다.

어차피 그 본성이라는 건 루이 그 자신이었으니까. 그 역시 흔들리고 있다는 증거였으므로.

그저, 튀어나오지 않게 누르고 있을 뿐.

"주인님, 여기 마라의 잎사귀와 구급상자 가져왔습니다."

복만이 요구한 것을 가지고 지척에 와서야 루이는 상념을 눌렀다. 괜스레 복만을 오해한 게 미안해진다.

루이는 어느 정도 식은 래미의 발목에, 길쭉한 모양의 마라의 잎사귀를 1차로 감았다.

"그게 마라의 잎사귀예요? 어디에 좋은 거예요?"

"그냥 진통제 역할."

"아아."

루이는 마라의 잎사귀 위로 압박붕대도 척척 감기 시작했다.

신속하고 흐트러짐 없는 솜씨에 래미의 입이 턱 벌어졌다.

"와. 한두 번 해본 실력이 아니네요."

사실, 루이로서는 세지 못할 정도로 오랜 세월을 살았는데 못하는 게 있다는 게 더 이상한 거였다.

지금이야 모든 게 시들해져 격하게 아무것도 하지 않지만.

"다 됐어. 통증이 없다고 해서 나은 건 아니니까, 병원에 가봐."

"고마워요."

붕대가 감긴 다리를 훑은 래미가 시선을 들어 루이를 바라보았다.

"자, 이제 내 질문 차례겠죠?"

루이의 눈매가 슬며시 가늘어졌으나 래미는 질문을 던졌다.

"왜 사라졌어요? 그리고 나한테 뭘했길래 이렇게 원래대로 돌아왔죠?"

루이는 래미의 온몸에 피어오르는 있는 검은 기운을 응시하며 입을 열었다.

"그냥 내 개인사라고 해둬. 여기로 올 수밖에 없었던 것도, 너한테 한 것도. 모르는 게 나아."

"그게 뭐야. 난 다 대답해 줬는데. 너무 불공평하다고 생각 안 해요?"

"말해 봤자 넌 모르는 거니까."

그의 본성에 대해, 어둠의 힘에 대해 구구절절 다 설명할 수는 없는 노릇이다.

못마땅한 얼굴로 입술을 삐죽인 래미가 곧 체념을 했다.

"하나 더요."

"뭐."

"계속 이곳에 있을 거예요?"

루이는 바로 대답할 수가 없었다.

여기 있어도 좋을지, 아니면 또다시 도래미가 모르는 다른 곳으로 가야 할지 아직 해답을 찾지 못했으니까.

확실한 건, 도래미는 지금 그에게 너무 해롭다는 것.

그럼에도 곧바로 결론을 내리지 못하고 치열하게 갈등을 한다는 것.

그 순간, 처연한 래미의 목소리가 루이의 귓가에 감겨 왔다.

"……가지 마요. 그냥, 여기 있으면 안 돼요?"

루이의 새카만 눈썹이 미미하게, 움찔 굳어졌다.

"개인사가 뭔지 말해주지 않으니 잘 모르겠지만, 여기 계속 살면 안 되는 거예요?"

"……."

"가끔 부모님 뵈러 올 때 여기 들를게요. 그래서 복만 씨도 보고…… 루이 씨 얼굴도 보고 그럼 좋잖아요. 이렇게 다시 만난 것도 인연인데."

천진하기까지 한 말에 루이는 기가 찰 노릇이었다.

너 때문에, 너를 피해서 여기까지 왔는데, 대놓고 찾아오겠다고?

아무래도 옮기는 게 여러모로 문제 없…….

루이의 생각이 멈추어버렸다.

"설마, 나 때문에 여기까지 온 건가요?"

정곡을 찌르는 질문.

무슨 생각을 하는 건지, 래미의 표정이 갑자기 딱딱하게 굳어져 있었다.

"왜 그렇게 생각하는 거지?"

"개인 사정이 있어서 여기 왔다면서요. 온 지 얼마 되지도 않았구요. 그런데, 왜 여기 계속 머문다는 대답을 못 하는 건데요? 처음부터 여기에 오래 머물 생각이 없었거나, 그게 아니라면 내가 이곳에 나타났기 때문이겠죠. 더 이상 나랑 엮이는 게 싫어서 여기 온 건가요?"

마치, 쏘아대듯 말한 그녀는 루이가 채 대답할 틈도 주지 않고 덧붙였다.

"대답해 봐요. 어느 쪽이에요? 전자예요, 아님, 나 꼴 보기 싫어서 여기까지 왔는데, 내가 다시 나타나 버린 거예요? 후자가 맞다면, 걱정 말아요. 우연이라도 마주치지 않게 다시는 이 산에 오르는 일 없을 테니까."

그 잠시 동안, 이런 생각을 떠올린 모양이다.

차라리 보기 싫은 쪽이었다면 훨씬 좋았을 테데.

루이는 가볍게 웃음을 흘리고서 자못 심각한 래미의 얼굴을 물끄러미 바라보았다.

"둘 다 틀렸어."

"둘 다 아니라고요?"

"내가 너 하나 보기 싫다고 거주지까지 옮길 멍청이로 보여?"

약간 당황한 래미가 검지로 이마를 긁적였다.

"뭐, 듣고 보니 그렇네요. 그 성질에 차라리 나를 죽였으면 모를까."

"잘 아네."

"그럼, 여기를 떠날 이유가 없는 거네요?"

루이의 고개가 비딱하니 기울었다.

"왜 이럴까. 나 싫어하는 거 아니었나?"

"그런 줄 알았는데."

잠시 말을 끊은 래미가 다시 입술을 움직였다.

"그랬는데, 아니었나 봐요. 이렇게 우연히 다시 만나니 조금 반가운 걸 보면요."

'우연히'에 힘을 주어 말하는 래미의 얼굴이 불그스름하게 달아오른다.

그러고서 황급히 덧붙였다.

"미, 미운 정. 그새 미운 정이라도 들었나 봐요. 루이 씨는 안 그래요?"

미운 정이라. 루이는 작게 한숨을 흘렸다.

그렇게 간단한 감정이라면 이렇게 머릿속이 복잡하지도, 가슴 속이 답답하지도 않을 것이다.

이렇게 마주 보고 있으니 심란함은 더욱 깊어진다.

결국 루이는 몸을 일으켰다.

"이제 그만 가."

시선을 따라 고개를 뒤로 젖힌 래미가 금세 아쉬운 표정을 지었다.

"벌써요? 아무리 그래도 손님이 왔는데, 밥이라도 아니, 차라도 한 잔 주는 게 예의 아니에요? 그냥 막 쫓아……어어."

루이가 손을 뻗어 허리와 무릎 안쪽을 감는 바람에 래미는 눈을 동그랗게 떴다.

자동으로 움츠러드는 래미를 올 때처럼 안아 든 루이가 복만에게로 시선을 주었다.

"복만, 데려다 줘. 이 다리로 내려가는 건 무리니까."

"아, 네. 알겠습니다."

그때까지도 조금 떨어진 곳에서 숨죽인 채 두 사람을 지켜보던 복만이 루이의 뒤를 따랐다.

루이는 래미를 안고서 산장 한쪽에 세워져 있는 핑크 지프로 향했다. 복만이 시내나 어디든 볼일이 있을 때마다 타고 다니는 복만의 애마다.

"이 차 복만 씨 거 맞구나."

"아, 넵, 어? 어떻게 아셨어요?"

"어, 음. 어떻게 알긴. 이 색깔은 딱 복만 씨 스타일이잖아. 게다가 주인님한테는 안 어울리고."

"하하. 그렇긴 하죠."

지프를 처음 본 게 아닌 듯한 래미의 반응이 조금 의아했지만, 루이는 문을 열고 그녀를 조수석에 앉혔다.

벨트까지 채워 주고 문을 닫으려는데, 갑자기 조그만 손이 불쑥 그의 셔츠 소매를 잡아챘다.

루이의 움직임이 뚝 멈추었다. 그의 시선이 래미의 얼굴로 향했다.

래미가 말간히 그를 올려다보고 있다. 그리고 자그만 입술이 열린다.

"다음에 올 때까지 있어야 돼요. 그래 줄 거죠?"

따끔. 대침이 박혀 들어온 것처럼 심장이 쑤셔온다.

섬광이 스쳐가듯 머릿속이 번뜩이기 시작한다. 결코 반갑지 않은 증상.

작게 숨을 들이켠 루이는 작은 손에 잡혀 있는 소매를 다소 매몰차게 빼냈다.

"가."

래미의 표정이 조금 흐려졌으나, 무뚝뚝하게 말하고서 루이는 차 문을 닫았다.

"다녀오겠습니다, 주인님."

지프가 결계 쪽으로 달리기 시작했다.

결계 밖으로 사라질 때까지 래미가 창밖으로 손을 내밀고 흔든다.

지프가 완전히 보이지 않게 되자 루이는 거칠게 이마를 쓸어 올렸다.

"돌아버리겠네."

▷　　▷　　◆　　◁　　◁

래미를 산 아래에 있는 동네에 데려다 주고 복귀한 복만은 곧장 주인님

194

방으로 향했다.

똑똑.

이번에는 충실히 노크를 하고서 문을 열었다.

"주인님, 도래미 고객님은 잘 모셔다 드리고 왔습니다."

등을 보인 채 창밖을 바라보고 있던 루이가 빙글 몸을 돌렸다.

그 잠깐 사이 주인님의 얼굴이 부쩍 초췌해 보이는 건 착각이겠지.

복만은 성큼 안으로 들어서 루이 곁으로 다가갔다. 그러곤 아주 심각한 얼굴로 입을 열었다.

"주인님. 아무래도 도래미 고객님께서 여기 오신 건 우연이 아닌 것 같습니다."

"무슨 뜻이야."

복만은 한 박자 쉰 다음 대답했다.

"우연이 아니라…… 운명인 것 같습니다."

루이의 짙은 눈썹이 위로 향했지만 복만은 말을 이었다.

"하필, 그날에 루나에 찾아오신 것도 그렇고, 주술이 잘 안 통하시는 것도 그렇고, 심지어 여기에 나타나신 것까지. 모두 운명이 아니라면 있을 수가 없는 일이지요."

루이는 가만히 눈을 깜빡였다.

운명. 운명이라…….

씁쓸한 얼굴로 루이는 다시 창을 향해 돌아섰다. 조금씩 기우는 해로 인해 주변이 온통 주황빛으로 물들어 있었다.

'다음에 올 때까지 있어야 돼요. 그래 줄 거죠?'

래미의 마지막 말이 아련히 귓가에 맴돈다.

운명이라면. 운명이 맞다면…… 그 운명을 사악한 본성에게 갖다 바칠 수는 없지.

아름다운 루이의 입술에 쓰디쓴 웃음이 걸렸다.

▷   ▷   ◆   ◁   ◁

"어이구, 딸. 뭐가 그렇게 좋아서 계속 헤실헤실 웃냐?"

저녁 식사 도중, 아버지가 빤히 바라보며 묻는 바람에 래미는 눈을 깜빡였다.

"제가요? 언제요?"

아버지를 비롯한 어머니, 래원이 기가 막힌 표정을 지었다.

"누나, 아까 동네 한 바퀴 돌고 와서부터 계속 입이 웃고 있거든?"

"내, 내가?"

"어. 누나 니가요. 아니, 자빠져서 다리까지 접질려 놓고 뭐가 그렇게 좋은 거야?"

전혀 몰랐다. 루이를 만나고 온 뒤로 그렇게 웃고 있었다는 것을.

래미는 당황스러운 표정으로 뺨을 문질렀다.

"아, 아프니까, 웃어야죠. 인상 쓰는 것보다는 낫잖아."

그러고서 어머니를 향해 통보하듯 내뱉는다.

"엄마, 저 다음 주에 또 올게요."

"뭐? 그 다리로 또 온다고? 아서라, 아서. 덧나면 어쩌려고."

"에이, 그냥 살짝 삔 거예요."

"그래도 봐서 아프면 오지 마."

"네. 그럴게요."

대답은 그렇게 했지만, 래미의 마음은 이미 정해져 있었다.

"하아…… 하아."

래미는 정신없이 산을 둘러보는 중이었다. 일주일 전 루이를 다시 만났 던 그곳을.

주말마다 딸내미 얼굴을 봐서 좋다는 부모님께 또 동네 산책을 하겠노 라며 허겁지겁 나왔다.

다친 발목 덧난다며 말리시는 부모님께 다 나은 척, 하나도 안 아픈 척 거짓말을 하고 기어코 산을 올랐다.

그런데…….

"분명 이쯤이었는데…… 하…… 여기가 맞는데……."

보이지 않는다. 그녀를 루이에게 이끌어 주었던 그 아지랑이가 감쪽같 이 사라지고 없다.

일주일 만에 나을 리 없는 발목이 쿡쿡 쑤셔왔지만, 래미는 그것마저 느 끼지 못했다.

한참을 헤매던 래미의 발이 뚝 멎었다. 저 멀리, 우거진 나무 사이로 먼 젓번 보았던 산장이 시야에 포착되었기 때문이다.

"아. 저기 산장이 있잖아."

그녀의 심장이 터질 듯 울려대기 시작했다. 아지랑이가 당기지도 않았 는데 산장이 보이다니.

뭔지 모를 불길한 예감이 스산하게 스며들었다.

래미는 자신이 절고 있는 줄도 모른 채 허겁지겁 산장으로 향했다.

"복만 노예! 나 왔어. 루이 씨!"

산장 입구에 선 래미는 일부러 더 씩씩하게 외쳤다. 하지만, 안은 잠잠

하기만 하다.

가슴이 꽉 막혀 오는 듯했으나, 래미는 성큼성큼 문을 열어젖혔다.

안을 확인한 그녀의 입술이 굳어졌다. 문고리를 잡고 있던 손은 힘없이 아래로 떨어진다.

텅 비었다. 아무것도 없이.

사람의 온기라곤 전혀 없는 텅 빈 산장이었다.

밀랍인형처럼 멍하니 서서 안을 바라보는 래미의 눈도 텅 비어 버렸다.

한참 동안 굳은 듯이 서 있던 래미의 표정이 싸늘하게 변했다.

"역시 내가 꼴 보기 싫어서였어."

그녀는 미운 정이 들었다고 했는데, 루이는 그냥 미운 감정이었던 모양이다.

10

"아오, 내가 진짜 회사를 때려치우든가 해야지. 아니, 왜 우리 팀장은 나만 잡는지 몰라? 그래놓고 남자 직원들한테는 드럽게 살살거린다?"

"뭐, 일 실수라도 해서 밉보였겠지."

"야. 세상에 실수 한번 안 하는 사람이 어딨냐? 문제는 같은 실수라도 나한테만 현미경 잣대 들이댄단 말이지. 남자 직원들한테는 그럴 수도 있지, 이런다?"

"남자가 좋아 죽겠는가 보다 해."

"일 처리 완벽하게 하잖아? 그럼, 그거 가지고 또 지랄을 해요. 김인희 씨는 진짜 인간미가 없다느니, 그래서 아직 솔로인 거라느니, 그런다? 거기서 한 마디라도 대꾸하면 하루 종일 갈궈. 진심 입을 찢어버리고 싶을 정도로."

"네가 부러운가 보다 해."

"야아! 나 그 마녀 때문에 진짜 우울증 올 정도로 심각하다고."

이래도 심드렁, 저래도 심드렁한 래미의 반응에 인희가 버럭 소리를 질렀다.

"어어. 미안."

역시나 건성인 대답.

인희는 샷을 추가한 아메리카노를 한 모금 마시고서 의아한 표정을 지었다.

"뭐야, 도램. 우울증은 내가 아니라 네가 온 거 같다?"

"응? 나? 아닌데? 전혀? 나 완전 쌩쌩한데."

"야. 눈은 퀭하고 다크서클까지 늘어졌는데? 너, 요새 작업하는 거 힘들어? 너 완전 무기력해 보여."

"아닌데? 나 완전 작업하는 게 재미있어서 비축분도 많이 만들어 뒀는데?"

루이가 또다시 사라진 이후, 래미는 악착같이 일에만 몰두했다. 그러지 않으면 별별 생각들로 머리가 지끈거리기 때문이다.

인희가 미심쩍다는 듯 눈을 가늘게 떴다.

"다른 일은 없고?"

"없어. 전혀."

"아아. 그래? 그럼, 나 좀 위로해 주라. 우울해. 우울해 죽겠어어."

커피숍이 꺼져라 한숨을 내쉰 인희가 잔뜩 불쌍한 얼굴을 해 보였다.

"야, 램. 우리 주말에 바람 쐬러 가자. 날도 선선한 게 놀러 가기 딱 좋잖아. 어디 펜션 하나 얻어서 1박 2일로 놀다 오자. 응?"

"안 돼."

"아, 왜에?"

"주말에 집에 가려고. 래원이 놈 다음 주 입대잖아."

"아, 맞다. 벌써 날짜가 그렇게 됐네?

"입소하기 전에 얼굴 한 번 더 봐야지. 가서 용돈이나 한 닢 찔러주고 올까 해."

"야, 그럴 게 아니라 가기 전에 한 번 뭉쳐야 하지 않아?"

"에이, 너네 귀찮게 뭐 하러."

"아냐. 귀찮긴. 우리가 남이야? 래원이도 내 동생인데?"

해준과 인희가 래원을 친동생처럼 대해 주는 건 사실이지만, 귀찮은 건 래미 쪽이었다.

지금은 모여서 웃고 떠드는 자체가 시들했다.

아무리 해준과 함께라 해도 마음 한구석이 스산했다. 시간이 약일 테지만.

"가만히 있어봐, 이럴 게 아니라……."

래미가 만류하기도 전에 이미 인희는 신나게 문자를 날리고 있었다.

한참이나 휴대전화를 들고 손가락을 움직이던 인희가 눈을 번쩍 빛내며 시선을 들었다.

"지해준한테 답장 왔는데, 당연히 뭉쳐야지. 그냥 군대 보내려고 그랬어? 이러잖아."

"그래?"

"잠깐만."

다시 빛의 속도로 다다다다 손을 움직이며 문자를 주고받던 인희가 갑자기 양손을 번쩍 들었다.

"아싸, 가오리!"

"왜?"

"지해준 짱! 준느님 짱짱맨!"

"뭐야. 애들같이."

"지해준이 제천 별장 제공할 테니, 1박 2일로 달리자는데? 가는 길에 도래원 픽업하면 된다고."

래미의 눈이 살포시 가늘어졌다.

"네가 그러자고 꼬셨구나?"

"눈치 깠냐? 언니 바람 좀 쐬게 해주라!"

냐하하! 웃어젖힌 인희가 래미 쪽으로 슬쩍 몸을 기울이고서 은근한 얼굴을 해보였다.

"그리고 멍석 깔아줄 때 지해준 잡아, 기집애야. 별장에서의 1박 2일. 생각만으로도 무드가 팍팍 생기지 않냐? 이건 기회라고."

"오, 그럼 도래원은 네가 마크해 주는 거야?"

"당근이지. 래원이는 내가 확실히 책임질 테니 잘해봐."

"그럴까?"

일부러 인희의 장단에 맞춰 과장된 표정을 지은 래미가 이내 어이없는 웃음을 흘렸다.

"야, 언제는 지해준 시끼 더럽다고 안 된다더니. 저번에는 펍에서 지해준 다른 여자랑 쪽쪽거리는 거까지 봤다며? 너 솔직히 그거 잘못 본 거지? 아직까지 여자 만나는 기미 없는 것 같던데."

"그러게? 그때 분명 지해준이 맞았단 말이지? 그렇다고 그게 사귀지도 않는 여자랑 쪽쪽거리고 댕길 위인은 또 아니고. 아무리 헤퍼도 그 정도는 지킨단 말이지."

"야. 너 그때 2차였다며. 술 취해서 잘못 봤겠지."

"그런가? 아닌데에. 에이, 몰라. 어쨌든 간만에 콧구멍에 바람 쐬게 생겼네! 으흐흐흐!"

이렇게 좋아하는 인희를 보니, 래미도 조금 기분이 나아지는 듯했다.

그래. 아무 생각하지 말고 바람이나 쐬고 오는 거야. 간만에 신나게 놀지 뭐. 지해준 얼굴이나 실컷 보면서.

▷　▷　◆　◁　◁

"해준 씨, 무슨 생각을 그렇게 해?"

청아한 목소리가 들려오고 꾸밈없는 정갈한 손이 눈앞에 왔다 갔다 해서야 해준은 상념을 접었다.

아니, 자신이 생각에 빠졌다는 걸 깨달았다. 식음부 예쁜이, 희윤을 눈앞에 두고.

"아니. 아무것도."

"피. 아니긴. 조금 전 문자 주고받은 뒤로 갑자기 한 마디도 안 하고 테이블만 봤으면서."

그랬다. 간만에 1박 2일로 친구들과 별장에 놀러 갈 생각에 조금 들떠 버렸다.

"내가?"

"응. 해준 씨 자기가."

오늘이 두 번째 만남이지만, 희윤은 동갑이라는 이유로 단번에 말을 놓았다.

그래서 더 마음에 들긴 했다. 심각하지 않고 답답하지 않아서.

"그냥, 멍 때렸나 봐."

"뭐야. 나를 앞에 두고 그딴 걸 때린단 말이야?"

"그러게. 미안."

"미안하면……."

야릇한 표정으로 말끝을 흐린 희윤이 말을 이었다.

"우리 사귈래? 나랑 사귀면 용서해 줄게."

갑작스런 희윤의 발언에 해준이 씨익 미소를 지었다. 길 가는 할머니도 녹여버릴 것 같은 그 미소에 희윤의 얼굴이 불그스름해진다.

해준이 스윽 희윤 쪽으로 몸을 기울였다.

"정희윤, 나 사귀려고 만나는 거였어?"

웃는 얼굴과 달리 정색이 실린 음성에 희윤의 얼굴이 설핏 굳어졌다가 펴졌다.

"자기, 정색하기는. 농담이야."

"그렇지?"

"그럼. 난 사내 연애는 별로거든."

그러고는 화사하게 웃는다.

해준은 다시 몸을 뒤로 젖히고서 테이블 위에 놓인 휴대전화를 집어 들었다.

"그만 일어나자. 오늘 되게 피곤하네."

"……."

수 초 동안 멀뚱히 해준을 응시하던 희윤이 이내 입꼬리를 올렸다.

"그래, 그럼. 나도 조금 피곤하던 참이었으니까. 화장실 좀 들렀다가 나갈게."

희윤이 핸드백을 챙겨 또각또각 화장실로 향하자 해준은 입구의 카운터로 향했다.

화장실로 향하는 희윤의 붉은 입술이 치아에 짓이겨졌다.

희윤을 바래다주고 막 아파트로 돌아온 해준은 냉장고에서 캔 맥주를 꺼내 들었다.

식탁 의자를 빼 아무렇게나 털썩 앉아 맥주를 한 모금 마시는 그의 표정은 따분함 그 자체였다.

요즘 재미가 없다.

그의 마음에 확실히 드는 희윤을 만나도 크게 즐겁지가 않고 그저 그랬다. 그런데 사귀자는 말에 날벼락을 맞은 것처럼 정신이 확 들었다.

농담이었든 진담이었든 아무 상관없다. 그 말을 듣는 순간, 없던 정도 떨어져 버렸으니까.

"으음. 내가 이런 놈이 아닌데. 여자를 만나는데도 재미가 없다니."

맥주를 한 모금 마시는데 식탁 위에 둔 휴대전화가 진동을 해댄다.

도래미.

무료하기 그지없던 해준의 눈매가 부드럽게 풀어졌다. 들고 있던 맥주를 내려놓고 해준은 통화를 연결시켰다.

"어, 도래미."

—집이야, 혹시 밖이니?

"집. 너는?"

—아, 나는 방금 막 인희랑 헤어지고 집으로 가는 길.

기분 좋게 감겨오는 청량한 음성에 어느새 그의 입매도 슬쩍 위로 향했다.

도래미 통화 목소리가 원래 이렇게 예뻤나?

—이번 주말에 제천 별장 가자면서.

"어. 꼬맹이가 군대 간다는데 그냥 보낼 수 있나. 김인희도 어지간히 바람 쐬고 싶어 하는 것 같고."

—괜찮겠어? 너무 무리하지 않아도 돼. 아직 래원이한테는 말 안 했으

니까, 다른 약속 있거나 그러면…….

"없어, 그런 거."

저도 모르게 래미의 말을 끊고 딱딱하게 대꾸해 버렸다.

래미는 여자의 '여' 자도 꺼내지 않았는데, 꼭 여자랑 약속 있는 것처럼 들려와 발끈하고 말았다.

제기랄. 나 왜 이러냐. 미친놈 같으니.

속으로 욕설을 뱉고서 빠르게 입을 열었다.

"나도 간만에 이 지긋지긋한 도시 좀 벗어나고 싶어서 그래."

―그랬어? 알았어. 그럼, 래원이한테 말해 놓을게.

"어, 그래."

―그럼, 쉬어.

뭔지 모를 아쉬움이 치고 올라와 당황스러움이 느껴지려는 찰나 래미의 말이 이어졌다.

―고마워, 지해준.

갑자기 가슴 속 저 아래 깊은 곳에서 무언가 스멀스멀 피어오르기 시작했다.

뿌듯함…… 그리고, 그리고…….

"어, 그래. 주말에 보자."

해준은 얼뜨기처럼 대꾸하고 전화를 끊어버렸다.

시꺼먼 액정을 잠깐 응시한 해준은 남은 맥주를 마저 들이켰다.

그의 얼굴이 묘하게 일그러졌다.

딱 그의 취향이던 희윤과의 시간보다 래미와의 짧은 통화가 더 즐겁게 느껴지다니.

뭐냐, 진짜. 이건 아니잖아.

　시간은 쏜살같이 가고 주말이 왔다.

　래미와 인희가 뒷좌석에, 해준과 래원이 운전석과 조수석에 나란히 탄 은색 스포츠카가 별장을 향해 신나게 달리고 있었다.

　요즘 유행하는 노래들이 스피커에서 끊임없이 울려 퍼지고, 거기에 맞춰 일행들은 흥겹게 노래를 불렀다.

　운전대를 잡은 해준은 룸미러로 흘끔 뒷좌석을 보았다.

　즐거운 얼굴로 어깨를 들썩이며 노래를 따라 부르는 인희와 래미가 차례대로 들어왔다.

　꿀꺽. 목울대를 타고 마른침이 삼켜진다.

　산뜻하게 한 갈래로 머리를 묶은 채 핑크빛 입술을 쉴 새 없이 움직이고 있는 래미에게 자꾸만 시선이 가고 만다.

　'미친놈. 이러다 사고 내겠다.'

　그런 스스로에게 놀라 표정을 굳힌 해준은 정면을 주시한 채 운전에만 집중했다.

　"우와, 얼마 만에 맡아보는 맑은 공기냐?"

　차에서 내린 인희가 양팔을 벌린 채 킁킁거렸다.

　계곡과 산 근처에 있는 해준네 별장은 외부와 조금 떨어진 곳에 위치해 있어 마음껏 떠들고 즐기기에 적당한 장소였다.

　"램! 오기를 잘했지?"

　인희가 래미의 어깨에 팔을 걸치고서 말했다.

　"응. 완전. 사실, 조금 귀찮았는데 오기를 잘한 것 같아."

초록의 냄새를 들이켜는 래미의 귓가로 인희가 슬쩍 입술을 가져갔다.

"지금부터 작전 시작이다이."

"뭘?"

영문을 몰라 속눈썹을 깜빡이는 래미에게 찡긋 윙크를 해보인 인희가 이내 팔을 풀고서 차 트렁크로 갔다.

빛의 속도로 트렁크 안의 짐들을 바닥으로 내려놓은 인희가 손뼉을 짝 쳤다.

"어머! 나 뭐 안 챙겨온 거 있어!"

과장된 음성으로 말한 인희가 해준을 바라보았다.

"해준, 나 시내 좀 갔다 올 테니, 키 좀 줘."

"뭔데. 중요한 거 빠트렸어?"

"완전 중요한 거. 없으면 안 돼. 이 차 나도 운전할 수 있는 거지?"

"어. 전 연령 다 탈 수 있는 보험이라 상관없긴 한데."

"그럼, 빨리 키 줘. 후딱 갔다 올게."

해준이 열쇠를 내밀자 씨익 웃으며 받아든 인희가 래원에게 턱짓을 해 보였다.

"래원아, 넌 누나 따라가자."

"엉? 나? 나도 가야 돼? 짐 정리해야 되는데."

"그건 너네 누나한테 맡겨 놓고. 누나, 내비 있어도 한 번씩 엉뚱한 데로 잘 새거든. 안 갈 거야?"

"아니, 아니. 가요, 가."

그렇게 래원을 낚은 인희는 차에 몸을 싣고 유유히 사라져 버렸다.

졸지에 해준과 둘만 남게 된 래미는 고개를 절레절레 흔들었다. 이렇게 오자마자 래원을 끌고 가버릴 줄은 꿈에도 몰랐다.

'와. 실행력 한번 끝내준다, 김인희.'

어둠에 잠긴 별장 건물로 도시에서는 보기 힘든 별빛이 쏟아졌지만, 그
마저도 만끽하지 못한 채 래미와 해준은 각자 휴대전화를 들고 거실을 서
성이는 중이었다.

"김인희 전화 안 받는다."

해준이 털썩 소파에 앉으며 말했다.

"도래원도 안 받아."

래미의 말에 해준의 얼굴이 설핏 굳어졌다.

"시내까지 왕복하고도 남았어야 하는 시간인데 무슨 일이라도 생긴 거
아냐?"

"에이, 설마."

래미는 바싹 마른 입술을 축였다.

잠깐 자리를 비켜줄 거라 여긴 인희와 동생이 코빼기도 비치지 않으니,
래미로서도 걱정이 되지 않을 수가 없었다.

'이 계집애가 도대체 어디까지 간 거야! 문자라도 한 통 날리든가!'

띵똥.

기가 막힌 타이밍이었다. 꼭 옆에서 속마음을 듣기라도 한 것처럼 래미
의 휴대전화에서 알림음이 울렸다.

[램. 오붓한 시간 보내고 있냐?ㅋㅋㅋ 언니랑, 래원인 놀다가 새벽에 들
어갈 테니, 만리장성 한번 쌓아보시게나! 전화는 계속 안 받을 거니까, 배
터리 닳게 하지 말길. 굿밤!]

처음부터 이럴 계획이었던 거다. 해준과 둘이 밤을 지새우게 하려고.

"이년이 진짜!"

속으로 말한다는 게 가감 없이 입 밖으로 튀어 나가고 말았다.

갑작스런 욕설에 해준이 눈을 동그랗게 뜨고 시선을 돌렸다.

"왜? 인희한테서 연락 온 거야?"

"어. 좀 늦을 것 같대."

곧이곧대로 말할 수가 없어 그렇게 둘러댔다.

"얼마나?"

"모, 몰라. 좀 많이 늦게 올 것 같다고만 하네."

"뭐? 많이 늦어?"

해준이 미간을 확 구겼다.

"아니, 뭐 한다고 남의 차를 끌고 가서 늦게 온대? 하, 진짜."

얼굴에 손부채질을 몇 번 한 해준이 짜증스럽게 내뱉었다.

"방에 가서 배터리 좀 갈고 올게. 하도 전화질을 했더니 배터리가 다됐네."

"어, 나도."

래미가 몸을 돌리자 해준도 퍼뜩 방으로 향했다.

방으로 들어오자마자 언제 그랬냐는 듯 찡그렸던 해준의 얼굴이 단박에 펴진다.

"미치겠네. 왜 이렇게 표정 관리가 안 되는 거야?"

시내로 간 두 사람이 늦어진다는 소식에 이상하게도 입이 자꾸 벌어지는 것이다.

도래미와 지해준.

단둘만 있는 외딴 별장.

고요하고 어두운 밤.

그 모든 것들이 한꺼번에 인지되어 심장이 마구 뛰어댄다.

이 증상이 이상하다는 걸 잘 알고 있었다. 그럼에도 진정이 되지 않고 들뜬다.

"미친 자식. 너 요즘 미친 거 맞다니까."

자조적으로 뱉은 해준은 겨우 표정을 추스르고서 거실로 나갔다. 해준은 막 방 밖으로 나오고 있는 래미를 향해 낮게 말했다.

"그것들 오든지 말든지, 가져온 비싼 와인 우리끼리 조지자."

래미가 턱을 슬쩍 들고서 도도하게 대꾸했다.

"콜. 한 방울도 남기지 말고."

▷　▷　◆　◁　◁

"어우, 와인 이게, 은근히 취하네?"

"응. 천천히 마셔."

어느새 와인은 두 병째 비워지고 있었다. 이미 취기가 오른 래미의 발음도 상당히 꼬인 상태였다.

해준은 발갛게 달아오른 래미의 얼굴을 물끄러미 바라보았다.

"……그 짝사랑 남과는 진전이 있어?"

그렇게 묻는데 어쩐지 가슴이 시큰거린다.

래미가 그를 빤히 응시하다 피식 웃음을 흘렸다.

"그 사람, 나한테 별로 관심 없어. 그냥 친구로 생각하지."

"어, 어어. 그래?"

해준의 입술 끝이 슬쩍 올라갔다가 내려왔다. 래미가 취기 어린 촉촉한 눈동자로 시선을 부딪쳐 왔다.

"고백해 버릴까?"

해준의 심장이 다시 따끔거린다.

"아니, 하지 마. 여자는 좋아해 주는 남자 만나야 된다니까? 절대 하지 마."

래미가 푸스스 김빠진 표정으로 시선을 내렸다.

"그렇지? 괜히 사이까지 틀어지겠지?"

"그래, 인마. 또 모르지. 혹시 알아? 더 좋은 사람이 나타날지. 원래 똥차 가고 벤츠 온다잖아."

그렇게 대꾸해 놓고 해준은 작게 헛기침을 했다. 스스로가 생각해도 졸렬하고 어이가 없다.

"응. 그래. 그럼, 안 해야지."

취한 목소리로 작게 중얼거리고서 희미하게 미소 짓는 래미가 더없이 쓸쓸해 보인다.

그 남자를 꽤 좋아하는 모양이다. 조금 안쓰러워 어깨를 토닥여 줄까 하다가 그만두었다.

"아우…… 난 그만 마셔야겠다. 벌써 눈이 가물가물해."

래미가 비척비척 몸을 일으켰다.

"들어가게?"

"어, 어. 너무 졸려."

하긴, 도래미 술에 취하면 자는 게 주특기지. 아쉽지만 어쩔 수 없지.

"들어가, 그럼. 내가 마저 마시고 치울게."

"응."

가만히 고개를 끄덕이고서 방으로 향하는 래미의 발걸음이 상당히 불안했다.

"어, 어…… 땅이 막 뎀비네."

"야, 야. 조심!"

해준은 다급히 몸을 일으켰다. 막 거실 중간쯤 당도한 래미가 크게 비틀거렸기 때문이다.

해준은 거의 몸을 날리다시피 래미에게로 향했다.

휘청거리며 넘어지는 래미의 허리를 아슬아슬하게 끌어안아 아찔한 사태를 모면했다.

"와…… 지해준 운동신경 끝내준다……."

래미가 가물가물한 눈으로 엄지척을 했지만, 해준은 반응을 할 수가 없었다.

팔에서 느껴지는 가녀린 몸. 빨간 입술.

단둘만 있는 이 공간.

목울대를 타고 마른침이 꼴깍 삼켜진다.

해준은 래미를 감고 있는 팔에 바짝 힘이 들어가려는 것을 간신히 눌렀다.

'지해준. 선 넘으면 끝이야.'

겨우 이성이란 놈을 붙잡은 해준은 래미를 부축해 조금 거칠게 방 안에 밀어 넣었다.

"얼른 자."

"응. 너도."

문을 닫고서야 해준은 폭풍 같은 한숨을 흘렸다.

점점 미쳐가는 모양이다.

▷　▷　◆　◁　◁

래미는 날이 희끄무레 샐 무렵, 비교적 이른 시간에 눈을 떴다.

언제 왔는지 인희가 세상모르고 옆에 잠들어 있었다. 새벽에 온다더니 정말 그랬던 모양이다.

"만리장성은 무슨. 절대 고백하지 말란 말만 들었네요."

작게 중얼거린 래미는 조심스레 몸을 일으켜 욕실로 향했다.

잠시 뒤, 씻고 나온 래미는 기초 화장품만 대충 찍어 바르고서 현관문을 나섰다. 오랜만에 도심지를 벗어났는데 맑은 공기나 실컷 마셔 볼 참이었다.

아직 날이 완전히 새지 않은 밖은 안개가 부옇게 깔려 있어 신비로운 느낌이었다.

"음, 새벽 공기 냄새."

공기를 마음껏 들이마시며 래미는 좀 더 숲이 우거진 곳으로 발걸음을 옮겼다.

축축이 젖은 초록 생명들을 감상하며 걷다 보니 시간 가는 줄도 몰랐다. 도시에서는 누리기 힘든 호사였으니까.

한참, 숲 속을 누비다 이제 그만 내려갈까 할 때였다.

철렁, 래미의 심장이 사정없이 아래로 추락했다.

바로 몇 발자국 앞에 또다시 기이한 대기 떨림이 포착되었기 때문이다.

모락모락, 투명한 화톳불 같은 저 느낌.

"설마…… 에이, 설마…… 말도 안 돼."

래미는 어이없는 웃음을 뱉어냈다. 정말 이건 말이 되지 않는다. 하지만 홀린 듯 발걸음은 자꾸만 그쪽으로 떼어진다.

꼴깍, 침을 삼키고서 기묘한 현상에 슬그머니 손만 갖다 대 보는 순간이었다.

쑥, 안에서 사정없이 그녀를 빨아 당겼다.

오메!

11

　새벽녘부터 잠이 깨버린 덕에 루이는 일찌감치 산장 근처를 거니는 중이었다. 그래 봤자 딱 결계 안까지가 다였지만.

　사람들과 전혀 마주할 일이 없어 아주 약간 무료하기도 했지만, 나름 산속 생활도 나쁘지 않았다.

　맑은 공기, 새들의 지저귐, 고즈넉함.

　무엇보다 다시 예전처럼 냉정하게 마음을 가라앉힐 수 있어 좋았다. 머리와 심장을 맹렬히 긁어댔던 증상들이 조금씩 가라앉는 중이었다.

　걷다 보니 어느덧 결계 앞이었다. 루이는 그만 돌아가기 위해 발걸음을 돌렸다.

　저릿.

　갑작스레 전기가 통하는 듯한 감각이 온몸에 일었다. 누군가 결계를 뚫고 들어왔다는 뜻이다.

　"뭐지, 누가 침입을……."

　"으으. 또야, 또. 또 끌려 들어왔어!"

예상치 못한 목소리가 등 뒤에서 울려 퍼지는 바람에 루이는 심장이 멎는 듯했다.

카랑카랑한 특유의 목소리.

설마, 설마…… 그럴 리가…….

루이는 마치, 통나무처럼 뻣뻣하게 몸을 돌렸다.

엉덩방아를 찧은 채 굳은 얼굴로 그를 올려다보고 있는 도래미가 그대로 시야에 박혀 들어왔다.

루이는 눈을 질끈 감았다가 떴다.

하…… 제길.

"……또 ……너야."

도저히 믿기 힘든 눈앞의 현실에 루이는 말을 잇지 못했다. 심장이 마구잡이로 날뛰어대기 시작하고, 머리가 지끈거려 온다.

"그러게요. 이상한 아지랑이가 또 나를 끌어당기네요."

딱딱한 얼굴로 내쏜 래미가 이내 몸을 일으켰다.

어떻게 이런 일이 일어날 수가 있지?

도대체 어떻게 하면 말도 안 되는 일이 현실로 나타날 수가 있는 거지?

"여기는…… 어떻게 알고 온 거야. 이번에도 우연인가?"

비꼬거나 화를 내는 게 아니었다.

루이는 진심으로 궁금했다. 이번에는 어떤 우연이 기다리고 있을지.

하지만, 래미는 화가 가득한 눈으로 잠시 동안 그를 응시하다 휙 몸을 돌렸다.

"들어왔으니, 나갈 수도 있겠죠. 바로 나가줄게요."

래미가 다시 밖으로 나가려는 것임을 안 루이가 다급히 그녀 곁으로 순간 이동을 해 팔목을 낚아챘다.

래미의 반듯한 이마가 찡그려졌다.

"뭐 하는 거예요. 이거 놔요."

"어떻게 알고 온 건지 물었어."

목소리에 힘이 꾹 들어간 질문에 래미의 입술이 치아에 살짝 짓이겨졌다가 원래대로 돌아갔다.

"당신이 여기 있다는 걸 내가 알고 왔단 말이에요? 당신이 여기 있는 줄 알았으면 이 산에는 안 올랐을 거예요."

"······이번에도 우연이란 뜻이군."

"우연이든 뭐든 이거 놔요. 1초라도 빨리 눈앞에서 사라져 주는 게 좋을 거 아니에요."

래미가 잡힌 팔을 빼내기 위해 애쓰자, 루이는 더욱 단단히 가느다란 팔목을 옥죄었다.

"왜 그런 말을 하는 거지?"

"아닌가요? 나 꼴 보기 싫어서 또 사라져버린 거."

단단히 오해를 하고 있었다. 루이는 낮게 한숨을 흘렸다.

차라리 꼴 보기 싫은 쪽이었더라면 좋았을 텐데.

"너 하나 꼴 보기 싫다고 도망칠 멍청이는 아니라고 했을 텐데."

눈을 세모꼴로 뜨고 노려보던 래미가 기막힌 웃음을 흘렸다.

"아. 그래서 이번에도 한마디는커녕 그 흔한 쪽지 한 장 남기지 않고 사라져버렸군요?"

"그건······."

"닥쳐요! 한마디도 듣고 싶지 않아."

날카로운 외침으로 루이의 말을 막은 래미가 작게 숨을 내쉬고서 차분하게 덧붙였다.

"당신을 다시 만나게 돼서 반갑다는 말, 다음에 올 때까지 있으라고 했던 거. 그거, 전부 다 진심이었어요. 그런데, 당신은 그런 내 마음을 완전히 짓밟았어요. 발목이 아픈 것도 잊고 산을 올랐는데, 비어 있는 산장을 본 내 기분 같은 건, 당신에게는 아무 상관도 없을 테지만요."

래미가 기어코 힘을 주어 잡힌 팔목을 빼냈다.

"다시 마주칠 일은 없을 거예요. 친구네 별장이 산 아래 있기는 하지만, 여기까지는 절대 오지 않을 테니, 아니다. 오늘 떠나면 친구네 별장도 이제 올 일 없을 테니, 일부러 나 피해서 도망가지 않아도 돼요."

또박또박 그러나 무미건조하게 말한 래미가 이내 몸을 돌렸다.

심장의 울림이 머리끝까지 관통하는 바람에 루이는 기다란 손으로 이마를 짚었다.

막 결계로 발을 내딛는 래미의 뒷모습이 더없이 눈을 시리게 만든다.

그냥 저렇게 보내버릴 거야?

악마의 속삭임이 저 깊은 곳에서 스멀스멀 피어오른다.

쿵쾅쿵쾅쿵쾅.

심장이 더욱더 빨리 뛰고, 머리는 깨질 듯이 지끈거린다.

거봐. 운명이라니까? 피했는데, 또 마주쳤잖아. 이건, 신의 계시라고.

부드러운 피부. 달콤한 입술. 향긋한 내음. 다른 놈에게 줄 거야?

겨우 가라앉혔던 본능이 도래미를 마주하자마자, 미친 듯이 날뛰어댄다.

어서 붙잡아. 얼른, 얼른.

"안 돼."

주먹을 말아 쥔 채 다짐하듯 내뱉었지만, 루이의 까만 눈동자는 위험스럽게 번뜩거렸다.

루이의 치열한 속내를 알 길 없는 래미는 망설임 없이 결계를 빠져나왔다.

생각지도 못한 기가 막힌 우연에 그녀의 얼굴이 그 잠깐 사이 핼쑥해졌다. 꾹 다물린 자그만 입술이 희미하게 떨리고, 눈가에는 눈물 한 방울이 맺혔다.

"확실히 나 피해서 온 거 맞네."

대놓고 저렇게 어이없는 반응을 보이다니.

손톱만큼이라도 루이에게서 반가운 기색을 읽었다면, 이렇게 비참하지는 않을 것이다.

마치, 버림받은 기분이었다.

눈물이 흐르기 전에 손등으로 훔치고서 래미는 턱을 치켜들었다.

"이제 된 거야. 이걸로 인연 끝이야."

래미는 별장으로 내려가기 위해 빠르게 발걸음을 옮겼다. 지금쯤이면 누구든 깼겠지.

예상과 달리 아직 별장은 아무도 깬 사람이 없는지 조용하기만 했다. 조심스레 안으로 들어서는데 벌컥, 방문이 열렸다.

"으음…… 램, 일찍부터 어딜 갔다 온 거야?"

방금 막 잠에서 깬 듯 해준이 기지개를 켜며 거실로 나왔다.

깔끔한 평소와 달리 잔뜩 흐트러진 머리칼과 낮게 깔린 목소리에서 색기가 풀풀 풍긴다.

하지만, 지금 래미는 아무것도 느낄 수가 없었다. 너무 황당하고, 멍하고, 어이없고, 비참해 기분이 엉망이었으니까.

"그냥. 근처 산책 좀 하고 왔어."

"음, 그럼 깨우지. 같이 한 바퀴 돌면 좋았잖아. 혼자서 심심했겠다."

해준의 음성에 아쉬움이 잔뜩 묻어났지만 래미는 눈치채지 못했다.

그저, 심심했겠다에만 포커스가 맞추어졌다.

"아냐. 하나도, 전혀 안 심심했어."

심심하기는커녕, 너무 놀라 뒤집어지는 줄 알았는데.

해준의 표정이 조금 흐려지는 걸 알지 못한 래미는 방문을 열며 말했다.

"애들 깨워서 아침 먹자. 어제도 대충 먹어서 그런지 나, 배고파."

"……어. 그래."

해준을 뒤로하고 래미는 방으로 들어왔다.

"우웅, 램. 지금 몇 시야?"

거실에서의 소리에 잠이 깬 인희도 일어나 쭈욱 기지개를 켜고 있었다.

"일곱 시 넘었어."

짤막하게 대꾸한 래미는 눈을 세모꼴로 뜨고서 퍼뜩 인희에게로 다가가 앉았다.

"야. 도대체 래원이랑 뭐 하고 돌아다녔냐?"

"아아. 시내에 나름 뭐, 괜찮은 술집이 보여서 래원이랑 둘이 인생 얘기 좀 했지."

"뭐야, 진짜! 처음부터 그럴 작정이었지?"

"글쎄."

사실, 처음부터 사라져버릴 생각은 아니었다. 인희 역시 외딴 별장에서의 정취를 만끽하고 싶었으니까.

그저, 상황 봐서 래미와 해준 두 사람의 시간을 조금 더 만들어 주고 싶었을 뿐이었다.

그런데!

차로 오는 내내 해준에게서 묘한 냄새가 나는 걸 느꼈다.

해준이 룸미러로 흘끔흘끔 래미를 보는 게 아닌가! 그것도 예사 눈빛이 아니었다. 왠지 뜨거운, 그런 눈길.

옳다구나. 분명 뭐가 있는 것 같아 일단은 자리를 비켜주는 쪽으로 생각을 바꾸었다.

어두운 밤. 외딴곳.

한 공간에서 밤을 보내다 보면, 피 끓는 청춘들이니 뭔가 결판이 나도 나겠구나 싶어서.

"램. 어떻게 됐어? 지해준이랑은 만리장성 반쯤은 쌓아본 거야?"

"만리장성은 무슨. 그냥, 둘이 와인만 마셨어."

"뭐야, 그게. 그럼, 네가 먼저 멍석 깔고 자빠뜨렸어야지."

래미는 피곤한 얼굴로 도리질을 쳤다.

"저번에 지해준이랑 술 마시면서 내가 좋아하는 사람이 있다고 했거든. 그러니까 그러더라. 여자가 먼저 들이대면 그것만큼 매력 떨어지는 것도 없다고. 절대 먼저 고백 같은 거 하지 말래."

"그렇게 말했다고?"

"어. 어제 혹시나 고백해 버릴까, 했더니, 극구 하지 말라더라. 그래서 말았어."

"으음. 그랬단 말이지."

자신의 촉이 틀렸나, 약간 당황하던 인희는 눈을 동그랗게 떴다. 갑자기 래미의 눈에 부연 눈물이 맺혔기 때문이다.

"야, 야. 너 왜 그래? 지해준이 고백 같은 거 하지 말래서 그래?"

"아냐…… 그냥, 조금 속상한 일이 있어서…… 어우, 씨. 왜 눈물이 나고 그러지. 나 정말 주책덩어리야."

그러면서 훌쩍, 훌쩍 흐느낀다. 가녀린 외모와 달리 깡다구 하면 도래미인데, 이렇게 대놓고 우는 건 처음 있는 일이었다.

"그래, 그래. 속상한 일이 있으면 울어야지."

인희는 래미의 어깨를 토닥이며, 눈을 가늘게 떴다. 아닌 척하지만, 지해준 때문에 이렇게 우는 게 분명했다. 그게 아니라면 갑자기 이럴 리가 없다.

'지해준, 이 시끼. 절대 순순히 램 못 넘겨주지. 램 마음 아팠던 만큼 너도 고생 좀 해보라구.'

래미가 루이 때문에 우는 줄은 꿈에도 모른 채 그렇게 이를 가는 인희였다.

▷　▷　◆　◁　◁

예정보다 다소 김이 빠져버린 여행이었지만, 각자 나름대로의 생각들은 더 깊어졌다.

래미는 래미대로, 해준은 해준대로, 인희는 인희대로. 그리고 누나 친구와 밤새 인생 이야기를 나눈 래원은 래원대로.

조금 늦게 조용히 아침 식사를 마친 일행은 짐을 챙겼다.

래미는 가방을 거실에 놓고, 혹시 빠트린 게 없나, 마지막으로 한번 둘러보기 위해 방 안으로 들어왔다.

"보자…… 놔두고 가는 게 있나……."

헉.

대충 방을 훑고 다니던 래미의 움직임이 그대로 멈추고 말았다.

산 방향으로 난 창문 밖 저 멀리, 믿을 수 없게도 그녀 쪽을 응시하고 있는 루이의 모습이 포착되었기 때문이다.

두근, 두근.

가슴이 마구 쿵쾅거리고 손끝이 희미하게 떨려왔다.

서, 설마. 나 때문에 여기까지 온 거야? 그럴 리가 없잖아. 그럴 리가…….

루이의 입술이 움직이는 바람에 래미는 사고를 멈추었다.

이리 와.

지금.

멀찌감치 있었지만 그 의미는 확실히 전달되었다. 그녀 때문에 루이가 온 게 맞았다. 그녀를 만나기 위해 친히.

뭐야, 내가 오라면 오고, 가라면 가라는 사람이야? 내가 왜 그래야 되는데?

찰나 동안 치열하게 갈등을 하던 래미는 곧 정신을 차렸다. 지금 그런 걸 고민할 때가 아니었다.

인희나, 다른 누가 들어와 루이를 보기라도 하면 상당히 곤란해진다.

루이의 존재에 대해 설명하기가 너무 복잡했으니까.

"나 잠깐만 나갔다 올게."

출발 전, 모여 앉아 커피를 마시고 있던 일행들이 영문을 몰라 눈을 깜빡였다.

"누나, 어디 가게? 커피 안 마셔?"

"어, 어. 아까 산책하다가 떨어뜨린 게 있어서 가지고 올게."

퍼뜩 둘러대는 말에 해준이 몸을 일으켰다.

"뭘 떨어뜨렸는데? 그럼, 나랑 같이 가자."

"아냐, 아냐! 됐어!"

거의 비명과도 같은 래미의 외침에 해준이 잔뜩 민망한 얼굴로 엉거주춤 멈추었다.

래미는 등 뒤로 식은땀을 삐질 흘렸다. 인희가 풉, 고소하다는 듯 코 평수를 넓히며 웃는다.

"어, 어디다 흘리고 왔는지 내가 알아서 그래. 후, 후딱 챙겨올 테니, 천천히 커피 마시고 있어."

어색하게 말한 래미는 빠르게 건물 밖으로 향했다.

별장 뒤쪽으로 난 길을 따라 뛰다시피 올라가자, 저만치 숲 속에 서 있는 루이가 보였다.

래미는 더욱 속력을 내 루이에게로 달려가 다급히 그의 팔을 낚아챘다.

"일루 와요!"

짜증스럽게 외친 래미는 창문에서 보이지 않을 만큼 루이를 안쪽으로 끌고 가서야 멈추었다.

하아. 별로 뛰지도 않았는데, 심장이 울려대니 괜히 숨만 더 가쁘다.

"여기는 어떻게 알고 왔어요?"

"산 아래 별장이 여기뿐이니까."

"하. 누가 보면 어쩌려고 막 나타나고 그래요?"

싸늘한 물음에 루이가 기다란 속눈썹을 깜빡였다.

"왜. 내가 창피해?"

"사람들한테 안 보이려고 산골에 처박혀 사는 거 아니었어요? 아. 아니구나. 나한테만 안 들키면 되는 거였죠?"

계속된 날선 말투에 루이가 작게 한숨을 흘리고서 그녀를 똑바로 응시했다.

"이제 안 그러려고."

루이의 한마디에 래미의 속눈썹이 파르르 떨린다.

"그게, 무슨 뜻이에요."

루이의 한 손이 가만히 올라와 래미의 턱을 부드럽게 감싼다.

그녀의 어깨가 자동으로 움찔, 굳어버렸지만 루이는 엄지로 가볍게 턱을 어루만졌다.

"너를 피해서 온 건 맞아. 그건 부정 안 해. 하지만, 싫어서가 아니야."

"싫어서가 아니면 뭔데요."

루이의 입술 끝이 슬쩍 위로 향했다. 아찔한 그 미소에 래미의 심장박동이 더욱 올라갔다.

그걸 감추기 위해 그녀는 더욱 표정을 굳히고서 눈을 치떴다.

"싫어서가 아니면 내가 너무 좋아 죽겠는데, 더 빠질까 봐 도망이라도 친 건가요?"

"……."

비꼬느라 한 말인데, 루이가 아무런 대꾸도 하지 않자 래미는 말문이 콱 막혔다.

래미의 얼굴에 고정시키고 있는 루이의 까만 눈동자가 흑요석처럼 반짝인다.

마치, 고양이가 쥐를 앞에 두고 눈을 번뜩이는 것처럼 위험스러운 기운.

"뭐가 됐든 이제 안 피해. 절대."

스스로에게 다짐하듯 나직하면서도 묵직한 음성.

래미는 숨이 턱 막혀 왔다.

돌연, 그녀의 턱을 들어 올린 루이가 고개를 숙여 가볍게 입술을 맛보고 떨어졌기 때문이다.

루이의 입가에 아주 만족스러운 미소가 진하게 걸렸다.

너무 당황한 나머지 얼음이 되어버린 래미의 입술을 엄지로 문지른 루이가 이내 그녀를 놓아주었다.

"그만 가봐. 일행들 기다릴 테니."

그 말을 끝으로 루이는 흔적도 없이 자취를 감추었다.

홀로 남은 래미는 한동안 멍하니 눈만 깜빡였다. 그 잠깐 동안 폭풍이 휘몰아치고 간 것처럼 정신이 하나도 없다.

이제 피하지 않는다는 그 말과 가벼운 입맞춤만이 계속 래미의 머릿속을 뒤흔들고 있었다.

▷   ▷   ◆   ◁   ◁

"이른 아침 새해는…… 새해는…… 아우, 미쳐버리겠네!"

노트북 모니터를 들여다보며 자판을 두드리던 래미는 의자에서 벌떡 몸을 일으켰다. 여행을 다녀온 뒤 며칠 내내 도무지 글의 진도가 나가지 않는다.

오늘도 하루 종일 하얀 화면과 전투를 벌였지만, 어두운 밤이 되도록 겨우, 한 장도 채 완성시키지 못하고 있었다.

"이런 똥멍청이! 집중을 좀 하라고오!"

방 안을 마구 서성거리며 머리를 흐트러뜨린 래미는 결국 침대에 벌렁 누워 버렸다.

"하아…… 이게 다 그 웬수 때문이잖아."

별장까지 내려와 의미심장한 말과 행동을 하고 가버린 루이 때문에 머릿속이 뒤죽박죽이었다.

"이제 안 피한다는 건 무슨 뜻이지? 앞으로 도망 안 갈 테니 오라는 뜻? 미친. 여기서 거기까지 거리가 얼만데."

래미는 몸을 빙글 옆으로 굴려 벽을 향해 누웠다.

"아니, 그 뽀뽀는 또 뭐야? 뭐, 만나자, 사귀자 이런 거야? 누구 마음대로? 미운 정 좀 들면 다 사귀나? 나한테는 지해준이 있……."

"그 이름 들먹이지 마."

예고도 없이 날아든 음성.

래미는 뒷머리가 비쭉 서고, 팔에 오소소 소름이 돋은 채로 퍼뜩 몸을 굴렸다.

"으앗, 다, 당신!"

어김없이 비명이 튀어나온다.

방금 전까지 그녀가 머물던 의자에 루이가 우아한 자태로 다리를 꼬고 앉아 있었기 때문이다.

래미는 다급히 상체를 일으켜 침대에 걸터앉았다.

쿠당탕, 쿠당탕, 널뛰기를 해대는 가슴을 진정시키며 래미는 눈을 홉떴다.

"다, 당신, 미쳤어요? 아니, 남의 집에 이렇게 막 무단침입해도 돼요? 내가 샤워라도 하고 벗고 있으면 어쩌려고 그래요?"

"너도 결계 안에 허락 안 맡고 들어오잖아."

"뭐래! 그 결곈지 뭔지가 날 끌어당긴 거거든요? 비교할 걸 비교, 엇."

말이 채 끝나지도 않았는데 의자에 앉아 있던 루이의 모습이 사라졌다.

"뭐야. 어디 갔어?"

두리번거리는데, 띵똥, 띵똥 인터폰이 울려댄다.

"아, 거기 가셨구만."

슬쩍 미간을 구긴 채 래미는 거실로 가 인터폰 모니터를 보았다. 역시나. 예상대로 화면에는 카메라 렌즈를 응시하고 있는 루이의 모습이 나타났다.

잠깐, 열어주지 말까 하다가 부질없는 짓이라 관두었다.

대문을 열어주고, 현관의 도어록까지 해제시키자 루이가 안으로 쑥 들어왔다.

"됐지?"

"네. 앞으로는 무조건 벨 누르고 들어……."

아, 나 뭐래니? 앞으로는 무슨! 곧장 입을 닫았으나 루이의 입매는 슬쩍 올라가 있었다.

손으로 부채질을 한 래미는 거실 한쪽에 덩그러니 놓인 테이블을 가리켰다.

"방 말고 저기로 가서 앉아요. 숙녀 방에 허락도 안 맡고 불쑥불쑥 들어오지 말고요."

"소파 없어?"

"있었는데, 낡아서 버렸어요. 결론은 없으니까 그냥 앉아요."

조금 심각한 얼굴로 테이블을 응시하던 루이가 이내 저벅저벅 가서는 긴 다리를 접고 앉았다.

양반다리에 익숙하지 않은 듯 어쩐지 어색해 보이는 모습에 래미는 몰래 웃어버렸다.

곧 웃음을 지운 래미 역시 테이블을 사이에 두고 루이와 마주 보고 앉았다.

"여긴 무슨 일로 온 거예요."

"돌아왔거든. 완전히."

"뭘 돌아…… 혹시, 다시 루나로 왔다는 뜻이에요?"

루이가 우아하게 고개를 까닥해 보였다.

래미는 잠시 멍하게 속눈썹을 파닥였다.

"이제 안 피한다더니, 그게 정말 나 안 피하겠다는 의미였어요?"

"맞아."

"그래서 다시 돌아온 거구요?"

"맞아."

확실히 대답을 들은 래미는 미간을 슬쩍 찡그렸다. 도무지 이 남자의 저의를 알 수가 없다.

"사라질 때도 멋대로더니, 나타날 때도 역시나 멋대로네요. 그렇게 하던 대로 하면 되는 거잖아요. 근데, 왜 나한테 보고까지 하러 온 거죠? 도대체 왜?"

갑자기 마주 앉은 루이가 손을 뻗어 오는 바람에 래미는 생각을 멈추었다.

채 피할 틈도 없이 루이가 그녀의 얼굴을 감싸 쥐었다.

"너 보러 온 거니까, 당연히."

허, 헉!

지금 내가 제대로 들은 거 맞지? 확실히 들은 거 맞지?

"나를 왜 보러 와요, 당신이."

루이는 대답 대신 래미의 보드라운 볼을 슥슥 문질렀다.

아아, 미치겠다. 적응 안 돼. 이 남자 나한테 왜 이래?

여유롭기만 한 루이와 달리 래미는 귀까지 빨갛게 달아오를 지경이었다.

"대답부터 해요. 나를 왜 보러 왔냐구요. 그리고 이 손 좀 치워요."

루이는 몇 번 더 얼굴을 어루만지고서 순순히 손을 거두어 들였다. 매끈하고 잘생긴 그의 얼굴에 묘한 기운이 떠올랐다.

"네가 보고 싶었거든. 아주 많이."

뭐, 뭐라고? 래미는 입을 쩌억 벌린 채 루이를 응시했다.

저 까칠하고 오만방자하고 도도한 남자의 입에서 나온 말 확실한 거지?

"아, 아니. 내가 왜 보고 싶었는데요? 왜?"

루이의 반듯한 이마가 미미하게 찡그려졌다.

"넌 왜, 밖에 할 줄 몰라?"

"궁금하니까, 이유를 모르겠으니까 그렇죠."

루이는 우아하게 이마를 쓸어 올리고서 슬쩍 입술 끝을 올렸다.

"불가항력. 그게 이유야."

"불가……항력?"

루이는 여전히 어리둥절한 래미에게 시선을 고정시킨 채 상체를 슬쩍 앞으로 기울였다.

"내가 네게 끌린다는 거."

래미는 훅, 작게 숨을 들이켰다. 이제 더 묻고 말고 할 게 없다는 걸 잘 알고 있었다. 불가항력적으로 그녀에게 끌린다는데 더 무슨 질문을 던지겠는가.

하지만!

"아니, 왜 하필 나한테 불가항력적으로 끌리는지 이해가…… 아."

루이가 테이블 위에 올려둔 그녀의 팔목을 확 낚아채는 바람에 래미는 입을 다물고 말았다.

"네가 너무 좋아 죽을 것 같아."

나지막한 음성. 래미의 동공이 커다랗게 확장되었다.

"내 눈에는 너밖에 안 보여."

심장이 울리는 소리가 너무 커 귀까지 들릴 지경이다.

"하루라도 안 보면 돌아버릴 것 같아."

래미의 얼굴이 점점 달아오르다 못해 시뻘게지고 말았다. 다른 사람도 아니고 루이의 입에서 저런 고백의 말들이 아무렇지도 않게 나오다니.

이걸 어떻게 받아들여야 하나 래미는 머리에 지진이 날 지경이었다.

"저기, 나는……."

"이런 말들을 원했던 게 아니라면 질문은 그만해."

10대 소녀처럼 어찌할 줄 모르던 래미의 얼굴에 핏기가 삭 가셨다. 길 가다 오물을 뒤집어쓴 것처럼 그녀의 이마에 핏대가 섰다.

"누, 누가 그런 말을 듣고 싶댔어요? 이거 놔요!"

래미가 잡힌 팔목을 빼내려 했지만, 루이는 손아귀에 힘을 더 주어 그녀를 저지했다.

루이의 표정이 더없이 진지해졌다.

"그래도 이건 확실해. 내가 너를 원하고 있다는 거."

으악! 핵폭탄급 오글을 저렇게 아무렇지도 않게 던지다니!

아니, 멕이려면 멕이든가, 녹이려면 녹이든가, 제발 한쪽만 하라고. 왜 이렇게 사람을 들었다 놨다 하는 건데.

래미는 잠깐 사이 바짝 말라버린 입술을 혀로 축였다.

"당신이 나를 왜 원해요?"

"또 왜라고 한다."

루이의 얼굴에 짜증스러운 기색이 슬며시 서리자 래미는 질문을 바꾸었다.

"나를 원한다는 건, 음, 흠. 어쨌든 내가 조, 조, 좋다는 뜻이죠?"

말하면서도 손발이 오그라들고 귀는 뜨끈뜨끈 달아올랐다.

"어쨌든 좋은 거 맞아."

조금 어감이 이상했지만, 그녀가 질문할 때 '어쨌든'을 붙였기 때문에 루이 역시 그렇게 대답한 것일 뿐이라고 여겼다.

"얼굴이 많이 빨간데. 당황한 건가?"

다짜고짜 나타나서 너를 원해를 시전해 주시는데 안 당황할 여자가 어딨니?

"어머. 아닌데. 나 이런 고백은 수도 없이 받아 봐서 전혀 당황하지 않았어요. 아마, 당신이 사백두 번째 정도 될 거예요."

루이의 입술이 설핏 올라갔으나 래미는 말을 이었다.

"나를 좋아해 주는 건 고마운데, 난 당신 미운 정 정도로밖에 생각 안 해요."

"상관없어."

뭐가 상관없다는 거지?

"그리고 나 좋아하는 상대 있는……."

"들먹이지 마."

루이의 눈매가 순식간에 서늘해진다.

뭐야. 질투라도 하는 거야, 지금?

"내 입으로 말도 못 해요? 나는 장장 12년 동안이나 좋아……."

"거기서 한마디만 더 해봐."

윽. 마치 살인이라도 할 것 같은 살벌한 표정이다.

약간, 움찔했지만 래미는 입술을 뾰족이 내밀고서 '뭐, 왜'를 해보였다.

움츠러들면서도 지지 않으려는 래미의 모습에 루이가 픽, 실소를 흘렸다. 덕분에 잘 벼린 칼 같던 얼굴도 느슨하게 풀어졌다.

"네가 내 앞에서 무슨 말을 하든 상관없어. 까불고 짜증내고 화내도 다 받아줄 수 있어. 하지만, 다른 놈은 안 돼. 다른 놈은 들먹이지 마."

두 사람이 마주 보고 있는 이 공간의 모든 기류가 멈추어버렸다.

루이가 붙잡고 있는 그녀의 팔목을 가만히 자신의 입술로 가져갔다.

"너에게 오기까지, 분명 쉬운 결정이 아니었어."

루이는 맥이 뛰고 있는 연약한 부분을 입술로 지그시 눌렀다.

래미는 숨을 죽인 채 눈만 깜빡일 뿐, 아무런 언행도 할 수가 없었다.

"그러니, 그 마음, 내 앞에서는 드러내지 마. 나와 있을 때는 나만 보고, 나만 느끼면 돼."

두근. 두근.

래미의 가슴이 마구잡이로 요동을 쳐댄다. 저 얼굴, 저 목소리로 저렇게 말을 하니 모든 생각들이 흐물흐물 녹아버린다.

루이가 가만히 양손을 뻗어 래미의 얼굴을 감싸고서 천천히 고개를 숙여 왔다. 루이가 무엇을 하려는 건지 충분히 인지되었지만, 래미는 피할 수가 없었다.

흑요석처럼 빛나고 있는 그의 눈동자가 옴짝달싹 못하게 그녀를 옭아맸기 때문이다.

루이의 까만 눈동자의 색이 조금씩 바뀌기 시작했다. 한쪽은 붉게 또 한쪽은 회색으로.

래미의 갈색 눈동자가 술에 취한 것처럼 금세 몽롱하게 흐려진다.

어…… 어, 이건…… 이 느낌은…….

비스듬히 기울어진 루이의 입술이 막 그녀에게로 닿으려는 찰나 래미는 다급히 손을 뻗었다.

루이의 입술이 딱 멎었다.

래미가 양손으로 그의 눈을 가려버린 것이다.

"어우, 또, 또 넘어갈 뻔했어."

한숨을 흘린 래미는 빠르게 덧붙였다.

"그, 그 눈빛 금지예요. 나랑 있을 때, 그 눈으로 나 홀리는 거 하지 마요. 절대 금지."

"……."

루이는 여전히 눈을 가리고 있는 래미의 양쪽 팔목을 움켜쥐고 떼어 냈다.

그의 눈동자는 이미 까맣게 돌아와 있었다.

"약속해요. 안 그럼 당신 안 봐요."

"……."

루이가 대답하지 않고 물끄러미 바라만 보고 있자 래미는 눈에 힘을 주었다.

"나한테는 하지 말라는 건 잘도 요구하더니, 왜 본인은 대답을 안 해요?"

"그럼, 키스하고 안는 건 어떻게 해."

헉! 래미는 다급히 숨을 들이마셨다.

"뭐, 뭐래! 허락도 안 맡고 마음대로 나한테 막 그러려고 했단 말이에요?"

"허락, 받아야 돼?"

"당연하죠! 멋대로 스킨십을 하는 건 범죄잖아요."

"그럼, 앞으로 허락 맡고 하지, 뭐."

사귀거나 하는 사이도 아닌데, 허락은 뭐고 스킨십은 또 뭐란 말인가!

대화를 하다 보니 점점 수렁에 빠져드는 기분이다.

토마토페이스트처럼 시뻘게진 얼굴로 어찌할 줄 모르는 래미를 보며, 루이는 진한 미소를 드리웠다.

이것 봐. 조금 놓아버리니까 이렇게 즐겁잖아.

루이의 어두운 눈동자가 더없이 형형하게 번뜩인다.

"이른 아침 새해는…… 새해는…… 하아. 접자, 접어."

루이가 가고 난 뒤 다시 집중해서 작업을 해보려 했지만, 될 턱이 없다. 결국 노트북을 끄고서 래미는 침대에 벌렁 누웠다.

천장을 응시하는 그녀의 얼굴은 복잡함 그 자체였다.

'네가 내 앞에서 무슨 말을 하든 상관없어. 까불고 짜증내고 화내도 다 받아줄 수 있어. 하지만, 다른 놈은 안 돼. 다른 놈은 들먹이지 마.'

그렇게 말하던 루이의 눈빛이 떠오르자 절로 얼굴이 뜨끈해졌다.

그간 나름대로 이성에게 대시를 많이 받아보긴 했지만, 이토록 직접적이고, 자신만만하고, 오만한 고백은 처음이었다.

"하긴. 딱 루이답다고 해야 하나."

설익고, 수줍은 모습의 루이는 어쩐지 상상이 안 된다.

분명, 그 거만한 남자가 할 수 있는 최대한의 표현이었다는 걸 그녀도 알고 있었다. 그렇기에 래미 역시 당황스러우면서도 마음이 들뜨긴 했다.

아니, 어떤 여자가 루이의 고백에 설레지 않을까.

그런데…… 이상한 건 어쩐지 그에게서는 누군가를 좋아할 때 나오는 그런 에너지나 열정 같은 게 보이지 않는다고 할까.

뜨거움이 묻어나야 할 눈빛은 원래보다 더 차갑고 음산하게 번뜩이는 듯했다.

"내가 연애를 못 해봐서 그런가."

아님, 흑마법사라서 일반 사람들과는 연애세포가 다르다든가.

어느 쪽이든 래미로서는 심란하기 그지없었다. 루이라는 남자 자체가 워낙 상대하기 버거운 인물이긴 했으니까.

▷　▷　◆　◁　◁

어둠에 물들기 시작한 저녁, 살굿빛의 은은한 조명이 매혹적으로 반짝이고 있는 바의 문이 열렸다.

174센티미터의 장신에 7센티짜리 하이힐까지 신어 더욱 길어 보이는 인희가 입구에 서서 바 안을 쓰윽 훑었다. 인희의 미간이 슬쩍 휘었다.

"어휴. 저 시끼는 앉아도 꼭 센터 자리만 고집한다니까? 할 얘기 있으면 구석 자리나 잡아 놓을 것이지. 하여튼 걸들 시선 못 받아 안달 났지."

인희는 또각또각 하이힐의 굽 소리를 내며 해준이 앉아 있는 중앙 자리로 향했다.

끼익. 의자를 빼자 생각에 잠겨 있던 해준이 시선을 들었다.

"왔냐?"

"오냐. 왔다."

비어 있는 다른 의자에 핸드백을 놓은 인희는 다리를 꼬고서 해준과 마주 보고 앉았다.

간단한 안주 접시는 거의 손도 대지 않은 채 그대로였고, 와인 병만 3분의 1쯤 줄어 있었다.

"생각보다 많이 안 마셨네?"

"어지간하면 멀쩡한 정신으로 얘기하고 싶어서."

"저녁 시간에 지해준이, 다른 여자도 아니고 나를 불러내서 멀쩡한 정신으로 얘기하고 싶었다고?"

"야. 난 뭐 맨날 여자만 만나는 놈이냐?"

"아니었어? 그럼, 미안."

조금 이죽거리는 인희의 말에 해준은 작게 한숨을 흘렸다.

"인정, 인정. 너나 래미 눈에 나 그런 놈인 거 인정."

"됐고. 누나 바쁘다. 머리, 꼬리 빼고 본론만 읊어. 새 프로젝트 때문에 정신없거든? 다시 회사 들어가 봐야 해."

해준은 쉽게 말을 꺼내지 못하고 와인잔의 스템을 가만히 손가락으로 문질렀다.

인희의 눈매가 슬며시 가늘어졌다. 해준이 이러는 이유를 어렴풋이 알 것도 같았다.

흐음. 오냐. 멍석 깔아주마.

"무슨 얘기를 하려고 이렇게 뜸을 들이실까나. 참, 너 저번에 봤지? 우리 팀에서 알바하는 막내 유민이 말이야."

스템을 문지르던 해준의 손이 뚝 멈추었다.

"걔가 램 소개시켜 달라고 난린데, 남자인 네가 보기에는 어때?"

해준의 입매가 미미하게 굳고, 눈매는 금세 사나워졌다.

빙고!

"김인희, 너 뭐 알고 일부러 나 약 올리려고 그러냐?"

"뭘? 뭘 알아? 같은 남자로서 유민이 어떤지 물었는데 웬 딴소리야?"

인희는 전혀 모르는 것처럼 천연덕스럽게 대꾸해 버렸다.

잠시 미간을 구기고 있던 해준이 이내 포기한 듯 입술을 슬쩍 비틀고서 노골적으로 말했다.

"김인희. 그 새끼, 램한테 갖다 붙이지 마."

"갑자기 웬 욕이야?"

"기분 나쁘니까, 램한테 어떤 놈도 갖다 대지 말라고."

그렇지! 바로 이거거든!

인희는 일부러 눈을 더 크게 뜨고서 놀란 표정을 지어 보였다.

"너, 설마, 램한테 다른 마음 있는 거야?"

"……."

"어머, 어머. 웬일이야?"

"호들갑 좀 떨지 마."

해준은 조금 붉게 달아오른 얼굴을 손으로 쓸었다.

"그냥, 자꾸 눈에 밟혀. 옆에 있으면 나도 모르게 쳐다보고 있더라고. 여자들과 노는 것보다 램이랑 통화하는 게 더 즐겁고."

헤에. 생각보다 더 심각하잖아?

인희는 문득 스치는 생각에, 슬쩍 벌어졌던 입을 추스르고서 이맛살을 구겼다.

"너, 진짜 램한테 마음 있는 거 맞아?"

"무슨 뜻이야?"

"주변에 찌르면 다 넘어와 주는 여자들이 시시하게 느껴져서 잠깐 램한테 눈 돌아간 거 아니냐는 뜻이야."

해준이 어이없는 웃음을 흘렸다.

"그런 거면 겉으로 표현도 안 해. 왜 그딴 소리를 하는 건데."

"내가 본 게 있어서 그래."

"뭐. 뭘 봤는데."

"저번에 술집에서 나, 너 본 적 있거든. 웬 여자랑 쪽쪽대고 있는 거."

"뭐, 뭐? 내가 뭘 했다고?"

눈을 동그랗게 뜬 채 황당한 표정으로 묻던 해준이, 일순 표정을 굳혔다.

"혹시, H대 근처 펍에서 나 봤던 거야?"

"어. 맞아. 난 팀원들과 2차 중이었고, 넌 어떤 여자랑 들어오면서 그랬고."

그제야 해준이 한숨을 푹 내쉬고서 조금 난감한 얼굴을 해보였다. 그런 그의 반응에 인희는 눈을 가늘게 뜨고서 쌀쌀맞게 쏘아붙였다.

"그런지 얼마나 됐다고 갑자기 램한테 마음이 생겨? 내 상식으로는 납득이 안 돼서."

"그거 봤으면 그렇게 생각할 수도 있겠다. 근데, 네가 상상하는 그런 거 아냐."

"아니면?"

"걔는 대학 후배일 뿐이야. 저녁 먹고 2차로 거길 갔는데, 갑자기 걔가 돌발행동을 한 거라고. 너무 황당해서 잠깐 멍하니 있었던 거고. 절대로 네 표현처럼 쪽쪽거리지 않았다고. 그 뒤 곧바로 거기서 나와 버렸는데 그건 못 봤냐?"

의외의 대답에 이번에는 인희가 당황하고 말았다. 사실, 곧바로 래미한테 일러바치느라 그 뒤의 상황은 그녀도 알지 못했으니까.

"그거, 램도 아냐? 래미한테도 말했어?"

"어, 어. 했는데."

해준은 금세 빨갛게 달아올라서는 깊게 숨을 내쉬었다.

"나, 래미한테 완전 잡놈으로 찍혔겠다."

잔뜩 힘없는 해준의 음성에 멋대로 오해한 미안함도 잠시, 인희는 어이없는 얼굴로 눈을 깜빡였다.

아니, 이 빙신들을 어쩌면 좋아. 그냥 못 먹어도 고, 한번 해보면 될 텐데, 똑같이 미련을 떨고 자빠졌네?

하지만! 이렇게 쉽게 래미를 저 도둑놈에게 넘겨줄 수가 없었다. 절대!

"야. 램 짝사랑하는 사람 있대."

"……알아."

"많이 좋아하는 것 같던데."

"그것도 알아."

빙신. 진 줄도 모르고 저 심각한 표정하고는!

"지해준. 당분간 램한테 티내지 마."

"왜?"

"왜라니? 괜히 티냈다가 너네 사이 서먹해지면 내가 중간에서 뭐가 돼?"

"으음. 그렇겠지?"

"당연하지. 당분간 램 만나더라도 절대 티내지 마."

해준이 폭풍 같은 한숨을 내쉬자 인희는 속으로 입이 째져라 웃었다.

'이따가 램한테 다 얘기해 줘야지. 절대 먼저 아는 척하지 말라고 해야 겠네. 고생 쪼매 해라, 지해준. 그동안 램 속 썩인 대가라고 생각해. 램 입 째지긋네.'

하지만, 얼마 지나지 않아 날아온 팀장의 호출로 인해 인희는 곧장 회사로 튀어갈 수밖에 없었다.

다음 날도, 그 다음 날도, 아니, 며칠 내내 인희는 새 프로젝트에 파묻혀 지내느라 래미와 제대로 된 통화조차 할 수가 없었다.

12

밤 9시를 훌쩍 넘긴 밤이었다. 한창 컴퓨터 앞에서 자판을 두들기던 래미는 커피를 한잔하기 위해 자리에서 일어났다.

띵동. 띵동. 갑작스레 벨소리가 고요한 집안에 울려 퍼졌다. 한밤중이라 더욱 시끄럽게 느껴지는 소리에 래미는 어깨를 움찔했다.

"누구지? 이 밤중에."

부모님이 귀촌을 한 뒤 혼자 살게 되면서부터 한밤중에 이렇게 방문자가 오면 절로 긴장이 되고 만다.

거실로 가 조심스레 모니터를 본 래미의 심장이 아래로 추락했다. 루이가 떡하니 대문 앞에 서 있는 것이다.

"아, 아니, 이 남자가 이 밤에 어쩐 일이야?"

자동으로 가슴이 쿵쾅대는 한편, 조금 기특한 마음도 들었다.

"함부로 불쑥불쑥 집 안에 나타나지 말랬더니, 진짜로 대문 앞에서 벨을 누르네?"

그래도 한밤중에 찾아와서 놀라게 만든 건 마이너스.

괜스레 입술을 굳히고서 래미는 인터폰의 통화 버튼을 눌렀다.

"웬일이에요?"

—너 보러.

아무렇지도 않게 흘러나온 대답에 래미의 얼굴이 뜨끈해졌다.

"이렇게 늦은 시간에요?"

—아직 10시도 안 됐는데.

"이 정도면 충분히 늦은 시간 맞거든요?"

—계속 여기 세워 두고 대화할 참이야?

루이의 지적에 래미는 아차 싶었다. 동네 주민들에게 인터폰으로 두 사람의 대화 내용을 고스란히 들려주게 생겼다.

래미는 난감함에 한숨을 푹푹 내쉬었다. 이 밤중에 어디로 튈지 모르는 저 위험한 남자를 집 안에 들이기가 너무 곤란했다. 그렇다고 문을 열어주지 않는 건 루이에게 아무 의미가 없고.

"잠깐만 기다려요. 내가 금방 나갈……."

래미의 말이 채 끝나기도 전에 화면 속 루이가 사라지고, 바로 뒤에서 인기척이 났다.

으앗! 반사적으로 뒤를 돌아본 래미는 숨이 턱 막히는 듯했다.

그녀의 얼굴이 루이의 가슴팍에 맞닿을 정도로 서로의 거리가 가까웠기 때문이다.

"내, 내가 이렇게 막 들어오지 말랬죠!"

시근덕거리며 외친 래미가 곧바로 뒷걸음질 쳤으나 금세 현관문에 등이 맞닿고 말았다.

고고한 귀족처럼 그녀를 내려다보고 있는 루이의 잘생긴 얼굴에 음산한 기운이 드리워졌다.

"넌 내가 무서워?"

"내가 당신을 왜 무서워해요?"

"그런데, 왜 그렇게 뒷걸음질 쳐?"

래미는 대답 대신 마른침을 삼켰다.

원래는 전혀 무섭지 않았다. 그런데, 고백이란 걸 받은 뒤로는 조금 무섭기 시작했다. 지금처럼 아무런 거리낌 없이 거리를 좁혀 오기 때문이다.

덕분에 루이에게서 나는 은은하고도 시원한 향이 그녀의 코끝을 간질인다.

마음을 붕 뜨게 만들 정도로 기분 좋은 향.

어쩐지 아찔해지는 느낌에 래미는 머리를 흔들어 정신을 다잡았다. 그녀는 매섭게 눈을 치프고서 도전적으로 루이를 올려다보았다.

"자꾸 이렇게 허락도 없이 들어올 거예요?"

"원하는 대로 벨 눌렀는데 뭐가 문제야."

그러면서 가만히 손을 올려 한 갈래로 높이 묶은 그녀의 머리칼을 어루만진다.

"오늘은 묶었네."

"뭐가 문제긴요. 초인종 눌렀다고 막 들어와도 된다는 그 논리가 문제죠."

"귀가 조금 빨개졌어."

머리칼을 쓸어내리던 손이 슬그머니 내려와 달아오른 작은 귀를 만지작거린다.

"머리 푼 거보다 묶은 게 낫다."

"어딜 가더라도 주인이 문 열어줄 때까지는 멋대로 들어가지 말고 기다리는 게 기본이란 말이죠. 그 기본을 안 지키면 범죄가 되는 거고요.”

“얼굴도 빨간데.”

“아우, 씨! 자꾸 딴소리할 거예요?”

래미는 어느새 볼을 어루만지고 있는 루이의 손을 저지하고서 기가 막힌 표정을 지었다.

너무 친밀하고 자연스러운 스킨십에, 아닌 게 아니라 래미의 얼굴은 잔뜩 벌겋게 달아올랐다.

태연한 루이와 달리 그녀의 심장은 전력 질주라도 한 것처럼 뛰어댄다. 뭔지 모르게 자꾸만 기분도 묘해지고.

저렇게 감정 없는 얼굴로 이렇듯 간질간질한 스킨십을 할 수 있는 건 지구상에 이 남자밖에 없을 것이다.

‘집 안은 위험해. 완전 나한테 불리하다고.’

일단은 집 밖으로 나가는 게 급선무였다.

하지만 이 남자, 절대 밖으로 나갈 것 같지 않아 래미는 거실 안쪽을 손가락으로 가리켰다.

“루이 씨, 저기!”

무심결에 루이가 돌아보자 래미는 재빨리 슬리퍼를 발에 꿴 다음 현관문을 열고서 내달렸다.

요란스러운 소리에 원래대로 고개를 돌린 루이의 한쪽 눈썹이 위로 향했다. 그의 입가에 미미하게 포물선이 그려졌다가 사라졌다.

루이의 사정거리에서 무사히 탈출한 래미는 마당 한가운데서 딱 멈추고 말았다.

“어디를 그렇게 급하게 가실까.”

루이가 순식간에 그녀 앞을 척하니 가로막고 섰다. 래미는 작게 헛기침을 하고서 엉거주춤한 자세를 바로잡았다.

"당신 피해서 도망가는 중이잖아요."

팔짱을 낀 채 그녀를 내려다보고 있던 루이가 비딱하니 고개를 옆으로 기울였다.

"왜 나를 피해서 도망가고 있을까?"

"솔직하게 말해 줘도 돼요?"

"말해 봐."

"들으면 상처 받을 텐데."

"안 받을 테니 해."

"당신이 자꾸 성추행하니까요."

순간적으로 루이의 입매가 굳었다.

어지간한 일에도 눈 하나 깜짝 않는 그의 얼굴이 이번만큼은 감정 그대로 일그러졌다.

"성……추행?"

"머리칼 만지고 귓불 조물딱거리고 얼굴 쓰다듬고. 현관에서 당신이 나한테 한 행동인데. 아니라고 할 셈이에요?"

루이의 입술이 기가 막힌 듯 벌어졌다.

"그게 왜……."

"내가 원하지 않았으니까요."

억울한 얼굴로 항변하려던 루이의 입술이 꾹 다물렸다.

뒤이어 그의 표정이 순식간에 흐려졌다.

"내 행동을 성추행이라고 말할 정도로 내가 끔찍하다는 뜻이군."

갑자기 루이의 분위기가 시베리아 벌판처럼 냉랭해졌다. 래미는 말문이 콱 막혀 속눈썹만 깜빡였다.

사실, 충격요법을 쓰고 싶어 반쯤 장난을 친 건데, 루이가 심각하게 받아들이니 그녀가 더 당황스러워졌다.

"내가 그렇게 혐오스러워?"

"아, 아니, 그, 그게……."

"미안."

짤막하게 사과한 루이의 입술에 쓴웃음이 작게 걸렸다.

"네가 나를 그렇게 싫어하는 줄도 모르고 만용을 부렸어."

"저기, 루이 씨, 나는 그냥……."

"당분간, 허락할 때까지는 네 앞에 나타나지 않을게."

"아니, 그럴 필요까지는……."

"좋아하는 여자를 곤란하게 수는 없으니까."

그렇게 말한 루이는 수 초 동안 지그시 래미를 응시하다 곧 대문으로 발걸음을 옮겼다.

아, 이게 아닌데. 이러려고 그런 건 아닌데.

아무리 그래도 성추행범으로 몰아세운 건 그녀가 생각해도 심한 감이 있었다. 세상에 어떤 남자가 성추행범으로 몰렸는데 화나지 않겠는가.

게다가…… 게다가 루이의 스킨십이 싫은 것도 아니었다.

그저, 당황스럽고 혼란스러워 어찌해야 될지 몰라 겁이 날 뿐.

철컥, 루이가 잠긴 대문을 여는 바람에 래미는 더 그 자리에 서 있을 수가 없었다.

"잠깐만요, 루이 씨."

뛰다시피 다가간 그녀는 그의 슈트 소매를 잡아챘다.

"성추행이라고 한 건 내가 심했어요. 화 많이 났어요?"

특유의 무표정한데다 어두운 얼굴로 그가 그녀를 돌아보았다.

"……."

"아무리 그래도 그렇게 말한 건 내 실수예요. 미안해요. 화 풀어요."

"……."

하지만, 정말 상처를 받은 것처럼, 루이는 대꾸 없이 소매를 잡고 있는 래미의 손을 가만히 떼어 냈다.

그가 대문을 밀자, 래미는 작게 발을 굴렀다. 이대로 저 남자를 보내면 밤새도록 잠 못 이루고 제 머리를 쥐어뜯어 댈 게 뻔했다.

입 안의 속살을 깨문 그녀는 다급히, 그러나 기어들어가는 소리로 루이의 등에 대고 말했다.

"……시, 싫지 않아요."

막 대문 밖으로 내딛던 루이의 걸음이 뚝 멈추었다.

"당신이 혐오스럽다거나 끔찍할 리 없잖아요. 절대 그렇지 않아요."

루이가 몸을 돌렸다. 그는 믿지 않는 듯 여전히 서늘한 눈빛이었다.

"혐오스럽지 않은데 도망을 쳤다고?"

"그건, 그냥."

"그냥 뭐."

루이가 한 발짝 움직여 그녀에게로 다가섰다. 잠시 잊고 있었던 시원하고 은은한 향이 물씬 풍겨 온다.

그가 대답을 종용하듯 한 걸음 더 내딛는 바람에 서로의 신발이 맞닿을 정도로 바짝 가까워졌다.

래미는 잠깐 사이 마른 입술을 축이고서 고개를 들어 루이를 올려보았다.

그는 건조한 눈동자로 그녀를 응시할 뿐이었다.

래미는 잘 익은 홍시처럼 발갛게 달아오른 얼굴을 손바닥으로 문지르고서 입술을 움직였다.

"그냥…… 당신 스킨십이 너무 당황스럽고 어색해서 그런 거지, 절대 싫어서 그런 건 아니니……."

래미의 눈이 화등잔만 하게 열렸다.

예고도 없이 그녀의 얼굴을 감싸 쥔 루이가 고개를 숙여 왔기 때문이다.

흐읍.

피할 틈도 없이 루이의 입술이 그녀의 것을 집어삼켰다.

이미 뇌리 깊숙이 각인되어 있는 루이의 키스가 아주 잠깐, 폭풍처럼 그녀를 잠식했다가 사라졌다.

갑작스러운데다, 짧지만 강렬했던 키스에 완전히 얼이 빠져 있던 래미는 루이의 얼굴을 보고 번쩍 정신이 들었다.

언제 충격을 받았냐는 듯 루이의 입술이 사악할 정도로 얄미운 웃음을 짓고 있었기 때문이다.

"뭐, 뭐, 뭐야. 다, 당신! 일부러 상처 받고 화난 것처럼 나 속인 거야?"

그는 대답 대신 여전히 약 올리듯 웃고 있을 뿐이었다.

악! 래미는 너무 민망해서 돌아버릴 것만 같았다.

대놓고 스킨십이 싫지 않다는 고백을 해버린 꼴이었다. 그녀는 루이의 가슴팍에 마구잡이로 손을 휘두르며 외쳤다.

"어쩐지! 순간이동인지 뭔지 그걸로 안 가고 대문을 연다 했어! 이, 이 사기꾼!"

잠깐 동안 무작정 맞아준 루이가 이내 래미의 양팔을 가로챘다.

그가 힘을 주어 당기는 바람에 래미는 안기다시피 딸려갔다.

두근두근.

격했던 움직임 때문인지, 다른 이유 때문인지 그녀의 가슴이 요란스럽게 뛰어댄다.

까만 구슬 같은 루이의 눈동자가 옭아매듯 래미를 응시했다.

"말했잖아. 네가 나를 거스르지만 않으면 어떤 언행을 해도 화 안 낸다고."

해준을 포함한 모든 이성에게 관심만 보이지 않으면 나머지는 아무래도 괜찮다는 뜻이다.

갑자기 그가 손을 올려 래미의 한쪽 볼을 꾹 꼬집었다.

"그래도 성추행은 좀 심하잖아. 정말 상처 받을 뻔했다고."

"그러게 누가 마음대로 스킨십 하래요?"

"싫지 않다면서."

"그, 그건! 당신이 상처 받을까 봐 그냥 한 말이고요."

"정말?"

루이의 유려한 입술이 조금 장난스럽게 곡선을 그렸다.

"정말 그냥 한 말인지 확인해 볼까?"

볼을 쥐고 있던 손이 어느새 뒤로 옮겨가 연약한 목덜미를 감싼다. 다시 루이의 고개가 그녀에게로 기울었다.

"아, 잠깐, 잠깐만……."

당황한 래미가 숨을 들이켜고서 방어 태세를 취했지만, 루이는 아랑곳하지 않고 그녀의 입술을 머금었다.

부드럽고 뜨거운 입술이 잔뜩 긴장하고 있는 작은 입술과 속살을 모조리 점령하기 시작했다.

조금 전보다 훨씬 더 오래. 훨씬 더 진하게.

래미는 새벽녘까지 잠에 들지 못하고 침대에 오도카니 앉아 있는 중이었다.

루이, 루이, 루이, 루이…….

계속해서 머릿속에 맴도는 이름 때문에 도무지 잠이 오지 않는 탓이다.

"그 사람과 나는 도대체 무슨 사이지?"

좋아한다는 고백도 받았고, 모두 다 그의 주도 아래 이루어지긴 했지만 스킨십도 했다.

물론, 루이의 스킨십이 싫다거나 거북한 건 아니었다.

아니, 오히려 능숙한 솜씨에 속절없이 빠져들어버려, 두려울 지경이었다.

그럼에도, 사귄다거나 연인 같은 사이는 아니다.

"그럼, 도대체 뭐지? 친구도 아니고, 그냥 아는 사람도 아니고."

아무리 모태솔로라지만,

'나, 너 좋은데. 우리 사귈래?'

'그래, 좋아.'

'그럼, 오늘부터 1일이야.'

이렇게 딱 떨어지는 진행이 있어야지만 연인이 되는 게 아니라는 것쯤은 알고 있다. 하지만, 루이와의 관계는 도무지 정의를 내릴 수가 없다.

문득, 뇌리를 스치는 생각에 래미는 한숨을 흘렸다.

"문제는 나네, 나야."

루이를 거절하는 것도 아니고, 그렇다고 완전히 받아들이지도 못한다는 것.

그 결론의 끝에 12년 짝사랑 상대인 지해준이 있고.

그런데 요즘 같아서는 뭐가 뭔지 너무 헷갈렸다. 여전히 자신이 해준을 좋아하고 있는 건지, 루이라는 사람이 단순히 미운 정이기만 한 건지.

루이를 만나고 난 뒤부터 사실, 해준의 생각은 거의 할 틈이 없었으니까.

"하아. 진작 지해준 바라기 때려치우고 연애 좀 해보는 건데."

그러면 지금의 상황이 조금 덜 어렵게 느껴졌을지도.

▷　▷　◆　◁　◁

잠을 제대로 자지 못해 퀭한 얼굴로 래미는 휴대전화를 들었다, 놨다 하고 있었다.

"지해준을 한번 만나볼까?"

해준과 얼굴을 마주 보고 대화를 나누어 보면, 복잡하기 그지없는 마음의 정체를 조금이나마 알 수 있을까 해서다.

잠시 고민을 거듭하던 래미는 해준에게로 전화를 했다.

익숙한 클래식 컬러링이 귀에 감겨 온다. 1초, 2초 3초…….

한참 지나도 받을 기미가 없어 그냥 끊으려는데, 해준의 음성이 들려왔다.

—어. 도래미.

너무 늦게 받는데다, 목소리까지 완전히 바닥에 깔려 있다. 뭔가 좋지 않은 때에 전화를 한 것 같아 심장이 싸해진다.

"바쁜데 전화했나 보다. 이따가 다시, 아냐. 바쁜 거 아니니까, 나중에 시간 괜찮을 때 전화 줄래?"

—아냐. 괜찮아. 말해.

252 1

"음. 저기, 오늘 저녁에 시간 돼?"

─오늘? 왜.

평소보다 훨씬 더 해준의 목소리가 무뚝뚝했다.

"아니. 별장 갔다 온 뒤로는 본 적 없는 것 같아서. 저녁이나 할까 하고."

─…….

잠시 해준에게서 아무런 대답이 없자 래미는 정말 상황이 안 좋을 때 한 거라 여겼다.

"아고, 내가 타이밍을 잘못 잡았나 보다. 나중에 다시 할게."

─좋아해.

수화기를 타고 갑작스레 들려온 소리에 래미는 자신의 귀를 의심했다.

"응? 뭐라고? 너, 방금……."

─이렇게 대놓고 고백하면 상대방이 싫어하겠지?

해준이 고백이라도 하는 줄 알고 심장이 철렁거렸던 래미는 이내 바람 빠지는 소리를 냈다.

"뭐야, 진짜."

─싫어할까?

"상대에 따라 다르겠지. 마음 있는 상대가 그러면 당연히 좋겠지만, 반대라면 싫거나, 부담스럽겠지."

그렇게 대답한 래미의 머릿속에 번쩍 전등이 켜졌다.

"혹시…… 여자 생겼어?"

─아직은.

아직이라지만, 역시나 마음에 드는 여자가 생긴 거다. 여자 없이 못 사는 녀석이니, 지금쯤 생길 때도 됐다.

"아, 해준아. 가만 생각하니까 오늘은 안 되겠다. 저녁에 볼일 있는 걸 깜빡했어."

—어. 그래.

"나중에 시간 될 때 연락해, 그럼."

—알았어.

해준과의 통화를 끝낸 래미는 꺼진 액정을 물끄러미 바라보았다. 씁쓸하고 착잡한 한편, 어쩌면 잘된 것 같기도 했다.

차라리, 아예 안 보는 쪽이 교통정리에 더 도움이 될지도 모르니까.

같은 시각, 해준은 직원 전용 화장실 앞 복도에 서서 쿵쿵 이마를 벽에다 찧어대고 있었다.

"미친 자식. 뇌 없는 자식. 죽어, 죽어."

화장실을 오가는 직원들이 흘끔흘끔 쳐다봤지만, 해준은 그것도 깨닫지 못하고 있었다.

"다짜고짜 좋아한단 말을 왜 해, 이 멍청한 놈아."

좋아한다는 티를 낼까 봐 일부러 더 무뚝뚝하게 굴어놓고 순간적으로 홈런을 날려버린 것이다. 다행히 기지를 발휘해 넘어가긴 했으나, 한심하기 짝이 없는 행동이었다.

사춘기 얼뜨기 시절에도 이 정도로 어리숙하게 군 적은 없었는데.

"젠장, 젠장, 젠장. 망할, 망할, 망할."

그렇게 해준은 한동안 벽과의 데이트를 즐겼다.

그리고 몇 발짝 떨어진 곳에 날카로운 눈이 그런 해준을 물끄러미 지켜보다가 사라졌다.

▷　▷　◆　◁　◁

[래미 씨, 요새 통 카페에 출석도 안 하시고 출사도 안 나오시네요? 무
슨 일 있나요? 남자 회원분들 래미 씨 안 보인다고 다 탈퇴할 기색이에요.
ㅠㅠ]

사진 동호회 '네모난 세상' 시삽의 문자였다.

루이라는 사람을 알기 전까지 활발하게 활동했던 동호회 중 하나였다.
루이를 만나 시체처럼 변하는 바람에 본의 아니게 그만둔 게 꽤 많다.

사진 동호회나 먹자 동호회는 물론이고, 무에타이 체육관도 석 달 남짓,
요리학원도 두어 달 정도, 주말이면 혼자서도 잘 다녔던 영화관 역시 뚝
끊었다.

"사람이 한번 안 하게 되니까 계속 정지 상태가 되네."

사실, 머릿속이 복잡해서 일도 손에 안 잡히는데 취미 활동들이 눈에 들
어올 리 만무했다.

[아, 죄송해요. 제가 요새 일이 좀 바빠서요. 나중에 조금 한가해지면 꼭
나갈게요. 안녕히 계세요.]

래미는 그렇게 답하고 말았다. 그냥 탈퇴해 버릴까 싶기도 했지만, 시간
이 지나면 예전처럼 사진이 찍고 싶다는 생각이 들 테니까.

작업을 하기 위해 노트북을 켜는데, 띵동, 벨 누르는 소리가 들려 왔다.

"누구지? 택배나 우편물 같은 건 올 게 없는데."

거실로 나가 인터폰 화면을 본 래미는 눈을 동그랗게 뜨고서 스피커 버
튼을 눌렀다.

"복만 씨?"

ㅡ앗, 네. 고객님. 저 복만입니다.

"복만 씨가 여긴 어떻게, 아니, 잠깐만. 내가 지금 나갈게."

래미는 곧장 현관을 나가 잠긴 대문을 열었다.

특유의 서글서글한 미소를 보이며 복만이 꾸벅 허리를 숙였다가 들었다.

"그간 안녕하셨어요, 고객님?"

"어, 응. 복만 씨도 잘 지냈어?"

"하하. 그럼요."

"정말, 완전히 루나로 돌아온 거야?"

복만이 귀에 입이 걸릴 정도로 환하게 웃었다.

"네!"

"다시 묘약도 만들고 골동품도 팔고 그래? 예전처럼 예약제로?"

"네!"

"이제 전화도 되겠네, 그럼?"

"네! 모두 다 고객님 덕분입니다."

"나 때문에 갔다가 제자리로 돌아온 것뿐인데, 내 덕은 무슨."

"어, 어? 알고 계셨습니까?"

래미는 가만히 고개를 끄덕였다.

"응. 복만 씨 주인님이 나 피해서 간 거 맞다고 실토했지."

"아아. 그래도 운명적으로 재회를 하셨으니 이렇게 돌아올 수도 있는 거 아닐까요? 결론은 고객님 덕 맞습니다!"

아무렇지도 않게 운명을 갖다 붙이는 복만의 말에 어색한 표정을 짓던 래미는 아래로 시선을 떨어뜨렸다.

"복만 씨 손에 들고 있는 건 뭐야?"

"아참, 내 정신! 이거 주인님께서 전해 드리라고 하셨어요."

복만이 여전히 벙긋거리며 손에 들고 있는 것을 공손히 내밀었다.

검은색의 네모난 카드 봉투였는데, 중앙을 열십자로 가로지르는 보라색의 리본도 묶여 있었다.

"연하장 받을 시즌도 아니고 웬 카드야? 이걸 루이 씨가 나한테 보냈다고?"

"네, 네. 그럼, 전 이만 가보겠습니다."

"어, 그냥 간다고? 여기까지 왔는데 차라도 한 잔 마시고 가지 그래."

솔직히, 예의상 한 말이었다. 한데, 복만이 눈을 반짝반짝 빛냈다.

"정말, 그래도 돼요?"

"어? 어, 응. 차 한 잔인데, 뭐."

"주시면 감사히 마시겠습니다!"

"그, 그래. 들어가, 복만 씨."

래미는 당황한 표정을 감추며 복만을 달고 집 안으로 들어갔다.

래미는 알아서 거실 한쪽에 놓인 테이블로 얌전히 가 앉는 복만을 향해 물었다.

"차, 어떤 걸로 할래? 집에는 녹……."

"전 철관음차로 마실게요."

"어? 철관음차? 그, 그게 뭔데?"

"우롱차의 한 종류인데…… 없나요?"

그다지 차에 관심이 없던 터라 래미는 조금 민망하게 웃었다.

"있겠니? 이름도 오늘 처음 들었는데."

복만이 그럴 수도 있지, 하는 얼굴로 고개를 끄덕였다.

"아아. 그럼, 대추차라도 주세요."

"음. 대추차? 그것도 없는데."

"그렇군요. 쌍화차는 있겠죠?"

아니, 요즘 애들답지 않게 무슨 차를 이렇게 토속적인 것들만 찾아?

"미안. 그것도……."

"그럼, 뭐가 있는데요?"

복만이 래미의 말을 탁 자르며 빤히 바라보았다. 마치, 준비해둔 것도 없으면서 차를 대접한다고 그랬냐고 하는 듯했다.

"어, 그게 커피랑 녹차, 아! 그리고 유자차도 있어."

복만이 잠시 눈을 깜빡이다 이내 빙긋이 웃었다.

"처음부터 그것만 있다고 말씀을 하시지 그러셨어요?"

억! 처음부터 그러려고 했는데 네가 가로막고 관음인지 관상인지를 달라고 한 거잖아!

서글서글한 인상과는 달리, 이럴 때 보면 딱 그 주인에 그 노예다. 아무렇지도 않게 사람 멕이는 게 영락없이 닮았다.

"커피는 원두인가요?"

"난 믹스밖에 안 마셔. 귀찮아서."

"……보리차는 있죠? 물이니까."

"나, 정수기 써. 맹물 줄까?"

"그럼, 녹차 주세요."

겨우 녹차로 합의를 봤지만, 이상하게도 우롱차를 찾는 저 복만에게 우롱을 당한 것 같아 래미는 속이 부글부글 끓었다.

잠시 후, 녹차 두 잔을 타서 복만과 마주 보고 앉은 래미는 이내 까만 봉투로 관심을 돌렸다.

"이거, 지금 읽어봐도 되지?"

"그럼요."

루이가 카드를 보내오다니. 솔직히 뭐라고 적혀 있을지 궁금하긴 했다. 불쑥불쑥, 찾아오기나 할 줄 알지, 카드를 보내올 줄은 꿈에도 몰랐으니까.

래미는 보라색 리본을 풀고서 봉투와 같은 까만색 내용물을 꺼냈다. 빳빳한 종이를 열어본 래미는 반쯤 어이없는 얼굴이 되었다.

"뭐야. 초대장이었어?"

겉만 봐서는 딱 도전장 색인데, 너무나 의외의 내용이 안에 적혀 있다.

"……단풍이 곱게 물든 천고마비의 계절을 맞아, 귀하를 만찬에 초대하고자 합니다. 모쪼록 참석하시어 자리를 빛내 주시면 고맙겠습니다. 일시…… 오늘 저녁 일곱 시잖아?"

금박으로 새겨진 글씨를 다 읽은 래미는 카드를 덮고서 바람 빠지는 소리를 냈다.

"아니, 겨우 저녁 식사 초대를 뭐 이렇게 거창하게 하는 거야? 누가 보면 칠순잔치 초대 문구인 줄 알겠네. 시간은 뭘 또 이렇게 자기 마음대로 정했대? 나 선약 있으면 어쩌려고."

저녁 식사 초대 하나도 딱 루이스럽다.

검은 카드. 만찬 초대. 어쩐지 최후의 만찬이 떠올라 래미는 오소소 한기가 느껴졌다.

래미는 카드를 테이블 위에 내려놓고서 그녀가 종알거리거나 말거나 조용히 차만 마시고 있는 복만에게로 시선을 주었다.

"복만 씨."

"네, 고객님."

"주인님한테, 초대해준 건 고마운데, 못 간다고 전해줄래?"

복만이 깜짝 놀란 얼굴로 찻잔을 내려놓았다.

"아, 아니. 왜, 왜요?"

"왜라니. 저녁 초대든 뭐든 다 좋은데, 최소한 시간 정도는 나한테 상의한 다음에 해야 하는 거 아냐?"

루이와의 관계에 대한 교통정리는 둘째 치고, 멋대로, 일방적으로 행동하는 건 정말 마음에 들지 않는다.

"나 오늘 무지 바빠서 안 돼."

"그, 그게 그러시면 안 되는데……. 저녁 식사하실 시간도 안 되는 거예요?"

"나 10분 만에 밥 다 먹거든? 10분 정도면 시간 내줄 수 있기도 한데."

까칠한 대답에 복만이 턱이 빠져라 입을 벌렸다가 퍼뜩 추슬렀다.

"고객님, 그냥 가시면 안 돼요? 우리 주인님께서 누군가를 초대하시는 건 처음 있는 일이란 말이에요."

"처음이라고? 내가?"

"네에! 아마, 못 오신다는 말씀을 전해드리면 정말 많이 실망하실 거예요."

마치, 간식을 조르는 강아지의 애절한 표정 같다.

흐음. 그런 슬픈 눈으로 보면 또 마음이 약해지는데. 처음으로 초대한 사람이 그녀라니 조금 설레기도 하고.

하지만, 아무렇지 않게 초대를 받아들일 수만도 없었다. 루이의 영역에서 단둘이 있는 건 생각만으로도 위험스럽다.

어차피, 복만이야 루이의 사람이니 그녀에겐 전혀 도움 안 될 테고.

문득, 뇌리를 스치는 생각에 래미는 물끄러미 복만을 응시했다.

루이가 누군가를 초대하는 게 이번이 처음이라면, 연인이었다는 그 여자는? 그녀는 한 번도 초대한 적이 없다는 뜻인가?

"음, 그럼, 복만 씨. 내 질문에 몇 가지 대답해 주면 조금 생각해 볼게."

"뭐, 뭔데요?"

복만이 약간 긴장한 얼굴로 눈을 깜빡였다. 그런 복만을 보며 래미 역시 마른침을 삼켰다.

예전부터 궁금했으나, 물어봐야 할지 말아야 할지 확실히 판단이 서지 않았으니까.

그런데, 지금 묻지 않으면 어쩐지 평생 속에 묻어버릴 것만 같았다.

"저기, 복만 씨. 그분은 어떤 사람이었어?"

"그분이라뇨?"

"……루이 씨의 그분."

복만이 '아!' 하며 손뼉을 쳤다.

"참 좋은 분이셨어요."

예전에도 그랬듯 복만은 별다른 거부감 없이 말해 주었다.

"엄청 활달하시고, 매사에 긍정적이셨어요. 아주, 예쁘고 사랑스러운 분이셨죠."

"어, 어. 그렇구나."

"그리고 불쌍하거나 억울한 사람이 있으면 어떻게든 도움을 주려 애쓰셨죠."

"아아. 뭐하시는 분이었는데?"

"선생님이셨어요. 국민, 아니, 초등학교 선생님이요."

가만히 고개를 끄덕인 래미는 손바닥으로 뺨을 문질렀다.

초등학교 교사에, 활달하고, 예쁘고, 긍정적이고, 측은지심도 강하고.

뭐 하나 빠질 게 없는 딱 소설 속 주인공 감인 여자가 아닌가.

"그런데, 어쩌다 먼저 저 세상으로……."

찻잔을 입으로 가져가던 복만의 행동이 뚝 멎었다. 뭔가 너무 나간 것 같아 래미는 다급히 말을 이었다.

"아냐. 미안. 못 들은 걸로 해. 내가 괜한 걸 물었나 봐."

복만은 들고 있던 찻잔을 테이블에 내려놓았다. 그의 서글서글한 눈매가 어쩐지 날카로워졌다.

"그분께서는 살해 당하셨습니다."

복만의 입을 통해 너무도 담담히 흘러나온 말에 래미는 다급히 숨을 들이켰다.

살해, 살해라니. 무려 살해라니. 그저, 어딘가 아팠거나 사고를 당한 게 아닌가 짐작했을 뿐이었다.

한데, 살해라니. 망치로 한 대 얻어맞은 것처럼 정신이 얼얼하다.

"주인님의 천적에게 아주 무참히 살해되셨습니다."

뒤이어 들려온 복만의 말에 충격을 받은 래미의 눈동자가 사정없이 흔들렸다.

"천적? 그런 존재가 있다고?"

경악스러운 기색이 가득한 래미의 얼굴을 본 복만이 아차, 하는 표정으로 입을 합, 닫았다.

"죄, 죄송합니다. 제가 이래요. 한 번씩 이렇게 브레이크가 안 걸립니다."

그렇게 말한 복만이 갑자기 허둥지둥 몸을 일으켰다.

"저, 고객님, 저 여기서 차 안 마셨고요. 고객님과 아무 대화도 안 나눈 겁니다. 주인님께서 아시면 저 죽어요."

"아냐. 내가 괜한 걸 물었어."

"안녕히 계세요. 저는 카드만 전해드린 겁니다! 기다리겠습니다!"

래미가 채 대답도 하기 전에 복만은 도망치듯 거실을 가로질러 밖으로 뛰쳐나갔다.

래미는 복만이 사라진 현관을 멍하니 바라볼 뿐 꼼짝도 할 수가 없었다.

한참이나 오도카니 앉아 있던 래미는 테이블에 놓인 찻잔 두 개를 들고 일어났다. 싱크대에 찻잔을 내려놓고 뒤돌아선 래미의 입에서 깊은 한숨을 흘러나왔다.

원피스를 입고 그녀를 들먹였던 그날, 루이가 왜 그렇게 화를 냈는지 충분히 이해가 가고도 남았다.

하지만, 이해와 별개로 래미의 머릿속은 물음표로 가득했다.

"그런데, 그 여자를 잊고 나한테 끌린다고?"

자신의 천적에게 무참히 죽임을 당한 그 여자를 과연 잊었을까.

아니, 평생 잊을 수나 있을까?

안타깝고 애틋하고 가슴이 미어지는 그런 존재를?

13

저녁 7시 10분 전. 래미는 루나로 향하는 길이었다.

결국, 고민에 고민을 거듭하다 가는 쪽으로 택했다. 카드까지 보내온 정
중한 초대를 거절하는 건 예의가 아닌 듯했기 때문이다.

아니, 아니다. 래미는 루이의 얼굴을 마주하고 싶었다. 그녀를 향한 진
심이 뭔지 알아내고 싶어서였다.

나름 단정한 원피스에 올림머리를 하고, 베이커리에 들러 자그만 케이
크도 하나 샀다. 기분이야 어쨌든 초대에 응하는데 빈손으로 가는 건 예의
가 아니었으니까.

잘 신지 않던 하이힐까지 신고서 또각또각 루나에 가까워졌을 때였다.

"앗!"

무언가가 사정없이 그녀를 밀치는 바람에, 래미는 비명을 지르며 옆으
로 넘어지고 말았다. 그 바람에 케이크 상자가 사정없이 바닥에 뒹굴었지
만, 그걸 챙길 틈이 없었다.

얼떨떨하고 당황스러운 그녀의 시야로, 중학생 정도 되는 사내 녀석 하

나가 익숙한 핸드백을 들고서 빠르게 도망치는 게 들어왔기 때문이다.

지금 자신이 당한 게 뉴스에서나 보던 퍽치기임을 깨달은 건 순식간이었다.

"어, 어 내 가방! 거기 도둑 좀 잡아줘요!"

겨우 그렇게 외쳤으나 근처를 지나가는 사람이라곤 초등학생 둘이 전부였다.

"하. 망할. 핸드백 속에 다 들었는데!"

이 상태로 퍽치기 소년을 따라가 봤자, 잡는다는 건 거의 불가능에 가까울 테고, 괜히 무슨 짓을 당할지도 몰랐다. 근방에 있는 지구대에 가서 신고하는 게 급선무였다.

래미는 빠르게 몸을 일으켜 힐을 신은 것도 망각하고 근처의 지구대로 달리기 시작했다.

핸드백 안에 든 지갑이며, 신분증, 카드, 휴대전화 등등의 소지품들 때문에 마음이 너무 급했다.

저녁 초대에 응해 루나로 가던 건 이미 머릿속에서 깡그리 지워졌다.

수십 개의 전구 하나하나가 모두 양초 모양으로 제작된 크리스털 샹들리에가 은은하게 빛나고 있는 커다란 다이닝룸.

최고급 마호가니 원목으로 제작된 앤티크 식탁 끝에 루이가 무표정한 얼굴로 앉아 있었다.

"……저, 주인님. 고객님께서 너무 늦으시는데, 호, 혹시, 오지 않으시려는 건 아닐까요?"

루이의 한쪽 눈썹이 슬쩍 위로 향했다.

"왜. 카드 주니까, 안 온대?"

"아, 아닙니다! 전 고객님으로부터 들은 말씀이 하나도 없습니다!"

"그래?"

"네, 네. 저, 전 카드만 전해드리고 바로 돌아왔을 뿐입니다."

"그럼, 기다리지 뭐."

거짓말을 하려니 너무 찔려, 괜히 어색하게 웃은 복만은 흘끔 벽시계를 응시했다.

어느덧 시계는 7시 30분을 가리키고 있었다.

7시부터 석상처럼 앉아 있는 주인을 보고 있노라니, 복만으로서는 죽을 노릇이었다.

괜히 쓸데없는 얘기까지 해서 고객님이 겁을 먹고 오지 않는 건 아닌가 싶어 걱정이 태산 같았다.

그래도 그분의 얘기까지 해드렸는데, 오지 않는 건 좀 너무했다.

"저, 제가 전화 한번 해볼까요?"

"하지 마. 한 시간은 기다려 주는 게 예의야."

그런 예의가 있었던가? 핼쑥한 얼굴로 다이닝룸을 서성이기를 잠시, 루이의 명령이 떨어졌다.

"너 엘리자베스와 저녁 먹는다고 하지 않았어?"

"아, 네. 그러기로 한 건 맞습니다만."

"그럼, 어서 가봐."

"예? 하, 하지만……."

"그만 가."

그렇게 말하고 난 루이의 입매가 고집스럽게 꾹 다물렸다.

더 말 시키지 말라는 뜻이다.

어쩌면 생애 최초로 바람이란 것을 맞을지도 모를 상황을 보이고 싶지 않아서인지도 모른다.

"알겠습니다. 그럼, 전 가보겠습니다."

목례를 한 복만이 잔뜩 죽을상을 하고서 다이닝룸 밖으로 나갔다.

복만의 기척이 완전히 사라지자, 그때까지도 감정이라곤 전혀 표출되지 않던 루이의 얼굴이 슬며시 구겨졌다.

"……음식 다 식는데."

아주 오랜만에 발휘한 요리 솜씨였다. 살면서 자신이 아닌 타인을 위해 손수 요리를 한 건 처음이었다.

요리를 하는 내내, 아니, 카드를 직접 제작할 때부터 들떴던 기분이 자꾸만 가라앉고 있었다.

가만히 이마를 쓸어 올린 루이는 이내 표정을 풀었다.

"한 시간은 기다려 주는 게 예의지."

루이는 얌전히 기다리기로 마음먹었다.

식은 음식이야 데우면 되는 거니까.

하이힐을 신은 래미가 한참을 헉헉대며 지구대로 향하고 있을 때였다.

"저, 이 핸드백 아가씨 거 맞죠?"

갑자기 지척에서 들려온 목소리에 래미는 발걸음을 멈추었다.

가쁜 숨을 몰아쉬며 소리가 난 쪽으로 몸을 돌린 래미의 동공이 확장되었다.

그녀와 몇 발자국 떨어진 곳에, 서른 초반쯤으로 보이는, 건장하다 못해 입이 떡 벌어질 정도로 거구의 남자가 핸드백을 들고 서 있었다.

"네, 네, 맞아요! 조금 전 소매치기 당한 제 핸드백이에요!"

외치다시피 대담한 래미는 빠르게 남자에게로 다가갔다.

"아니, 이걸 어떻게, 어디서. 그 소매치기범은……."

너무 기쁘고 흥분해서인지 스스로가 생각해도 두서없이 말이 나갔다. 그런 래미를 향해 남자가 작게 웃음을 흘렸다.

"소매치기 당하는 걸 멀찍이서 봤어요. 그 녀석이 마침 제가 있는 쪽으로 지나가길래 따라가서 잡았고요."

"아아. 그러셨군요."

"우선, 내용물부터 확인해 보세요."

핸드백을 건네받은 래미는 곧장 안을 확인했다.

지갑 속 카드며 신분증, 휴대폰 등이 모두 그대로 있는 걸 본 그녀는 안도의 한숨을 푹 내쉬었다.

"아. 없어진 거 없이 다 있네요."

조금 떨리는 음성으로 말한 래미는 그제야 은인이나 다름없는 남자에게로 꾸벅 고개를 숙였다.

"고맙습니다. 꼼짝없이 잃어버렸다고 생각했거든요. 눈앞이 캄캄했는데, 정말, 정말 고맙습니다."

거듭된 감사의 인사에 적어도 래미의 눈에 2미터는 되어 보이는 남자가 머쓱한 표정을 지었다.

"뭘요. 누구라도 저같이 행동했을 겁니다. 게다가 방심하는 사이에 그 녀석을 놓치기도 했고요."

"아우, 아니에요. 저한테는 정말 은인이세요. 핸드백을 이렇게 무사히 되찾지 못했으면 뒤처리 하느라 엄청 고생했을 거예요."

"자꾸 그러시니 민망합니다."

"시간 괜찮으시면 보답이라도 하고 싶은데요. 그래야 제 마음이 편할 것

268 1

같아서 그래요."

조금 어색한 얼굴을 하고 있던 남자가 작게 헛기침을 하고서 입을 열었다.

"그래야 마음이 편하시겠다면, 저녁시간이니 저녁이라도……."

"악! 맞다! 저녁 초대!"

그제야 래미는 소매치기를 당하기 전, 저녁 식사 초대에 가던 중이었음을 떠올렸다.

래미는 다급히 휴대전화의 시계를 보고서 이마에 손을 얹었다. 7시를 훌쩍 넘기고 있었다.

"어우, 어쩌죠? 제가 너무 정신이 없어서 약속이 있다는 걸 잠깐 잊고 있었어요."

"괘, 괜찮습니다."

"핸드폰 번호라도 주시면 제가 다시 연락드릴게요."

"아닙니다. 안 그러셔도 됩니다."

"제가 정말 마음이 안 편해서 그래요. 네?"

애절하기까지 한 그녀의 얼굴을 응시하고 있던 남자가 결국 지갑에서 명함을 한 장 꺼냈다.

급한 마음에 낚아채듯 명함을 받아든 래미는 고개를 꾸벅 숙였다.

"제가 꼭 연락드릴게요! 오늘 정말 고마웠습니다!"

그러곤 부리나케 왔던 길을 되돌아가기 시작했다.

원피스에 하이힐을 차림에도 육상선수처럼 달리는 래미의 뒷모습을 물끄러미 바라보는 남자의 눈매가 슬그머니 가늘어졌다.

"꼭 해야 할 텐데. 내 쪽에서 전화번호를 받을 걸 그랬나."

전봇대처럼 우두커니 서 있던 남자가 이내 눈을 번뜩였다.

"하. 재미있네. 어둠의 기운이라니."

정신없이 달린 래미는 루나 근처에 다다라서야 멈춰 서서 숨을 몰아쉬었다.

"헉헉, 처음부터 바지에 운동화나 신고 오는 건데, 괜히 힐은 신어가지고. 발톱 다 빠지겠네."

따끔거리는 가슴이 진정될 때까지 호흡을 고르는데, 저만치 널브러져 있는 상자가 시야에 들어왔다.

소매치기를 당하면서 넘어질 때 떨어뜨렸던 케이크 상자였다.

"저렇게 두면 안 되잖아. 복만 씨한테 버려달라고 해야겠다."

터벅터벅 가서 상자를 집어 든 래미는 루나로 향했다.

목적지에 도착한 래미는 입구에 서서 빅토리아풍 건물과 고풍스러운 간판을 가만히 응시했다.

"참 신기하단 말이지. 분명, 루이 씨가 사라졌을 때는 그냥 고급 주택으로밖에 안 보였는데, 돌아오니까 다시 이렇게 루나로 바뀌어 있네."

문득, 옆집에 30년 동안 살았다던 할머니의 말이 떠올라 래미는 의아한 표정을 지었다.

"맞다. 그 옆집 할머니는 여기가 가게가 아니라 계속 주택이었다고 했는데?"

혹시, 나한테만 루나로 보이는 건가? 아니면, 그 할머니한테만 주택으로 보이는 거야? 도대체 뭐지?

급격히 궁금증이 치고 올라왔으나 래미는 머리를 털어버리고서 건물 안으로 들어갔다.

루이는 말해주지 않을 테니 나중에 복만이나 살살 구슬려 물어봐야지.

래미는 예전과 변함이 없는 골동품 홀을 가로질러 2층으로 직행했다.

"어디로 가야 되지? 복만 씨. 복만 씨, 여기 있어?"

붉은색 계통의 카펫이 깔린, 조금 미로 같은 복도를 따라 두리번거리며 복만을 찾던 래미의 발걸음이 멈추었다.

그녀의 음성을 들은 루이가 복도 안쪽, 문이 없는 공간에서 걸어 나왔기 때문이다.

차콜 그레이 슈트를 매끈하게 차려입은 모습이 캣워크를 하는 모델 같다.

"어서 와."

너무 늦게 도착해 화가 났으면 어쩌나 했는데, 루이의 표정과 음성은 평온하기만 했다.

"어, 내가 조금 많이 늦었죠? 시간 맞춰 오려고 했는데 갑자기 사정이 생겼어요."

"왔으면 됐어."

성큼 다가온 그가 에스코트를 하듯 손을 내밀어 보였다.

상당히 어색한 표정으로 그 위에 손을 얹은 래미는 루이를 따라 걸으며 다급히 덧붙였다.

"그게, 거의 도착할 무렵에 갑자기 소매……."

"억지로 변명하지 않아도 돼."

"아니, 변명이 아니고 일이 좀 있었어요."

"온 걸로 됐다니까."

한결같은 루이의 반응에 래미는 걸음을 멈추고서 잡힌 손을 빼냈다.

영문을 모른 루이가 한쪽 눈썹을 슬쩍 올렸다.

"왜."

"당신의 일방적인 초대긴 했지만, 내가 거의 한 시간이나 늦게 왔는데, 기분 나쁘지 않아요?"

루이가 가볍게 어깨를 으쓱해 보였다.

"그래야 하는 건가?"

"그게 당연한 반응이죠."

"말했잖아. 난 너한테 화 안 낸다니까."

래미는 미간을 조금 찌푸리고서 도무지 속내를 알 수 없는 루이의 얼굴을 빤히 바라보았다.

"루이 씨, 당신 진짜 나 좋아하는 거 맞아요?"

"그렇다고 했잖아."

"그런데, 내가 한 시간이나 늦게 오고, 꼴도 이런데 아무렇지도 않다고요?"

넘어지는 바람에 스타킹 올은 흉할 정도로 나가버렸고, 미친 듯이 뜀박질을 한 덕에 정성스럽게 올렸던 머리는 마구잡이로 흘러내렸다.

메이크업 역시 땀으로 인해 군데군데 얼룩진 상태였다. 거기다 들고 있는 케이크 상자는 사정없이 찌그러져 있다.

머리부터 발끝까지 나 험한 일 당했어요, 라는 것을 풀풀 풍기고 있었다.

팔짱을 낀 채 래미의 모습을 훑은 루이가 고개를 슬쩍 옆으로 기울였다.

"무슨 일이 있었는데?"

"궁금하긴 해요?"

"궁금해."

"왜요. 변명할 필요 없다면서요."

비딱한 래미의 대꾸에 루이는 기다란 손으로 이마를 쓸어 올렸다. 그의 표정이 아주 조금 구겨졌다.

"나라고 한 시간 가까이 무작정 기다리는 게 즐거웠을 것 같아?"

"그러니 더 물어봐야죠. 아무것도 묻지 않고 온 걸로 됐다, 이래 버리면 나는 시간 개념도 없이 당신 기다리게 만든 나쁜 년이 되는 거잖아요."

루이는 흠, 작게 한숨을 내쉬었다.

"내가 그렇게 생각 안 하는데 무슨 상관이야. 나는 네가 자느라 늦었어도, 노느라 잠깐 잊었대도 괜찮아. 결국 이렇게 왔으니까. 한 시간은 기다려주는 게 예의거든."

하. 그런 예의가 있었어? 래미는 기가 막힌 웃음을 흘렸다.

예전부터 느낀 거지만, 이, 루이라는 남자는 모든 기준을 본인이 세운다.

일부러 그러는 게 아니라, 뼛속 깊이 그런 사람인 거다.

"한 시간 기다려준다는 예의는 어디서 나왔는지 모르겠지만, 흐음. 그럼, 그렇게 기다리는 동안 내 걱정 같은 건 전혀 안 했겠네요?"

"걱정을 왜?"

"시간이 됐는데도 내가 안 나타났는데, 고작 자다가 늦었다거나, 깜빡했다거나 이런 생각만 하고 있었다고요? 내가 오다가 무슨 일을 당했을 수도 있잖아요."

"지금 내 앞에 있잖아."

그러니까, 별 탈 없이 오지 않았냐는 뜻이다.

으악! 완전체냐! 도무지 말이 통하지 않는다.

"아니, 결론은 온 게 맞지만, 정말 큰일이 있었을 수도 있는데 조금도 걱정을 안 한다는 건……."

마구잡이로 쏟아내던 래미는 말을 멈추고서 눈을 질끈 감았다가 떴다.

'하. 나 지금 뭐 하니?'

마치, 그녀를 조금도 걱정해 주지 않는 루이에게 칭얼칭얼 투정을 부리고 있는 것만 같은 모양새가 아닌가!

더군다나 그는 도대체 뭐가 문제인지 전혀 모르겠다는 얼굴이었다.

아니, 한 시간이나 말없이 기다려줬는데 그녀가 이러는 이유를 이해 못하겠다는 표정이었다.

래미는 절레절레 고개를 저었다.

"아니, 아니에요. 못 들은 걸로 해요. 방금 한 말 취소."

망할. 이 남자 앞에만 서면 찌질이가 되는 기분이었다. 분명, 맞는 말을 했는데도 말이다.

래미는 들고 있던 케이크 상자를 루이의 가슴팍에다 내밀었다.

그가 얼떨결에 상자를 받아들자 래미는 말을 이었다.

"이거, 나름 초대에 응한답시고 준비한 건데, 넘어지는 바람에 이 모양이 됐네요. 먹기도 그렇고 다시 가져가는 것도 웃기고. 대신 좀 버려줘요."

"넘어졌어?"

"그리고 나, 자느라 늦은 것도 아니고, 노느라 깜빡한 것도 아니에요. 그정도로 개념 없는 사람은 아니거든요. 차라리 못 오면 못 온다고 연락을했으면 모를까."

"괜찮……"

"내가 안 괜찮아요! 내가 안 괜찮다고!"

래미의 외침에 루이가 입을 닫고서 눈을 깜빡였다.

후욱, 숨을 들이켠 래미는 치솟았던 음성을 가라앉혔다.

"하나만 물어보죠. 만약 반대의 상황이면 어떡할래요? 내가 기다리고 당신한테 일이 생겨 늦었더라면, 나 역시 지금 당신처럼 아무렇지도 않게 왔으면 됐어, 라고 해야 하나요?"

"그럴 일은 없어. 난 시간은 칼같이 지키니까."

"아니, 그러니까 만약이라고 하잖아요."

"그럴 일 없다니까. 난 너 기다리게 안 만들어."

아악! 기다릴 일 없게 한다니, 기뻐해야 하는 거야, 말이 안 통해서 울어야 되는 거야?

'이 남자와는 안 맞아, 안 맞다고. 나를 좋아한다는 것도 보통 사람들 기준과는 완전히 다른 걸 거야.'

이 남자는 인정하지 않겠지만, 어쩌면, 누군가를 좋아한다는 감정 자체를 모르는 건지도 몰랐다.

또 모른다. 그녀가 흑마법인지 뭔지에 잘 걸리지 않으니 잠깐 호기심이 생긴 것일 뿐인데, 그걸 좋아하는 감정으로 착각하는 걸 수도 있다.

잠깐 사이, 래미는 완전히 핼쑥해진 얼굴로 루이를 응시했다.

"당신이 괜찮다고 해도 확실히 짚어야겠네요. 시간 맞춰서 오고 있었는데, 가방을 통째로 소매치기 당했어요. 지구대에 정신없이 신고하러 가다가, 운 좋게 어떤 분이 가방을 되찾아 줬고요. 그러다 보니, 이 꼴이 되고, 늦었네요."

그제야 루이의 미간이 구겨졌지만 래미는 짜증스럽게 말을 이었다.

"초대 고마워요. 근데, 너무 지쳐서 입맛도 없을 것 같네요."

"그냥…… 간다고?"

"저녁은 먹은 셈 칠게요. 집에 가서 씻고 쉬는 게 좋을 것 같아요."

쌀쌀맞게 말한 래미는 이내 정면을 응시하고서 루이를 스쳐 지나갔다.

혹시나, 루이가 잡지는 않을까 했지만, 그는 조금도 그녀를 저지하지 않았다. 그 바람에 래미는 더욱 기분이 상하고 말았다.

거기다 배에서 꼬르륵, 소리까지 더해지니 더욱 처량했다.

'내가 마주 보고 밥 먹기 싫어서 이러는 건데, 왜 이렇게 쫓겨나는 것처럼 비참한 거야?'

망할. 만찬은 무슨. 집에 가서 컵라면이나 먹어야지.

그렇게 1층으로 내려와 막 출입구에 다다른 순간이었다. 래미의 입에서 헉, 소리가 절로 튀어나왔다.

갑자기 나타난 루이가 그녀 앞을 가로막고 섰기 때문이다.

"그냥 가면 어떻게 해."

무표정하지만, 심상치 않은 분위기를 마구 발산해 댄다. 래미는 기가 막힌 얼굴로 루이를 올려다보았다.

아니, 잡을 마음이 있었으면 바로 잡든가, 왜 시간차 공격을 하는 건데? 뭐, 밀당이라도 하려는 거야?

"사람 깜짝깜짝 놀래키는 게 재미있…… 으읏!"

래미는 비명을 지르며 눈을 질끈 감았다.

바짝 다가온 루이가 그녀의 허리를 휘감는다 싶더니, 순식간에 눈앞이 아찔해졌다.

찰나 동안 마치 자이드롭을 타고 추락한 것처럼 온몸이 저릿저릿한 게, 완전히 처음 겪는 느낌이었다.

래미가 다시 눈을 떴을 때는, 1층 홀이 아니라, 2층의 다이닝룸이었다.

이 남자 이제 별걸 다한다! 그녀와 함께 이동이라니! 살다 살다 별걸 다 경험해 본다.

어질어질, 정신없는 래미를 놓아준 루이가 슬쩍 옆으로 물러나며 입을 열었다.

"너를 위해 준비한 건데, 그냥 가는 거, 너무하다고 생각 안 해?"

래미의 시선이 자동으로 식탁으로 향했다.

레스토랑에서나 볼법한 반원형 모양의 은색 디쉬커버들이 커다란 식탁 위에 즐비하게 늘어져 있다.

마음이 조금 불편해진 래미는 한 걸음 떨어져 있는 루이를 응시했다.

"난들 뭐, 그냥 가고 싶었겠어요? 보다시피 이렇게 꼴이 엉망이라, 밥보다는 씻고 싶은 마음이 컸으니까 그렇죠."

"씻고 먹을래?"

순간적으로 입이 턱 벌어지려는 것을 래미는 간신히 참았다.

씻으라는 단어가 루이의 입에서 나오니 왜 이렇게 위험스럽고 색스럽게 느껴지는지 모를 일이다.

"미, 미쳤어요? 집도 아니고 내가 여기서 왜 씻어요?"

"그럼, 대충이라도 먹고 가. 너 먹이고 싶어서 만든 거거든."

평소와 같이 건조한 말투였으나, 이상하게도 부탁하는 것처럼 느껴진다.

그래. 기왕 이렇게 된 거 배 터지게 먹고 가지, 뭐.

마지못해 허락하는 것처럼 래미가 새침하니 고개를 끄덕이자, 루이는 그녀의 팔을 끌고 가 기다란 식탁 가운데 앉혔다.

그리고 접시를 덮고 있던 은색 돔커버들이 하나둘씩 루이에 의해 치워졌다.

대충 스테이크와 파스타, 샐러드 정도로 예상했던 래미의 눈이 화등잔만 하게 열렸다.

예상했던 것들은 물론이고, 마치, 뷔페를 방불케 할 정도로 다양한 요리가 눈앞에 펼쳐졌다.

래미의 시선이 붉은 빛깔을 자랑하는 랍스터에 머물렀다가 킹크랩으로 향했다가 다시 에스까르고로 직행했다.

준비한 요리를 보자, 래미는 자신의 기분만 생각하고 그냥 가버리려 했던 게 오히려 미안해진다. 그래서인지 조금 마음이 누그러졌다.

"이걸 언제 다…… 출장 요리 불렀어요?"

"아니."

루이가 집게를 들고서 음식들을 조금씩 접시에 덜었다.

"그럼, 여기서 다 준비했단 말이에요?"

"그랬어."

"복만 씨 대단하네요. 이런 것도 할 줄 알고. 고생 무지했겠어요. 근데, 기껏 고생한 복만 씨는 어디 갔어요?"

래미 앞에 조금씩 덜어낸 음식 접시를 내려놓은 루이가 살짝 눈살을 찡그렸다.

"손 하나 까딱 안 한 복만이 왜 이렇게 칭찬을 받지?"

포크와 나이프를 집어 들던 래미의 손이 뚝 멈추었다.

"설마, 루이 씨가 이 모든 걸 다 준비했다는 거짓말을 하려는 건 아니겠죠?"

"그 거짓말이 사실인데."

그렇게 말한 루이는 그녀 바로 옆에 의자를 끌어당겨 앉았다.

"거짓말. 루이 씨가 이런 걸 할 줄 안다고요? 말도 안 돼."

너무 적나라한 래미의 반응에 피식 웃음을 흘린 루이는 집게와 포크를 이용해 에스까르고를 하나 쏙 뺐다.

"이거 먹을 줄 알아?"

"없어서 못 먹죠. 다른 종류지만 골뱅이도 무지 잘 먹거든요."

"자. 그럼, 먹어봐."

래미는 아무 생각 없이 입을 열고 넙죽 받아먹었다.

"뭐, 맛은 있네요."

여전히 부루퉁하게 말한 래미는 순간적으로 민망함을 느끼고서 얼굴을 붉혔다.

이런 건, 방금처럼 먹여주고 받아먹는 건 연인들이나 하는 행동 아냐?

게다가 넌 조금 전까지도 입맛 없어서 쉰다고 화를 냈었고. 근데 그걸 왜 넙죽 받아먹냐?

"내가 먹을게요. 이런 거 하지 마요. 어색하고 불편해요."

어우, 씨. 오글거려 죽을 것 같네.

이런 건 드라마나 영화에서나 하는 건 줄 알았는데, 내가 해볼 줄이야. 도래미, 별걸 다 해보는구나.

순순히 고개를 끄덕인 루이는 달팽이를 몇 개 더 빼서 래미의 접시에 올려 주었다.

생각지도 못한 루이의 다정함에 래미는 아주 기분이 묘했다.

물론, 루이답게 무뚝뚝함 그 자체였지만, 오히려 능글거리는 것보다는 이쪽이 훨씬 래미의 마음을 녹인다.

"걱정이 안 됐던 게 아니야. 궁금하지 않았던 것도 아니고."

접시에 시선을 박고 있던 래미는 루이의 낮은 음성에 눈을 들었다.

"웃기지 않아? 걱정되고 궁금하니까 화가 나는 게."

래미는 작게 숨을 들이켰다. 지금 이 오만한 남자가 그녀에게 변명이란 걸, 자신의 감정을 내비치고 있는 것이다.

이런 작은 변화에도 어쩐지 래미는 커다란 선물을 받은 것처럼 가슴이 뜨끈해진다.

"네 앞에서 화내지 않기로 했으니까. 그래서 모든 감정을 삭인 것뿐이야."

"그래서 대화가 필요한 거죠. 지금처럼. 다음부터는 화를 내도 좋으니까, 변명이나 핑계라고 생각해도 좋으니까 물어봐 줘요."

루이는 대답 대신 입꼬리를 슬쩍 올려 보였다.

아. 저 남자의 미소는 강철도 녹여버릴 거야. 그래서인지 남아 있던 앙금의 찌꺼기가 모조리 날아가버렸다.

"미안해요."

이번에는 그녀의 차례였다. 식탁 앞에서 마치 고해성사를 하는 것만 같다.

"뭐가."

"아까 짜증낸 거요. 당신도 나름대로 이렇게 준비해서 기다렸을 텐데 내 기분만 표현해서요."

루이는 별다른 표정 없이 어깨를 으쓱해 보였다.

"괜찮다니까. 아. 괜찮다고 하면 안 되지? 안 괜찮다고 또 소리 지를 거잖아."

민망한 얼굴로 풉, 웃어버린 래미는 문득, 드는 생각에 눈을 깜빡였다.

"근데, 복만 씨는 안 보이네요. 둘이서 먹기에는 음식이 많은데. 같이 안 먹고 어디 갔어요?"

"엘리자베스와 저녁 먹을 거야."

"엘리자베스라고요?"

"옆 동네 사는 복만 친구."

"복만 씨 대단하네요. 영국 여왕님과도 친구고."

루이의 미간이 살짝 찌푸려졌다.

미, 미안. 썰렁한 개그를 날려서.

얼굴이 화끈거린 래미는 퍼뜩 화제를 바꾸었다.

"그럼, 복만 씨 없으면 루이 씨는 항상 혼자 식사해요?"

"당연히."

"가끔 같이 먹어줄 친구 없어요?"

"나는 친구 같은 거 안 만들어."

예상했던 대답이었다. 저 성격에 친구라니. 상상도 안 된다.

"음…… 그럼, 가족은요?"

"그게 왜 궁금하실까?"

맞다. 이건 오버다, 오버.

"아. 방금 건 취소할게요. 괜한 걸 물었네요."

"없어, 가족 같은 건."

"미, 미안해요."

"상관없는데."

너무 당연한 듯 말하는 루이로 인해 래미는 어쩐지 마음이 짠했다.

"그럼, 복만 씨 없으면 항상…… 혼자겠네요?"

"그게 뭐?"

"외롭지 않아요?"

루이가 이해할 수 없는 표정으로 쿡, 웃었다.

"뭐가 외롭지? 혼자가 얼마나 편한데."

"그렇죠. 혼자가 편할 때도 있는데, 또 무지 서글플 때도 있잖아요."

"전혀."

단호한 대답에 래미는 더더욱 마음이 스산해졌다.

워낙 혼자에 익숙해진 탓에 이 남자는 스스로가 고독하다는 것도 모르는 듯했다.

"음. 루이 씨가 외롭지 않다는 건 잘 알겠어요. 그래도 가끔 심심할 때

부르면 조금 놀아줄게요."

"글쎄. 너 보고 싶을 때 부르지."

뜨끈한 대답에 래미의 얼굴이 불그스름해졌다.

그런 그녀를 물끄러미 보던 루이가 몸을 일으키자 래미의 시선이 따라 올라갔다.

"어디 가요?"

"안 가. 와인 한 잔 하겠어?"

루이와 술이라. 어쩐지 뭔가 분위기가 끈적끈적, 미묘해질 것만 같다.

"술은 좀……."

"그럼, 마시지 마. 나도 한 잔만 할 거니까."

담백하게 대답한 루이는 다이닝룸 안쪽으로 가 와인 병 하나를 들고 돌아왔다.

한두 잔씩 마신 듯 병은 반쯤 비어 있었다.

기다란 식탁 끝에 있는 튤립 모양의 잔에 매혹적인 붉은 액체가 쪼르륵 떨어진다.

아름다운 빛깔을 보자 래미는 절로 침이 고였다.

한 모금쯤은 괜찮지 않을까? 루이도 한 잔만 먹는다 그랬고. 설마, 무슨 일이야 생기겠어?

"어, 저기, 나도 조금만 줘요. 딱 한 모금만 맛볼게요."

고개를 끄덕인 루이는 말없이 잔 하나를 더 가져다 그녀 앞에 두고선 와인을 조금 따랐다.

슬쩍 코를 갖다 대자 와인 특유의 향기가 모든 감각을 황홀하게 만든다.

"오늘 와 줘서 고마워."

루이가 자신의 잔을 들어 올리며 말하자 래미도 따라 잔을 들었다.

"맛있는 거 실컷 먹게 해줘서 나도 고마워요."

쌉싸름하면서도 진한 맛이 입 안 가득 넘실댄다.

예전, 해준의 별장에서 마셨던 것보다 훨씬 더 진하다고 해야 하나.

"어우, 나한테는 조금 센 것 같아요."

"그럼, 다른 걸로 줄까."

"아니, 아니에요. 어차피 이거 한 잔만 마실 건……."

방금 전까지도 멀쩡히 말하던 래미가 갑자기 쿠당탕, 옆으로 무너져 버렸다.

"……."

루이는 무미건조한 얼굴로 완전히 의식을 잃은 래미에게로 다가갔다.

그는 한쪽 무릎을 굽히고서 쓰러진 래미의 얼굴을 부드럽게 쓰다듬었다.

이내 그녀를 가뿐히 안아 올린 루이는 천천히 발걸음을 떼었다. 무표정한 그의 얼굴이 은은한 조명으로 인해 유독 음산했다.

14

지하실의 서고를 지나 드나르드스가 있는 제일 안쪽 공간에는 복만조차
존재 여부를 모르는 비밀의 방이 하나 있다. 몇 겹의 강력한 결계가 지키
고 있어 루이 외에는 그 누구도 드나들 수가 없다.

어둠의 힘을 지배하는 원천인 아할리만의 심장이 봉인되어 있는 공간.

어둠의 힘으로 주술을 쓰게 되면 반드시 그 힘에 상응하는 대가를 치르
게 되어 있다. 하지만, 아할리만의 심장을 보유하고 있는 이는 그런 제약
에 얽매이지 않는다.

대가 없이 어둠의 힘을 쓸 수 있는 건 아할리만의 심장이 가진 능력 중
하나였다. 그렇기에 아할리만의 심장은 어둠의 기운을 사용하는 모든 종
족들이 탐내는 전설의 보물 중 하나였다.

드나르드스가 모습을 감추고 있는 맞은편 벽면 앞. 루이는 죽은 듯이 정
신을 잃은 래미를 안고서 서 있었다.

"네가 이 결계도 저항 없이 들어갈 수 있을까."

짙은 속눈썹을 내리깐 채 평온히 숨을 내쉬는 래미의 얼굴을 들여다보

며 중얼거린 루이는 천천히 발걸음을 떼었다.

그러자 영락없이 막혀 있던 벽이 아무런 거리낌 없이 두 사람을 받아들였다.

뒤이어 결계는 아무 일 없었던 듯이 다시 단단한 벽으로 돌아왔다.

결계 안쪽 공간에 들어온 루이의 미간이 심각하게 굳어져 있었다.

"혹시나 했는데…… 이 강력한 결계를 그냥 통과해 버렸군."

복잡한 표정으로 내뱉은 루이는 한쪽 벽면에 래미가 기댈 수 있게 앉혀 놓았다.

"이렇게까지 해서 너를 데려오고 싶지는 않았는데."

래미에게는 주술이 잘 통하지 않으니 어쩔 수 없이 늪의 저주를 와인에 탈 수밖에 없었다. 주술과 독성분이 섞인 거라 래미에게도 들을 거라는 예상이 적중했다.

물론, 래미라면 그것마저 이겨내고 수십 분 내로 깨어나겠지만.

"네가 이 결계마저 통과한 이상, 더 확실히 해둘 필요가 있거든."

잠시 씁쓸하게 래미를 바라보던 루이는 이내 세 평 남짓한 공간 한가운데에 놓인 테이블로 다가갔다.

테이블 위에는 아주 오래되고 낡아빠진 나무 상자 하나가 덩그러니 놓여 있다. 루이가 그 상자에 한 손을 대고서 어둠의 힘을 주입하자 입구가 활짝 열렸다.

동시에, 새카만 기운들로 가득 둘러싸인, 성인 머리통만 한 심장이 공중으로 떠올랐다.

아할리만의 심장이 쿵쾅쿵쾅 펌프질을 해댄다.

"계약자여, 어째서 나를 불러냈는가."

공간 전체에 심장의 소리가 공명해 댔다.

"궁금한 게 있어서 불러냈다."

"그대와의 계약 조항은 어둠의 힘을 때가 없이 쓸 수 있도록 해주는 것뿐. 계약 이외의 것은 값을 치러야 하는 것쯤은 알고 있겠지?"

"충분히. 이미 겪었으니까."

"대답은 그렇다, 그렇지 않다로만 한다는 것도 알고 있겠지?"

"물론이다."

"좋다. 질문을 하거라. 여부에 따라 때가도 달라진다."

순순히 고개를 끄덕인 루이는 벽에 기대 잠들어 있는 래미를 가리켰다.

"저 아이, 내 힘이 통하지 않는다. 400년 전 내 손에 죽은 헌터의 환생인 건가?"

갑자기 상자 위에 떠 있던 심장이 훌쩍, 래미에게로 날아갔다.

잠시, 래미의 얼굴 주변에 둥둥 떠 있던 심장이 곧 상자 위로 되돌아왔다.

"그렇지 않다."

심장의 대답에 한껏 긴장하고 있던 루이의 얼굴이 펴졌다. 안도의 한숨도 미미하게 내쉬어졌다.

만에 하나 래미가 헌터의 환생이라면, 이번 역시 둘 중 하나는 죽어야 하는 숙명이다.

그래서 그 운명이라는 굴레를 벗어나지 못하고 그토록 마주친 건가 하는 의심도 했는데, 그건 아닌 모양이다.

"하나만 더 묻지."

"마음대로. 때가만 지불하면 몇 개가 되든 상관없다."

"내가 저 아이에게 끌리는 게 본능 때문인가?"

"……."

잠시 아무런 대꾸도 하지 않던 심장이 이내 되물었다.

"지금 네 속마음을 나에게 묻는 것인가?"

"그게 아니라, 불가항력의 힘에 의해 저 아이에게 끌리고 있으니, 그게 본능 때문인 거냐고 묻는 것뿐이야."

"그러니까, 저 아이에 대한 네 관심을 본능 탓으로 돌려도 되는지 묻고 있는 게 아닌가?"

순간적으로 루이의 얼굴에 당황스러운 기색이 스쳤다. 뭔가 정곡을 찔린 것처럼 가슴이 따끔거린다.

"너에게 최면을 걸어 속내를 자백하게 해줄 수는 있다."

마치, 사랑의 카운슬링이라도 받는 것만 같은 기막힌 상황이었다. 어이없는 웃음을 흘린 루이는 이내 고개를 내저었다.

"됐다. 질문은 하나로 끝내지. 그리고 하나 더 해줄 게 있다."

"뭐가. 됐든 대가만 지불하면 된다."

"그럼, 잠깐만 기다려."

심장이 알았다는 듯 검은 기운을 풀풀 풍겼다.

루이는 몸을 돌려 여전히 벽에 기대어 잠들어 있는 래미에게로 다가갔다. 래미가 깨어나기 전에 해야 할 일이 하나 더 있었다.

한쪽 무릎을 굽혀 자세를 낮춘 루이는 가만히 래미에게로 고개를 기울였다.

보드라운 뺨에 입술을 지그시 누르고 반대쪽 얼굴도 똑같이 행했다. 그런 다음 앙증맞은 빨간 입술로 타깃을 바꾸어 다가갔다.

스칠 듯 말 듯 아주 가볍게 닿았다가 떨어지자 짜릿함이 밀려들었다. 아쉬움이 진하게 솟구쳤지만 루이는 딱 거기까지만 하고 슬쩍 몸을 뒤로 물렸다.

그렇게 래미를 코앞에다 두고 지켜보고만 있기를 잠시.

쿵쿵쿵. 심장이 널뛰어 대기 시작했다.

저 발그스름한 뺨을 어루만지고 싶어서, 저 달달한 입술을 맛보고 싶어서, 저 향취를 마음껏 들이마시고 싶어서, 마구잡이로 속이 들끓어댄다.

하지만, 루이는 꿋꿋이 석상처럼 래미를 응시하기만 했다.

그때였다.

"빌어먹을! 더, 더하라고! 더! 왜 멈추는 거야!"

욕지거리와 함께 기다리던 음성이 뒤에서 울려 퍼졌다.

후우. 한숨을 내쉰 루이는 무표정한 얼굴로 뒤를 돌아보았다.

"드디어 나타나셨군."

루이의 눈에만 보이는 존재, 본능이 모습을 보이고 있었다.

"하. 평소에는 내가 나타나는 걸 죽기보다 싫어하더니, 왜 이렇게 반가운 얼굴이실까?"

한껏 이죽거리던 존재가 흠칫 표정을 굳혔다.

"설마, 나를 불러내기 위해 일부러 그런 건가?"

루이의 입술에 작은 조소가 맴돌았다.

그랬다. 이렇게 본능과 마주하기 위해 얼마 전부터 미끼를 던졌다.

래미를 마주할 때마다 스킨십을 강행했고, 덕분에 성추행범이라는 타이틀도 달았다.

모두, 조금씩 본능을 자극하기 위해서였다.

"하. 나를 불러내 줘서 고맙다고 해야 하나. 무슨 속셈이실까?"

"거래를 하지."

"거래? 큭큭큭! 으하하하!"

커다랗게 웃은 존재가 비틀린 표정을 지었다.

"고고하기 그지없는 분께서 나와 거래라니. 아아. 물론 저 아이 때문이 겠지? 그래놓고 내 탓만 하고 있지. 큭큭큭."

한껏 승리감에 들떠 있는 본능을 무표정하게 바라보며 루이는 입을 열었다.

"아할리만의 심장이여, 본성을 가두어줄 것을 청한다."

"뭐, 뭐, 뭐라고!"

그제야 루이의 속셈을 알아챈 존재가 아연실색하여 모습을 감추려 했으나 늦어버렸다.

이미 아할리만의 심장은 루이의 말이 떨어지기가 무섭게 본성에게로 쑥 날아가 흡입하고 있었다.

"으으윽! 비, 빌어먹을! 아, 안 돼!"

본성이 미친 듯이 바동거렸으나 진공청소기에 빨려 들어가듯 순식간에 심장 속으로 사라져 버렸다.

"설마, 너 따위와 계약을 할까."

비소를 머금은 채 작게 중얼거린 루이는 조금 전보다 훨씬 더 쿵쾅쿵쾅 울리고 있는 아할리만의 심장을 바라보았다.

"상당히 날뛰는 존재구나. 오래 봉인시키지는 못한다. 기껏해야 보름. 기간을 늘리려면 더 큰 대가를 주면 된다."

"그 정도면 충분해."

루이는 고개를 끄덕거리고서 말을 이었다.

"내 용건은 이걸로 끝이다."

"좋다. 질문과 보름 동안의 봉인에 대한 대가를 가져가겠다."

"뭐지?"

"네 가장 소중한 기억의 한 부분을 가져가겠다."

소중한 기억의 한 부분이라고?

반사적으로 루이의 미간이 찌푸려졌으나 이미 심장은 그의 주변을 빙빙 맴돌았다.

얼마 지나지 않아 제자리로 돌아온 심장의 음성이 울려 퍼졌다.

"이것으로 거래는 성사되었다."

그 말을 끝으로 심장은 상자 안으로 자취를 감추었고, 주변은 고요해졌다.

루이는 의아한 얼굴로 이마를 쓸어 올렸다.

"내 소중한 기억의 한 부분이라니. 지금껏 살면서 소중하다고 여겼던 그런 기억이 있었던가?"

아무리 생각해도 알 수가 없다. 그런데 이렇게 허전한 마음이 드는 건 그냥 기분 탓이겠지.

생각을 털어버린 루이는 래미에게로 몸을 돌렸다. 물끄러미 그녀를 바라보는 루이의 입매가 묘하게 올라갔다.

"보름이라……. 뭐, 두고 보면 알겠지."

루이는 이내 래미를 안아 올렸다.

래미는 눈을 깜빡이며 주변을 둘러보았다.

그녀는 여전히 음식들로 가득한 식탁 앞에 앉아 있었고, 곁에는 루이가 있었다.

뭐지? 뭘까. 이 기분은? 뭔가 잠깐 정신을 놓았던 것 같은 이 느낌은 뭐지?

래미는 당황스러운 눈으로 루이를 바라보았다.

"바, 방금 우리 무슨 얘기 중이었어요?"

"와인이 너한테는 세다고 했잖아."

"아, 맞다. 그랬죠?"

래미는 퍼뜩 식탁에 놓인 와인잔을 보았다. 한 모금을 마시고 조금 남은 그대로였다.

"왜?"

"아니, 아니에요."

래미는 어색하게 웃고는 벽에 걸린 시계를 보았다. 8시 45분.

어라? 언제 시간이 저렇게 됐지? 조금 전까지만 해도 8시 30분 정도밖에 안 됐던 것 같은데.

"생각보다 시간이 많이 됐네요?"

"먹고 수다 떨면 금방이지."

하긴. 그것도 그렇다. 더군다나 루이와 대화다운 대화는 이번이 처음이라 더 시간 가는 줄 모른 걸 수도 있다.

래미는 이내 머릿속을 잠식하고 있는 이상한 생각을 지워버렸다.

그녀는 말가니 루이를 바라보았다.

"루이 씨."

"왜."

"오늘 초대 고마워요. 근데요."

루이가 슬쩍 한쪽 눈썹을 올렸으나 래미는 말을 이었다.

"다음부터는 일방적인 통보 말고, 미리 나와 시간 조율을 해줬으면 좋겠어요."

"통보라고 느꼈어?"

"당연히요. 그러니까 다음부터는 통화라도 해서 약속을 정해요."

루이는 기다란 검지로 우아하게 이마를 긁적였다.

"난 전화 없는데."

"엑? 요즘 세상에 전화가 없다고요? 루나에는 있잖아요."

"그건 복만 전용."

래미의 입이 턱 벌어졌다. 성격상 폐쇄적으로 살 거라 예상은 했지만, 휴대전화조차 없을 줄은 생각지도 못했다.

"아니, 답답해서 어떻게 살아요?"

"뭐가? 연락할 곳도 없는데."

아. 하긴. 친구나 가족이 없으니 그럴 수도 있을 것 같다. 딱히 급할 것도 없는 사람인데다, 필요한 건 복만을 통하면 될 테니.

루이는 그녀의 예상보다 훨씬 더 외롭게 은둔 생활을 하고 있는 듯했다. 물론, 스스로는 깨닫지 못하고 있지만.

래미는 어쩐지 더욱 마음이 짠해졌다. 지그시 루이를 응시하던 래미가 이내 발랄하게 입술을 움직였다.

"그럼, 복만 씨를 통해서라도 꼭 약속시간 정도는 조율하기로 해요. 알았죠?"

루이가 별다른 토를 달지 않고 고개를 끄덕이자 래미는 싱긋이 웃었다.

"맛있는 저녁을 대접 받았으니, 설거지는 같이 해요."

조금 묘한 표정으로 그녀를 물끄러미 바라보던 루이가 이내 매력적인 미소를 지어 보였다.

"좋아."

집으로 돌아와 샤워를 끝마친 래미는 화장대 앞에 앉았다.

기초화장품을 바르는데 이상하게도 콧노래가 술술 흘러나와 그녀는 손을 멈칫했다.

래미는 가만히 거울 속 자신을 보았다. 한껏 상기된 얼굴에 어쩐지 입은 웃을락 말락 올라가 있다.

마치, 사춘기 소녀처럼 설렘이 가득한 표정. 그 이유를 잘 알고 있기에 래미는 작게 한숨을 흘렸다.

"그 사람과의 시간이 즐거웠던 거야, 나는."

해준에게 좋아하는 사람이 생긴 듯했지만 그다지 신경 쓰이지 않았다.

대신, 가족이나 친구도 없이 스스로 고립된 삶을 살아가고 있는 루이에게 훨씬 더 마음이 쓰인다.

그것은 무엇을 뜻함일까.

12년 동안, 밉든 곱든 해준에게만 느껴졌던 감정.

그 감정이 이제는 루이라는 남자에게로 옮겨가고 있음을 래미는 여실히 깨닫는 중이었다.

▷　▷　◆　◁　◁

어둠이 내려앉은 저녁, 래미는 집 근처의 패밀리 레스토랑 한구석에 자리를 잡고 앉아 있었다.

새 프로젝트를 맡아 무진장 바쁘다던 인희와 오래간만에 만나기로 한 것이다.

미리 음식을 주문해 놓고 기다리기를 잠시, 인희가 레스토랑 안으로 들어섰다.

잔뜩 지친 모습으로 다가와 맞은편에 앉는 인희를 향해 래미는 한껏 반가운 얼굴을 해보였다.

"우와, 김인희. 안 죽고 쏴라 있네?"

"죽었다, 계집애야. 지금 너랑 마주 보고 있는 건, 일에 파묻혀 죽은 억울한 영혼이고."

인희다운 너스레에 래미는 쿡쿡 웃었다.

"이제 좀 한가해졌어?"

"어어. 오늘부터는 대충 마무리 단계라."

"고생했어."

"프로젝트다 뭐다 할 때는 정말 너처럼 프리랜서면 얼마나 좋을까 싶다니까?"

인희의 푸념에 래미는 슬쩍 이맛살을 찌푸렸다.

"프리랜서는 뭐 쉬운 줄 알아? 조금만 나태해져도 딱 굶어 죽기 십상이야. 4대 보험 안 되지, 퇴직금 없지, 인기 떨어지면 바로 수입에 영향 미치지. 네가 창작의 고통을 알아?"

"그래, 그래. 인정, 인정."

논쟁이 힘든 듯 인희가 곧장 백기를 들자 래미는 눈을 동그랗게 떴다.

"웬일이야, 쌈닭 김인희가 금세 손을 들고?"

"피로가 쌓여서 그래."

"간 때문이야. 간 때문이야."

래미의 아재 개그에 인희가 푹, 어이없는 웃음을 흘렸다. 그 웃음마저 기운이 없어 보며 래미는 마음이 싸해졌다.

"그렇게 피곤하면 그냥 오늘 푹 쉴 일이지, 뭐 하러 보자 그러냐?"

"간만에 도램 얼굴 보고 잡아서 그렇지. 할 말 있어서 입도 근질거리고."

"무슨 말이 하고 싶어서 입까지 근질거릴까?"

절여진 배추 같던 인희의 얼굴에 슬그머니 생기가 돌기 시작했다.

"도램, 도램. 너 있지. 도대체 지해준 어디가 그렇게 좋냐?"

"갑자기 화제가 너무 급변하는 거 아냐? 웬 지해준?"

"되묻지 말고. 그냥, 말해 봐. 지해준이 왜 좋아? 아니, 그렇게 좋아?"

인희가 상체를 기울이고서 은근한 표정을 지었다.

래미는 어깨를 가볍게 으쓱했다.

"지해준 여자 생기지 않았어?"

"뭐? 웬 여자?"

"저번에 통화할 때 느낌이 그랬어. 좋아하는 사람 생긴 것 같던데."

"<u>으ㅎㅎㅎㅎㅎ</u>!"

요상한 웃음으로 인해 레스토랑 안 이목이 집중되었지만, 인희는 개의치 않고 눈을 가늘게 떴다.

"통화 중에 그런 냄새가 막 나디?"

"어. 그런 것 같았어."

"램, 있잖아. 그 여자가 누구냐면 말이야. 바로······."

"상관없어. 아니, 신경 안 써, 이제."

잔뜩 신난 얼굴로 말을 하려던 인희가 이내 눈을 깜빡였다.

"왜 신경 안 써?"

"그냥. 신경이 안 쓰여서."

"뭐, 뭐라고? 아니 왜?"

잔뜩 놀란 인희와 달리 래미의 얼굴은 불그스름하게 달아올랐다.

"이제 다른 사람이 눈에 밟히기 시작했거든."

생각지도 못한 래미의 고백에 인희는 심장이 철렁 내려앉는 듯했다.

"저, 정말? 누군데? 나 아는 사람이야?"

"아니. 넌 모르는 사람."

"어, 언제부터였는데?"

"뭐가?"

"언제부터 지해준 대신 그 사람이 보이기 시작한 거야?"

가만히 생각에 잠겼던 래미가 조금 수줍은 표정을 지었다.

"얼마 안 됐어."

"우리 별장 다녀오기 전이야, 후야?"

"당연히 다녀온 뒤지. 그때까지는 아직 지해준이 있었을 때고. 근데 얼마 전부터 지해준보다 그 사람을 더 생각하고 있더라고."

소사소사 맙소사다!

인희는 뒷머리가 비쭉 서는 듯했다. 인희는 순식간에 핼쑥해진 얼굴로 이마에 손을 얹었다.

딴에는 골탕 먹인답시고, 해준에게 절대 좋아하는 티내지 말라며, 같잖은 말을 날렸던 게 마구 머릿속을 헤집고 다녔다.

어쩐지 타이밍상, 자신이 해준을 방해한 것만 같은 느낌이다.

"근데, 김인희 너 표정이 왜 그래? 12년 동안 죽어라 지해준은 안 된다고 말리더니. 별로 안 좋아하는 얼굴이다?"

"어, 어, 어우. 아니, 아니야. 추, 축하해."

"뭘 축하씩이나."

싱긋이, 예쁘게 웃는 친구를 보니 인희는 더더욱 마음이 복잡해졌다.

'어떡해. 이제 지해준 얼굴을 어떻게 보냐? 어우, 그냥 죽이 되든 밥이 되든 끼어드는 게 아니었는데!'

물론, 인연이란 게 따로 있다지만, 꼭 자신이 해준에게 훼방을 놓은 것 같은 찝찝함은 가시지 않았다.

"그 가방 못 보던 거네? 새로 샀어?"

저녁 식사를 마치고 계산을 하기 위해 카운터에 서 있는데, 인희가 물어왔다.

"아니. 있던 건데 마음에 안 들어서 안 들고 다니다가, 며칠 전부터 들고 다니기 시작했어."

그렇게 대답해 놓고, 헉, 신음을 뱉어냈다. 며칠 전 소매치기를 당할 뻔했던 그 가방이었기 때문이다.

이제야 가방을 되찾아준 사람이 떠오르고, 그녀는 며칠이 지난 지금까지 연락 한 통 하지 않았음 깨달았다.

그래서 인희와 작별 인사를 한 뒤, 래미는 미친 듯이, 허겁지겁 집으로 내달렸다.

"이런 똥멍청이 같으니라고!"

얼마 지나지 않아 집에 도착한 래미는 마구 자책을 해대며 책상 서랍 속을 뒤지기 시작했다.

사실, 루이의 저녁 초대에서 돌아온 뒤에는 시간이 너무 늦어 연락할 수가 없었다. 다음 날 연락할 요량으로 서랍 속 명함첩에 고이 모셔둔 것이 화근이었다.

그래놓고 며칠 동안, 사탕 까먹듯이 완벽히 까먹어버린 것이다.

"어우, 정말, 이럴 때 보면 넌 붕어딸래미가 맞다니까? 다 잊어도 이건 잊으면 안 되는 거잖아."

가방을 찾아준 그 사람은 얼마나 황당하겠는가.

극구 됐다는 걸 사례하겠다고 호들갑 떨더니, 바쁘다며 쌩하고 가버리지를 않나. 기어코 연락처까지 받아가 놓고 연락 한 통 없지를 않나.

아마. 모르긴 몰라도 그 사람은 무진장 기분 나쁠 것이다. 사례를 바란

적은 없지만, 명함을 주었기에 그래도 전화는 기다려질 거다. 하지만, 연락은 눈곱만치도 없어 어쩐지 더러워지는 그 기분.

명함첩에서 그 남자의 명함을 꺼내 든 래미는 한숨을 푹 쉬었다.

"오늘도 시간이 늦어서 하기는 글렀네. 글렀어."

간만에 인희와 수다를 떨다 보니 시간 가는 줄 몰랐기 때문이다.

"내일은 무조건, 기필코, 무슨 일이 있어도 한다!"

다짐에 다짐을 한 래미는 명함을 책상 위 잘 보이는 곳에 딱 올려 두었다.

▷　　▷　　◆　　◁　　◁

지이이잉. 지이이잉. 지이이잉.

오전 9시면 해가 중천에 떠 있고, 대부분의 사람들이 충분히 하루를 시작하고도 남았을 시간이다. 하지만, 누군가에게는 아직 취침 시간일 수도 있다.

바로 치우에게는 그랬다.

"……이 한밤중에 누구야?"

운영하는 커피숍을 새벽에야 마감하는 탓에 오전은 치우에게 한밤중이나 다름없었다.

더듬더듬 손을 뻗어 눈살을 찌푸린 채 액정을 보자, 낯선 번호가 깜빡여 대고 있었다.

"스팸이기만 해봐라."

조금 거칠게 손가락으로 휴대전화의 액정을 긁고서 귀에 갖다 대었다.

"네, 여보세요."

─어? 어, 죄송합니다. 혹시 주무시는데 전화 드린 거면 이따가 다시 걸겠습니다.

청아한 여자의 음성이었다.

이미 잠이 깨어버렸기에 치우는 상체를 일으켰다.

"누구십니까."

─저, 혹시 기억하시겠어요? 얼마 전에 제가 핸드백을 소매치기 당했을 때 찾아주셨는데.

순간적으로 치우의 눈이 번쩍 뜨였다.

그 여자다. 온몸에 어둠의 기운을 풀풀 풍겨대던 그 여자!

"네. 기억하고 있습니다."

─안녕하세요. 제가 너무 연락을 늦게 했죠?

"아닙니다. 그때도 말씀드렸다시피, 얼떨결에 찾아드린 거라, 이런 인사가 민망합니다."

절대 아니다. 완전 기다렸다.

─명함을 보니까 커피숍을 운영하시는 것 같더라고요.

"네, 맞아요."

─그럼, 제가 오후 무렵에 커피숍으로 찾아봬도 될까요?

"음. 진짜 괜찮은데. 굳이 오시겠다면, 제가 커피는 대접해 드릴게요."

─하하. 커피는 제가 대접해 드려야죠. 그럼, 오늘 오후쯤 찾아뵐게요.

"네, 알겠습니다."

치우는 순간적으로 꼭 오세요, 하고 튀어나오려는 것을 간신히 삼키고서 전화를 끊었다.

"하. 정말로 연락을 해왔네."

눈을 빛낸 치우는 이내 침대에서 몸을 일으켰다.

보통 사람들은 믿지 않겠지만, 요즘 같은 세상에도 인간을 초월한 존재들은 분명히 있다.

자연스레 인간의 삶에 녹아서 생활을 하는 이들도 있고, 여전히 은둔 생활을 하는 부류도 있었다.

그들에게는 특유의 기운이 흐르지만, 서로에게 피해가 가지 않는 이상, 그다지 아는 척하거나 간섭하지 않는다.

그저, 각자의 삶에 충실할 뿐. 그건 거의 불문율에 가까웠다. 하지만, 치우로서는 이 여자에게 관심이 갈 수밖에 없었다.

그녀가 풍기고 있는 기운이 소름 돋을 정도로 너무 강력해서.

그 정도의 힘이면, 평범한 사람인 것처럼 기운을 숨기고도 남을 텐데, 너무 드러내 놓고 다닌다는 것이다.

"뭐. 오늘 다시 보면 알겠지."

▷　▷　◆　◁　◁

루이는 오랜만에 잡다한 생각들에 시달리지 않고 고서를 탐독하는 중이었다.

악의 화신이나 다름없는 존재가 사라지고 없으니, 훨씬 더 이성적으로 생각하게 되어 마음이 편했다.

다만, 그 존재가 없으니 감정이 더 무뎌지고, 직감이라든지 본성에 의존해야 하는 감각들이 현저히 떨어진다는 게 문제였지만.

그럼에도 본성을 가두어버린 건 확인을 해보고 싶어서였다.

본성이 없을 때도 도래미가 계속 어른거릴까 하는 의문을 해소하기 위해서다.

도래미를 만나고부터는 그답지 않게 충동적이 되고, 감정 컨트롤이 되지 않는다.

특히나 도래미가 앞에 있으면 더. 그게 놈의 문제인지, 스스로의 문제인지 알아야 했다.

루이는 읽던 책을 덮고서 입꼬리를 슬쩍 올렸다.

"그것 봐. 그것 때문이잖아. 그게 없으니까 그렇게 생각도 안 나잖아."

확실히 지금은 도래미가 눈에 덜 밟힌다. 이성이 앞서니 감정이 무뎌져서인지도 모른다.

그렇다고 해도 한 가지 확실한 건 도래미에게 끌리는 건 본성 쪽이 월등하다는 것.

그게 맞는 거라 생각했다.

딸랑딸랑, 풍경 소리를 내며, 생각지도 못하게 도래미가 루나 안으로 들어오기 전까지는.

"아, 도래미 고객님! 어서 오세요!"

골동품을 닦던 복만의 인사에 핑크계열 립스틱을 바른 래미가 싱긋이 웃음을 보였다.

"응. 복만 씨 안녕?"

그런 다음, 응접 테이블 앞에 앉아 있는 루이에게로 시선을 돌렸다.

"어, 루이 씨도 여기 있었네요?"

반갑게 말한 그녀가 루이에게로 걸음을 옮겼다.

한 걸음 뗄 때마다 매끄러운 머리칼이 살짝살짝 풀썩거리고, 허벅지 중간까지 오는 짙은 색상 원피스가 아슬아슬하게 흩날린다.

두근.

방금 전까지도 평온하기만 했던 심장박동이 빨라졌다.

뭐지, 이 반응은.

조금 당황스러워져 눈만 깜빡거리는 사이, 곧장 다가온 래미가 마주 보고 앉았다.

상큼한 래미의 향이 확 느껴지자, 꿀꺽, 마른침이 목울대를 타고 내려간다.

루이는 더욱 혼란스러워졌다.

눈앞에 보이지 않을 때만 해도 별다른 생각이 없었는데, 갑자기 왜 이러는지 알 수가 없다.

"어디 외출하시나 봐요?"

쪼르르 복만이 다가왔다.

"응. 가는 길에 이거 전해 주고 가려고."

래미는 양쪽 손에 가득 들고 있던 똑같은 모양의 네모난 케이크 상자 두 개 중, 하나를 테이블 위에 올려놓고서 루이와 시선을 맞추었다.

꿈틀. 루이의 눈썹이 아주 미미하게 움직였다.

"루이 씨. 이거, 내가 오늘 직접 만든 롤케이크예요. 간만에 베이킹을 했더니, 오븐 온도 맞추기가 힘들어서 조금 색이 진하긴 하지만, 맛은 보장할게요. 먼젓번에 버린 케이크 대신이에요."

"……."

"혼자 먹지 말고 복만 씨랑 나눠서 먹어요."

"우와, 저도 먹어도 돼요?"

"당연하지."

루이는 아무 대꾸 없이 바라보고 있을 뿐이지만, 래미는 금세 몸을 일으켰다.

"어, 가시게요?"

"응. 약속이 있어서 가봐야 돼."

복만에게 눈웃음을 보인 래미는 이내 의아한 표정으로 루이를 보았다.

"루이 씨, 지금까지 한 마디도 안 한 거 알아요?"

그러곤 그의 눈앞에 손바닥을 흔들어 보였다.

"오늘 왜 이렇게 멍한 거예요? 이거 몇 개?"

루이는 눈앞에서 왔다 갔다 하고 있는 래미의 자그만 손을 잡아챘다.

따뜻하고 부드러운 피부가 맞닿자, 저릿한 감각이 피어오른다.

두근두근. 심장이 더욱 빠르게 뛰어댄다.

이대로 당겨버리고 싶은 말도 안 되는 충동이 인다.

"아. 루이 씨, 아파요."

손에 힘이 너무 들어간 모양이었다. 잔뜩 놀란 래미의 얼굴을 보고서야 루이는 퍼뜩 손을 놓아주었다.

꽤나 아픈 듯 손을 주물거린 래미가 조금 장난스러운 얼굴로 싱긋 웃었다.

"뭐예요. 직접 만든 케이크라니까 감동이라도 받은 거예요?"

"……."

여전히 루이가 꿀 먹은 벙어리처럼 아무런 말도 하지 않자 래미는 조금 무안한 표정이 되었다.

"어, 음. 케이크를 전해 줬으니, 난 이만 가볼게요."

어색한 얼굴로 래미가 막 몸을 돌리려 하자, 그때서야 루이는 입을 열었다.

"어디 가는데."

"그냥, 누구 좀 만나러 가요."

"누구."

"루이 씨는 말해도 모를 텐데요?"

마치, 그딴 걸 왜 물어, 라고 하는 것만 같은 표정이었다. 하지만, 루이는 스스로도 이해 못 할 질문을 계속 던졌다.

"남자?"

래미는 동그랗게 말린 기다란 속눈썹을 깜빡거리다 대답했다.

"성별로 따지면 남자가 맞죠."

순간적으로 루이의 입매가 굳어졌다.

여전히 빠른 비트로 뛰고 있던 심장이 뚝 멎는 느낌이었다.

분명, 본능이란 존재가 사라져 지극히 이성적이 되고, 감정이 무뎌졌다. 그래서 간만에 평화스럽던 차였다.

그런데, 그 평온함이 도래미 앞에서 모래성처럼 사정없이 허물어지고 있었다.

폐부 깊숙한 곳에서부터 스멀스멀 불쾌감이 치고 올라온다.

"남자, 안 된다고 했지."

기가 막힌 듯 래미의 입이 반쯤 벌어졌다.

"지금 무슨 소리를 하는 거예요? 남자 만나서 놀러 가는 줄 알아요? 볼일 있어서 가는 거거든요?"

"볼일이든 뭐든 남자는 안 돼."

"뭐래, 진짜. 그럼, 생물학적으로 성별, 남은 마주하지도 말란 뜻이에요? 우리 아빠도 남자고 동생도 남자고, 저 복만 씨도 남자고, 슈퍼 아저씨도 남자고, 세탁소 아저씨도 남자고, 하물며 택배 아저씨도 남잔데, 뭐, 전부 마주치지 말까요?"

다다다 쏘아붙인 래미가 돌연 팔짱을 끼고서 눈을 가늘게 떴다.

"잠깐. 이런 건 연인 사이에서도 굉장히 조심스럽게 해야 하는 대화 아니에요? 우리 연인이었어요?"

루이의 눈에 당황스럽고도 못마땅한 기색이 동시에 서렸다.

"아니었어?"

이번에는 래미의 눈에 황당한 빛이 차올랐다.

"내가 당신 거였어요? 아니, 언제부터? 좋아한다는 고백 받고 저녁만 한 번 같이 먹었다고 다 연인이 될 것 같으면, 내가 연애의 여왕이게? 그때도 말했지만, 내가 고백만 사백두 번쯤은 받았거든요?"

너무도 기막혀하는 래미를 보니, 갑자기 오기까지 스멀스멀 치솟는다.

"저녁만? 할 거 다 해놓고 아니라고?"

전혀 그럴 생각이 없었지만, 루이는 앞에 있는 탁자를 끽, 소리가 나게 옆으로 밀치고서 몸을 일으켰다.

루이는 갑작스러운 행동에 움찔, 뒤로 물러나려는 래미의 양쪽 어깨를 붙잡고 그대로 끌어당겼다.

"어, 어, 어? 안 돼요, 잠깐!"

막 서로의 것이 닿으려는 아슬아슬한 순간, 래미가 다급히 손을 뻗어 루이의 입술을 틀어막았다.

"어우, 진짜. 복만 씨도 있구만. 루이 씨는 내가 그렇게 좋아요?"

루이의 움직임이 뚝 멎었다.

"내가 좋아서 질투하고, 시도 때도 없이 스킨십을 시도하는 건 알겠는데요. 조금 참아줘요. 립스틱 다 번지거든요."

입술을 막고 있는 래미의 작은 손 정도야 아무런 방해가 되지 않지만, 루이는 아무런 행동도 할 수가 없었다.

문득, 정신이 번쩍 든다. 내가 지금 뭘 하는 거지.

이건, 지금 이런 건, 놈이 있을 때나 하던 행동이었다.

놈이 없는 이 순간에도 감정과 행동이 먼저인 건 조금도 바람직하지 않다.

루이는 래미의 어깨를 놓아주고서 여전히 입술을 덮고 있는 작은 손을 떼어 냈다.

아쉬워서인지, 이해 못 할 행동에 대한 자괴감 때문인지는 알 수 없으나, 루이의 얼굴은 한껏 어두워졌다.

"가."

음성 역시 음울하기 그지없다.

당장이라도 덮칠 것만 같던 남자가 갑자기 싸늘해지니 오히려 당황한 쪽은 래미였다.

약간 얼이 빠진 채로, 냉하게 변한 루이를 잠시 동안 올려다보던 래미가 이내 정신을 차렸다.

"그래요. 시간이 다 돼서 가야 하거든요. 복만 씨, 케이크 맛있게 먹어."

"아, 넵. 고객님, 안녕히 가세요."

그녀만큼이나 어색한 얼굴로 인사를 하는 복만에게 손을 흔들어 보이고서, 래미는 루나 밖으로 나갔다.

래미가 완전히 자취를 감추자 루이는 미간을 찌푸렸다.

"주인님, 괜찮으세요?"

복만의 조심스러운 물음에 루이는 언제 그랬냐는 듯 얼굴을 폈다.

"왜?"

"아, 아니, 그냥 무지 심란해 보이셔서요."

"전혀 심란하지 않은데."

이성을 되찾아야 했다. 그래야 최대한 도래미에 대한 판단이 정확해질 테니까.

그런데, 이상하게도 기분이 영 좋지 않다.

택시를 타고서도 20분 정도는 떨어진 곳에 있는 커피숍 〈코코〉는 작고 아늑한 분위기였다.

맡고 있으면 절로 우아해질 것만 같은 진한 커피향이 작은 공간에 가득 퍼져 있었다.

커피숍에 막 들어선 래미가 직원의 인사를 받는 사이, 뒤쪽에서 음성이 들려 왔다.

"제대로 찾아오셨네요? 한 번쯤은 더 전화를 주실 거라 생각했는데 말이죠."

뒷모습만 보고 어떻게 알아볼 수가 있지?

조금 신기해하며 래미는 소리가 난 쪽으로 몸을 돌렸다.

래미의 가방을 찾아준 이 남자, 강치우는 작은 커피숍에서 보니, 2미터는 되어 보일 정도로 키가 컸다.

"요즘, 택시 타면 어지간한 곳은 다 데려다 주거든요."

남자는 작게 미소를 보이고서 그녀를 창가 쪽 테이블로 안내했다. 직원에게 몇 가지 지시를 내린 다음에야 그는 래미와 마주 보고 앉았다.

"정말, 연락 주실 줄은 몰랐는데, 조금 놀랐습니다."

"너무 늦게 연락드린 건 아닌가 걱정했는데요. 저기, 이거요."

치우는 래미가 테이블 위에 올려둔 케이크 상자로 시선을 내렸다.

"잘 모르는 분인데, 뭘 선물해야 할지도 모르겠고 해서 직접 만들어 봤어요. 그때는 정말 고마웠습니다."

"이걸 직접 만들었다고요? 솜씨가 대단하시네요."

"그냥. 흉내 한번 내본 거예요."

시중 베이커리에서 판매하는 것보다 훨씬 개성 강하고 독특한 롤케이크 두 개가 투명한 상자에 담겨 있었다.

조금 쑥스럽게 웃는 래미를 보며 치우는 미미하게 눈을 가늘게 떴다.

이상하단 말이지.

온몸에 저 정도의 힘을 날려대고 있을 정도면, 분명 그에게서도 다른 기류가 흐른다는 걸 알아차려야 정상이다.

그런데, 여자는 전혀 그런 눈치를 보이고 있지 않았다.

"저희는 핸드드립 전문인데, 커피 한 잔 드릴게요."

"어우, 괜찮아요. 일하셔야 하는데 괜히."

"아닙니다. 여기는 번화가가 아니라, 크게 바쁘지도 않은데요, 뭐."

주변을 슥 훑어 한가한 것을 확인한 래미가 작게 고개를 끄덕였다.

"음. 그럼, 한 잔 주세요."

"제일 자신 있는 걸로 가져올게요. 이거, 고마워요."

웃음을 보인 치우는 케이크 상자를 들고서 작업대로 향했다.

로스팅된 지 하루가 채 지나지 않은 원두를 분쇄하고, 커피를 내리는 내 내 흘끔흘끔, 치우의 눈은 래미에게로 향했다.

혹시나 뭔가 특유의 행동을 하지 않을까 해서다. 갑자기 창밖을 보고 있던 여자가 입술을 조그맣게 중얼거렸다.

흠칫. 뭔가 주술이라도 거는 건가?

치우는 슬그머니 귀의 능력을 극대화시켰다.

'어우, 씨. 아까 그냥 뽀뽀하게 둘 걸 그랬나. 너무 매몰차게 안 된다고 그래서 무진장 무안해 하는 것 같았는데. 그냥 대놓고 키스바리 한번 땡겨 주는 건데. 주둥이가 닳아 없어지는 것도 아니고, 립스틱이야 새로 바르면 되는 건데. 아니, 아니지. 초장부터 잡아야 아무 데서나 안 그러지. 잘한

거야.'

키스바리? 주둥이?

주술은커녕 생각지도 못한 내용에 치우는 하마터면 육성으로 웃음을 터트릴 뻔했다.

'흐음. 헷갈리는 여자네.'

잠시 뒤, 커피가 다 내려지자 치우는 한 잔에다 슬그머니 검은색 허브 잎 하나를 띄웠다.

작지만 아주 강력한 최면 효과가 있는 악마의 이파리다.

잎이 금세 녹아 사라지자 치우는 커피를 들고 테이블로 갔다.

"파나마 에스메랄다 게이샤예요."

"아아. 네. 잘 마실게요."

그러면서 후, 불고 홀짝이기 시작했다. 별다른 감흥 없는 얼굴로.

이 여자, 커피는 별로인가 보다. 아니면, 믹스 같은 달달한 것만 마시던 지.

신의 커피라고 불리는 파나마 에스메랄다의 게이샤를 마시면서도 시큰 둥한 걸 보면.

래미가 까만 커피를 비워갈수록 치우의 눈은 반짝이기 시작했다.

악마의 이파리라 불리는 블랙 허브의 효과가 나타나기를 바라며.

그 순간, 초롱초롱하던 여자의 눈동자가 흐릿해졌다.

'걸렸다!'

15

치우는 래미의 눈동자가 점점 더 흐릿해지기를 기다렸다가 입을 열었다.

"이름이 뭐예요?"

우선은 기본적인 것부터 시작했다.

"도래미예요."

"나이는 어떻게 돼요?"

"낼모레 서른인데요."

애매한 대답에 치우는 다소 당황스러운 얼굴이 되었다.

으, 음? 뭐지? 블랙 허브에 걸린 것 맞나?

어딘가 조금 이상했으나 치우는 일단 계속 질문을 던지기로 했다.

"사는 곳은 어디예요?"

"……가방 찾아준 곳에서 멀지 않아요."

"그럼, 당신의 직업은요?"

"……프리랜서예요."

"가족은 어떻게 돼요?"

"……넷인데요."

뭔가 늘어지는 것 같았으나, 전혀 토를 달지 않고 꼬박꼬박 대답해 주는 걸 보니 최면에 걸리긴 걸린 모양이었다.

어쩌면, 자신처럼 어둠을 부리는 존재다 보니, 블랙 허브의 기운이 완벽하게 여자를 장악하지 못하는 걸 수도 있었다.

'그럼, 빨리 끝내야겠는걸.'

"자, 그럼. 지금부터 본격적으로 묻죠. 지금 당신이 지닌……."

"아, 나, 진짜."

막, '지금 당신이 지닌 어둠의 힘의 근원은 무엇인가?' 라고 질문을 던지려던 참이었다.

갑작스레 래미가 정색을 하는 바람에 치우는 순간적으로 얼음이 되고 말았다.

"저기요, 강치우 씨. 내 가방을 찾아준 은인이라서, 계속 참고 있는데, 초면에 너무 무례한 질문까지 하는 거 아니에요?"

헉. 이럴 수가. 이 여자 블랙 허브가 안 듣는다!

"아니, 이름이나 하는 일 정도는 물을 수 있다 쳐도, 어떻게 초면에 나이와 가족에 심지어 사는 집까지 물을 수가 있는 거죠?"

"그, 그게……."

"본격적으로 묻는 건 또 뭐야. 뭐, 내가 지닌 속옷 색깔이라도 물으려고 그랬어요?"

너무 당황해 치우의 얼굴이 시뻘겋게 달아올랐다.

살면서 이런 사면초가는 처음이었다. 여자의 정체에 대해 궁금한 건 이미 두 번째 문제였다. 완벽하게 무례한 인간으로 찍힌 것부터 해결해야 했다.

뭐라도 빨리 생각해 내야만 했다.

"그, 그게 내가 그쪽이…… 좋아서 그럽니다. 첫눈에 반했거든요. 나 어때요."

고작 떠올린 게 이런 거라니. 미친놈이 따로 없다.

눈앞의 여자가 슬쩍 한쪽 눈썹을 올리고서 툭 던졌다.

"남자친구 있거든요?"

"아, 예. 방금 포기했습니다."

"아, 예. 고맙습니다."

까칠하게 말한 래미가 이내 어이없는 웃음을 흘리고서 고개를 절레절레 저었다.

"거짓말은 못하는 스타일이시네요."

아닌데. 평소에는 잘하는데 지금은 너무 당황해서 티가 나버렸다.

"미안합니다. 관심이 조금이라도 가는 사람이 생기면, 궁금한 걸 못 참는 성미라. 실례했습니다."

관심 가는 건 사실이지만, 눈앞의 여자는 눈 하나 깜짝 않는다.

"됐어요. 가방 찾아주신 답례했다 생각할게요."

"그렇게 말씀해 주셔서 마음이 놓입니다. 이상한 놈으로 찍히면 어쩌나 했는데."

"답례했다고 했지, 이상하지 않다고는 안 했는데요."

너무 솔직한 대답에 치우는 헛웃음을 터트렸다.

이 여자, 강적이네. 진짜 정체가 뭘까.

"그럼, 기왕 이상한 놈으로 찍혔으니, 궁금한 거 하나만 더 물어봐도 될까요?"

"속옷 색깔만 안 물으신다면요."

"하하. 설마요. 프리랜서시면……."

"글 써요. 웹사이트에 연재해요."

"아아. 그러시군요. 어딘지 알려주시면 제가 독자가 되어 드릴 수도 있는데."

제길. 너무 나갔나? 이제 정말 여자는 벌레 씹은 얼굴이었다.

"괜찮아요. 유료 연재라."

그러고서 래미가 몸을 일으켰다.

"어. 벌써 가시게요?"

"볼일 다 봤으니 가야죠. 커피 잘 마셨습니다. 얼마예요?"

"아닙니다. 이건 제가 래미 씨에게 대접한 겁니다."

"아뇨. 사례하러 온 거니까, 커피 값은 제가 낼게요. 그쪽 거랑 같이, 얼마예요?"

"그냥 두셔도 됩니다."

"제가 불편해서 그래요. 얼마죠?"

너무 꼬장꼬장, 똑 부러지게 말하는 바람에 치우는 어쩔 수 없이 고개를 끄덕였다.

"그럼, 만 오천 원……."

"어머, 커피 두 잔에 만 오천 원이나 한다고요?"

"아뇨, 한 잔에 만 오천 원입니다."

사실, 최상급의 게이샤 생두를 사용한 거라, 한 잔에 이 정도 가격은 어림도 없다.

입을 턱 벌리던 래미가 이내 추스르며 지갑에서 카드를 꺼냈다.

"정확하게 두 잔 계산해 주세요."

그녀가 조금 살벌하게 미소를 지으며 카드를 내밀었다.

받고 싶지 않았지만, 치우는 정확히 3만 원을 계산했다.

사인을 하고, 확실히 영수증까지 챙긴 그녀는 치우에게 꾸벅 고개를 숙이고 몸을 돌렸다.

'어우, 시불. 무슨 커피 한 잔에 만 오천 원씩이나 받아 처묵냐? 3만 원이면 커피 믹스가 몇 개야? 이렇게 바가지를 씌우니 손님이 하나도 없지.'

조금 전, 귀를 극대화 시켜놓은 덕에, 나가면서 열심히 중얼거리는 게 모조리 다 치우에게 들려왔다.

역시나 여자는 믹스파였다.

행여 들을세라 입을 막고서 쿡쿡 웃어대던 치우는 래미가 완전히 나가서야 커다랗게 터트렸다.

"재미있는 여자네, 진짜. 저렇게 보면 영락없는 보통 여자란 말이지."

한데, 블랙 허브가 통하지 않는 걸로 보면, 확실히 평범한 사람은 아니라는 거다.

"하긴. 저렇게 강한 기운을 풀풀 풍기고 다니는데 평범할 수가 있나."

웃음기를 지운 치우는 조금 심각한 표정을 지었다.

"그런데, 왜 끝까지 나에 대한 티를 내지 않았을까. 보통 비슷한 부류가 눈앞에 딱 맞닥뜨리면 은연중에 아주 조금이라도 기싸움을 하게 마련인데."

의아한 얼굴을 하고 있던 치우는 이내 휴대전화를 꺼내 들고 통화를 연결시켰다.

—네, 형님.

오래전에 알게 되어 호형호제하면서 지내는 같은 부류인 녀석이었다.

물론, 같은 부류라고 하기에는 아주, 하위급이라 평범한 사람보다는 조금 더 능력이 있는 수준이었다.

그 얕은 능력으로 다른 건 못해도 심부름센터 하나는 기가 막히게 운영하고 있다.

"해줘야 할 일이 있다."

―말씀만 하세요.

"전화번호 하나와 이름을 보낼 테니, 신상 파악 부탁한다."

―그거야 제 전문이니 어렵지 않죠. 급하신 겁니까?

"그리 급한 건 아닌데, 빨리 진행해 주면 좋지. 아, 최대한 접근하지 말고 신상에 대해서만 조사해야 할 거다."

―예? 그게 무슨 말씀이십니까?

"상대방이 보통은 넘는 듯하거든."

―혹시…… 형님과 같은 급입니까?

"파악하지 못했다. 그러니, 섣부른 뒷조사는 금물이야. 네 의뢰인들에게 해주듯 대충 신상 조사만 해줘."

―네, 알겠습니다.

통화를 끝낸 치우는 입가에 씨익 미소를 드리웠다.

"뭐, 조금씩 마주치다 보면 언젠가는 정체를 드러내겠지. 기대되네."

▷　▷　◆　◁　◁

어두운 밤, 루나에는 20대 중반 무렵의 두꺼운 뿔테안경을 쓴 청년 하나가 묘약을 구하기 위해 찾아와 있었다.

어딘가 음침해 보이는 남자는 루나 안을 두리번두리번 둘러보며 입을 열었다.

"……저기, 정말 묘약이란 게 있긴 있냐는."

"물론이죠. 많은 분들이 구매해 가시는걸요. 효과 또한 100퍼…… 흠, 흠 99.9퍼센트니, 확실하고요."

0.1%라는 래미의 사례가 있기에 복만이 슬그머니 정정했다.

가뜩이나 왜소한 체구를 가진 청년은 마주 보고 앉아 있는 루이와 복만 때문에 더더욱 말라깽이로 보였다.

"마, 만약 효과가 없으면 어떡하냐는."

말투가 다소 거북스러웠지만 복만은 티내지 않고 방긋 웃었다.

"당연히 전액 환불 가능합니다만, 그런 사례는 지금껏 없었습니다."

복만의 자신감에 그제야 남자가 휴, 하며 안도를 했다.

남자는 한 마디도 하지 않고 팔짱만 끼고 있는 루이를 흘끔 보고서 잔뜩 침울한 표정을 지었다.

"하아. 내가 님의 외모의 반만, 아니, 반의반의반의 반만, 아니, 백만분의 일쯤만 닮았어도 이런 건 안 사러 왔겠다는. 넘나 개부러움."

남자가 한숨을 푹 내쉬고서 덧붙였다.

"대략, 울 애기가 넘나 얼굴을 밝힌다는. 그래서……."

"이봐. 그 이상한 말투 안 할 수 없어?"

참다못한 루이가 살벌한 눈빛을 날리며 입을 열어서야 남자가 움찔했다.

"죄, 죄송하다는요. 아, 아니. 죄송합니다. 습관이 돼서리……요."

고개를 굽실거린 남자는 갑자기 언제 그랬냐는 듯 다시 진지해졌다.

"제가 어디까지 했나요?"

"하하, 고객님 애기께서 얼굴을 밝히신다는 것까지 하셨는데요."

복만의 말에 그가 안경 속 눈을 말똥말똥 빛냈다.

"울 애기가 얼굴을 밝히는 건 충분히 이해를 한다는, 아니, 합니다. 울

애기도 끝내주게 예쁘거든요."

"하하. 그러시군요. 잘 알겠으니까요, 고객님……."

"우리 래미 마음만 제 것으로 만들 수만 있다면 제가 돈은 얼마든지 드릴 수 있거든요!"

남자의 입에서 튀어나온 이름에 순간적으로 복만은 물론이고 루이마저 찬물을 뒤집어쓴 것처럼 얼어붙고 말았다.

"바, 방금 누구라고 하셨나요, 고객님?"

"울 애기요?"

"네, 네."

"래미라고 했는데, 뭐가 잘못됐냐는?"

확실한 확인 사살에 복만은 입술을 턱 벌리고서 루이를 바라보았다.

루이의 눈매가 순식간에 차갑게 번뜩이고 입에서는 기막힌 웃음이 새어 나왔다. 고백을 사백두 번쯤은 받아봤다는 래미의 말이 뇌리를 스쳐 지나 간다.

그다지 대수롭지 않게 여긴 말이었는데, 지금 곱씹으니 루이는 기분이 확 나빠졌다. 바꿔 말하면 400명 넘는 놈들이 래미에게 집적거렸을 거란 뜻이 아닌가.

루이의 안광이 심상치 않게 번뜩이는 것을 본 복만이 퍼뜩 끼어들었다.

"저, 고, 고객님! 혹시, 그 예쁜 애기님께서는 성씨가 어떻게 되나요?"

"아아. 울 애기는 박 씨예요. 박래미. 얼굴도 진짜 예쁜데, 이름까지 예 쁘다는."

복만이 안도의 숨을 내쉼과 동시에 레이저가 나올 것 같던 루이의 눈동 자도 스르르 가라앉았다.

하지만, 루이의 굳었던 표정은 풀릴 줄 몰랐다. 루이는 의자에서 몸을 일으키며 내뱉었다.

"복만, 그냥 돌려보내. 묘약 안 팔아."

"엑? 왜, 왜, 왜 그러냐는! 내 말투 때문에 그런 거라면 고치겠다는!"

주인님의 결정에 복만은 토 달지 않고, 손에 들고 있던 망각의 가루를 방방 대는 남자의 얼굴에 흩뿌렸다.

그러자 남자는 금세 얼빠진 것처럼 순해졌다.

복만은 남자에게 피처럼 새빨간 몽환의 루비를 꺼내 보였다. 홀린 듯 남자의 눈이 루비에 박혔다.

"자, 당신은 앞으로 전단지가 보이지 않을 것이며, 루나에서 보고 들었던 모든 기억을 지웁니다. 기억이 나더라도 모든 건 당신의 잠재력이 만들어낸 꿈일 뿐입니다."

남자가 힘없이 고개를 두어 번 끄덕였다.

"이제 이곳을 나가 곧장 집으로 갑니다. 그리고 아침까지 푹 잠이 듭니다."

남자는 이번에도 끄덕끄덕하더니, 스륵 몸을 일으켜 비척비척 홀을 가로질러 입구로 향했다.

남자가 완전히 밖으로 사라지자 복만은 의아한 얼굴로 루이를 바라보았다.

"주인님, 저분은 왜 그냥 보내신 거예요?"

"저런 거한테 묘약을 어떻게 줘. 상대방이 불쌍하잖아."

"예? 원래 그런 거 신경 안 쓰셨잖아요."

그랬다. 예전에는 그런 것 따위, 조금도 신경 쓰지 않았다.

타인의 사정 같은 건 그에게 아무런 상관도 없었으니까.

그런데, 래미 어쩌고저쩌고하는 소리를 듣는 순간부터, 한 번도 본 적 없는 그 여자를 대신해 불쾌감이 치솟았다.

래미와 이름이 같다는 이유로 그 여자는 가짜 사랑에서 벗어난 것이다.

"딱히 이름이 같아서 그런 건 아니야."

새침한 루이의 말에, 알만하다는 듯 작게 주억거린 복만이 갑자기 풋 웃음을 터트렸다.

루이의 미간이 슬쩍 찡그려졌다.

"왜."

"아, 아닙니다."

루이의 눈매가 가늘어지자 복만이 흠, 흠 헛기침을 하고서 입을 열었다.

"지금껏 주인님의 표정이 그렇게 빨리 바뀌시는 건 처음 봐서요."

"뭐가."

"도래미 고객님인 줄 알고 화가 머리끝까지 솟으신 얼굴이었는데, 박래미 님이라니까 바로 표정을 푸셔서 말입니다."

루이는 길게 한숨을 뱉어냈다.

다른 건 모두 컨트롤이 되는데, 도래미만 관련되면 어김없이 자제력은 무너지고 만다.

이건, 가두어 놓은 놈이 있으나, 없으나 똑같은 증상이다.

그것만큼은 인정을 해야 했다. 래미가 다른 이성과 엮이는 건 이름 하나건 뭐건 끔찍하게 싫다는 것.

갑자기 래미가 눈앞에 어른거린다. 한마디도 지지 않고 종알대는 모습이 눈에 선하다.

루이는 복만에게로 시선을 돌렸다.

"혹시, 오늘 도래미한테서 연락 없었어?"

"도래미 고객님이요? 어제 그렇게 가시고는 전혀 연락 없었는데요. 왜 그러십니까?"

"아냐."

루이는 잠시 홀을 서성이다가 뚝 멈추었다.

내가 왜 이러는 거지? 눈앞에 어른거리면 찾아가서 보면 되는데.

아니다. 멋대로 불쑥불쑥 찾아가는 건 놈이 있을 때나 하는 짓이다. 거기다, 앞으로 만나는 건 서로 시간을 조율하기로 약속하지 않았던가.

"약속은 지키는 게 맞지."

작게 중얼거린 루이는 복만에게로 시선을 주었다.

"도래미한테 연락해 봐."

"지금요?"

"응."

"네, 알겠습니다."

복만이 귀에 걸린 엘리모른의 신호를 꾹꾹꾹꾹 몇 번 누르고 기다리길 잠시, 래미의 목소리가 들려왔다.

—복만 씨?

낭랑한 음성에 루이의 입가가 슬며시 풀어졌다.

"네, 고객님. 저 복만입니다."

—이 시간에 복만 씨가 어쩐 일이야?

"주인님께서 하실 말씀이 있으신가 봅니다."

—……

래미에게서 아무런 대꾸도 나오지 않았다.

잠시 침묵이 이어지는 바람에 루이는 미간을 모았다.

"왜 말을 안 하지?"

복만이 낸들 아나요? 하는 표정으로 고개를 도리도리 젓고서 대화를 시도했다.

"저, 고객님?"

―복만 씨, 성별, 남과는 마주하지도 못하게 하는 성질 나쁜 남자와는 할 말 없다고 전해줘.

띠릭. 그러곤 전화가 끊어져 버렸다.

복만이 퍼뜩 루이를 보았다.

"라고, 하시는데요?"

루이는 기가 찬 얼굴로 작게 헛웃음을 흘렸다.

"다시 걸어봐."

"아, 네."

복만이 다시 통화를 연결시켰다.

―왜, 또, 복만 씨.

루이는 엘리모른에 바짝 얼굴을 가져갔다.

"성질이 나쁘다니, 멋대로 찾아오지 말래서 안 그러고 있고, 만나려면 시간 조율해 달래서 이렇게 전화 중인데. 도대체 뭐가 나쁘다는 거야."

"라고 하십니다."

―지금 복만 씨를 가운데 두고 뭐하자는 거예요?

"라고 하시는데요?"

"그럼, 만날까."

"라고 물으십니다."

엘리모른을 통해 래미의 커다란 한숨 소리가 흘러나왔다.

―복만 씨, 나 지금 바빠서 안 된다고 전해줘.

"아, 네. 안 된다고 하시는데요?"

루이는 이마를 구겼다. 고분고분한 구석이라고는 눈곱만치도 없는데, 왜 조금도 밉지가 않을까.

321

—복만 씨, 이만 끊는다고 전해줘.

"라고 하시는데요."

"끊지 마."

"끊지 말라십니다."

—안 끊으면 뭐, 계속 복만 씨랑 셋이서 이렇게 통화하자고요? 무슨 통화가 이래? 아, 됐으니까 그만 끊…….

"보고 싶어. 지금."

순간적으로 침묵이 일더니, 작게 숨을 들이켜는 소리가 들려왔다.

이번만큼은 놀란 복만조차 끼어들지 않고 입을 합 닫고 있다.

만약 끼어들었으면 원래대로 되돌려버리려고 했는데, 가끔 아주 기막힌 타이밍으로 눈치를 장착해 줘서 다행이었다.

계속해서 정적이 이어졌다. 통화가 끊어진 건 아닌가 했지만 엘리모른은 특유의 빛을 발하고 있었다.

조바심이 인다. 안 된다고 할까 봐.

만약 안 된다고 하면 오기가 발동해 찾아갈지도 모른다. 그러면 또 그 작은 입술을 움직여 잔소리를 해대겠지.

그 입술을, 동그란 눈을 매섭게 뜨고서 쏘아붙이는 작은 얼굴을 떠올리자, 지금 이 순간 더욱 래미가 절실했다.

대답하라고, 도래미. 얼른.

초조하게 기다리는 그 잠깐 동안이 지루할 정도로 길었다.

그때, 래미의 음성이 흘러나왔다.

—좋아요. 만나요.

만남의 장소를 정하고 루이와의 통화를 끝낸 래미는 가만히 가슴에 손을 얹었다.

두근. 두근.

심장이 어찌나 요란스럽게 뛰는지 스스로도 당황스러울 지경이었다.

'보고 싶어. 지금.'

루이의 낮은 음성이 여전히 귓가에 맴돈다. 지금껏 루이의 입을 통해 들은 것 중 가장 진심으로 느껴지는 말이었다.

솔직히 루이가 진한 스킨십을 하고, 질투 같은 감정을 보여주었을 때도 래미는 그에게서 확신을 받을 수가 없었다.

아무리 불가항력적으로 끌리니 어쩌니 했어도 절절함이 보이지 않았으니까.

그런데, 조금 전 통화에서는 그 간절함이 그냥 느껴졌다. 흔한 미사여구 하나 없이 짧막한 말인데도.

잠시 동안 뛰는 가슴을 진정시키던 래미의 광대가 급격히 승천했다.

"그래도 불쑥 찾아오지 않고 전화까지 했네. 어이구, 우리 루이 말도 잘 듣지!"

뭔지 모를 뿌듯함에 함박웃음을 지은 그녀는 이내 정신을 차렸다.

"어우, 내가 지금 이러고 있을 때가 아니지. 비비, 비비라도 바르고 나가야 되잖아. 옷은? 옷은 뭘 입지? 이 시간에 잘 차려입고 나가는 것도 웃길 거 아냐."

래미는 허둥지둥 나갈 준비를 시작했다.

래미의 집과 루나의 중간쯤 거리에 위치한 아주 작은 공원. 가로등이 드문드문 켜져 있는 공원은 그 명칭이 무색할 정도로 협소했다.

어린이용 미끄럼틀과 비를 피할 수 있는 작달막한 정자 하나, 그리고 벤치 몇 개가 전부였으니까.

그 공간의 가장 구석진 곳에, 루이가 팔짱을 낀 채 커다란 나무에 기대어 서 있었다.

루이는 지금 몹시, 매우, 아주 심기가 불편했다.

'우리 집에서 루나 쪽으로 조금 내려가다 보면 작은 공원 하나 있거든요. 거기서 봐요.'

'사람 붐비는 곳은 딱 질색인데.'

'아니에요. 거기, 되게 작은 공원이라 밤에는 사람들 없어요. 거기다 지금 제법 쌀쌀해서 더 없을걸요?'

분명히 통화 시에 그렇게 말했다. 그런데, 속았다.

"와, 저 남자 좀 봐. 어느 나라 사람이야? 연예인 같지 않아? 얼굴이랑 저 기럭지 봐봐. 완전 장난 아냐. 대박."

"야야. 연예인은 무슨. 연예인들이 저 사람 옆으로 가서 서면 죄다 다 처발리겠구만. 슈트 발 봐. 예술이다, 예술."

"우리 말 한번 걸어볼까? 연예인 아니냐고 물어보는 거야."

"돌았냐? 딱 봐도 분위기 장난 아닌데, 개망신 당할 일 있냐?"

"그, 그렇지?"

구석에 있는데도 불구하고 모두 다 선명하게 들릴 정도로 대화를 나눈 여자들이 끝까지 루이를 흘끔거리며 지나갔다.

벌써, 몇 번째인지 모른다.

래미를 기다리는 내내 사람들의 한결같은 반응으로 인해 루이는 이마에 핏대가 서는 듯했다.

이래서 꼭 필요할 때를 제외하고 어지간하면 바깥나들이는 거의 하지 않는 쪽이었다.

꼭 일이 있을 때도 사람들이 거의 다니지 않는 한밤중에만 나갔다. 한낮 외출은 아예 생각지도 않았고.

그는 여러 사람들의 시선과 수군거림이 진저리 처지게 싫고 불편했다.

'다시는 이딴 곳에서 만나나 봐라. 도래미 오면 당장 다른 곳으로 옮긴다.'

속으로 뇌까리며 루이는 더욱 팔짱을 꽉 꼈다.

그렇게 불편한 심기를 누르며 기다리길 잠시, 저 멀리서 탁탁탁, 뛰어오는 듯한 발걸음 소리가 들려 왔다.

여전히 표정을 구긴 채, 소리가 나는 쪽으로 시선을 준 루이의 얼굴이 순식간에 펴졌다.

바이올렛 계열의 벨벳 트레이닝복을 입은 래미가 거리를 좁혀 오고 있었기 때문이다.

두근.

래미의 모습이 점점 더 가까워질수록 심장의 울림이 빨라진다.

방금 전까지 일었던 짜증이 스멀스멀 자취를 감추고, 불쾌감으로 물들어 있던 입매가 풀어진다.

공원으로 들어선 래미가 구석진 곳에 서 있는 루이를 발견하고서 우뚝 멈추었다.

그러곤 머리칼을 귀 뒤로 넘기더니 언제 뛰어왔냐는 듯 새침한 걸음으로 다가왔다. 하지만, 가쁜 호흡 소리는 감추어지지 않는다.

"하아…… 언제 왔어요? 많이 기다린 건……."

래미의 말이 채 끝나기도 전에 루이는 작은 어깨를 움켜쥐고서 그대로 끌어당겨 안아버렸다.

늘 그렇듯 그녀는 순간적으로 굳어버렸지만, 루이는 한 손을 내려 작은 등을 감싸고서 더욱 바짝 품으로 당겼다.

향긋한 체취와 작고 부드러운 몸 그리고 따스한 온기까지, 모조리 루이의 기분을 상승시키고 있었다.

"또, 또! 막 껴안고 그런다. 내가 그러지 말랬잖아요. 사람들 보면 어쩌려고 이래요."

잔뜩 당황한 래미가 벗어나기 위해 마구 바르작거린다.

항상 하자는 대로 가만히 있는 법이 없지.

팔에 더욱 힘을 준 루이는 고개를 숙여 래미의 귓가에 입술을 가져갔다.

"여기 사람 없다면서."

품 안에 갇힌 작은 몸이 움찔, 한다.

"어, 없어도 여기는 공공장소잖아요. 여기서 이러면 곤란……."

"둘만 있는 장소로 옮기든가."

"안 돼요!"

시큰. 등에 날카로운 통증이 일었다.

등까지 꼬집는 즉각적인 래미의 반응에 루이는 작게 헛웃음을 흘리고서 낮게 속삭였다.

"그럼, 이대로 얌전히. 조금만 있든가."

한숨을 푹 내쉰 래미가 바르작거리던 것을 멈추고 얌전해졌다.

끔찍하던 이 장소가 갑자기 너무나 마음에 든다. 비록 등을 꼬집히기는 했으나 루이의 입가에 자꾸만 미소가 어린다.

잠시, 조용히 안겨 있던 래미가 가슴팍 사이로 손을 넣고 그를 밀어내기 위해 안간힘을 써댔다.

"이제 그만해요. 이러려고 온 거 아니란 말이에요."

진한 아쉬움이 일었으나 루이는 그녀를 놓아주었다.

한 걸음 뒤로 물러난 래미가 새치름한 표정으로 바로 앞에 있는 벤치를 가리켰다.

"저기 앉아서 얘기 좀 해요."

래미가 먼저 쪼르르 가서 앉아버리니, 루이로서도 어쩔 수 없이 뒤따라가 앉았다.

"내가 볼일 때문에 만나야 할 사람이 남자면, 앞으로도 계속 무조건 안돼, 라고 할 거예요?"

긴 다리를 꼰 루이는 가로등 조명을 받아 영롱한 래미의 얼굴을 빤히 응시했다.

"갑자기 그건 왜."

"계속 그럴 거면, 나 그냥 일어나구요."

"......"

루이가 계속 바라보기만 할 뿐 아무런 대꾸도 하지 않자 래미는 몸을 벌떡 일으켰다.

"더 할 말 없겠네요. 갈게요."

그녀가 채 걸음을 떼기도 전에 루이가 손을 잡아챘다.

루이는 여전히 서 있는 래미를 올려다보았다.

"대답 여부에 따라 달라지는 게 있어?"

"당연히요."

"계속 안 된다고 대답하면?"

래미는 잠깐 생각하듯 눈동자를 굴리다 입술을 움직였다.

"안 된다고 하면…… 앞으로 당신 안 만나요. 아니, 못 만나요."

극단적인 래미의 대답에 루이의 눈매가 슬며시 가늘어졌다. 그런 루이에게 시선을 고정시킨 래미는 다시 벤치에 털썩 앉으며 말을 이었다.

"나에게는 당신을 알기 전부터 쌓아온 내 세상이 있어요. 사진 동호회만 해도 남자 회원들이 과반수는 넘고요, 다니던 체육관에도 여자보다는 남자들이 월등히 많아요. 물론, 지금은 모두 활동 정지 상태지만, 언젠가는 다시 하게 될 수도 있잖아요. 게다가 뭘 하든 남자가 없는 곳이 어디 있나요? 세상의 반이 남자인데. 그리고 일 때문에 만나야 하는 사람이 남자일 수도 있는 거고요. 그럴 때마다 안 된다고 하는 당신과 싸울 테죠. 생각만으로도 끔찍할 것 같아요."

래미의 말을 끊지 않고 듣는 루이의 얼굴에 슬그머니 날이 섰다.

도래미의 세상이라. 듣는 내내, 어쩐지 무너뜨리려버리고 싶은 마음이 스멀스멀 피어올랐다.

"너는 내가 여자들 많은 곳에 가도 아무렇지 않아?"

"루이 씨만 흔들리지 않으면 나는 상관없어요."

곧장 그렇게 대답해 놓고 래미는 입을 합 닫았다. 하지만 말 속에 담긴 뜻을 루이는 놓치지 않았다. 그의 입꼬리가 슬쩍 올라갔다.

"그 말, 너도 나한테 마음 있는 걸로 해석해도 돼?"

가로등 아래 더 잘 보이는 래미의 얼굴이 확 붉어졌다.

"누, 누가 그렇대요?"

"그런데 얼굴은 왜 빨개지실까."

"원래 안면홍조증 있어요, 뭐."

역시나, 절대 지는 법이 없다. 쿡, 웃음을 흘린 루이는 이내 질문을 던졌다.

"내가 양보하면?"

래미는 곧바로 대답하지 않고 잠깐 동안 기다란 속눈썹을 깜빡였다. 커다랗게 숨을 한 번 들이켠 다음에야 래미는 입을 열었다.

"오늘부터 1일 하려고요."

이번에는 루이가 가만히 속눈썹을 깜빡였다.

오늘부터 1일이라니, 그게 뭐지? 무슨 말인지 알 수가 없다.

"루이 씨가 나를 믿고, 내 세상을 존중해 주면, 오, 오늘부터 1일 한다고요."

조금 수줍은 얼굴로 래미가 다시 한 번 말해서야 루이는 고개를 옆으로 기울였다.

"뭐가 오늘부터 1일이지?"

래미가 입술을 턱 벌렸다.

"몰라요? 아아. 핸드폰도 없고, 컴퓨터도 없고, 인터넷은 더더욱 모르니 정말 모를 수도 있겠네요. 어우, 김빠져."

다소 민망한 얼굴로 손부채질을 한 래미가 음, 흠, 헛기침을 하고서 시선을 마주쳐 왔다.

"오늘부터 커플 1일 시작이라고요. 당신이랑 나."

래미의 말을 곱씹어본 루이의 눈이 조금 커다랗게 떠졌다.

그가 뭐라고 입을 열세라 래미는 다급히 덧붙였다.

"우선 대답부터 듣고요."

진지하기 그지없는 래미를 보니, 루이는 웃음이 튀어나올 것만 같았다.

커플 1일이라니. 가소롭기도 하고, 기가 차기도 하고. 1일이니 뭐니 하는 것쯤은 루이에게 아무런 의미도, 상관도 없었다.

그런데, 한껏 긴장해서는 태연한 척, 대답을 기다리고 있는 래미를 보자 조금 맞춰줄까 하는 재미난 마음도 일었다.

루이는 가만히 손을 뻗어 래미의 머리칼을 쓰다듬었다.

"어어, 대답부터 하라니까요?"

루이의 눈매가 부드럽게 풀어졌다.

"어쩔 수 없잖아. 오늘부터 1일 하려면."

"……정말요? 내가 누굴 만나든 나를 믿고 신경 안 쓰는 거죠?"

"대신, 그놈은 안 돼. 만나지 마."

찰나 동안 눈동자를 굴린 래미가 눈을 동그랗게 떴다.

"지해준?"

그놈 이름이 지해준이었군.

래미가 잔뜩 곤란한 표정을 지었다.

"음. 그건 안 되는데. 걔랑은 10년 넘게 친구로 지내서 완전히 안 볼 수가 없어요. 부모님들끼리도 다 아는 사이라 그건 불가능하거든요."

"뭐야. 그래놓고 믿으라는 거야?"

"저기요. 루이 씨는 내가 왜 묘약 같은 걸 사러 루나에 갔을 거라 생각해요? 나 혼자 일방적인 감정이었을 뿐이에요."

루이의 미간이 조금 구겨졌다.

"거기서 더 하면 기분 나빠질 것 같은데."

"그럴 거 없어요. 결론은 루이 씨가 거기에 관해서는 전혀 신경 쓰지 않아도 된다는 뜻이에요. 걔는 나를 한 번도 여자로 본 적 없다고요."

"너를 여자로 본 적이 없다고?"

"단 한 번도요. 그리고 그 친구는 좋아하는 여자도 있어요."

래미의 머리칼에 머물던 루이의 손이 느릿하게 아래로 내려가 작은 턱을 움켜쥐었다.

그럼, 그때 내가 본 건 뭐란 말이야.

래미의 커다란 눈은 거짓이 아니라는 듯 처연하기까지 했다. 그의 입술이 비뚜름하게 비틀렸다가 원래대로 돌아왔다.

"좋아. 대신 단둘이 만나는 건 금지."

래미가 피식 웃음을 흘렸다.

"그럴 일은 거의 없을 거예요. 그 친구, 여자친구 생기면 석 달이고, 넉 달이고 연락 끊기 일쑤거든요."

"그런 애매한 대답 말고."

"알았어요, 알았어. 단둘이 만나는 건 안 할게요."

"그럼, 이제 협상 타결된 거야?"

래미가 고개를 옆으로 살짝 기울이고서 새치름하니 까딱해 보였다.

"그럼, 오늘부터 1일?"

이번에도 깍쟁이처럼, 하지만 발가니 달아오른 얼굴로 그녀는 고개만 끄덕였다.

아닌 척하지만 잔뜩 수줍어하는 그 모습이 루이의 가슴팍에 콱 박혀 들어왔다.

래미의 얼굴을 부드럽게 쓰다듬으며 루이는 까만 눈동자를 빛냈다.

뭐가 됐든 상관없지. 수틀리면 도래미의 세상 같은 건 무너뜨려버릴 테니까.

래미는 지금 루이와 손을 잡고 어두운 밤길을 걷는 중이었다.

물론, 고작 공원에서 집까지 루이가 바래다주는 것일 뿐이지만. 하지만, 이 얼마나 장족의 발전인가! 무려, 루이와 손을 잡고 밤거리를 걷다니!

래미는 아직도 믿을 수가 없었다. 오늘부터 1일, 뭐, 이런 걸 해보는 날이 올 줄이야!

유치하다고 해도 어쩔 수 없다. 이런 거 정말 해보고 싶었으니까.

솔로천국, 커플지옥을 부르짖던 게 엊그제였는데 벌써 까마득한 옛일 같기만 했다.

'아! 아쉽다. 벌써 다 도착했네.'

혼자 공원까지 갈 때는 뛰어가도 멀더니, 루이와 함께 오니 눈 깜짝할 사이 집 앞에 도착해 있었다.

"그만 가요. 루이 씨 가는 거 보고 들어갈게요."

그러고서 손을 슬며시 빼내려고 할 때였다. 갑자기 루이가 힘을 주어 그녀를 끌어당겼다.

그의 고개가 기울어지자 래미는 동그란 눈을 더욱 커다랗게 떴다. 여긴, 우리 동네라고요!

"자, 자, 잠깐만…… 흐읍."

숨을 들이켜는 적나라한 소리가 어둠 속에 울려 퍼졌다.

루이가 작은 턱을 눌러 입술을 여는 동시에, 숨결을 앗아가고, 입 안의 속살을 모조리 맛보는 깊은 키스가 시작되었다.

예전에 나누었던 것보다 훨씬 더 자극적이고 농밀하며 성마른 키스.

놀란 래미가 잠깐 등을 꼬집고 두들겨 보았으나, 루이에게는 아무것도 아니었다. 오히려 더욱 자극만 될 뿐이었다.

입술을 슬쩍 떼어 각도를 바꾼 그가 더욱 한계치로 그녀를 몰아붙인다. 입술이 부딪치는 소리, 거친 숨소리가 한참이나 계속되었다.

"제길. 뭐야, 내가 왜 여기까지 왔지?"

운전대를 잡은 채 창밖을 바라보며, 해준은 거칠게 내뱉었다. 마음이 심란해서 정말, 아무 생각 없이 이리저리 운전만 하다 귀가할 생각이었다.

그런데, 어느새 래미네 집 근처까지 와 있었다.

"뭐야. 진짜 아무 생각 없이 싸돌아다녔네. 여기를 다 오고."

어이없는 얼굴로 고개를 절레절레 저은 해준은 이내 차의 시동을 껐다.

"온 김에 램이나 잠깐 보고 갈까."

떡 본 김에 제사 지낸다고, 얼굴 잠깐 보는 거야 뭐 어떨까 싶었다.

"근처에 볼일이 있어서 왔다가 가는 길에 들러봤다 그러지, 뭐."

휴대전화를 집어 든 해준은 전면유리 밖으로, 래미의 집을 쓰윽 살폈다. 그런데, 새어나오는 불빛 하나 없이 어둡기만 했다.

"벌써 자나? 아직 10시밖에 안 됐는데. 어디 간 건가? 전화를 해봐야 하나. 아니지. 혹시 자는데 깨울 수도 있잖아."

어떻게 해야 하나. 초조하게 휴대전화를 만지작거리고 있을 때였다.

해준의 시야에 저만치서 걸어오고 있는 래미가 포착되었다. 그의 표정이 순식간에 굳어져 버렸다.

래미가 웬 남자와 손을 맞잡은 채로 걸어오고 있었기 때문이다.

'뭐야. 짝사랑이라더니, 그새 잘되기라도 한 거야? 대체 어떤 놈이야?'

잔뜩 이마를 찡그린 채 남자에게로 시선을 준 해준의 동공이 커다랗게 확장되었다. 입은 저도 모르게 벌어진다.

"뭐 저렇게 비현실적으로 생긴 놈이 다 있어?"

남자는 한마디로 완벽함 그 자체였다. 머리에서부터 발끝까지 어디 하나 흠 잡을 곳이 없다.

누군가 결점 없이 그린 예술품을 밖으로 꺼낸 것만 같은 외모였다.

자신도 어디 가서 빠지지 않는다 자부하는 편인데, 저기에 비하면 그냥, 보통의 사람일 뿐이었다.

"하. 저게 겨우 잘난 외모에 빠졌구만? 남자는 외모가 전부가 아니란 말이지."

들끓는 속을 달랠 길이 없어 치아를 악다물고서 중얼거리는 순간, 해준의 심장이 사정없이 추락하고 말았다.

돌연, 두 사람의 딥키스가 시작되었기 때문이다.

숨이 턱, 막혀오고 가슴이 유리조각에 찔린 것처럼 시큰거린다. 해준의 눈동자가 마치, 불길에 휩싸인 것처럼 화르륵 타올랐다.

잠시, 진한 애정행각을 지켜보던 해준이 이내 고개를 흔들었다.

"하. 내가 지금 이딴 걸 왜 보고 있는 거야. 망할······."

욕설을 내뱉으며 차의 시동을 걸려던 해준의 동작이 딱 멈추었다.

래미에게서 입술을 뗀 남자의 시선이 곧장 자신에게로 박혀 왔기 때문이다.

16

남자의 압도적인 눈빛에 해준은 얼어붙은 것처럼 움직일 수가 없었다.

분명, 스무 걸음은 떨어져 있는 상태인데, 해준은 남자의 기에 완전히 눌리고 말았다.

'저, 저놈 뭐야. 이 느낌은 뭐냐고.'

마치 거대한 산을 마주 보고 있는 것만 같은 중압감에 숨마저 턱 막혀 온다.

남자의 시선이 떨어진 건 그가 래미를 집 안으로 들여보내면서부터였다. 그제야 해준은 길게 숨을 내뱉었다.

나름 사교성이 좋은 편이라 꽤나 많은 사람들을 만나 봤지만, 이 정도의 위압감을 풍기는 부류는 난생처음이었다.

잠시 동안, 등골이 서늘해질 정도라니.

"젠장."

어쩐지 화가 치솟고, 기분이 급격히 나빠져 해준은 애꿎은 운전대만 내리쳤다.

더 이상 여기 있을 수가 없어 막 시동을 걸고 헤드라이트를 켰을 때였다.

헉.

해준은 한껏 억눌린 신음을 내뱉고 말았다.

방금 전까지 래미를 들여보내느라 대문에 있던 남자가 어느새 헤드라이트의 불빛 앞에 서 있는 것이다.

놀란 가슴을 부여잡기도 잠시, 해준은 인상을 한껏 굳히고서 차창을 내렸다.

"이봐, 당신 뭐야? 왜 남의 차 앞을 가로막고 서 있는 건데."

"……."

남자가 대꾸 없이 물끄러미 응시하고만 있자, 해준은 비소를 머금었다.

"안 비키면 치고 지나간다."

낮게 말하고서 기어를 넣는 순간이었다.

갑자기 차가 제멋대로 움직이기 시작했다. 후진 기어를 넣지도 않았는데 사정없이 뒤로 내달린다.

"뭐, 뭐야!"

너무 놀라 브레이크를 밟았으나 무용지물이었다.

30미터쯤 마구 뒤로 향하던 차가 이내 뚝 멈추더니, 이번에는 급발진이라도 하는 것처럼 미친 듯이 앞으로 주행하기 시작했다.

"으윽. 이런 미친!"

고속으로 질주한 차는 근처 어느 집 담벼락을 들이받기 직전에야 멈추었다.

믿을 수 없게 이 과정이 몇 번이나 반복되었지만, 해준은 아무것도 할 수가 없었다.

아니, 어떤 조작에도 차는 말을 듣지 않았다. 3년을 탄 자신의 애마인데. 영혼까지 탈탈 털린다는 게 바로 이런 상황을 뜻하는 것이리라.

어느덧 차가 잠잠해지자 해준은 그저, 가쁜 호흡만 내쉴 뿐 아무런 생각도 할 수 없었다.

그러다, 해준은 흠칫, 정면으로 시선을 주었다. 멀찌감치 서 있던 남자가 다시 전면에 서 있었다. 온몸에 소름이 돋아 올랐다.

그럴 리 없겠지만, 분명 차의 결함이겠지만, 이 남자가 이런 짓을 한 건 아닌가 하는 착각이 드는 건 왜일까.

남자의 입술이 미미하게 포물선을 그린다. 뒤이어 해준의 심장이 뚝 떨어졌다.

"뭐, 뭐야, 눈동자 색깔이 왜……."

하지만, 해준은 더 말하지 못한 채 멍하게 남자만 응시할 뿐이었다.

다음 날 아침, 호텔로 출근을 하던 해준은 신호를 받고 건널목 앞에 대기 중이었다.

해준은 커다랗게 하품을 흘리고서 기지개를 쭉 켰다.

"이상하네. 푹 잠을 잔 것 같은데 왜 이렇게 피곤하지?"

어쩌면 지난밤 꾸었던 악몽 때문인지도 몰랐다.

이상하게도 꿈의 내용이 기억나지는 않았지만 좋지 못한 꿈이었다는 건 확실했다. 아무래도 어젯밤에 보았던 광경 때문에 기분이 나빠 악몽을 꾼 걸 수도 있다.

"젠장. 망할. 그걸 또 왜 봐가지고."

래미의 애정행각을 보는 순간, 곧장 집으로 오긴 했으나 머릿속에는 그 장면이 너무도 생생했다.

솔직히 집에 어떻게 온 건지 모를 정도로 충격을 받긴 했다. 그만큼 래미에 대한 마음이 커져 버렸나 싶어 너무 씁쓸했다.

"도래미……도래미……."

한껏 행복해 하고 있던 래미의 얼굴을 떠올리는 순간이었다.

여전히 정지 신호임에도 불구하고 해준은 저도 모르게 액셀을 꾹 밟고서 전진하고 말았다.

"뭐, 뭐지?"

다급히 정신을 차리고 브레이크를 밟았으나, 이미 횡단보도 중간까지 나가고 만 상태였다.

"야, 이 미친 새끼야! 운전 똑바로 안 해? 새벽까지 처먹은 술이 아직 안 깼냐?"

길을 건너던 40대 무렵의 사내가 아슬아슬하게 차를 피하고 가며 마구 소리를 질러댔다.

반사적으로 계속 고개를 숙이며 죄송하다는 제스처를 보인 해준은 폭풍 같은 숨을 흘렸다.

"하아. 이런 미친 자식. 너 지금 뭘 한 거냐? 갑자기 액셀은 왜 밟아?"

하마터면 횡단보도에서 사람을 칠 뻔한 것이다. 여름도 아니건만 등 뒤로 식은땀이 주룩 흐른다.

마치, 귀신에 홀린 기분이었다.

▷　▷　◆　◁　◁

지난밤에 잠을 설친 래미는 해가 중천에 떴음에도 여전히 잠에 빠져 있었다.

지이이이잉. 지이이이잉. 지이이이잉.

휴대전화가 마구 진동을 해대기 전까지는.

진동소리에 잠을 깬 래미는 미간을 찌푸리고서 더듬더듬 휴대전화를 집어 들었다.

액정에 깜빡이는 것은 저장되지 않은 낯선 번호였다.

"으음…… 누구지? 스팸인가?"

받을까 말까 고민하던 그녀는 이내 전화기를 귀에 가져갔다.

"……여보세요."

—아직 자는 중이군.

어쩐지 익숙하고도 낮은 음성이었지만, 누구인지 퍼뜩 떠오르지 않았다.

"누구신데요?"

—내 목소리도 몰라? 어젯밤 커플까지 됐는데.

순간적으로 래미의 눈이 번쩍 뜨였다.

"설마, 루이 씨?"

—설마가 아닌데.

래미는 퍼뜩 액정에 적힌 번호를 보고서 다시 전화기를 귀에다 대었다.

"어, 루나 번호가 아니네요?"

—음. 나도 필요한 것 같아서.

"핸드폰을 샀단 말이에요?"

—계속 셋이서 통화할 수는 없으니까.

래미는 상체를 일으켜 앉았다.

"혹시, 필요도 없는데 나 때문에 산 거예요?"

—왜 필요가 없어. 너랑 통화하는 게 가장 큰 목적인데.

래미는 가만히 뺨을 문지르고서 싱긋이 웃었다.

아, 이 남자 잠도 덜 깼는데, 사람을 이렇게 감동시키기 있기, 없기!

"루이 씨, 아침에 몇 시쯤 일어나요?"

—보통 다섯 시 정도.

"와. 빨리 일어나네요?"

—왜 물어.

래미는 흐트러진 머리를 쓰윽 귀 뒤로 넘겼다. 그리고 보는 사람도 없건만 괜스레 도발하듯 눈을 게슴츠레 떴다.

"그럼, 매일 모닝콜 해줄래요? 7시에."

—흐음.

듣기 좋은 한숨 소리가 귓가를 물들이고 심장도 촉촉이 적신다.

—대가는?

"대, 대가요?"

—당연히 있어야지.

래미는 이마를 찡그린 채 잠시 생각에 잠겼다가 슬그머니 말했다.

"마, 만나면 볼에 뽀뽀 1번?"

그렇게 말해 놓고 래미는 으악! 속으로 비명을 내질렀다. 예전 같으면 오글거려 절대로 할 수 없는 말인데도 지금은 잘도 튀어나온다.

—뭐. 볼 말고 입술이라면 생각해 볼게.

"뭐야, 진짜. 엉큼하기는!"

침대를 두드리며 발광을 하던 래미는 이내 툭 내뱉었다.

"음, 뭐, 한 번이니까, 콜."

그러고서 민망함에 마구 손부채질을 해댔다. 스스로가 생각해도 너무 앙큼했다.

─같이 저녁이나 먹을까.

"나 바쁜데. 복만 씨랑 오붓하게 드세요."

괜히 한번 튕겨보고 싶었다.

─약속 있다고 하던데.

"아. 그 영국 여왕님?"

─응.

"흐음. 내가 안 가면 혼자 먹겠네요."

"뭐, 그렇지."

"그럼 또 마음 약해지는데. 에이, 인심 썼다. 가서 먹어줄게요."

쿡쿡, 루이의 낮은 웃음소리가 흘러나왔다. 그 웃음소리가 너무도 감미로워 심장이 마구 간질간질거리고, 광대가 절로 승천을 해댄다. 이 맛에 다들 연애도 하고 그러는 모양이다.

드디어 도래미 인생에 봄날이 온 것이다!

▷　　▷　　◆　　◁　　◁

오전 내내 묵직한 머리로 업무에 임했던 해준은 점심시간이 되어 구내식당으로 향했다.

평소 같으면 같은 부서 여직원들에게 둘러싸여 있을 그였지만, 오늘만큼은 그녀들에게서 뚝 떨어져 홀로 식당에 들어섰다. 식사 내내 여직원들 틈에서 수다를 들어야 하는 자체가 지금은 끔찍했다.

그저, 조용히 배만 채웠으면 싶었다. 해준은 기계적으로 국, 밥, 반찬을 배식 받고 빈자리를 찾아 발걸음을 옮겼다.

'오늘 진짜 컨디션 엉망이네. 어제 술도 안 마셨는데.'

작게 중얼거린 해준의 인상이 조금 구겨졌다.

'하긴. 술을 엉망으로 마신 것보다 더 기분 나쁜 걸 봤으니.'

해준은 작게 한숨을 흘렸다.

'김인희도 그 남자에 대해 알고 있나? 이따가 전화 한번 해봐야겠다. 아니, 도램 그건 그놈에 대해 제대로 알고 만나는 거야? 하. 아니지. 연애하는 걸 한 번도 못 봤는데, 남자 보는 눈이 있을 리가 없지. 그저, 그 잘난 외모에 빠진 거겠지.'

래미에 대한 걱정과 치솟기 시작하는 분노로 인해 점점 더 어두운 표정을 하고서 걸어가는 찰나였다.

"엇!"

단말마의 비명과 함께 해준은 식판을 든 채, 앞으로 슬라이딩을 하고 말았다.

숟가락과 젓가락이 뒹구는 소리와 식판이 바닥에 엎어지는 소리가 구내식당에 커다랗게 울려 퍼졌다.

웅성, 웅성. 금세 주변으로 사람들이 몰려든다.

"어머, 저 사람 마케팅부 지해준 씨 아냐?"

"그러네. 어머, 어머. 웬일이야."

"어떡해. 내가 다 창피해."

작게 말하고는 있지만, 사람들의 수군거림이 너무나 잘 들려온다. 일자로 쭉 뻗어버린 해준은 지금의 상황을 믿을 수가 없었다.

분명, 생각 중이긴 했지만, 이렇게 넘어질 만큼 정신을 놓은 건 아니었다.

그것도 제 발에 걸려 넘어지다니! 도대체 이걸 어떻게 설명해야 한단 말인가.

'젠장, 젠장!'

잠깐 사이 오만가지 생각이 머릿속을 휩쓸고 지나갔다. 일어나, 말아?

일어나자니 창피해서 죽을 것 같고, 이대로 있자니 더 창피했다. 차라리 기절이라도 하던지!

"괜찮아, 해준 씨?"

익숙한 음성이 들려오더니 슬그머니 해준을 부축했다. 식음료부의 희윤임이 분명했다.

'정희윤. 사람들 이목 많을 때 친분이라도 과시해보겠다, 이거야?'

최대한 무표정하게 상체를 일으킨 해준은 팔을 붙잡고 있는 희윤의 손을 딱딱하게 밀어냈다.

그러자, 둘을 지켜보고 있던 주변에서 또다시 웅성대기 시작했다.

"어머, 어머. 봤어? 손 밀어내는 거."

"어어. 자기 도와주겠다는데 손 쳐내는 것 좀 봐."

"지해준 씨 매너 있다고 소문났던데, 아닌가 봐."

"그러게. 은근 성깔 있네?"

"금수저잖아, 금수저."

해준은 멋대로 입방아를 찧어대는 입들을 모조리 찢어버리고 싶은 충동을 억누르고서 몸을 일으켰다.

'망할. 오늘 일진 진짜 끝내준다.'

해준은 양쪽으로 알아서 갈라져 주는 사람들 사이로 성큼성큼 발걸음을 옮겼다.

식당 밖으로 사라지는 해준의 뒷모습을 물끄러미 보고 있던 희윤의 입가에 보일 듯 말 듯 미소가 떠올랐다.

치우의 아파트는 한강의 전경이 그대로 보이는 곳에 위치해 있었다.

어둠의 기운을 운용하는 성질과는 달리 내부는 파스텔 톤으로 환하게 인테리어 된 상태다. 아무리 흑마법사라지만, 시대가 시대니만큼, 치우는 화사하게 지내고 싶었다.

치우는 방금 막 집으로 온 흥신소를 운영 중인 지기, 태소와 소파에 마주 보고 앉아 있는 참이었다.

"형님, 솔직히 너무 평범해서 크게 조사하고 말 것도 없었습니다. 인생 자체가 조금도 굴곡이 없어요. 형님이 경계하실 만큼의 특이사항이 있는 것도 아니고요."

그렇게 말한 태소가 노란 서류봉투와 몇 권의 졸업 앨범들을 테이블 위에 올려놓았다.

봉투에서 서류철을 꺼낸 치우는 도래미의 이름이 적힌 신상을 주욱 살핀 뒤, 졸업 앨범들도 들추어 보았다.

치우는 서류 맨 마지막에 있는 래미의 가족사진을 들여다보며 입을 열었다.

"음. 뭐야. 진짜 가족이 있었네? 그냥 한 말인 줄 알았는데."

자신처럼 특별한 힘을 받고 오래 살아온 부류들은 가족이란 존재가 없다. 이미, 아주 오래전에 죽고 없으니까.

"정말 프리랜서 작가였네? 나이도 진짜 낼모레 서른이고."

물론, 서류상의 나이나 신상쯤은 충분히 조작이 가능했다. 현시대를 살아가려면 그 정도는 필수다.

그 역시도 서류상 30대 초반의 강치우로 살아가고 있으니까. 하지만,

래미의 경우는 그와 완전히 달랐다.

그녀의 성장 과정이 고스란히 담긴 초등학교부터 대학 졸업까지의 앨범이 버젓이 존재했다.

이것마저 속이려면 속일 수 있지만, 앨범에서는 주술을 이용한 트릭 같은 게 조금도 느껴지지 않았다.

치우는 서류를 집어 들고서 다시 한 번 훑었다.

"여자가 연재한다는 곳이 여기야?"

"네, 형님. 직박구리 닷컴이라고 19세 이상만 입장할 수 있는 사이트입니다. 거기서 에로여신으로 활동을 하고 있더라고요. 아주 야한 소설을 쓰는 모양입니다."

"야한 소설?"

치우는 눈을 몇 번 끔벅거리다 얼굴을 확 붉혔다.

"궁금하시면 제가 좀 뽑아서……."

"아냐! 그, 그럴 필요까지는 없다고."

다른 건 모두 다 아무렇지 않은데, 치우는 그쪽 계통의 대화만 할라치면 괜스레 민망했다. 평범한 사람일 때도 그러더니, 별별 풍파를 다 겪은 지금에도 마찬가지였다.

살짝 달아오른 얼굴을 삭이려 애쓰며 치우는 눈을 가늘게 떴다.

"흥. 어쨌든 이상해. 쉽게 이해도 안 되고."

"그냥, 평범한 여자인 듯한데요."

"그렇게 치부하기에는 흘리고 다니는 어둠의 기운이 너무 강했단 말이지."

"혹시, 신생 법사나 마녀, 뭐 그런 건 아닐까요?"

치우는 고개를 내저었다.

"지금은 악마의 소환 자체가 불가능해서 그건 안 돼."

"아, 하긴. 그렇군요. 계약을 맺을 수가 없으니."

도대체 그 여자, 뭘까? 더욱 관심이 생긴다.

잠시 생각에 잠겼던 치우는 태소를 응시했다.

"네가 해줘야 할 게 몇 가지 더 있다."

"말씀만 하세요, 뭐든."

"출판사 하나 알아봐야겠다. 재정이 어려워 투자자가 필요한 출판사도 좋고, 당장 인수할 수 있는 곳도 좋으니, 꽤 이름 있는 곳으로 한번 알아봐."

"알겠습니다, 형님."

"그리고 여자에 대해 좀 더 알아봐. 그래도 모르니, 조심해야 할 거야."

일거수일투족을 조사해 오라는 뜻이다.

"네, 형님."

태소가 아파트를 나간 뒤에도 한참 소파에 앉아 있던 치우가 곧 몸을 일으켰다.

한강이 훤히 내려다보이는 통유리 앞에 선 치우는 미미하게 미소를 머금었다.

"간만에 설레고 재미있네."

여자는 둘 중 하나다. 정말로 평범한 여자거나, 아니면, 그조차도 의심하지 못할 만큼 완벽하게 신상 조작이 가능한 대법사거나.

▷　▷　◆　◁　◁

길게 드리워진 커튼 틈으로 햇살이 조금씩 비집고 들어오는 아침. 정확히 아침 일곱 시면 머리맡에 둔 휴대전화가 어김없이 울려댄다.

오늘도 마찬가지. 겨우 잠에서 깬 래미는 잔뜩 흐릿한 시야로 대충 통화를 연결시켰다.

"루이 씨, 굿모닝."

─…….

잘 잤어? 라는 말이 들려와야 하는데 아무런 대꾸가 없다.

"웅…… 왜 대답이 없으실까……."

─루이 씨가 아니라, 대답을 못 했다. 엄마야, 딸.

으앗! 순간적으로 잠이 확 달아나고 눈이 번쩍 뜨였다. 퍼뜩 상체를 일으킨 래미는 벽에 걸린 시계를 보았다. 7시 10분 전이다.

"어, 엄마. 이렇게 일찍 어쩐 일이세요?"

─왜. 루이 씨는 아침 일찍 전화해도 되고, 엄마는 안 되냐?

으으으! 온몸이 꼬일 정도로 민망해 죽을 지경이었다. 도무지 뭐라고 해야 할지 머릿속이 하얗다.

─딸. 남자친구고 뭐고 다 좋은데, 혼자 산다고 집에 들이고 그러면 안 되는 거 알지?

"그, 그런 거 아니에요."

─얘는. 괜히 아니라고 하기는. 요새는 초등학생들도 다 사귀고 그런다더라. 그냥, 집에는 들이지 말아라, 그 말이지. 엄마, 아빠 시골 내려온 뒤로 너 혼자 사는 거 뻔히 동네 사람들 다 아는데, 구설수 오를라.

"어휴, 그런 걱정은 안 하셔도 돼요."

어마마마, 어차피 뭘 해도 할 거면 장소 같은 건 아무 문제도 되지 않사옵니다.

─그래. 믿는다. 아이구, 참. 내 정신. 다음 주 화요일에 엄마, 분당 간다.

"다음 주 화요일요?"

반문하며 벽에 걸린 커다란 달력을 눈으로 훑던 래미는 이내 탄식을 흘렸다.

"아, 벌써 날짜가 그렇게 됐네요?"

─그러게. 시간 참 빨리 가지.

"알았어요, 엄마. 출발하시기 전에 전화 주세요."

─오냐, 알았다. 참, 밥은 잘 챙겨 먹고 다니지?

"하하. 그럼요."

─……절대 집에 들이지 마.

끝까지 주의를 주고서 어머니, 나현이 전화를 끊자 래미는 다시 침대에 벌렁 드러누웠다.

"한 해가 진짜 금방 가네."

매년 11월이면 어김없이 이모의 기일이 다가온다.

어머니, 나현보다 열 살이나 더 많은 이모. 그래서 래미는 얼굴조차 모르는 이모다. 그저, 빛바랜 사진으로만 몇 번 봤을 뿐.

하지만, 한 해가 얼마 남지 않아서인지 몰라도 이모의 기일이 다가올 때면 괜스레 싱숭생숭해진다.

어쩌면, 20대 중반, 꽃다운 나이에 생을 마감한 안타까움 때문인지도 모른다.

▷　▷　◆　◁　◁

화창한 일요일 낮. 래미는 자주 가는 커피숍에 인희와 마주 보고 앉아 있었다.

"도램, 얼굴 엄청 좋아졌다? 요새 뭐 좋은 일 있어?"

인희가 테이블 위에 놓인 조각 케이크를 포크로 쿡쿡 찌르며 물었다.

아, 이 질문을 얼마나 기다렸던가!

인희와 마주하자마자 자랑이 하고 싶어 입이 근질거리는 걸 겨우 참고 있었다.

자꾸만 귀에 걸리는 입을 추스르기 위해 달달한 핫초코를 한 모금 마신 다음, 래미는 슬그머니 입을 열었다.

"음, 그게 있잖아……."

"얼굴에 반질반질 광채가 나는 게, 연애라도 하는 것 같은 얼굴이잖아?"

"어어? 어, 어. 마, 맞아."

한껏 기분이 부풀어 올랐던 래미는 인희의 때려 맞히기에 푸스스 김이 빠지고 말았다. 반대로 인희는 포크질을 뚝 멈추었다.

"뭐? 너, 연애한다고?"

"어어."

인희가 조금 심상치 않은 얼굴로 눈을 동그랗게 떠졌다.

"혹시, 그 사람? 지해준 대신 눈에 밟힌다던? 그 사람이랑 사귀기로 한 거야?"

래미는 조금 쑥스러운 표정으로 고개를 끄덕였다.

"아니, 언제부터?"

"며칠 안 됐어."

"설마, 네가 먼저 연애 건 거야?"

"아니. 그 사람이 먼저 나 좋다고 그랬지."

"음. 그, 그렇구나."

짝사랑 12년 내내 다른 사람과 연애해 보라고 난리를 치던 인희의 반응이 생각보다 떨떠름했다.

자신보다 더 기뻐해 주고 축하해줄 줄 알았는데 그런 기미는커녕, 오히려 안색이 조금 어둡기까지 했다.

"뭐야, 김인희. 축하 안 해줘? 나 혼자 커플 돼서 질투 나냐?"

"그래, 계집애야. 질투가 나서 죽겠다. 망할 커플지옥."

그렇게 대꾸해 놓고, 조금 너무했다 싶은지 인희가 퍼뜩 덧붙였다.

"도램, 축하한다. 드디어 연애라는 걸 하는구나?"

"네 말투가 별로라 안 고마운데, 고맙다고는 해줄게."

직설적인 래미의 표현에 인희가 한숨을 푹 내쉬었다.

"미안, 미안. 내가 생각할 게 너무 많아서 그래."

"몰라, 계집애야. 난생처음 하는 연애라 너한테 제일 먼저 축하 받고 싶었다고."

"진짜, 미안. 대신, 여기 거 내가 다 쏠게."

인희가 두 손을 모으고서 싹싹 빌어서야 래미는 조금 언짢았던 마음을 풀었다.

"근데, 뭐하는 사람이야?"

응. 흑마법사야. 취미로 골동품 가게도 운영하고 묘약도 만들어서 팔아.

"아. 골동품상회 운영해."

"골동품? 오래된 고물 쟁여놓고 파는 뭐, 그런 가게?"

"야. 고물이 무슨 골동품이냐? 그건 아니고. 나중에……."

나중에 한번 보여줄게, 라고 하려던 래미는 입을 닫았다.

루나가 아니라 일반 주택이라고 우기던 할머니의 말이 떠올랐기 때문이다. 어쩌면 인희에게도 루나가 아니라 그렇게 보일 수도 있을 테니까.

"아무튼 고물상회는 아니야."

"그럼, 몇 살이나 됐는데?"

"……."

순간적으로 래미는 말문이 콱 막혔다. 정말, 루이가 몇 살인지 모르기 때문이다.

그의 존재 자체가 평범한 사람과는 다르니, 나이 같은 건 전혀 물어볼 생각조차 하지 못했다.

"우리 또, 또래야."

래미는 퍼뜩 그렇게 둘러대고 말았다. 더듬더듬 말이 흘러나왔지만, 다행히 인희에게서는 별다른 낌새가 보이지 않았다.

"우리 또랜데 골동품상회를 한다니까 조금 독특하긴 하네."

"그렇지, 뭐."

"우리 또래면, 어느 학교 나왔대?"

인희의 물음에 래미는 꽤 당황하고 말았다.

학교. 학교라니. 루이와 너무 동떨어진 단어다. 그가 그녀처럼 또래들 틈에 섞여 학교를 다녔다는 건 상상조차 할 수가 없다.

"몰라, 어느 학교 나왔는지."

"뭐야. 사귄다면서 그런 것도 몰라?"

"딱히 그게 중요한 게 아니니까."

"야. 우리나라에서 그게 왜 안 중요하냐? 학연, 지연, 혈연 같은 말이 뭐 괜히 있는 줄 알아?"

그게, 그 사람에게는 전혀 중요하지 않단다, 김인희야.

"나중에 물어보면 되지, 뭐."

이번에도 대충 둘러대자 조금 못마땅한 표정을 짓던 인희가 이내 손뼉을 짝 쳤다.

"맞다. 그 사람 사진 찍어둔 거 있어? 우리 예쁜 램을 홀랑 낚아챈 그 도선생 얼굴 한번 보자."

루이의 사진. 그런 게 있을 리가 없다.

"사진 같은 거 없는데?"

"없다고? 데이트할 때 핸드폰으로 같이 찍은 거라도 없어?"

"아직 없어. 사진 찍어야 된다는 생각을 못 했나 봐."

겨우 변명처럼 뱉어놓고 래미는 핫초코를 홀짝 들이켰다.

루이와 데이트다운 데이트 같은 걸 한 적이 있었던가?

요 며칠 동안 루이와 한 거라고는 함께 저녁 먹고, 바래다주면서 같이 걷고, 그게 전부였다. 사진을 찍고 말고 할 상황이 전혀 아니었다. 게다가 루이가 과연 사진 같은 걸 찍을까 싶기도 했고.

거듭된 궁금증 표출에도 뭔가 시원한 구석이 없었던지 인희가 조금 표정을 굳히고서 다시 케이크만 쑤셔댔다.

래미 역시 인희에게 제대로 된 답을 주지 못해 기분이 가라앉는 건 마찬가지였다.

오늘뿐만이 아니라, 앞으로도 계속 루이에 대해서는 제대로 말해 줄 수가 없기에 더 그랬다.

잠시 동안 케이크를 쑤셔대던 인희가 눈을 가늘게 떴다.

"근데, 도램. 넌 왜 이 화창한 일요일에 애인님이랑 데이트 안 하고 나 만나고 앉았냐?"

"네가 보자고 했잖아."

"그럼, 애인님께서는 이 좋은 날 데이트하자고 안 하시디?"

"아냐. 이따가 저녁 같이 먹을 거야."

"아니, 이 좋은 낮에는 뭐하고 밤에 만나?"

"바, 바빠. 낮에도 가게에 있어."

"골동품상회가 바쁘면 얼마나 바쁘다고 일요일까지 그러고 있냐. 그 사람은 일요일도 일해?"

"일요일에 일하는 게 뭐 어때서. 그래도 저녁에는 꼬박꼬박 만나."

즉각적인 항변에 인희가 다시 질문을 던졌다.

"그 사람, 술은 좀 하니? 술버릇 같은 건 없어?"

"글쎄, 술 마시는 걸 거의 본 적이 없는 것 같아. 와인 한두 잔 정도밖에 안 마시더라고."

"흐음. 남자건 여자건, 완전 취하게 만들어서 술버릇부터 봐야 하는 건데."

그러고서 입을 꾹 다물어버렸다.

계속해서 묘하게 시큰둥한 인희의 태도 때문인지, 래미 역시 기운이 빠지고 말았다. 어쩌면 너무 독특해서 친한 친구에게까지 말할 수 없는 연애 때문인지도 몰랐다.

인희와의 자리를 대충 마무리하고 헤어진 래미는 집 대신 루나로 향했다. 딸랑딸랑. 풍경 소리를 내며 문을 열고서 들어가자 복만의 음성이 날아들었다.

"어서 오세요, 도래미 고객님!"

복만은 늘 한결같다. 자신의 주인과 연애를 하든 말든 늘 고객님이라 부른다. 골동품 홀을 둘러봤지만, 루이는 보이지 않았다.

"안녕, 복만 씨."

"아직 저녁 시간도 아닌데 어쩐 일이세요?"

평소라면 문제 될 게 없는 질문인데, 지금은 이상하게도 짜증이 비집고 올라왔다.

"난 뭐 매일 여기에 밥만 먹으러 오는 사람이니?"

"예에?"

복만이 잔뜩 놀란 표정을 지어서야 래미는 눈을 한숨을 흘렸다.

"미안. 미안해, 복만 씨."

"괘, 괜찮습니다."

"루이 씨는 안 보이네? 어디 갔어?"

"아. 주인님께서는 지하 서고에 계십니다."

복만에게 고개를 끄덕여 보인 래미는 지하로 발걸음을 옮겼다.

아직 오후도 되지 않았건만, 최소한의 등만 드문드문 켜진 지하는 음산하기 그지없다.

미로 같은 책장 사이로 조금 걸어 들어가자, 저만치 익숙한 모습이 시야에 포착되었다. 책을 찾는 듯 책장을 훑던 루이가 인기척을 느끼고서 고개를 돌렸다.

오도카니 서 있는 래미를 본 루이가 눈을 조금 크게 떴다.

"말도 없이 어쩐 일이야."

래미는 천천히 그에게로 다가갔다.

"말없이 오면 안 되는 거예요?"

루이가 슬쩍 고개를 기울이더니 이내 대답했다.

"돼."

"루이 씨, 우리 내일 영화 보러 갈래요?"

"영화?"

"응. 보고 싶은 게 몇 개 있거든요. 항상 혼자 갔었는데, 이제는 루이 씨가 있으니까, 같이 가서 보고 싶어요."

"안 돼. 사람들 많은 곳은 딱 질색이야."

0.1초도 생각하지 않고 단박에 거절의 대답이 흘러나왔다.

"평일 조조나 심야에 가면 딱히 사람들 많지 않은데."

"……."

루이가 무표정한 얼굴로 팔짱을 꼈다.

"그럼, 더 춥기 전에 도시락 싸서 공원에 놀러 가는 건 어때요? 사람들 별로 안 오는 곳으로 물색해서……."

"그래 봤자 낮일 거 아냐."

"그렇죠. 피크닉인데, 낮에 가야 재미있죠. 경치 구경도 하고."

"난 낮에 안 나가."

래미의 입에서 버석거리는 웃음이 조금 새어 나왔다.

"왜요? 왜 낮에는 안 나가요? 영화나 소설 속에서 본 뱀파이어처럼 햇빛 보면 막 녹고 그래요?"

"그럴 리가."

"그런데, 왜 밤에도 사람 많은 곳은 싫고, 낮에는 전혀 안 나가려고 그래요?"

"그냥 그러고 싶지 않으니까."

"그럼, 앞으로 같이 놀이공원도 못 가고, 봄 되면 벚꽃 구경도 가고 싶었는데 그것도 못 하겠네요? 아, 한강 가서 같이 자전거 타는 거, 그거 진짜 해보고 싶었는데, 안 되겠군요."

루이가 저벅저벅, 가슴이 맞닿을 정도로 가까이 다가왔다.

"나와 그런 게 해보고 싶었단 말이야?"

마치, 그 불가능한걸? 하고 묻는 것처럼 루이의 음성은 무미건조했다.

"당연한 거 아닌가요? 나라고 그런 걸 왜 안 해보고 싶겠어요? 매일 여기서 저녁 먹는 걸로 만족해야 하는 건가요?"

"나는 충분히 만족해."

루이는 래미의 마음이 전혀 이해되지 않는 듯한 표정이었다. 순간적으로 말문이 막혀와 눈만 깜빡이던 래미는 루이를 빤히 올려다보았다.

"나는…… 나는 생전 처음으로 하는 연애라 하고 싶은 게 많았어요. 같이 커플 티도 입어보고 싶고, 커플 반지 맞추러 가고 싶기도 하고…… 그랬는데. 다, 부질없는 꿈이었네요."

"꼭 그런 걸 해야 하는 건 아니잖아."

조금 부드럽게 말한 루이가 볼을 어루만지기 위해 손을 뻗자, 래미는 한 걸음 뒤로 물러섰다.

"……오늘은 저녁 먹으러 안 올래요. 조금 생각할 시간이 필요할 것 같아요."

"무슨 생각."

"싫다는 당신을 억지로 바꾸고 싶지는 않아요. 나 역시 무조건 당신에게 맞출 수 없고요. 절충점이 필요한데, 그러려면 생각을 해야죠."

"그래, 그럼."

담백함을 넘어 차가움마저 느껴지는 루이의 대꾸에 래미는 입 안의 속살을 작게 깨물며 그대로 몸을 돌렸다.

"아아, 찌질해. 나 왜 이렇게 찌질해졌지?"

루나에서 나와 곧장 집으로 온 래미는 핸드백을 아무렇게나 던져놓고 침대에 털썩 앉았다.

"이거 하자, 저거 하자, 무작정 조르는 애같이 굴고 왔잖아."

하지만, 그녀도 여느 커플들이 다 하는 것 중 하나 정도는 해보고 싶었다.

물론, 오늘처럼 이런 식으로 떼쓰듯 하고 싶지는 않았는데, 인희를 만나는 바람에 감정이 터져버렸다.

도무지 루이와는 뭐 하나 해본 게 없다 싶어서.

인희 말마따나 이 화창하고 좋은 날, 왜 애인 두고 친구의 얼굴이나 보고 있어야 하는가 싶어서.

"그래도 다짜고짜 찾아가서 그러지는 말걸. 어차피, 처음부터 보통 사람과는 다르다는 걸 알고 시작한 거잖아."

자조적으로 중얼거린 래미는 침대에 벌렁 누워 천장을 응시했다. 사실, 래미는 그런 걸 해보고 말고를 떠나, 루이 때문에 더 속상했다.

마치, 그녀가 천하에 없는 몹쓸 요구를 하기라도 한 것처럼 서늘하기 그지없던 그 반응 때문에.

2초는 있다 거절하든가, 아니면 생각해 본다 정도로만 대답해 주었어도 그렇게 발끈해서 나오지는 않았을 것이다.

"어렵다, 흑마법사와 연애하는 거. 아닌가? 연애라는 거 자체가 어려운 건가."

"주인님, 혹시 아까 도래미 고객님과 무슨 일이라도 있으셨어요?"

저녁 식사 도중, 복만의 조심스러운 물음에 루이는 대답 대신 나이프로 스테이크를 썰었다.

"오실 때부터 기분이 안 좋아 보이시던데, 나갈 때는 더 표정이 안 좋으시더라고요. 그렇게 가셔서는 저녁도 안 드시러 오시고."

"……."

루이는 여전히 말없이 식사에만 열중했다. 아니, 그러려고 노력했다.

래미가 지하서고에서 그렇게 나가버린 후부터 머릿속이 복잡한 터였다.

그는 래미가 요구했던 것 중 그 어떤 것도 들어줄 수가 없다.

루이는 정말로 사람 많은 곳이 싫었다. 아니, 그냥 싫은 정도가 아니라 끔찍했다. 특히 환한 낮에는 더.

그 오래전, 흑마법사가 되고부터는 본능적으로 어둠이 좋고 혼자가 좋았다. 같은 흑마법사라고 해서 다 그런 건 아니었지만, 그는 확실히 음지 쪽 성향이었다. 그러니, 아무리 도래미라도 불가능한 건 불가능한 거였다.

"왜 하필 그딴 것만."

낮게 중얼거린 루이는 결국 포크와 나이프를 내려놓고 말았다. 사실, 루이로서는 그간 래미를 위해 꽤나 배려를 많이 했다.

한밤중에다, 사람이 없기는 했지만, 함께 걸어주기도 하고, 3자 통화가 싫다고 해서 휴대전화까지 샀으며, 꼬박꼬박 모닝콜도 해줬다.

"차라리 물질적인 요구면 얼마나 좋아."

그런 거라면 뭐든 다 해줄 수 있는데.

복만이 눈을 끔뻑이며 쳐다보았지만, 루이는 미간을 구긴 채 한숨만 흘렸다.

▷　　▷　　◆　　◁　　◁

방금 막 샤워를 하고 나온 인희는 멍하니 화장대 앞에 앉았다. 기계적으로 화장품을 찍어 바르는 그녀의 얼굴이 잔뜩 복잡함으로 물들어 있었다.

분명, 래미의 첫 연애를 쌍수 들고 환영해야 마땅한데, 조금도 그런 마음이 들지 않는다는 것이다.

"걱정돼 죽겠네. 이상한 놈 만나고 다닐까 봐. 연애도 처음이라 사람 보

358

는 눈도 없을 텐데."

솔직히 래미에게 남자에 대한 질문을 던졌을 때 석연치 않은 구석이 너무 많았다.

"뭐 하나 딱딱 떨어지는 대답이 없었잖아. 계속 얼버무리기만 하고. 골동품 상회? 고물상회인지 알 게 뭐야? 아, 답답해."

미간에 내 천자를 그리고 있던 인희는 이내 휴대전화를 집어들고서 해준에게 전화를 걸었다. 음악 소리를 들으며 기다리길 잠시, 잔뜩 가라앉은 음성이 들려왔다.

―어. 김인희. 안 그래도 너한테 전화 한번 해볼 참이었는데.

인희가 한쪽 눈썹을 올렸다.

"왜? 나한테 할 말 있어?"

―아아. 요새 래미 만나는 남자 있지?

"어? 네가 그걸 어떻게 알아?"

―얼마 전에, 우연히 래미 집 근처 갔다가 봤어.

예상외의 말에 인희의 눈이 한껏 커졌다.

"봤어? 너, 그 남자 봤다고? 어떻게 생겼어?"

―몰라, 인마.

인희는 입 밖으로 바람 빠지는 소리를 냈다. 해준의 반응만으로도 알 것 같았다.

"완전 잘생겼구나? 그래서 자존심 상했나 보네, 지해준."

―무슨! 기생오라비같이 생긴 놈한테 내가 왜?

"오. 지해준이 기생오라비라고 할 정도면 상당한 미모라는 건데."

―하…… 래미 그게 잘난 인물에 빠져가지고…… 으악!

갑자기 들려온 비명에 인희는 눈을 동그랗게 떴다.

"야, 지해준. 왜 그래, 갑자기?"

―헉, 헉. 제기랄.

"무슨 일인데 그래?"

―하…… 젠장. 요즘 세상의 모든 불운들이 나한테 다 몰린 것 같다.

뭐야, 이 뜬금없는 말은.

―방금은 정말, 그럴 생각이 없었다고. 그냥, 과일 하나 깎아 먹으려고 칼을 들었을 뿐이라고.

"왜, 다, 다쳤어?"

―조금. 갑자기 손에 힘이 빠져서 칼을 놓쳤는데, 발등에 꽂혀 버렸다.

"으앗! 야, 그럼 빨리 병원부터 가 봐."

―괜찮아. 슬리퍼 덕분에 살았어.

안도의 숨을 흘리는 인희와 달리 해준의 목소리는 어둡기만 했다.

―인희 너는 그 남자에 대해 아는 거 없어?

"나 오늘 낮에 래미 만났어."

―래미가 그 남자에 대해 뭐 좀 얘기해 줬어?

"전혀. 골동품 상횐지 뭔지를 운영하는 우리 또래라는 거 말고는."

―래미가 말 안 해줘?

"아니. 고 계집애도 그 남자에 대해 잘 모르는 거 같더라. 뭐 하나 물어 보면 죄다 글쎄, 몰라야."

수화기를 타고 깊은 한숨이 흘러나왔다. 뒤이어 해준이 입을 열었다.

―김인희. 나 좀 도와줘라.

"왜. 뭘 어떻게 하게?"

―이대로 그냥 도래미를 보낼 수가 없어.

인희는 미간을 구긴 채 입술을 잘근잘근 씹었다. 솔직히 일이 이렇게 돼버려, 어떻게 해야 할지 그녀도 알 수가 없었다.

해준과 래미가 어긋나게 된 게 꼭 자신의 탓 같아 심장이 쿡쿡 쑤신다.

"어떻게 도와주면 되는데."

17

아침 7시 정각이 되자, 지이잉, 지이잉, 휴대전화가 울려댄다. 전날 냉하게 헤어졌든 말든 시간이 되니 어김없이 루이에게서 모닝콜이 걸려 왔다.

이미 진작 잠에서 깨어 있던 터라 래미는 커다랗게 숨을 들이쉬고서 액정을 응시했다.

솔직히 오늘 모닝콜이 오지 않으면 어쩌나 조바심이 났었다. 그러면 정말 너무 속상할 것 같았기 때문이다. 하지만, 막상 전화가 걸려오니 심술이 솟는다.

"아니, 이 남자는 어제 그렇게 매정하게 굴더니, 모닝콜은 또 죽자고 하네."

잠깐 고민을 하는 사이 진동이 멈추었다가 다시 울리기 시작했다. 그러니까, 받을 때까지 한다는 뜻이다.

어쩐지, 아주 조금 기분이 풀리는 것 같았지만, 래미는 미간을 살짝 찡그리며 전화를 받았다.

"일어났어요. 더 전화 안 해도 돼요."

조금 딱딱하게 말하고서 전화를 끊으려는데 루이의 음성이 흘러나왔다.

—생각, 아직 안 끝났어?

"아직 머리가 복잡해요."

—도대체 왜.

왜라니? 너 때문이고, 나 때문이죠.

"루이 씨는 매일 저녁만 함께 하는 연애가 정상이라고 생각해요?"

—그게 비정상이라고 누가 그래.

윽. 그렇게 응수하니 할 말이 없다. 그럼에도 부루퉁한 얼굴로 대꾸 없이 있는데, 루이가 침묵을 깼다.

—네가 요구한 거 말고 다른 건 들어줄 수 있어.

"다른 거라뇨?"

—너 괴롭히는 사람이나, 죽이고 싶은 사람 있으면 말해. 죽여줄 수도 있고 저주를 내려줄 수도 있어. 아니면, 필요한 거 있으면 얘기해봐. 뭐든 사줄게.

래미는 이마에 손을 턱 얹었다. 맙소사. 누가 흑마법사 아니랄까 봐. 돈 많아서 좋겠다!

"아니, 무슨 킬러도 아니고, 사람을 막 죽인다 그래요? 그리고 나 필요한 거 없어요. 난 그냥, 평범한 연애를 하고 싶을 뿐이라고요."

—평범한 연애라니. 그게 뭐야.

전혀 이해할 수 없다는 듯한 말투에 래미는 조금 짜증스럽게 되물었다.

"루이 씨는 나하고 해보고 싶은 거 없어요?"

—너와 하고 싶은 거?

"평범한 연애란 게 따로 있는 게 아니잖아요. 서로 마음 맞춰서 즐거운 시간 보내면 되는 거죠. 나랑 하고 싶은 거 없어요?"

─왜 없어. 있지.

"그럼, 루이 씨도 나한테 하자고 그러면 되잖아요. 왜 그런 걸 말 안 해요?"

루이의 숨소리가 살짝 거칠어진 것처럼 느껴지는 건 착각일까.

─서로 원하는 거 교환이라도 하자는 건가.

"교환이라고 하면 너무 딱딱하고, 서로 하고 싶은 거 들어주는……."

─오늘 밤, 루나에서 자고 가, 그럼.

곧장 들려온 루이의 낮은 목소리에 래미는 심장이 멎는 듯했다.

아무리 연애 초보라도 바보가 아닌 이상, 루이의 말이 무엇을 뜻하는지 정도는 안다. 갑자기, 예전, 루이의 침실에서 일어났던 일들이 폭풍처럼 뇌를 점령하기 시작했다.

진한 키스. 셔츠 속으로 파고 들어와 등을 어루만지던 부드러운 손길.

오싹 소름이 돋고 얼굴에 열이 확 올랐다. 가슴은 터질 듯이 울려댄다.

─왜 대답을 안 해.

래미는 잠깐 동안 멈추었던 숨을 들이켠 다음에야 입을 열었다.

"그건…… 다르잖아요."

─뭐가 다르다는 거지?

예상 밖의 급작스러운 공격에 래미의 머릿속은 온통 새하얗기만 했다.

─나는 밤새도록 네 냄새를 맡고 네 살결을 음미하며 너를 가지고 싶어. 내가 원하는 건 그거야.

너무 적나라한 표현에 래미는 머리끝까지 뜨끈뜨끈 달아올랐다.

─도래미.

그의 낮은 부름에도 래미는 대답을 할 수가 없었다.

—말해 봐. 올 수 있어? 그래서 온전히 너를 내게 줄 수 있어?

입 안이 바짝 말라오는 통에 래미는 겨우 입술을 떼었다.

"루이 씨. 나, 나는 아직⋯⋯."

—알아. 그래서 그런 요구 안 해. 강요 안 한다고.

"⋯⋯."

—네가 할 수 없는 것처럼, 나 역시 해줄 수 없는 게 있어. 네게는 평범하고 쉬운 일이 나한테는 끔찍할 수도 있거든.

래미는 작게 입술을 깨물었다. 머릿속이 터질 것처럼 복잡했다.

몰랐다. 그녀의 아무렇지도 않은 요구가 루이에게 그토록 힘든 일이었을 줄은. 도대체 이 남자는 어떤 과거를 겪으며 살아왔을까.

터질 듯 팽배해진 궁금증을 겨우 억눌렀다.

"⋯⋯무슨 말인지 충분히 알겠어요."

—그거면 됐어.

"그런데, 머리는 더 복잡해졌어요."

—생각, 더 해야 해?

"당연히요. 그러니까, 내가 연락할 때까지 모닝콜도 하지 마요."

흐음. 수화기를 타고 낮은 한숨 소리가 새어 나왔다.

—생각이든 뭐든 다 좋은데, 하나만 기억해. 네가 무슨 생각을 하고 결론을 내리든 나는 너 안 놔. 그러니까, 짧게 끝내.

마치, 명령조로 말하고서 루이가 전화를 끊었다. 까맣게 변해 버린 휴대전화를 아무렇게나 내려놓고 래미는 뺨을 문질렀다.

"나도 당신 안 놔요. 놓으려고 생각하는 거 아닌데요, 뭐."

작게 중얼거린 래미는 한숨을 푹 내쉬었다. 루이와 통화를 하기 전보다 훨씬 더 마음이 심란해졌다. 그녀가 원하던 평범한 연애보다 더 신경 쓰이는 게 생겨버렸다.

루이가 원한다는 것 때문에.

이른 아침. 래미는 어머니, 나현과 함께 분당에 위치한 한 공원묘지에 당도해 있었다. 모녀는 양지바른 곳에 줄지어 늘어져 있는 봉안묘들 가운데 한곳에 멈추었다.

나현의 열 살 터울 언니인 가현의 유해가 담긴 곳이었다. 오늘은 20대 중반 꽃다운 나이에 세상을 떠나고 만 가현의 기일이었다.

가져온 샛노란 꽃을 묘 앞에 내려놓은 나현이 덤덤한 얼굴로 입을 열었다.

"나 왔어, 언니. 래미도 같이. 이제는 1년에 한 번씩밖에 안 온다고 욕하고 있수? 하긴. 언니가 욕 같은 걸 할 성격은 아니지. 왼뺨 맞으면 오른뺨을 내밀 사람이었으니까."

늘 나현은 이렇게 비석에다 대고 혼자 이야기를 했고, 래미는 그저 옆에서 듣고만 있었다.

"언니, 우리 래미 해마다 더 예뻐지지? 아장아장 걸어서 언니한테 올 때가 엊그제 같았는데, 벌써 언니보다 나이를 더 먹어버렸네. 어느새 시집갈 나이가 됐지 뭐야. 아닌 게 아니라, 언니, 우리 래미 연애하는 모양이야. 글쎄, 엊그제 통화를 하는데 어찌나 간드러지는 목소리로 전화를 받는지, 내 딸 맞나 싶었다니까?"

켁!

가만히 듣고 있던 래미는 민망한 얼굴로 나현을 보았다.

"엄마, 그런 말은 당사자 없을 때 해야 하는 거 아니에요? 그리고 자다가 일어나서 받았는데 어떻게 목소리가 간드러질 수가 있습니까요."

"들었지, 언니? 절대 사람 없다는 말은 안 한다니까?"

나현의 너스레에 래미는 고개를 절레절레 흔들고 말았다.

그렇게 한참 동안 래원이 군대에 간 이야기며, 텃밭을 가꾸는 이야기 등을 속에서 털어낸 후에야 나현은 언니에게 작별을 고했다.

모녀가 공원묘지를 나서자 마치, 슬퍼하기라도 하듯 날이 흐려진다.

"엄마, 왜 항상 이모한테 올 때는 노란 꽃만 가져오세요?"

집으로 돌아오는 차 안, 래미의 물음에 운전을 하던 나현이 조금 놀란 표정을 지었다.

"아직 몰랐어? 엄마가 한 번도 너한테 얘기 안 해줬니?"

"제가 물은 적이 없으니까요."

가만히 고개를 끄덕인 나현이 전면을 주시한 채 입술을 움직였다.

"오래전에, 그러니까, 이모가 살았을 때. 아주 좋아하는 사람이 있었는데, 무려 2년 동안이나 네 이모가 구애를 하고 다닌 거야, 글쎄."

"예? 이모, 되게 조용하고 조신하셨다고 그러지 않으셨어요?"

"그랬지. 그랬는데, 예외도 있었어. 그 좋아하는 사람과 관련만 되면 다른 사람이 되는 거야. 아주 적극적으로 쫓아다녔지. 한창 사춘기인 내가 봐도 너무 무모하다 싶을 정도로 말이지."

생각지도 못한 이야기에 래미는 마른침을 꿀꺽 삼켰다.

"누군가를 좋아해서 그럴 수 있다는 게 상상이 안 돼요."

"그렇지. 2년. 말이 쉽지, 어이구 돈 주면서 그렇게 하라고 해도 난 못

하겠다."

"그래서 결론은 어떻게 됐어요? 그 좋아하는 사람과 잘된 거예요?"

나현이 여전히 전방을 응시하며 어깨를 으쓱했다.

"글쎄다. 엄마도 결론은 모르겠다. 네 이모가 그것만큼은 이야기해 주지 않고 세상을 떴거든."

어쩐지 짠한 마음이 일어 래미는 어색하게 웃고 말았다.

"그런데, 죽자고 그 사람한테 목을 매던 네 이모가 언젠가부터 굉장히 행복해 했다는 거야. 그래서 조금은 잘되지 않았을까 짐작만 할 뿐이야. 아마 그때부터였을 거야. 네 이모가 노란색을 선호했던 게."

"어, 혹시 그 남자가 노란색을 좋아했던 거예요?"

"아니, 그 남자가 학교 앞에 파는 노란 병아리를 보고 엄청 예뻐하더래. 물론, 네 이모 기준에서 한 말이니, 사실 여부는 몰라."

"설마, 그 뒤로 노란색만 입고 다니신 건 아니죠?"

"어이구, 왜 아니야. 그때부터 주야장천 노란색만 입고 다니더라. 노란색도 안 어울리는 사람이 말이야. 어떨 때는 자기가 병아리였으면 좋겠다고 할 정도였으니 말 다했지, 뭐. 그 기억 때문인지 이상하게 네 이모한테 갈 때면 노란색 꽃만 사게 되더라."

어쩌면, 이모가 가장 행복해 하던 시기의 상징이 노란색이기에 그런지도 몰랐다.

그 대화를 끝으로 모녀는 각자의 생각에 잠겨 아무런 대화도 하지 않았다. 창밖으로 휙휙 지나가는 풍경을 응시하는 래미의 기분은 참으로 묘했다.

이모처럼 그렇게, 누군가를 맹목적으로 사랑할 수 있을까.

12년 동안이나 해준을 좋아했지만, 한 번도 자존심을 버려본 적은 없었다. 혹여, 상처를 받을까 감정을 꼭꼭 숨기기만 했을 뿐.

래미는 루이의 얼굴을 가만히 떠올려 보았다. 그러자, 거짓말처럼 심장이 찌르르 울려대고, 괜스레 코끝이 찡해졌다.

순간, 늘 오만한 표정만 짓고 있는 루이가 너무 보고 싶어졌다. 어머니가 내려가면 곧장 루나로 갈 거라 마음을 먹었다.

"딸, 오늘은 엄마랑 자자."

갑작스런 나현의 말에 래미의 어깨가 움찔 굳었다.

"주, 주무시고 가시게요?"

"응. 기왕 온 김에, 우리 딸 맛있는 거 좀 해주고, 밑반찬도 좀 만들어 놓고 가게."

"안 그러셔도 돼요. 귀찮게 뭐 하러……."

"왜. 루이 씨 만나러 가니?"

으윽! 나현의 촌철살인에 래미는 식은땀을 삐질, 흘렸다.

"아니에요, 엄마. 괜히 귀찮으실까 봐 그렇죠."

"얘, 아직은 괜찮아. 나중에 나이 더 먹고 귀찮아지면 그때는 해달라고 사정해도 안 해줄 거니까, 걱정 마."

결국 래미는 눈물을 머금고 계획을 접을 수밖에 없었다.

그날 밤. 11시를 훌쩍 넘긴 늦은 시각이었다.

드르렁, 드르렁.

나현의 코 고는 소리가 안방을 가득 채웠다. 나현과 함께 이부자리에 누웠던 래미는 도무지 잠을 이룰 수가 없었다.

"간만에 운전하고 오셔서 많이 피곤하신 모양이네."

하지만, 이해는 둘째 치고 도저히 함께 잘 수가 없어 래미는 슬그머니 상체를 일으켰다.

"……왜. 잠이 안 와?"

이불이 들썩여지니 나현이 귀신같이 알아채고서 말을 한다. 방금 전까지 집이 떠나가라 코를 골더니 도대체 어떻게 이럴 수가 있는지 기가 막힐 따름이었다.

"아니에요. 주무세요."

벌렁 누우니, 얼마 지나지 않아 나현이 다시 코를 골기 시작했다. 한숨을 흘린 래미는 머리맡에 둔 휴대전화를 집어 들고서, 혹여 불빛이 샐까 봐 이불을 푹 뒤집어썼다.

이것저것 검색이나 하다 얼굴로 툭 떨어지기 직전에나 내려놓고 잠들자 싶었다. 하지만, 손가락은 어느새 휴대전화를 무음 상태로 만들고서 문자를 누르고 있었다.

"루이 씨, 점 여섯 개. 이게 무슨 뜻이야."

긴 은발을 옆으로 늘어뜨린 채 방금 막 침대에 누웠던 루이는 난데없는 문자로 인해 몸을 일으키고 말았다.

그것도 도래에게서 온 문자. 물론, 래미 말고는 그에게 연락할 사람이 하나도 없지만. 이상한 기분이 들어 루이는 래미에게로 곧장 전화를 걸었다.

초조하게 기다려 보았지만, 1분이 넘도록 전화를 받지 않는다.

뭔가 심상치 않은 느낌에 그의 입술이 딱딱하게 굳어졌다. 그리고 가슴께가 쿡쿡 쑤셔오기 시작한다.

환하게 불을 밝힌 루이는 긴 은발을 짧은 머리로 되돌렸다. 그리고 곧장 래미의 집으로 이동을 하려는 찰나였다.

[지금 전화 통화 못 해요. 옆에 엄마가 주무시고 계셔서 문자밖에 못 보내요. 오늘 엄마 오셨거든요.]

다시 날아온 메시지에 루이는 한숨을 내쉬며 마음을 가라앉혔다. 그는 가만히 머리칼을 쓸어 올리고서 느릿느릿, 익숙하지 않은 문자를 쿡쿡 찍었다.

[어서, 자. 그럼.]

그러자, 루이의 문자와는 비교도 안 될 정도로 빠르게 답장이 왔다.

[잠이 안 와서요.]

뒤이어 한 통의 문자가 더 날아왔다.

[……보고 싶어요. 내일 갈게요.]

글자 하나하나가 루이의 뇌리에 커다랗게 박혀 들어왔다. 지금껏 도래미는 단 한 번도 이런 표현을 해본 적이 없다.

심장이 뜨끈뜨끈 달아오르고 입술이 슬머시 올라간다.

루이는 다시 천천히 손을 움직였다.

[내가 재워줄게.]

문자를 본 래미는 하마터면 핸드폰을 얼굴에다 떨어뜨릴 뻔했다.

'재워준다고? 뭐, 뭘, 어떻게?'

[설마, 온다거나 뭐 그런 건 아니죠? 절대, 절대 안 돼요! 오면 끝이에요!]

다다다다 빛의 속도로 문자를 찍고 나니 추운 계절임에도 식은땀이 삐질 났다.

핸드폰을 베개 옆에 엎어놓고서 뒤집어썼던 이불을 슬그머니 목까지 내리는 순간이었다.

으악!

신음이 튀어나오기 전에 래미는 다급히 입을 틀어막았다. 믿을 수 없게도 루이가 떡하니 눈앞에 서 있는 것이다.

정신이 혼미해지고 심장이 튀어나올 것처럼 마구잡이로 뛰어댔다. 놀란 그녀가 채 반응하기도 전에 루이가 검지를 자신의 입술에 갖다 대어 보였다.

'쉿.'

래미가 한껏 커다래진 눈을 하고서 끄덕끄덕하자 루이는 슬쩍 입술을 올렸다.

가만히 다가온 루이가 자세를 낮추고서, 래미 옆에 등을 돌린 채 잠들어 있는 나현에게로 손을 뻗었다.

마치, 나현의 머리부터 발끝까지 막을 씌우기라도 하듯, 루이가 허공에다 반원을 그렸다.

'지금 엄마한테 뭐한 거예요?'

"이제 제대로 말해도 돼. 아무것도 안 들릴 거야."

아, 맞다. 이 남자 흑마법사지.

하지만, 래미는 쉽게 진정이 되지 않아 최대한 조심스레 상체를 일으켰다.

혹시나 하고 옆을 봤지만, 나현은 미동도 없이 쌔근쌔근 자고 있을 뿐이었다. 그럼에도 래미는 들릴 듯 말 듯 작게 목소리를 냈다.

"진짜, 안 들리는 거 맞죠? 엄마한테 흑마법 걸고, 이상한 짓 한 거 아니에요?"

"걱정 마. 안 들리고 안 보이게 차단막을 씌운 것뿐이니까. 걷을 때까지 숙면 취할 거야."

그제야 한숨을 흘린 래미가 엉거주춤 몸을 일으켰다.

"일단, 여기서 나가요. 나가서 얘기……."

루이가 팔을 잡아 저지하는 바람에 래미는 주저앉고 말았다.

"오늘은 그냥 자. 재워준다고 했잖아."

"진짜로 나 재워주려고 온 거란 말이에요?"

"그렇다니까."

정말, 이 남자는 예측할 수가 없다. 설마, 잠을 재워주기 위해 여기까지 날아올 줄이야.

반쯤 당황스러운 얼굴로 앉아 있기를 잠시, 래미는 루이에 의해 다시 이불 속에 누여졌다.

루이가 이불을 끌어당겨 덮어주는 통에 래미는 목 위로만 내놓은 채 눈을 끔뻑끔뻑했다.

"눈 감아야지. 뜨고 잘 거야?"

"하지만 이건 좀."

그럼에도 여전히 적응이 되지 않아 빤히 바라보자 루이가 얼굴로 손을 뻗었다. 특유의 차가운 손이 곧장 다가와 래미의 눈꺼풀을 아래로 덮었다.

"이대로 눈 뜨지 말고 그냥 자."

루이의 손이 거두어졌으나 래미는 말 잘 듣는 학생처럼 눈을 뜨지 않았다.

눈을 감고 있음에도 루이의 시선이 느껴져 너무 어색했다. 더군다나 옆에는 어머니가 떡하니 주무시고 있는데.

으으. 불편해. 불편하다고. 이런 기분으로 잘 수 있으려나. 오히려 정신이 더 또렷해지는 듯했다.

토닥토닥. 마치, 아이에게 하듯 쇄골 아랫부분을 부드럽게 두드린다.

작게 한숨을 흘린 래미는 눈을 감은 채 입술을 움직였다.

"루이 씨."

"말해."

"다음부터는 이렇게 불쑥 찾아오면 안 돼요. 얼마나 놀랐는지 알아요? 심장 떨어질 뻔했단 말이에요."

"네가 보고 싶다고 했잖아."

래미는 미간을 찌푸렸다.

"보고 싶다고 했지, 보러 오라고 하지는 않았잖아요. 그리고 재워줄게, 라고 문자할 게 아니라, 재워주러 가도 돼? 라고 물어봐야 하는 거잖아요."

"그럼, 못 오게 할 거잖아."

"그 대답은 뭐예요? 앞으로도 계속 이럴 거란 말이에요?"

"……알았어. 알았다고."

조금 부루퉁하지만, 그래도 긍정의 대꾸가 나와서야 래미는 이마를 폈다.

"생각은 다 끝낸 거야?"

루이의 물음에 래미는 잠시 침묵을 지키다가 입을 열었다.

"음. 계속 머리는 복잡해요. 근데, 생각 안 하려고요."

의외의 대답에 루이가 고개를 비스듬히 기울였다.

"왜."

"루이 씨가 해주는 저녁이 먹고 싶어서요."

"뭐?"

"그새 입이 맛있는 건 알아가지고, 며칠 못 먹었다고 서운해 하더라고요."

장난기 가득한 말에 루이가 입술을 올려 미소를 지었다.

"더 따지고 생각하는 거, 지금은 안 할래요. 나중에 정말 해보고 싶은 것들이 절실하면 그때 가서 루이 씨와 싸우죠, 뭐. 지금은 이대로도 괜찮아요."

루이의 손이 부드럽게 그녀의 머리칼을 쓰다듬었다. 뒤이어 시원한 숨결이 얼굴로 흩뿌려진다. 굳이 눈을 뜨지 않아도 루이가 무엇을 하려는지 충분히 인지되었다.

루이의 입술이 아주 가볍게 그녀의 것을 머금고 떨어졌지만, 래미의 심장은 한껏 오그라들었다.

그리고 곧 깨달았다.

'재워주러 오기는 무슨. 본인 욕심 채우러 온 거구만!'

뭐. 그래도 싫지는 않다. 아니, 오히려 로맨틱하다. 옆에 어머니만 안 계셨으면 훨씬 더 짜릿했을 것이다.

여전히 가슴이 뛰었지만, 상황이 상황이니만큼 래미는 살벌한 한 마디를 던졌다.

"거기서 더 하기만 해요. 입을 찢어버릴 거야."

한 번 더 고개를 기울이려던 루이의 동작이 뚝 멎고 말았다. 거기서 그치지 않고 그녀는 한 마디를 더 덧붙였다.

"나 잠들면 바로 가요. 이상한 짓 하지 말고. 그리고 내일 아침 모닝콜도 패스예요. 우리 엄마 계시니까요."

자정이 조금 지나서야 래미는 새근새근 고른 숨을 내쉬며 잠이 들었다.

그녀가 완전히 잠이 들었음을 인지한 루이가 그제야 몸을 기울여 다시 한 번 욕심을 채웠다.

이상한 짓이 절대 아니라고 되뇌며.

움찔. 래미의 눈썹이 잠결에 찌푸려지자 루이는 퍼뜩 입술을 떼고서 피식, 웃음을 흘렸다. 아마, 그의 정체를 알면서도 할 말 다 하는 사람은 도래미밖에 없을 것이다.

래미를 조금 더 응시하던 루이는 이내 손을 뻗어, 나현에게 씌워 두었던 차단막을 거두어 들였다.

그리고 몸을 일으키는 순간이었다.

"아주 즐거워 보이는군."

익숙한 음성이 루이의 귀를 잡아챘다. 루이의 미간이 설핏 구겨졌다가 펴졌다.

달갑지 않은 존재가 보름의 기한을 끝내고 봉인에서 풀려난 것이다. 래미 모친에게 씌웠던 차단막을 치웠으므로 이곳에 더 머물 수가 없다. 루이는 곧장 자신의 침실로 향했다.

눈 깜짝할 사이에 침실에 당도한 루이는 침대에 다리를 꼬고 앉았다. 그러자 본성이 성큼 다가와 그를 내려다보았다.

사납다 못해 화가 머리끝까지 치솟은 얼굴.

"나를 그 끔찍한 곳에 가두어 놓고 너는 재미를 보고 있었군."

본성의 입술이 슬쩍 위로 향했다.

"그 아이와 연애놀음이라도 하는 중이었나? 그래서 아주 오랜만에 즐겨 보니, 기분이 날아갈 것 같나?"

루이는 정곡을 쿡 찔린 듯한 기분이었다.

그저, 끌리는 도래미의 장단에 조금 맞춰주고 있을 뿐이라고 여겼었다.

그런데, 아니었다. 그동안 나름대로 즐기고 있었던 것이다. 그것도 꽤 만족스럽게.

"네 표정을 보니 알 만하군."

가만히 고개를 주억거린 본성이 침대 위에 놓인 휴대전화를 발견하고서 조소를 흘렸다.

"호오. 이런 기계까지 사용을 다 하시고. 이게 다 그 아이와 연애놀음을 하느라 그런 거겠지?"

비릿한 표정을 지은 본성이 쓰윽 자세를 낮추곤 루이와 시선을 맞추었다.

"그것 보라고. 아무리 고고한 척해도 넌 나와 다르지 않아. 아무리 부정해도 너와 나는 하나거든."

쿡쿡, 웃음을 흘린 존재가 이내 얼굴을 싸늘하게 굳혔다.

"넌 나를 가두었던 대가를 치르게 될 거다. 반드시."

잔뜩 악에 받친 말을 뱉어낸 본성이 흔적도 없이 자취를 감추었다.

루이는 표정을 조금 구긴 채 낮게 한숨을 흘렸다.

"예상보다 훨씬 더 심하게 날뛰겠는걸."

▷　　▷　　◆　　◁　　◁

나현이 집을 나선 건 오후가 되어서였다.

운전대를 잡은 나현이 창문을 내리고서 배웅을 하기 위해 서 있는 래미에게 봉투를 하나 내밀어 보였다.

"이게 뭐예요, 엄마?"

"뭐긴. 용돈."

생각지도 못한 대답에 래미의 눈이 화등잔만 하게 벌어졌다.

"예? 갑자기 웬 용돈을 주세요? 엄마, 저 필요 없어요."

"너, 아르바이트 관둔 거 아냐? 어제도 안 가더니, 오늘도 갈 생각 안 하고."

아, 맞다. 아르바이트!

나현이 있는 동안 아무 생각 없이 함께 방에서 엉덩이를 비비고 있었다. 아르바이트를 하는 척 몇 시간이라도 나가 있든가 했어야 하는 건데, 정말, 깜박 잊고 있었다.

"저 돈 있어요. 안 주셔도 돼요."

"고작 아르바이트해서 번 게 얼마라고 돈이 있어? 그리고 이제 나이도 있는데 아르바이트 자리 기웃거리지 말고 제대로 된 직장을 찾아."

"……네."

그동안 내색은 하지 않았어도 변변한 직장 하나 없는 딸이 한심스럽기도 했을 것이다. 그렇다고 떳떳하게 글을 쓴다고 드러낼 수도 없다.

아무리 그래도 어떻게 야설에 가까운 19금 웹소설을 쓴다고 할 수 있단 말인가.

"안 받을 거야?"

"저 진짜 괜찮은데……."

"나중에 취직하거든 갚아. 그리고 너 요새 연애한다며. 여자든 남자든 얻어먹고 다니기만 하면 못써. 루이 씨가 한 번 사면, 다음번에는 네가 한 번 사고 그래야 공평하지. 난 내 딸이 지지리 궁상떨면서 얻어먹고 다니는 꼴은 못 본다. 아, 엄마 팔 아파."

나현의 재촉에 마지못해 래미는 봉투를 받아들었다. 꽤 두툼한 감촉에 괜스레 죄책감이 인다.

부모님께 늘 변변한 용돈 한 번 드리지 못했어도 죄송한 마음이 없었다.

요즘 같은 시대에, 손 안 벌리고 사는 것만으로도 효도라고 자위하며.

"고맙습니다. 아껴 쓸게요."

"엄마 간다."

담백한 표정으로 손을 흔든 나현이 이내 차를 출발시켰다.

차가 멀어지고 보이지 않을 때까지 지켜보고 있던 래미는 길게 한숨을 푹 흘렸다.

넉넉하지는 않지만 그럭저럭 혼자서 먹고 사는 데는 충분했으니, 현실에 만족하고 있던 참이었다. 그런데, 늘 자식 걱정만 하고 계실 부모님을 생각하니, 갑자기 가슴이 콱 막혀 왔다.

래미는 그간 가슴 속 깊은 곳에 묻어두기만 했던 질문을 던져보았다.

'도래미. 네가 진짜 쓰고 싶었던 게 뭐야? 이거면 충분한 거야?'

▷　　▷　　◆　　◁　　◁

"하얀 목선에 또렷한 자국이 새겨지는 것을 즐기던 지헌은 점점 더 아래로 입술을 내렸다. 그는 쇄골을 지나쳐 딱 맞게 부풀어 있는 저, 저, 저 ㅈ······ 하, 도저히 못 읽겠다."

치우는 잔뜩 시뻘게진 얼굴에 연방 손부채질을 하고서 이내 노트북을 꺼버렸다.

그는 방금 전까지 직박구리 닷컴에 있는 래미의 글 중 하나를 무작위로 클릭해 읽는 중이었다. 그런데, 생각보다 훨씬 야하고 노골적이라 도저히 더 읽어나갈 수가 없었다.

"아니, 대마법사인 여자가 왜 이런 글을 쓰고 있는 거야? 취미 한번 이상하군."

이미 치우는 그조차도 결점을 찾아내지 못할 완벽한 과거 세탁과 블랙허브조차 걸리지 않는 정신력까지, 래미가 대마법사라는 쪽에 더 무게를 두고 있었다.

하도 사람들 틈에 오래 살아왔기에, 스스로를 평범하다 여기며 지내는 그런 마법사쯤이 아닐까 싶었다.

쉽게 열기가 가시지 않아 어둠의 기운을 이용해 식히려는 찰나였다. 삑삑, 아파트 현관문 도어록 여는 소리가 들려왔다.

이렇게 들어올 수 있는 건 태소밖에 없다는 걸 알지만, 치우는 마치 죄를 짓다 걸린 것처럼 당황하고 말았다.

"형님, 저 왔습니다."

괜히 노트북을 안 본 것처럼 한쪽으로 민 치우가 한쪽 팔을 소파 등받이에 얹고서 태연한 얼굴을 해보였다.

"어. 그, 그래. 어서 와."

성큼 다가온 태소가 맞은편 소파에 앉았다.

"뭐 좀 알아낸 거 있어?"

치우의 물음에 태소가 이마를 긁적였다.

"며칠 동안 여자를 살폈습니다만, 특별한 낌새는 없었습니다."

"특별한 낌새가 없다고?"

"예. 거의 매일 집에 틀어박혀 있다가 잠깐씩 나와서 지인들을 만나는 게 전부더라고요."

"음……."

"그리고 아무리 봐도 그 여자가 풍기고 다닌다는 그 엄청난 기운이 안 보이던데 말입니다. 제 눈에는 그저, 평범한 여자로밖에 보이지 않았습니다."

그거야 네가 하위급수라 못 보는 거고.

"그 만난다는 지인들은 어때?"

"역시. 평범했습니다. 여기, 사진 있습니다."

태소가 인화한 사진 몇 장을 내밀었다.

"설마, 너무 가까이 접근한 건 아니지?"

"하하. 요즘 망원렌즈 기술이 많이 발달해서 멀리서도 잘 찍힙니다."

미행이나 뒷조사 같은 건 확실히 깔끔하게 처리하는 녀석이니 치우는 기우를 접고서 사진을 집어 들었다.

친구쯤으로 보이는 날카로운 인상의 여자와 함께 있는 사진을 몇 장 넘긴 치우의 손이 뚝 멎었다.

마치, 번개라도 맞은 것처럼 그의 눈이 번쩍 뜨이고, 사진을 쥐고 있는 손에는 힘이 들어갔다.

"이, 이건……."

말문이 콱 막혀와 숨을 들이켠 치우가 홱 태소에게로 시선을 주었다.

치우를 바라보는 태소의 얼굴에 잔뜩 긴장감이 서렸다. 평소의 평온한 모습은 온데간데없고, 마치, 악마의 형상처럼 치우의 얼굴이 무섭게 변했기 때문이다.

"형님, 왜 그러십니까?"

"이자, 이놈이…… 왜, 어째서 이 여자와 함께 찍혀 있지?"

치우의 음성이 부르르 떨렸다. 죽어서도 잊을 수 없는 빌어먹을 존재가 어째서 이 사진 속에 있는지 믿을 수가 없었다.

"연인 사이 같았습니다만. 왜 그러십니까?"

"연인?"

치우는 감정을 조금 누그러뜨리고서 사진으로 눈을 내렸다. 진정을 시키고 보니, 사진 속 상황이 확연히 인지되었다.

도래미와 그놈, 산 채로 갈아 마셔도 성에 차지 않을 그놈이 다정하게 손을 잡은 채 걷고 있었다.

"그렇지. 분명 그때, 남자친구가 있다고 했지."

치우의 입에서 기가 막힌 웃음이 새어 나왔다.

"하. 그 남자친구가 바로, 그놈이었어?"

우연도 이런 우연이 있을까.

"형님, 왜 그러십니까. 아는 자입니까?"

"알지. 아주 잘."

고개를 끄덕인 치우가 사진 속 래미와 루이를 번갈아 응시했다.

순식간에 눈에 광채가 흐르고 손마디가 하얗게 불거질 정도로 주먹 쥔 손에 힘이 들어갔다.

놈은 악마 그 자체였다. 같은 부류에 대한 최소한의 예의나 인정조차 없는.

"내가 이놈을 죽여야 하거든."

"예에?"

영문을 모른 태소가 눈을 크게 뜨고서 끔뻑였지만, 치우는 궁금증에 대해 해소해 주지 않았다.

"어쩌면 이 여자를 만난 게 내게는 기회일지도 모르겠군."

이제 이 여자가 대마법사든 평범한 여자든 상관이 없었다. 놈의 여자라는 것만으로도 뭐가 되었든 이용 가치는 충분했다.

"출판사, 빨리 알아봐야겠다."

"알겠습니다. 최대한 조건이 맞는 곳으로 물색하겠습니다."

미묘한 웃음을 머금은 치우가 이내 손안에 든 사진으로 시선을 내렸다.

뒤이어 손에 들린 사진이 화르륵 불타오르기 시작했다.

그는 래미와 루이의 얼굴이 손바닥 안에서 천천히 타들어가는 것을 아주 만족스럽게 바라보고 있었다.

18

잠시 소강상태였던 루나에서의 저녁 식사가 다시 시작되었다.

"어머니는 가셨어?"

크림소스가 듬뿍 뿌려진 연어롤을 입으로 가져가려던 래미는 루이의 물음에 손을 멈칫했다. 그녀의 눈동자가 곧장 루이에게로 향했다.

"어머니, 우리 엄마요?"

조금 놀란 래미와 달리 루이는 편안한 표정으로 고개를 끄덕했다.

"아. 진작 가셨죠. 빨리도 물어보네요."

퍼뜩 대꾸를 하고서 래미는 연어롤을 입에 넣었다. 기분이 이상했다.

루이의 입에서 '어머니'라는 단어가 나오다니.

생소해서 어색하기도 하고, 어쩐지 루이에게서 조금 더 인간미가 느껴지기도 하고, 복잡 미묘한 기분이었다.

문득, 루이의 부모님은 어떤 사람일까 하는 궁금증이 일었다. 그런데, 혹시 아픈 상처일까 봐 쉽게 물을 수가 없다.

"루이 씨."

"왜?"

"루이 씨는 나에 대해서 궁금하거나 뭐 그런 거 없어요?"

"없는데."

음. 예상했던 대답이긴 했으나 실망감이 드는 건 어쩔 수 없었다.

"전혀 없어요?"

"궁금해 해야 하는 건가?"

루이는 정말로 모르겠다는 얼굴이었다.

"관심이 있으면 당연히 궁금한 것도 생기고 그런 거 아니에요?"

"나는 아무래도 상관없는데."

"정말…… 정말 나에 대해 더 알고 싶은 게 없어요?"

"그대로면 됐는데."

태연하게 대꾸한 루이는 일순, 눈썹을 움찔했다. 래미의 얼굴이 실망감을 가득 담고 잔뜩 흐려졌기 때문이다. 뭐라도 물어보지 않으면 안 될 것만 같은 일촉즉발의 분위기였다.

으흠. 헛기침을 하고서 루이는 퍼뜩 질문을 던졌다.

"무슨 일 해?"

래미의 얼굴이 아주 조금 펴진다.

"음. 글 써요."

예상치 못한 답변에 루이는 다소 놀란 얼굴이 되었다.

"작가였어?"

"어머, 왜 그렇게 놀라요?"

"조금 의외라서."

래미가 눈을 샐쭉하니 떴다.

"내 이미지가 그렇게 글 쓰는 직업과는 거리가 멀어요?"

"아니. 백수인 줄 알았지."

노골적인 표현이었지만, 래미는 이해한다는 표정이었다.

"하긴. 남들이 보면 난 딱 백수일 거예요. 낮에는 거의 내내 집에 처박혀 있다가 저녁만 되면 추리닝 걸치고 어슬렁어슬렁 나오니까요. 아닌가? 밤에만 나오는 건 뱀파이어인가?"

그러고서 킥킥, 웃는 래미를 보니, 루이의 마음도 편안해졌다.

"책 뭐 썼어? 내일 올 때 가져와, 그럼."

"아, 책은 아니고요. 요즘에는 인터넷이라는 가상공간이 있는데요, 거기서 연재하고 있어요."

루이가 한쪽 눈썹을 쓰윽 세웠다.

"나도 알아. 인터넷. 그거."

"에? 인터넷을 안다고요? 어떻게요?"

루이는 최신형 스마트폰을 들어보였다.

"복만이 가르쳐 줬거든. 이런 걸 가지고 있으면 할 줄 알아야 된다고."

그러곤 꽤 자신만만한 얼굴이 되자, 래미가 웃음을 터트렸다.

"장족의 발전이네요. 핸드폰도 없던 사람이, 이제는 인터넷도 하고."

어쩐지 그 발전에 그녀가 한몫 단단히 한 것 같아 뿌듯함이 넘실댄다.

"어느 사이트야?"

"뭐가요?"

"연재한다는 곳."

연방 웃음을 머금고 있던 래미의 얼굴이 일순간에 굳어져버렸다.

"내, 내 글 연재하는 곳 말이에요?"

"어디야. 한번 볼게."

하마터면 사레가 들릴 뻔한 래미는 다급히 물 한 모금을 들이켰다.

루이가 점점 과학 문명을 받아들이기 시작한 것에 대한 뿌듯함이 순식간에 자취를 감추었다. 이런 부작용이 있을 줄이야.

"괘, 괜찮아요. 굳이 뭐 하러 봐요."

온갖 19금 언어와 행위가 난무하는 직박구리 닷컴에서 에로여신으로 활동 중이라고 어떻게 읊는단 말인가.

그녀의 글을 본 루이가 어떤 반응을 보일지 상상만으로도 영혼이 탈탈 털릴 것만 같았다.

"왜. 내가 보면 안 되는 건가."

"그게, 음, 그러니까, 그 사이트가 되게 정신없이 생겼어요. 회원 가입도 해야 하고, 출석 체크도 매일 해야 하고, 결제도 해야 하는데, 그게 또 미친 듯이 복잡하거든요."

"상관없어. 복만한테 찾으라고 하면 되거든."

켁! 아니, 이 남자, 오늘따라 왜 이렇게 집요한지 알 수가 없다.

"복만 씨도 찾기 힘들 거예요. 나도 가끔 내 글 찾기가 얼마나 힘든데요."

"결론은 보지 말란 거지?"

"뭐, 그, 그렇죠."

그녀를 잠시 빤히 응시하던 루이가 이내 고개를 끄덕였다.

"알았어."

갑자기 분위기가 썰렁해져 버렸다. 뭔가 화제를 바꾸어야 할 거 같아 래미는 퍼뜩 질문을 던졌다.

"근데, 복만 씨는 어디 갔어요? 또 영국 여왕님 만나러 간 거예요? 아님, 나 때문에 일부러 자리를 비켜준 거예요?"

"엘리자베스가 아파서 오늘내일한다더군."

"어, 어. 그, 그래요? 복만 씨 힘들겠네요."

으앗! 오늘 진짜 왜 이래. 분위기가 더 이상해지고 말았다.

저녁 식사 후, 차 한 잔을 마신 뒤, 함께 설거지를 마치고 나면 루이가 래미를 집까지 데려다 준다. 그것은 정해진 수순이었다.

평소처럼 설거지를 끝내고 손에 묻은 물기를 닦는데 루이가 뜻밖의 말을 건넸다.

"영화, 보러 갈래?"

지금 이 남자가 뭐라고 한 거지? 영화를 보러 가자고 한 거 맞지? 생각지도 못한 제안에 래미가 눈을 가늘게 떴다.

"넌 누구냐. 루이의 탈을 쓴 넌 누구냐? 정체를 밝히시지?"

쿡쿡, 웃음을 흘린 루이가 가만히 래미의 손을 끌고서 복도로 나왔다.

"어, 어. 진짜 영화라도 보러 가자는 거예요?"

얼떨떨한 표정으로 래미는 루이가 이끄는 대로 따라갔다. 루이를 따라 도착한 목적지는 복도의 제일 안쪽 끝에 위치한 룸 앞이었다.

루이가 먼저 문을 열고 들어가 불을 켜자, 방 안의 광경이 고스란히 래미의 눈에 들어왔다. 너무 놀라 래미의 입술이 저도 모르게 턱 벌어졌다.

방은 흡사 영화관을 그대로 옮겨 놓은 것처럼 꾸며져 있었다.

영화관이 많은 사람들을 수용할 수 있는 공간이라면, 여기는 2인 전용 공간이랄까. 그것만 빼면 대형화면에서부터 분위기까지 영화관이나 다름없었다.

천천히 안으로 들어서 내부를 눈으로 훑으며 래미는 멍하니 질문을 던졌다.

"원래 집에 영화관이 있었어요?"

"아니."

"서, 설마, 나 때문에 일부러 이런 공간을 만든 거예요?"

"어쩔 수 없잖아. 영화가 보고 싶다는데."

평소처럼 무뚝뚝하니 대꾸한 루이가 그녀를 의자에 앉혔다. 영화관과는 비교도 안 될 정도로 푹신하고 편한 의자에 그녀는 감탄을 연발했다.

"말도 안 돼. 이건, 이런 건…… 정말 생각지도 못했단 말이에요."

루이가 그녀를 위해 집 안에 영화관을 만들 줄은 상상조차 해본 적이 없었기에 괜스레 코끝이 찡해졌다.

꼭 영화관이어서가 아니라, 루이가 정말 그녀를 배려하고 생각해 준다는 게 물씬 느껴져 눈물 날 정도로 감동을 하고 말았다.

몸을 일으킨 래미는 루이의 허리에 팔을 감고서 그의 가슴팍에 얼굴을 묻었다.

"고마워요. 이렇게까지 신경 써줄 줄은 정말 몰랐어요."

가만히 래미의 어깨를 끌어안은 루이가 입가에 포물선을 그리며 낮게 속삭였다.

"자고 갈래."

즉각적으로 루이의 등에 손톱을 박아 넣고서 래미는 웃어버렸다.

▷　▷　◆　◁　◁

'김인희. 나 좀 도와줘라.'

'왜. 뭘 어떻게 하게?'

'이대로 그냥 도래미를 보낼 수가 없어.'

'어떻게 도와주면 되는데.'

'어려운 거 부탁 안 해. 그냥 중간에서 만날 수 있게만 해줘. 작위적이지 않고 자연스럽게.'

'징검다리 역할을 하라는 거야?'

'맞아. 내가 너무 대놓고 만나자 연락하면 래미가 금방 이상한 낌새 느낄 거라고.'

조금 한가한 점심시간. 식사를 마친 뒤 커피 한 잔을 마시며 인희는 얼마 전 해준과 나누었던 통화 내용을 떠올렸다.

'일단 생각해 볼게.'

그렇게 대답하고 끊어버린 게 벌써 며칠 전이다. 그런데, 도무지 결론을 내릴 수가 없다.

해준을 생각하면 도와주고 싶은 마음이 굴뚝같은데, 또 래미를 생각하면 선뜻 그럴 수가 없다.

12년 동안이나 한결같던 마음을 바꾸었다면 분명 이유가 있을 것이다. 요즘 말로, 래미가 아무한테나 마음 주는 금사빠 스타일은 절대 아니었으니까.

"하아. 도대체 어떤 놈이길래 래미가 마음을 바꾼 거야? 진짜, 지해준 말마따나 얼굴밖에 볼 거 없는 이상한 놈한테 걸린 거 아냐? 램 그게 은근 허당이라서 사람 보는 눈은 완전 꽝인데."

그렇게 생각하자 또 걱정이 안 될 수가 없었다. 만나는 사람이 어떤 부류인지 래미조차도 잘 모르는 것 같아 더 의심스럽고 답답하다고 할까.

"그 골동품 상회가 어디인지만 알면 가볼 텐데."

미간을 구긴 채 중얼거린 인희는 커피잔을 내려놓고서 휴대전화를 집어 들었다.

루이와 함께 먹을 저녁에 대비해 점심을 가볍게 먹은 래미는 잠시 꺼두었던 다시 노트북을 켰다.

소화도 시키고, 조금 쉴 겸, 그녀에게는 직장이나 다름없는 직박구리 닷컴에 아이디와 비밀번호를 치고 접속했다.

띵동. 쪽지가 도착했다는 알림음이 울렸다.

「안녕하세요, 작가님. L출판사 편집팀 박종희입니다.」

쪽지 제목을 확인한 래미의 눈이 동그래졌다.

"L출판사 편집팀?"

래미는 마른침을 꿀꺽 삼키고서 쪽지의 내용을 확인했다.

"작가님의 연락처를 몰라 이렇게 사이트 쪽지를 이용하게 되었습니다. 다름이 아니오라, 작가님만 괜찮으시다면, 출판에 대해 제안을 드리고 싶은데, 혹시 시간 되신다면……."

거기까지 읽은 래미는 커다랗게 숨을 혹 들이마셨다.

이미, 제목을 확인하고, 혹시나 하는 마음에 1차로 철렁 내려앉았던 심장이, 내용을 읽고 2차로 미친 듯이 뛰어대기 시작했다.

L출판사는 장르소설 분야에서는 꽤나 명성이 자자한 곳이었다. 꽤 많은 원작들이 드라마나 영화로 제작되었기에, 장르소설 작가들에게는 꼭 한번 출간해 보고 싶은 출판사 중의 하나였다.

그런데, 그런 곳에서 출간 제의라니! 눈으로 보면서도 믿기지가 않고 정신이 얼떨떨했다.

"이런 데서 왜 내 글을 출판하자고 그러지? 19금은 출판 안 하는 곳 아닌가?"

의심을 해보기도 했지만, 래미의 기분은 구름 위를 걷듯 둥둥 떠 있는 상태였다.

지이이잉. 지이이이잉.

책상 위의 휴대전화가 진동을 하는 바람에 래미는 바닥으로 뚝 떨어졌다.

액정에 반짝이고 있는 김인희 이름 석 자를 보자, 자랑이 하고 싶어 마구 입이 근질거리지만 꾹 참았다.

"어. 인희야."

—점심은 먹었냐?

"방금 막. 너는?"

—나도 방금 막 먹고 커피 한 잔 때리는 중.

그렇게 대답한 인희가 곧장 말을 이었다.

—연애 사업은 잘돼 가?

래미의 광대가 슬쩍 위로 올라갔다.

"응. 뭐. 나쁘지 않아."

—오우, 그래? 그럼, 남자친구는 언제 소개 시켜줄 거야?

위로 향했던 광대가 곧장 제자리를 되찾고 내려왔다. 상상조차 못 했던 일이었다.

"소, 소개?"

—어. 소개. 설마 너, 소개도 안 시켜주려고 했단 말이야? 난 애인 생기면 꼬박꼬박 다 너한테만큼은 선보였는데?

그래, 그랬다. 친한 친구라도 해준과 인희의 연애 스타일은 극과 극이었다. 해준이 잠적에 가까운 연애를 했다면, 인희는 아주 개방적이었다. 항상 래미에게는 소개를 시켰었다.

—언제 소개 시켜줄 거야?

다시 한 번 날아온 인희의 재촉에 래미는 식은땀이 삐질 나는 듯했다.

루이라면 백 퍼센트 거절함은 물론이고, 래미 역시 불안감에 결코 그런 자리를 만들지 않을 것이다.

지금이야 루이의 독설이나 제멋대로인 성격이 많이 누그러들었다지만, 다른 사람들 앞에서는 어떻게 나올지 알 수가 없었다.

더군다나 인희 앞에서 흑마법이라도 쓴다면…… 생각만으로도 뇌에 지진이 날 것만 같았다.

"나, 나중에 봐서."

─뭐야. 그 어물쩍은?

"아니, 아직 소개까지 시켜줄 정도는 아니라서 그래."

─음…… 그래? 아직 그 단계는 아니라는 거지? 알았어, 그럼. 나중에 봐.

"어. 그래."

인희의 목소리에서 뭔지 모를 가시가 느껴졌지만, 래미는 그저, 서운해서 그러는 거려니 생각하고 전화를 끊었다.

서운함이야 금세 잊을 것이고, 지금은 그게 문제가 아니었다.

"출판사에는 어떻게 답변을 주지? 쪽지로 줘야 하나? 아니다, 그거보다는 직접 출판사에 전화를 해보는 게 나으려나? 오늘 바로 연락 주면 되게 없어 보이려나?"

▷　▷　◆　◁　◁

어둠이 세상을 지배한 저녁. 인희는 바(bar)의 구석 자리에 앉아 해준을 기다리는 중이었다. 점심시간, 래미와의 통화를 끝낸 뒤, 인희는 마음을 결심을 굳힌 것이다.

"흐음. 아직 소개 시켜줄 만큼의 단계는 아니다, 이거지?"

무표정한 얼굴로 생각에 잠겨 있기를 잠시, 바의 문이 열리고 해준이 모습을 나타냈다.

홀을 둘러본 그가 인희를 발견하고 곧장 다가왔다. 조금 긴장된 얼굴로 인희 앞에 마주 앉은 해준이 먼저 입을 열었다.

"생각해 봤어?"

오자마자 본론이 먼저 튀어나오는 걸로 봐서, 꽤나 속이 탄 모양이었다.

"나 점심을 부실하게 먹어서 배고픈데, 밥부터 먹……."

"대답 먼저. 난 며칠을 기다렸다고."

다급한 해준을 보자, 인희는 짜증이 치받혀 인상을 찌푸렸다.

너는 고작 며칠이지만 래미는 장장 12년 동안이나 너만 보고 있었다고. 네 연애사 다 보고, 다 들으며 혼자 감정을 속으로 삭였다고, 이 새끼야.

물론, 래미가 전혀 표현을 안 했으니 몰랐던 탓도 있다. 하지만, 이제 와 굳이 애인이 생긴 애한테 들이대겠다는 해준의 심보에도 화가 솟는다.

"지해준. 내 대답 전에, 너부터 말해봐."

"뭔데."

"래미가 정말 너한테 절실해? 애인 있대도 뺏고 싶을 만큼 간절해?"

"무슨 뜻이야?"

"래미가 이성으로 보이기 시작했다는 건 알겠어. 혹시, 묻을 수도 있을 만큼의 크기였는데, 래미한테 남자가 생겼다니까, 질투심에 커져버린 게 아니냐고 묻는 거야."

해준의 짙은 눈썹이 찌푸려졌다.

"단순한 질투심 때문에 감정 파악 제대로 못 하고 만용이나 부리는 거 아니냐고 묻는 거지?"

"맞아."

해준은 찡그렸던 표정을 펴고서 깊은 한숨을 뱉어냈다. 쓴웃음을 지은 그가 이내 입을 열었다.

"김인희. 나, 한 번도 질투라는 감정을 느껴본 적이 없어."

"무슨 뜻이야?"

"지금까지 여자 많이 만나고 다녔지만, 한 번도 질투 같은 거 느껴본 적 없다고. 래미가 처음이야. 진심으로."

생각지도 못한 해준의 발언에 인희의 동공이 확장되었다. 한순간의 치기는 아니라는 걸 돌려 말한 거다.

"그러니까, 나 좀 도와줘."

"대답하기 전에 한 가지만 약속해줘."

"뭔데."

"래미, 상처 주지 마."

"내가 왜 래미한테 상처를 줘."

"넌 전적이 화려하잖아. 수시로 여자 바꾸고. 너 때문에 상처 받은 여자들 수두룩하잖아."

거기에 대해서는 입이 열 개라도 해준은 할 말이 없었다.

잔뜩 머쓱한 얼굴로 한숨만 푹푹 내쉬던 해준이 인희를 똑바로 응시했다.

"걱정 마. 이제 램밖에 눈에 안 들어오니까."

"원래 사랑의 유효기간은 딱 900일이래. 지금이야 램밖에 안 들어오겠지만, 유효기간 지나면 또 다른 사람이 눈에 들어오겠지."

"그럼, 900일은 아낌없이 사랑하겠네."

피식 웃으며 대답한 해준이 얼굴에 어렸던 웃음을 지웠다.

"네가 무슨 걱정을 하고 있는 건지 알아. 하지만, 김인희. 나도 너 못지 않게 래미 걱정하고 아껴. 절대 후회할 일 안 해."

인희는 물끄러미 해준의 얼굴을 들여다보았다. 참 묘한 기분이 들었다.

12년 동안이나 감정을 숨기며 줄기차게 짝사랑했던 래미보다, 해준 쪽이 훨씬 더 절실해 보이는 건 왜일까.

"좋아. 징검다리 역할 해줄게."

인희의 대답에 해준의 얼굴이 단박에 펴졌다.

"고맙다, 김인희."

"명심해. 래미 아프게 하면, 너, 찢어 죽여버릴 거야."

"걱정 마. 네 손에 죽기 싫어서라도 래미 아프게 안 해."

▷　▷　◆　◁　◁

"연락을 해봐야 해, 말아야 해."

L출판사에서 온 쪽지를 보고 무턱대고 기뻐했던 것과 달리, 지금은 걱정이 먼저 앞섰다.

그냥 장르도 아니고, 무려 야설에 가까운 글이었다. 그 글을 어떻게 덜컥 출간을 하느냐 말이다.

그래도 생애 첫 출간을 에로여신 닉네임으로 하고 싶지는 않았다. 더군다나, 그 쪽지가 정말로 출판사에서 온 거라는 보장도 없었다.

누군가의 장난이거나 L출판사를 사칭한 사기일 수도 있지 않은가.

고민에 고민을 거듭하며 방 안을 서성거리던 래미는 우뚝 멈추고서 휴대전화의 액정을 켰다.

"그래. 일단은 연락해 보자. 어쩌면, 기회일지도 모르잖아."

래미는 쪽지에 있던 박종희의 번호 대신, 미리 인터넷에 검색해 놓았던 L출판사의 대표번호로 전화를 걸었다.

뚜르르르르.

신호음이 가자 가슴이 마구 벌렁거린다.

—네. L출판사입니다.

젊은 여성의 목소리가 나오자 래미는 가볍게 심호흡을 하고서 입을 열었다.

"안녕하세요, 혹시, 편집팀에 박종희 씨라고 계신가요?"

—아. 저희 편집장님이신데요. 무슨 일 때문에 그러시죠?

일단은 박종희란 인물이 있어 의심이 아주 조금 풀어졌다. 더군다나 편집장이라니.

"박종희 편집장님과 통화 가능할까요?"

—어디시라고 말씀드리면 되나요?

윽. 역시나 그냥 바꿔 주지 않는다.

"직박구리 닷컴에서 연재하고 있는 에로여신입니다."

—예, 뭐, 뭐라고요?

크게 당황한 듯 상대방이 더듬거리자 래미는 다시 한 번 또박또박 말했다.

"어제 박종희 편집장님께서 쪽지 주셨던 직박구리 닷컴의 에로여신이라고 전해 주시면 됩니다."

"자, 잠깐만 기다리세요."

대화가 단절되자 씩씩하게 자신을 소개했던 것과 다르게 래미는 초긴장 상태가 되었다.

누군가 쪽지로 장난친 게 아니기를, 그래서 망신만 당하고 전화를 끊게 되지 않기를 바라고 또 바랐다.

짧은 기다림이 억겁처럼 길게 느껴져 초조함이 더욱 짙어질 때였다.

—어이구, 작가님. 반갑습니다! 제가 연락 드렸던 박종희입니다.

중년 남성의 음성이 들려오는 순간, 래미는 그제야 안도의 숨을 내쉬었다.

다행히도 사기나, 장난 쪽지는 아니었던 것이다. 게다가 생각보다 훨씬 더 반가워하는 듯한 뉘앙스에 다소나마 마음도 안정이 되었다.

"네, 안녕하세요."

—네, 네. 작가님. 갑자기 연락 드려서 많이 당황스러우셨죠?

"당황스럽다고 하기보다는 너무 의외라 놀랐어요. 제가 연재하는 사이트 자체가 워낙 고수위의 글만 있는 곳이라서요."

—하하. 저희는 굳이 장르를 가리면서 작가님들을 모시지는 않습니다. 글이 있는 곳은 어디든 모니터링을 하거든요.

어디든 모니터링을 한다고? 그런데 조금 전 여자 직원은 전혀 모르는 눈치였다. 하긴. 전 직원이 다 모니터링을 하는 건 아니니, 모를 수도 있겠지.

—이번에 작가님과 마음을 맞춰 작업을 한번 해보고 싶은데 의향이 있으신지 해서 연락을 드렸습니다.

바로 본론이 나오자 래미는 눈을 질끈 감았다가 떴다. 침착해. 침착하라고, 도래미.

"그 작업이라는 게 종이책을 말씀하시는 건가요?"

—네, 물론이죠.

"지금 사이트에 연재 중인 그 글을 말씀하시는 거죠?"

―왜 그러십니까. 어디, 계약이라도 돼 있으신 건가요?

그럴 리가요! 절대로 아닙니다!

"그게 아니라, 아무래도 너무 수위가 센 글이라 걱정이 돼서요."

―어차피 필명으로 내실 거 아닙니까?

"아뇨, 첫 출간이라 제 이름으로 내고 싶어서 그런 건데⋯⋯."

살짝 말끝을 흐린 래미는 이내 다급하고도 의욕적으로 말을 이었다.

"그래서 드리는 말씀인데, 제가 지금 연재 중인 글이 거의 마무리 단계
거든요. 물론, 사이트에는 겨우 중반 정도 올라갔지만요. 하하, 제가 워낙
부지런해서 여유분을 많이 만들어 뒀거든요."

너무 의욕이 넘쳐, 하지 않아도 될 말까지 주절거린 래미는 다시 정신을
다잡았다.

"그러니까, 지금 연재하는 거 말고, 다른 건 안 될까요?"

―써두신 게 있나요?

"그건 아니고, 시놉만 있어요. 그치만 한번 검토해 주신다면 며칠 내로
기획안 작성해서 제출할 수 있습니다."

냅다 질러놓고 래미는 초조한 마음으로 대답을 기다렸다.

―그래요, 그럼. 일단은 한번 보도록 하겠습니다.

계약을 하자는 것도 아니고, 단순한 투고일 뿐인데도 래미는 주먹을 꽉
쥐었다.

"출판사 사이트에 나와 있는 투고용 메일 주소로 보내면 되는 거죠?"

―아. 아닙니다. 통화 끝난 뒤에 담당 편집자 메일을 알려드릴 테니, 그
쪽으로 보내시면 됩니다.

"네, 알겠습니다."

―그럼, 기획안 기다리겠습니다.

"고맙습니다."

다소 차분하게 통화를 끝낸 래미는 언제 그랬냐는 듯 주먹을 꽉 쥐고서 허공에다 어퍼컷을 몇 방 꽂았다.

"투고용 메일이 아니라, 담당 편집자 메일이래! 냐하하하! 출판사에서 직접 컨택을 해오니까 대접도 다르네?"

어쩐지 일이 잘 풀릴 것 같은 예감에 가슴이 부풀어 오른다.

"이러고 있을 게 아니지. 하루라도 빨리 기획안 보내놓고 지금 쓰는 것부터 마무리해야 할 거 아냐."

마음을 다잡아 보았지만, 입은 자꾸만 째진다.

L출판사 사장실의 응접용 소파에는 김 사장과 박 편집장, 그리고 투자자, 세 사람이 테이블을 사이에 두고 앉아 있었다.

김 사장과 나란히 앉은 박종희 편집장이 테이블로 손을 뻗어, 방금 전까지 통화 중이었던 전화기의 스피커 기능을 껐다.

박 편집장은 투자자의 요청대로 이름조차 잘 모르는 작가와의 통화를 끝낸 참이었다. 속으로 한숨을 삼킨 박 편집장은 마주 보고 앉아 있는 투자자에게로 시선을 들었다.

"작가님의 기획안이 도착하면 바로 계약을 하겠습니다."

다리를 꼬거나 팔짱을 낀 것도 아닌데 특유의 오만한 느낌을 물씬 풍기며 치우가 입을 열었다.

"그러면 안 되죠."

"예? 안 되다니요? 작가님의 출간을 진행하는 것이 투자 조건이셨잖습니까."

의아해 하는 김 사장과 박 편집장을 보며 치우가 입꼬리를 올렸다.

400 1

"너무 쉬우면 재미가 없죠. 진행이 매끄럽지 않아야 편집자와도 자주 부딪치지 않겠습니까. 그래야 없던 정도 쌓이고 그런 거죠."

이미 반쯤 식어버린 커피를 한 모금 마신 치우가 슬쩍 인상을 찡그리고서 잔을 그대로 내려놓았다.

"일단은 제가 드린 이메일 주소나 확실히 알려주세요. 나머지는 그때그때 상황 봐서 요청을 드리죠."

그러고서 몸을 일으키자 김 사장과 박 편집장 역시 따라 일어났다.

"그럼, 앞으로 잘 부탁드립니다. 사장님, 편집장님."

두 사람과 번갈아 악수를 하고서 치우는 몸을 돌렸다. 마치, 격투기 선수를 떠올릴 정도의 덩치를 가졌음에도 입구로 향하는 걸음은 모델 뺨치게 날렵했다.

막 입구에 당도한 치우가 잠깐 멈칫하며 몸을 돌렸다.

"그리고 앞으로 그 커피는 내오지 마세요. 정말 맛이 없네요."

김 사장과 박 팀장이 어색한 표정을 짓거나 말거나 몸을 돌린 치우는 이내 사장실을 나섰다.

등 뒤로 문이 닫히자, 극대화 시켜놓은 귀에 어김없이 김 사장과 박 편집장의 대화가 들려왔다.

'나 원 참, 도대체 어디서 굴러먹다 왔길래 그 큰돈을 덜컥 투자할 정도로 돈이 많답니까?'

'먼젓번 미팅 때 보니 여기저기, 투자로 돈을 많이 벌어들인 모양이야. 워낙 물려받은 유산도 많았다는 것 같고.'

'허허, 참. 세상 요지경입니다. 여자 환심 한번 사보겠다고 출간까지 떡하니 시켜주고. 아니, 그냥 지가 출판사 하나 차려서 출판까지 해주면 될 걸, 굳이 뭐 하러 이런 쇼까지 한답니까?'

'단순하지 않나. 상대가 기뻐하는 게 목적이니, 신생 출판사보다야, 유명 출판사 쪽이 훨씬 더 메리트가 클 테지.'

'돈이 좋긴 좋군요.'

'우리로서는 한시름 놓았으니 잘된 게 아닌가. 좋은 게 좋다고 너무 깊게 생각하지는 마. 서로 윈윈한다 셈 치자고.'

두 사람의 대화가 끝나자 치우는 귀의 기능을 원래대로 돌리고서 피식 웃었다.

저들 입장에서는 그가 아니꼽기도 할 것이다. 그럼에도 그의 제안을 덥석 받아들일 수밖에 없는 건 돈의 힘이었다.

원작들이 영화와 드라마로 히트를 좀 쳤다고, 이 분야, 저 분야에 손을 대다 재정이 악화되었으니, 치우의 투자가 얼마나 반갑겠는가.

사무실 직원들의 시선을 한 몸에 받으며 치우는 출판사 밖으로 향했다.

▷　▷　◆　◁　◁

요즘 래미의 일과는 노트북을 켜는 것으로 시작해서, 끄는 것으로 끝난다고 해도 과언이 아니었다.

예전에는 그래도 루이와의 저녁 식사나 가벼운 산책을 끝으로 잠자리에 들었지만, 이제는 집으로 돌아와서도 다시 컴퓨터를 켜기 일쑤였다. 의욕이 넘치다 못해 폭발할 것처럼 팽배했기 때문이다.

번듯하게 그녀의 이름을 걸고 출간을 하는 게 지금은 최대 목표였다. 그러자면 기획안부터 그럴싸하게 작성해야 했다.

점심도 대충 노트북 앞에서 컵라면으로 때우고 있는데 인희에게서 전화가 걸려 왔다.

"어, 인희야."

─도램, 넌 어째 요새 내가 먼저 전화 안 하면 아예 할 생각을 안 하냐?

그러고 보니 그렇다. 최근 들어 한 번도 먼저 인희에게 연락한 적이 없다.

"쏴리쏴리. 내가 요새 기획안 작성하느라 바빠서 그래. 부모님한테도 연락 한 통 못 했으니까, 화내기 없기."

─야, 우리 사이에 이깟 걸로 화를 내겠냐. 램, 오늘 저녁에 뭐 하냐? 그 사람이랑 데이트하냐?

"응. 늘 저녁은 같이 먹거든."

─그럼, 내일은 뭐해?

"내일도 똑같지, 뭐. 기획안 작성 때문에 바쁘다니까?"

─모레도?

"응. 기획안 작성 끝나도 지금 연재하는 거 마무리해야 해서 정신없어."

─글피도? 글피는 일요일인데. 일요일까지 집에만 처박혀 있다고?

"야, 나 같은 프리랜서가 일요일 월요일 따지면서 일하겠어? 어, 잠깐만. 일요일?"

마지막에 외치듯 대꾸한 래미의 눈이 책상 위의 달력으로 향했다.

일요일에 빨간 동그라미와 함께 별이 여러 개 그려져 있는 게 눈에 들어왔다. 그녀가 제일 존경하는 작가의 첫 사인회가 있는 날이다.

"인희야, 나 일요일에는 K문고 가야 돼. 그날 좋아하는 작가님 사인회 있거든. 그거 꼭 받아야 돼서."

─어디서 하는 건데?

"광화문."

―몇 시에 하는 건데?

"두 시부터 세 시 반까지 하는 건데, 시간 딱 맞춰서 갈 수는 없잖아. 한 시간은 미리 가서 줄 서야지."

그렇게 대꾸한 래미는 고개를 갸웃거렸다.

"너도 같이 가려고?"

―야, 내가 줄 서서 남의 사인이나 받을 위인이냐.

하긴. 인희는 줄 서는 자체를 딱 질색했다. 줄 서기가 싫어 맛집도 안 가고 놀이공원에 가도 인기 없는 것만 타고 올 정도니까.

"근데, 장소며 시간이며 왜 그렇게 물어?"

―뭐, 그냥. 그런 건 도대체 몇 시에 하나 싶어서.

"피. 싱겁기는."

―싱겁고 나발이고, 시간 되면 술이나 한잔하자고 할랬더니. 가시나, 드럽게 바쁘네.

"미안. 조금 한가해지면 봐."

―오냐, 알았다.

그다지 영양가 없는 대화를 끝낸 래미는 역시나 영양가가 없는데다, 금세 불어터진 컵라면을 마저 먹었다.

요 며칠, 루이가 보는 래미는 조금 이상했다. 아니, 꽤 많이. 꼬박꼬박 저녁 식사를 하러 오긴 하는데, 뭔가 나사가 하나 빠진 것 같다고 할까.

뭘 먹으면서 혼자 싱긋이 웃다가도 금세 미간을 찌푸리고서 잔뜩 우울한 표정을 짓기 일쑤였다.

혼자 뭔가 중얼거리다, 그가 '왜?' 하고 물으면 '아니에요' 하고 고개를 젓고 만다. 오늘 역시 마찬가지다. 멍하니, 꾸역꾸역 먹기만 할 뿐.

루이는 들고 있던 포크를 탁 소리가 나게 내려놓고서 래미에게로 손을 뻗었다. 그의 엄지가 그녀의 입가에 묻은 소스를 쓱 닦아서야 움찔 정신을 차렸다.

"뭐 묻었어요?"

민망함에 눈을 깜빡인 래미가 식탁 한쪽에 놓인 냅킨을 집어 들기 위해 손을 뻗쳤다.

"어어……."

챙그랑. 들고 있던 포크가 길게 세워져 있는 와인잔을 건드려버렸다.

그 바람에 붉은 액체가 담긴 와인잔이 쓰러졌고, 다급히 그걸 막으려 다른 손을 뻗다 그만, 바로 앞에 놓인 음식 접시를 탁 치고 말았다.

순식간에 래미의 허벅지 위로 접시가 쏟아지고 옷은 음식물 범벅이 되었다.

'어떡해!' 하는 소란 대신 잠시 침묵이 일었다.

래미는 스스로가 한 행동이 믿기지 않아 눈만 깜빡거렸고, 루이는 여전히 멍하게만 보이는 래미를 조금 심각하게 바라보았다.

"무슨 생각을 하고 있는 거야, 요즘. 얼굴도 말이 아니게 핼쑥하고. 무슨 일 있어?"

루이가 몸을 일으켜 다가와서야 래미는 겨우 정신을 차리고서 한숨을 흘렸다.

"미안해요. 내가 요새 조금 바쁜 일이 있어 정신이 없나 봐요."

"……."

루이는 대꾸 대신 자세를 낮추고서, 래미의 허벅지 위에 엎어져 있는 접시를 바닥에 내려놓은 다음 냅킨으로 대충 음식물을 털어냈다.

"내가 할게요. 정말, 미안해요. 열심히 준비한 건데."

래미가 손을 뻗었지만, 루이는 음식물을 마저 털어냈다. 그러곤 그녀의 허리와 무릎 안쪽에 손을 넣고서 그대로 몸을 일으켰다.

"어디 가는 거예요?"

"씻어야 할 거 아냐. 이 꼴로 어떻게 집까지 갈 건데."

"그 순간이동인지 뭔지 그걸로 데려다 주면 안 돼요?"

"너 데리고 거기까지는 무리야. 혼자면 몰라도."

무뚝뚝한 대꾸에 래미의 얼굴이 조금 민망함으로 물들었다.

"아. 그, 그렇군요. 그럼, 내가 걸어갈게요."

"복도에 음식물 다 흘리면서 가게?"

래미는 입이 열 개라도 할 말이 없어 입을 합 닫고 말았다.

두 사람이 도착한 곳은 다름 아닌 루이의 방이었다. 하늘하늘한 캐노피가 쳐진 루이의 침실에 들어서자 래미의 심장이 마구 쿵쾅거리기 시작했다.

방 안에 딸린 욕실로 가고 있다는 걸 알고 있었지만, 래미는 괜스레 기분이 싱숭생숭해졌다.

"여기서 씻어. 필요한 거 있으면 말하고."

루이가 그녀를 욕실 안에 내려놓고서 문을 닫았다.

혼자 남게 되자 래미는 자신의 몰골을 쓱 훑었다.

상하의는 물론이고 길게 늘어뜨린 머리카락까지, 질척한 소스가 튀어 엉망진창이었다.

"도래미, 정신 좀 차리고 살자. 오늘 왜 이러니?"

마구 자책해 대던 래미는 이내 입고 있던 옷을 벗기 시작했다.

익숙하지 않은 데다, 집과 비교해 몇 배나 더 큰 위압감 때문인지, 괜스레 옷을 벗는 게 어색하기만 한 그녀였다.

잠시 뒤, 깨끗하게 씻고, 머리와 몸에 각각 타월을 둘렀음에도 래미는 욕실에서 나갈 수가 없었다.

기초 화장품을 바르지 못한 얼굴이 가뭄의 논바닥처럼 쩍쩍 갈라지고 있었으나 그녀는 욕실 문을 열 수가 없었다.

"돌겠네, 진짜. 수건이 왜 이렇게 작은 거야?"

몸에 두른 타월은 가슴과 엉덩이 정도만 가릴 수 있을 정도로 작았다. 게다가 아무리 찾아도 입을 만한 샤워가운 같은 건 보이지도 않았다.

그렇다고 계속 이러고 있을 수도 없어, 래미는 욕실 문을 아주 살짝 열었다.

조심스레 방 안의 동태를 살핀 래미는 루이가 없음을 알고 그제야 안도의 숨을 내쉬었다.

"일단, 뛰어나가서 이불이라도 감고 있는 거야. 이거보다는 낫잖아. 그리고 루이 씨가 오면 입을 만한 옷을 달라고 하는 거지. 오케이, 그러면 되지."

훅, 숨을 들이켜고서 문을 연 래미는 비장한 각오로 다다다 침대로 내달렸다.

"됐어! 다 왔다구!"

목적지에 도착하자 형언할 수 없는 희열이 그녀를 덮친다.

동시에 작업이 이루어져야 했다. 타월을 벗는 동시에 나머지 한 손은 이불을 끌어당겨 몸을 가려야 했다.

마침내, 이불을 움켜쥐고서 타월을 바닥에 내던지는 순간이었다.

"어, 어머! 이런 미친! 제길슨!"

래미는 욕설을 내뱉으며 마구잡이로 침대 시트를 끌어당기려 애썼다.

그랬다. 이불이라고 생각한 건, 이불이 아니라 침대 시트였다. 그것도 침대에 야무지게 고정되어 있는.

하늘하늘, 과도한 레이스 덕분에 시트를 이불이라고 착각해 버린 것이다. 화급히 끙끙거리며 침대를 들추고서 시트를 빼내는 순간이었다.

"지금 뭐하는⋯⋯."

문을 열고 들어온 루이가 말끝도 맺지 못한 채 들고 있던 가운을 턱, 바닥에 떨어뜨렸다.

채 시트로 몸을 가리지 못한 래미 역시 그대로 돌이 되고 말았다.

19

"우아아아악!"

곧 정신을 차리고서 날카롭게 비명을 내지른 래미는 화급히 주저앉으며 바닥에 떨어진 수건으로 손을 뻗쳤다.

수건으로 다시 몸을 가려보았지만, 제대로 가려질 리 만무했다. 게다가 이미 루이는 그녀를 보았으니 상황 끝이었다.

"드, 들어오지 말고 그대로 나가요. 제발, 제발."

래미는 고개도 들지 못한 채 '제발'에 힘을 주어 읊조렸다.

얼굴은 삶은 문어처럼 시뻘게졌고, 돌아버릴 것만 같은 창피함으로 인해 눈가에는 그렁그렁 눈물마저 맺힐 지경이었다.

그때였다. 쭈그리고 앉아 필사적으로 수건을 두르려 애쓰는 그녀의 등에 따뜻하고 보드라운 게 덮여졌다.

어느새 다가와 자세를 낮춘 루이가 커다란 수면가운으로 그녀를 감싼 것이다.

그가 가운의 앞섶을 그러모아 완전히 몸을 가려주었음에도 래미의 민망함은 가시지 않았다.

"오지 말랬잖아요. 왜 들어오고 그래요."

래미는 시선을 옆으로 빼고서 일부러 더 뾰족하게 내뱉어버렸다.

"다시 가운 들고 나갈까."

"누가 가운까지 가지고 나가래요?"

루이가 슬쩍 가운을 들추는 시늉을 하자 래미는 신속 정확하게 양쪽 소매에 팔을 꿰고서 앞섶을 단단히 여미었다.

미미하게 웃음을 흘린 루이가 그녀의 양어깨를 잡고서 바닥에서 몸을 일으켰다. 그러곤 자연스럽게 래미를 침대에 앉혔다.

"뭐, 뭐하려고요?"

속옷 하나 없이 맞지도 않는 풍덩한 가운만 걸친 채 침대에 앉혀지자 래미는 즉각 어깨를 굳혔다.

뒤이어 루이가 슥 손을 뻗어오자 래미는 심장이 터질 것만 같았다.

움찔, 양팔로 자신의 몸을 껴안은 채 래미는 눈을 질끈 감고서 외쳤다.

"루이 씨, 잠깐만요. 우, 우린 아직 이러면 안 돼요! 이건……."

"안 되긴 뭐가 안 돼."

갑자기 머리가 허전한 느낌에 래미는 말을 멈추고서 눈을 번쩍 떴다.

"머리 안 말릴 거야?"

루이가 벗겨 낸 수건을 들고서 한쪽 눈썹을 세우고 있었다.

'개쪽이야.'

터질 것 같은 창피함에 래미는 머쓱한 표정으로 껴안고 있던 팔을 풀었다. 루이가 근처에 있는 의자를 끌어당겨 래미와 마주 보고 앉았다.

다시 루이의 손이 다가왔지만 그가 무엇을 할지 충분히 짐작하고 있었기에 래미는 그저 시선만 아래로 깔았다.

그가 젖은 그녀의 머리칼을 부드럽게 닦아주기 시작했다. 뭔가 굉장히 기분이 간질간질하고, 나른하게 긴장이 풀어진다. 괜스레 래미는 콧등을 찡긋했다.

"나이 먹고 누가 내 머리 말려주는 거 처음이에요."

"나도 누구 머리 말려주는 거 처음인데."

"에이, 루이 씨는 연……."

저도 모르게 '연애해 봤으면서'라는 헛소리가 튀어나올 뻔한 것을 가까스로 삼켰다.

루이의 고개가 슬쩍 옆으로 기울어졌다.

"내가 뭐."

"음, 그러니까, 그게. 루이 씨가 뭐냐면요."

대답을 기다리는 루이를 보자 마른침이 절로 꿀꺽 삼켜진다.

어떻게 해서든 수습을 해야 해!

"루이 씨는 연, 연……."

"왜 연 뒤에는 말을 못 해."

"연가시 같아요."

오 마이 가뜨! 왜 하필 연가시인 건데! 왜, 왜!

루이의 얼굴이 살짝 구겨지자 래미는 뇌를 쥐어짜며 덧붙였다.

"연가시처럼 부드럽다고요. 그러니까, 그, 연가시가 무지 길고 물속에서 하늘하늘하게 움직이잖아요. 한 마디로 루이 씨 손이 연가시처럼 유연하고 부드러워서, 머리 말려주는 기술이 능숙하다, 뭐, 그런 뜻이죠."

어흑흑, 드러워죽겠네. 어제 먹은 밥이 올라올 것 같아. 그래도 자연스러웠잖아. 그랬으면 된 거야!

다행히도 루이는 더 이상 묻지 않았다. 썩은 표정으로 열심히 머리만 닦아주고 있을 뿐.

그래도 루이의 손이 부드럽게 머리를 만진다는 건 사실이었다. 언제 연가시 따위를 들먹였냐 싶게 다시 금세 기분이 노곤해지는 걸 보면.

매일 루이가 이렇게 머리를 말려주었으면 싶을 정도다. 며칠 내내 기획안 때문에 곤두섰던 신경이 누그러지고 눈은 슬슬 감긴다.

"으응…… 기분 좋아."

루이의 손이 뚝 멈추었다. 래미 역시 작게 숨을 들이켜고서 눈을 번쩍 떴다.

순간적으로 묘한 소리가 나가버린 것이다. 그녀 스스로가 듣기에도 상당히 민망할 정도로. 래미는 거의 반사적으로 눈을 들어 루이와 마주 보았다.

덜컥. 심장이 사정없이 아래로 꺼지는 듯했다. 흑요석 같은 루이의 눈동자가 고요함을 가장한 채 위험스럽게 빛나고 있다.

머리에 머물고 있던 한 손이 천천히 얼굴을 타고 내려와 입술을 간질이듯 어루만진다.

오싹. 묘하고도 아찔한 느낌에 래미는 가슴이 터질 것만 같았다.

단둘만 있는 침실. 야릇한 분위기.

순간적으로 아무것도 속에 입지 않은 채 가운만 걸치고 있는 사실이 새삼 뇌리에 확 각인이 되었다.

하지만, 그런 것 따위는 금세 머릿속에서 사라졌다. 수건을 내려놓고 얼굴을 감싸 쥔 루이가 그녀에게로 고개를 기울였기 때문이다.

'여기서 이러면 안 되는데……'

마음과는 달리 이미 키스의 짜릿함을 알아버렸기에 눈은 스르르 감기고 입술은 거부감 없이 그를 받아들인다.

그녀의 모든 것을 앗아가기라도 할 것만 같은 진한 키스에 래미는 루이의 옷자락을 꽉 움켜쥐었다.

루이의 한 손이 내려와 가녀린 등을 위아래로 어루만지자 저릿한 전율이 인다.

루이의 입술이 슬쩍 떨어지더니 턱을 타고 내려가 흰 목덜미에 안착했다.

'어어······.'

평소의 키스보다 훨씬 더 진도가 나가버리자 래미는 눈을 번쩍 떴다.

등을 어루만지던 루이의 손이 앞으로 온 것을 느끼고 몸을 움찔하는 순간이었다.

시큰. 목덜미에 통증이 느껴진다.

"읏."

그녀가 미간을 찡그리며 아픔의 신음을 토해내서야 루이의 동작이 뚝 멎었다. 잠시, 루이의 거친 숨결이 목덜미에 쏟아진다.

소강상태가 되었지만, 래미의 심장은 더욱더 터질 것만 같았다.

앞으로 이동했던 루이의 손이 아래로 떨어졌다. 뒤이어 그가 자세를 곧 추세웠다.

"머리, 더 말려야겠다. 수건 갖다 줄게."

조금 낮은 음성으로 중얼거리듯 말한 루이가 몸을 일으켰다. 그가 욕실로 향하자 래미는 멍하니 통증이 인 목덜미를 어루만졌다.

그게 키스마크라는 것쯤은 경험이 없어도 충분히 알 수 있었다.

얼마 지나지 않아 루이가 수건을 들고 오자 래미는 퍼뜩 손을 내렸다.

루이가 수건을 내밀며 입을 열었다.

"복만한테 네가 입을 만한 옷을 사오라고 했으니까 곧 올 거야."

"……고마워요."

"머리 더 말리고 있어. 식탁, 마저 치우러 가야 해서."

"어, 응. 알았어요."

그러고서 그가 입구로 향하자 래미는 다급히 입술을 움직였다.

"루이 씨."

그가 걸음을 멈추고서 돌아보았다. 래미는 가만히 입술을 축이고서 조금은 어색하게 말을 이었다.

"나, 루이 씨가 좋아요."

그러니까, 그렇게 어둡고 미안한 눈으로 나를 대하지 말아요. 화답하듯 루이가 입술 끝을 올려 미소를 보이곤 방을 나섰다.

밖으로 나와 문까지 완전히 닫은 뒤에야 루이는 올렸던 입술을 내렸다.

놈이 튀어나올 뻔한 것이다. 분명, 자제심을 잃지 않았는데도. 앞으로 래미를 대할 때 훨씬 더 조심해야 한다는 것을 의미함이었다.

"이렇게까지 날뛸 줄은 몰랐는데."

루이는 이내 굳었던 표정을 펴고서 발걸음을 옮겼다.

▷　▷　◆　◁　◁

일요일의 대형 서점은 사람들로 인산인해를 이루었다.

크게 유명하지는 않아도 제법 마니아층을 확보하고 있는 작가의 첫 사인회가 있는 날이라 그런지 유달리 북적거린다.

해준은 사인회가 있기 1시간도 훌쩍 전에 도착해 이미 해당 저자의 책을 구입하고 대기표를 받아둔 상태였다.

"흐음. 도램, 언제 오려나."

그래야 함께 있는 대기 시간이 조금 더 길어질 테니까.

'이번 주 일요일 광화문 K문고에서 래미가 좋아하는 작가 사인회가 있는데, 거기 간대. 시간은 2시고, 램은 미리 한 시간 전에 갈 거래. 자세한 건 검색해서 알아봐.'

며칠 전, 인희에게서 들은 소식이었다.

그랬다. 래미와 우연처럼 마주치기 위해, 해준은 일찍부터 와서 관심도 없는 책까지 샀다. 그리고 며칠 내내 저자와 저자의 책에 대해 낱낱이 조사까지 마쳤다.

오로지 래미의 환심을 사기 위해.

사실, 지난 일주일 정도 불운의 아이콘처럼 너무 재수가 없어 외출조차 신경 쓰이던 참이었다.

다행히 그제부터는 희한하게 아무 일도 일어나지 않아, 오늘만큼은 래미 앞에 나설 수 있었다. 물론, 여전히 조심스럽기는 했지만.

저자의 책이 전시되어 있는 코너를 떠나지 않고 구입한 책을 몇 장 들추고 있을 때였다.

"지해준?"

그토록 기다리던 음성이 바로 곁에서 들려왔다.

옳다구나! 입이 귀에 걸릴 것 같았지만, 해준은 심드렁한 척 고개를 돌렸다.

요즘 말로 '심쿵'이라는 게 딱 지금 상황을 두고 하는 말일 것이다.

올림머리에 흰색 코트를 예쁘게 차려입고서 동그란 눈을 깜빡이고 있는 래미를 보는 순간, 정말로 심장이 내려앉는 듯했다.

"음, 도램? 네가 여긴 어쩐 일이냐?"

억지로 태연하게 바라보자 잔뜩 놀란 얼굴로 래미가 성큼 곁까지 다가 왔다.

그녀에게서 나는 은은하고 상큼한 향기에 정신이 얼얼해질 것만 같았다.

"오늘 여기서 내가 좋아하는 작가님 사인회가 있어서 왔는데?"

"어, 그래? 나도 그래서 왔는데."

해준은 들고 있던 책을 슬쩍 들어보였다. 책 표지를 본 래미의 눈이 마치, 로또라도 된 것처럼 커다랗게 열렸다.

"어머, 너도 이 작가님 팬이었어?"

"설마 너도?"

우와. 이 정도면 지해준, 연기 대상감이다.

래미가 크게 고개를 끄덕였다.

"응, 응. 나 이 작가님 정말정말 좋아. 그래서 작가님 책도 다 소장 중이 거든."

"대단한데? 난 그 정도는 아니고, 입덕한 지 얼마 안 됐어. 그냥, '시간 사냥' '빛바랜 사진' '물 빠진 청바지' 음, 그리고 '가시에 찔리다' 밖에 못 봤어. 나머지는 틈틈이 시간 나면 보려고."

래미가 잔뜩 놀랍다는 표정으로 해준을 응시했다.

"그 정도면 꽤 많이 읽은 거잖아. 와, 네가 이 작가님을 좋아할 줄은 생 각지도 못했는데!"

소리는 작지만, 감탄이 가득 담긴 말을 쏟아낸 래미가 책을 하나 집어 들었다.

"이러고 있을 게 아니지, 얼른 대기표 받아야지. 넌 받았어?"

"진작 받았지. 럭키세븐."

"와, 빠르다. 나도 얼른 받아야지."

소녀처럼 잔뜩 신이 난 표정을 하고서 래미가 앞장서자 해준은 흐뭇한 얼굴로 뒤를 따랐다.

다음번에 이런 행사에 올 때는 우연을 가장한 만남이 아니라, 연인이 되어 함께 왔으면 하는 바람을 품고서.

제법 흥미로웠던 사인회가 끝나고 해준과 래미는 근처의 커피숍에 마주 앉았다.

"아, 내가 작가님 사인을 받고 이렇게 사진도 함께 찍다니, 아직도 안 믿긴다?"

"그렇게 좋아?"

"응, 응! 당연히. 무지무지. 작가님, 트라우마가 있어서 사인회 같은 거 안 하신다는 걸 팬들은 다 알고 있거든."

"처녀작 출간하시고 희망에 들떠 사인회를 했는데 달랑 열 명이 왔다고. 그것도 네 명은 가족이었다지?"

"하하. 그때는 워낙 인지도가 없으셨던 때라. 어, 근데 너도 알고 있었어?"

"어쩌다 보니, 인터뷰하신 걸 보게 됐어."

당연하지. 일부러 조사 좀 했거든. 무지 오래전 인터뷰라 하마터면 못 볼 뻔했다고.

"아, 인터뷰 봤구나. 인터뷰도 무지 재치 있게 하시지 않아? 완전 닮고 싶다니까?"

해준은 뭔가 기분이 묘했다. 이렇게 아이처럼 해맑게 좋아하는 래미는 처음 본다. 커다란 눈을 반짝일 때마다 너무 사랑스럽고 예뻐, 깨물어주고 싶을 정도다.

붉은 입술을 쉴 새 없이 움직일 때마다, 저 입술을 맛보고 싶은 욕망이 꿈틀 댄다.

문득, 불쾌한 기억이 뇌리를 스친다.

그 남자는 마음껏 저 입술을 탐하고 가졌겠지.

짜증과 분노가 확 치밀어 오르는 찰나 래미의 음성이 그를 눌렀다.

"오늘 되게 신기하고 재미있다, 그치."

"뭐가 신기한데."

"너랑 같은 작가님 사인 받으려고 서점에서 마주친 거."

"별게 다 신기하다. 그럼, 재미있는 건 뭔데."

"작가님에 대해서 이렇게 이야기 나누는 거. 인희는 글 취향이 나랑 완전 정반대거든."

그저, 태연하게 어깨만 으쓱해 보인 해준은 미미하게 회심의 미소를 지었다.

신기하긴 이제 시작일 뿐인데.

해준은 일부러 손목시계를 확인하고서 테이블 한쪽에 두었던 책을 집어 들었다. 뭐든 아쉬움을 조금 남기는 게 좋은 법이다.

"그만 일어날까? 시간도 꽤 됐는데."

"어?"

그제야 휴대전화를 확인한 래미가 놀란 표정을 지었다.

"벌써 시간이 이렇게 됐잖아? 얘기하다 보니 시간 가는 줄도 몰랐네?"

"그랬냐?"

"어휴, 그래. 나 혼자만 즐거웠네요."

밉지 않게 눈을 흘기는 모습도 너무 예쁘다.

"가자. 태워줄게."

"아냐, 괜찮아. 지하철 타고 가면 돼."

"야, 뭘 또 따로 가냐? 차 있는 놈이 태워주고 그러는 거지."

"괜찮대도. 괜히 나 데려다 주고 가려면 차 막힐 거야."

흠. 아쉬움을 남겨야 한다는 거 취소.

"일단 나가자. 아 참, 작가님, 저번 책 있지?"

"어떤 거? 해가 진 뒤에, 그거?"

"어, 그거. 그건 평이 별로 안 좋던데."

"야. 그건 솔직히 평론가들이 너무 감수성에 메말라서 그런 거지."

이야기를 열심히 듣는 척하며 해준은 자연스레 주차장으로 래미를 이끌었다.

같은 취미, 같은 관심사를 가지고 있다는 건 이래서 좋은 거다. 비록 목적을 위해 인위적으로 설정했다 하더라도.

쉴 새 없이 입을 움직이는 래미의 이야기를 듣다 보니 어느새 목적지가 가까워지고 있었다.

진한 아쉬움에 해준이 괜스레 속력을 늦추고서 천천히 이동했지만, 래미는 그것도 모른 채 이야기를 하느라 여념이 없다.

해준은 처음 알았다. 래미가 이렇게 말을 많이 한다는걸.

흥미 있는 주제를 하나 던져주면 덥석 물고서 신나게 이야기를 하는 모습이 천진하기 그지없다.

지이이잉. 지이이잉.

래미의 것으로 추정되는 휴대전화의 진동이 울렸다.

"어, 내 전화인가 봐."

그제야 이야기를 중단하고서 래미가 핸드백 속의 전화기를 꺼내 들었다. 액정을 확인한 래미의 얼굴이 단박에 밝아지더니 전화를 받는다.

"네, 루이 씨."

자신과 이야기할 때와는 완전히 다른 코맹맹이 소리가 흘러나오자, 해준은 저도 모르게 인상을 구겼다.

그놈인 모양이다. 래미의 그 남자.

조금 전까지 구름 위에 둥둥 떠 있는 것 같던 기분이 순식간에 바닥으로 곤두박질 쳐진다.

"……지금 밖이에요. 오늘 서점 갔었거든요. 지금 집으로 가는 중이에요. ……어, 정말? 나 그거 진짜 보고 싶었던 건데. 그럼, 우리 영화 보면서 저녁 먹어요. 피자랑, 와인 한 잔 콜?"

그놈과의 저녁 약속인 듯한 통화 내용에 핸들을 잡은 해준의 손에 힘이 꽉 들어갔다. 이미 래미에게 지해준은 없는 존재나 다름없었다.

"응, 응. 알았어요. 이따 봐요."

간드러지는 음성으로 통화를 끝낸 래미가 그제야 해준을 인지하고서 머쓱하게 웃었다.

"혹시, 인희한테 들었어?"

"뭘."

"나 연애 중이거든."

그러고서 얼굴을 발갛게 붉힌다.

속에서, 욱하고 치받혀 오르는 것을 간신히 누른 해준이 가까스로 대꾸했다.

"그랬어? 몰랐네. 그럼, 방금 루이 씨라고 한 그 사람이야?"

"응."

"쇼핑 왕이냐? 웬 루이."

생각보다 훨씬 퉁명스럽게 내뱉고서 해준은 퍼뜩 웃어 보였다.

"쏘리다. 아재 개그 날려서."

다행히도 래미는 개그코드가 맞아떨어졌다고 킥킥킥 웃어 젖혔다.

"근데, 무슨 영화관에서 피자랑 와인을 마셔?"

"아. 진짜 영화관은 아니고, 그 사람 집에 영화관처럼 꾸며 놓은 전용 방이 있거든."

"아아."

그놈 집이라고? 만난 지 얼마나 됐다고 벌써 집까지 드나든다는 거야?

그놈의 집에서 영화를 보고 와인을 마시고 그다음에는…… 그다음에는…… 제길!

보통 남녀 사이에 있는 데이트의 수순들이 차례대로 떠오르자, 뇌에 번개 내리꽂힌다.

속에서 부글부글 끓어대는 게 돌아버릴 것만 같다.

그러는 사이 목적지에 당도해 해준은 차를 세웠다.

"태워다 줘서 고마워."

안전벨트를 풀며 래미가 말했다.

"고맙긴 뭘."

해준은 자꾸만 치솟는 노기를 삭이려 애썼다.

"조심해서 가."

래미가 곧장 내릴 기색이자 해준은 다급히 입을 열었다.

"램, 나 커피 한 잔만 타다 줘."

막 차문을 열려던 래미가 손을 멈추고서 휙 돌아보았다.

"웬 커피? 커피숍에서 차 마셨잖아."

"그거 한 잔 마시고 기별이 오냐? 가다가 졸릴 것 같아서 그래. 한 잔 더 마시면 괜찮을 것 같거든."

"졸음 운전하면 안 되잖아. 그러게 나는 그냥 지하철 타고 온다니까."

"됐으니까, 들어가서 커피 한 잔만 진하고 뜨겁게 타서 와."

"어, 알았어. 잠깐만 기다려."

차에서 내린 래미가 금세 집 안으로 사라지자 해준은 입매를 딱딱하게 굳혔다.

해준의 손이 한껏 불안하게 핸들을 툭툭 두들긴다.

얼마 지나지 않아 두꺼운 머그잔을 들고서 래미가 다가오는 게 해준의 시야에 들어왔다. 불안하게 두들기던 손을 멈추고서 해준은 운전석 창문을 쭉 내렸다.

그것을 본 래미가 조수석 문 쪽으로 가던 방향을 틀어 운전석 창으로 다가왔다.

"집에 믹스커피밖에 없어서 그걸로 타 왔는데 괜찮겠어?"

"아무거나 상관없어."

어차피 먹을 게 아니니까.

하품을 하는 척하며 해준은 머그잔을 받기 위해 손을 뻗었다. 별다른 의심 없이 래미가 잔을 건네고서 손을 떼는 순간이었다.

"앗 뜨거!"

해준의 낮은 비명이 울려 퍼졌다.

"어머, 어머, 어떡해! 괜찮아?"

놀란 래미의 얼굴이 사색이 되었다.

머그컵을 받는 척하며 해준이 살짝 잔을 놓치는 바람에, 뜨거운 커피가 그대로 무릎 위에 쏟아지고 만 것이다.

그 움직임이 너무 절묘해 마치, 래미가 잔을 놓쳐 커피가 쏟아진 것처럼 상황이 연출되고 말았다.

"어우, 어떡해! 미안, 미안! 많이 뜨겁지?"

"……."

해준은 잠시 말없이 눈을 질끈 감은 채 통증과 싸워야 했다. 이 정도는 각오하고 있었지만, 제기랄, 생각보다 너무 뜨거웠다.

"어, 그래. 119, 119 부를까?"

사색이 된 래미의 물음에 잠시나마 그렇게 하라고 할 뻔했다.

아픔도 아픔이지만, 순간적으로 흉터가 남으면 어쩌나 하는 생각도 스쳤기 때문이다.

"음…… 돼, 됐어. 이 정도로 무슨 119냐."

"네가 무슨 철인 28호야? 되긴 뭐가 돼? 뜨거운 커피가 쏟아졌는데! 일단, 집으로 가. 찬물에 좀 담가보고 심하다 싶으면 응급실이라도 가야지."

제가 데인 것보다 더 발을 동동 구르는 래미를 보니, 조금 미안한 마음도 들었지만, 한편으로는 만족스럽기도 했다.

해준은 억지로 끌려가는 척 래미와 집으로 향했다.

"바지, 벗을 수 있겠어?"

현관 안으로 들어서자마자 날아온 래미의 질문에 해준은 마른침을 삼켰다. 그게 아니라는 걸 알지만 어쩐지 다른 뜻으로 느껴져서.

"별로 심각한 건 아니라니까."

"잠깐만 기다려."

방으로 들어갔던 래미는 잠시 뒤 짧은 바지 하나를 들고 나왔다.

"래원이 집에서 입던 반바지야. 이거 입고 얼른 욕실 가서 찬물에 담가. 난 화상패드 있나 찾아볼게."

해준이 바지를 받아들자 래미는 다시 방으로 사라졌다. 혼자 남게 된 해준은 조심스레 바지를 벗어 다리를 보았다.

다행히도 조금 벌겋게 달아오르기만 했을 뿐 큰 상처는 아니었다. 청바지 덕이었다. 아마, 청바지가 아니었으면 시도할 엄두도 내지 못했을 것이다.

빠르게 짧은 반바지를 입은 해준은 욕실로 가 찬물을 틀었다. 상처는 깊지 않았으나 꽤나 넓게 데어서인지 물이 닿자 절로 인상이 써졌다.

"으, 더럽게 아프네."

"것 봐. 괜찮은 게 아니라니까. 많이 아프지?"

바로 뒤에서 들려온 음성에 해준이 흠칫, 시선을 돌렸다. 래미가 패드로 추정되는 것을 손에 들고 욕실 문 앞에 서 있었다.

"약국에 가야 되나 했는데, 다행히 이게 있더라고. 조금 식힌 뒤에 나와. 붙여줄게."

"알았어."

고개를 끄덕인 해준은 래미의 말을 충실히 이행한 다음에야 욕실 밖으로 나왔다.

"어디 봐봐. 얼마나 다친 거야?"

괜히 절뚝거리며 거실로 나와 앉자 래미가 쪼르르 다가와 물었다.

"세상에. 허벅지부터 종아리까지 다 시뻘겋잖아. 진짜, 아프겠다."

"아까는 몰랐는데, 지금 좀 아프긴 하네."

조금 과장되게 인상을 써 보이자 래미가 잔뜩 울상을 지었다.

"정말 미안해."

"괜찮아, 인마. 이 정도로 안 죽어."

그럼에도 미안한 표정을 풀지 않은 래미가 상처 부위에 패드를 붙이기 시작했다.

"읏."

이번 건 진짜 아파서 나온 신음이었다. 차가운 패드가 닿으니 래미의 어깨를 꽉 움켜쥐고 싶을 정도로 따가웠다.

아니, 아니다. 어깨를 움켜쥐고 싶은 건 그래서가 아니다. 그냥, 가슴 속 저 깊은 곳에서부터 그렇게 하고 싶은 욕구가 들끓어서일 뿐.

마치, 연인에게 하듯 다정한 래미의 손길을 받고 있으니, 통증 따위는 느껴지지도 않았다.

'이대로 시간이 멈췄으면.'

부질없는 바람을 비웃듯 패드를 다 붙인 래미의 손이 멀어져 갔다.

"다 됐어. 대충 상처 부위에 붙여놓기는 했는데, 조금 있어보고 아프다 싶으면 꼭 내일이라도 병원에 가봐. 알았지?"

"알았어."

해준의 대답에도 안심이 되지 않는지 래미의 얼굴은 잔뜩 시무룩해졌다.

"내가 조금만 조심했어도 이런 일은 없었을 텐데."

"괜찮다니까 그러네."

"이러고 운전은 어떻게 하려고 그래."

"운전이야, 뭐. 대리 불러도 되고, 택시 타고 갔다가 나중에 가지러 와도 되고 그렇지 뭐."

말해 놓고 나니 나중에 가지러 오는 게 좋을 것 같았다. 그 핑계로 또 자연스럽게 볼 수 있으니.

"문제는 밥이지. 이 상태로 챙겨 먹을 수가 없으니까."

"아, 맞다. 그것도 문제네."

드디어 왕건이를 날린 해준은 회심의 미소를 지었다.

그가 아는 한 래미는 결코 어려움에 처한 그를 두고 그 쇼핑왕을 만나러 가지는 않을 것이다. 특히나 자신 때문에 다친 줄로 알고 있으니 더 그럴 것이다.

역시 래미는 더더욱 미안한 얼굴이 되었다. 잠깐 생각하는 듯 입술을 잘 근거린 그녀가 이내 해준을 바라보았다.

"근처에 도시락 가게가 되게 괜찮은 곳 있거든. 내가 사 올 테니까, 가져가서 먹을래?"

순간, 해준은 자신의 귀를 의심했다.

"도시락?"

"응. 되게 맛있어. 꼭 집밥 같아."

해준의 눈이 슬쩍 가늘어졌다.

'왜. 나한테는 도시락 사 주고 넌 쇼핑왕 만나게? 그건 안 되지. 공갈 자해단도 아닌데, 내가 왜 허벅지까지 삶아가며 이 짓을 벌였게?'

해준은 눈을 원래대로 돌리고서 잔뜩 곤란한 기색을 해보였다.

"나 도시락은 안 먹는데."

"아니, 왜?"

"예전에 유명하다고 그래서 어떤 도시락 먹었는데, 벌레가 나오더라. 그 뒤로 도시락은 쳐다도 안 봐."

"어, 그, 그래? 근처 도시락 집은 깨끗한데."

"됐어. 한 끼 굶는다고 죽는 것도 아니고. 그냥, 참았다가 내일 출근해서 대충 때우지 뭐."

굶는다는 말에 래미의 얼굴에 더욱 그늘이 졌다.

"나 신경 쓰지 말고 넌 볼일 봐. 약속 있는 거 아냐? 난 조금 더 앉았다가 통증 가시면 알아서 가줄게."

해준의 처연한 말투에 래미는 한숨을 푹 흘렸다. 그러곤 이내 미안한 표정으로 그를 응시했다.

"내가 잠깐 어떻게 됐었나 봐. 너를 이렇게 다치게 해놓고 나 놀러 갈 생각만 했어."

"야, 그건 좀 섭섭한데?"

래미가 머쓱하니 쿡쿡, 웃고서 몸을 일으켰다.

"TV라도 보고 있어. 밥하고 찌개라도 끓일게."

"네가 밥 차려 주게?"

"그럼, 어떡해. 도시락도 안 먹는다고, 반바지 입고 밖에 나가서 먹을 수도 없고. 내가 솜씨를 발휘할 수밖에."

"괜찮다니까, 저런다."

들릴 듯 말 듯 아주 작게 말을 하고서 해준은 사악한 웃음을 머금었다.

'미션 석세스!'

─루이 씨, 미안해요. 일이 좀 생겨서 오늘은 못 가요.

뜻밖의 전화에 지하에 있는 와인 창고에서 와인을 고르던 루이의 손이 뚝 멈추었다.

"왜. 무슨 일인데."

─그게, 전화로 얘기하기는 좀 길고…… 내일 가서 얘기해요.

"큰일이나, 나쁜 일은 아니지?"

─응. 그런 건 아니니까 걱정 안 해도 돼요.

"내가 도와줄 건 없어?"

─없어요. 진짜 별일 아니니까 내일 봐요.

그러고서 그가 뭐라고 채 대꾸하기도 전에 서둘러 전화를 끊어버린다. 뭔지 모를 묘한 불쾌감이 일었으나 루이는 이내 생각을 털어버렸다.

"뭐. 사생활도 있는 거니까. 남자와 있는 것만 아니면 됐지."

밤 9시를 조금 넘긴 시각이었다. 루나의 홀을 서성이던 루이는 테이블 위의 휴대전화를 집어 들었다.

"주인님, 요즘 핸드폰 사용을 굉장히 자주 하십니다?"

루이는 휴대전화를 든 채로 복만을 바라보았다.

"그게 뭐."

"하하. 도래미 고객님을 만나기 전까지, 문명의 이기 따위는 조금도 필요치 않다고 그렇게 말씀하셨잖아요."

그러고 보니 그랬다. 예전에는 이런 기계 같은 건 조금도 필요치 않았다. 그런데, 래미와 함께 있는 시간이 늘수록 이 기계에 대한 의존도도 높아져만 갔다.

눈앞에 없으면 자꾸 아른거리고 궁금하니까 전화를 걸어 목소리를 들을 수밖에 없다.

"뭐. 편리하긴 하네."

머쓱한 대꾸에 복만이 작게 킥킥 웃었다.

"조심하셔야 합니다. 요새 핸드폰 중독 때문에 난리도 아니거든요."

은근히 놀리는 듯한 말투에 루이는 눈을 가늘게 떴다.

"너는 엘리자베스한테 안 가? 오늘내일한다고 하지 않았어?"

"낮에 잠깐 다녀왔는데, 위급한 상황은 모면했어요. 오늘은 할머니와 있겠다고 해서 그냥 왔습니다."

"그럼, 올라가서 쉬어."

"괜찮은데요?"

복만이 눈을 말똥말똥 뜨며 대꾸했다. 루이는 팔짱을 낀 채 물끄러미 복만을 응시했다.

가끔 절묘한 타이밍에 빠져줄 때는 눈치가 백 단은 되는 것처럼 보이는데, 이럴 때는 또 아이큐 한 자리가 따로 없다.

루이는 휙 몸을 돌려 2층으로 연결된 계단으로 향했다. 노예님에게 통화하는 모습을 중계할 수 없어 자리를 피하는 주인님이었다.

계단을 오르며 루이는 휴대전화에 딱 하나만 저장되어 있는 래미의 번호로 전화를 걸었다.

통화 연결음이 경쾌하게 귀에 감긴다.

하지만 1분이 넘도록 래미의 목소리는 들리지 않았다.

또다시 걸어도 마찬가지였다.

"무슨 일이 생긴 거지."

분명 서점에서 집으로 가는 중이라고 했을 때는 들뜬 목소리로 피자에 와인을 외쳤다. 그런데, 갑자기 못 온다고 서둘러 끊더니, 이제는 전화도 받지 않는다.

"흠. 사생활이니까 관심 꺼."

스스로에게 다짐이라도 하듯 작게 뇌까렸지만, 이상하게도 자꾸 신경이 곤두선다.

전화라도 받으면 안심이 될 텐데 왜 안 받을까. 밖이라 전화가 오는 줄 모르는 걸까.

그 시각 래미는 휴대전화를 거실에 둔 채 해준이 입을 만한 바지를 찾기 위해 래원의 옷장을 마구잡이로 헤집는 중이었다.

상처 부위가 아파 딱 붙는 긴 바지는 절대 불가였고, 그렇다고 짤막한 반바지 차림으로 나갈 수도 없기 때문이다.

"아니, 애는 겨울 추리닝 바지 하나가 안 보여? 죄다 짧은 거 아니면 딱 붙는 거야."

한참 동안 옷들을 들쑤시던 래미가 책상 의자에 앉아 있는 해준을 돌아보았다.

"지해준, 그냥 그거 입고 택시 타면 안 돼? 꼭 긴 추리닝을 입어야 돼?"

"야, 코트에 이 짧은 반바지를 입고 나가라고? 바바리맨으로 신고 당할 일 있냐?"

그건 또 그렇다. 한여름도 아니고. 래미만큼이나 해준도 곤란하긴 매한가지였다.

미션 성공으로 래미를 쇼핑왕과 만나는 걸 막긴 했는데, 이 차림으로 집에 갈 일이 막막했다.

택시를 타려면 큰길까지 나가야 하는데 도저히 이 꼴로는 나갈 수가 없다. 어차피 차는 한 번 더 만날 구실 때문이라도 두고 가야 했고.

순간적으로 해준의 뇌가 번뜩거림과 동시에 늑대본능이 일어났다.

"음, 흠. 정 안 되면, 여기서 자……."

"아, 콜택시! 콜택시 부르면 집 앞까지 오잖아."

'자고, 내일 아침에 통증이 조금 가시면 내 바지 입고 가지 뭐.' 라고 하려던 게 쏙 들어갔다.

하긴. 자신이 생각해도 너무 무모하고 어이없는 발상이었다.

"그래, 콜택시가 있었네."

"빨리 불러. 너도 얼른 가서 쉬어야 내일 출근하지."

"네, 네."

해준은 스스로에게 민망해 피식 웃고는 콜택시 번호를 검색했다.

"주인님, 벌써 계단만 몇 번째 오르내리시는 줄 아십니까?"

"뭐?"

루이는 걸음을 뚝 멈추고서 발밑을 보았다. 딱 계단 한중간에 서 있는 게 눈에 들어왔다.

그의 미간이 찌푸려졌다.

'내가 왜 이러고 있는 거야. 확인해 보면 되는걸.'

계단 중간에 있던 루이가 순식간에 사라졌다.

다시 루이의 모습이 나타난 것은 래미의 집 대문 앞이었다. 대문 앞에 서서 안을 들여다본 루이의 고개가 비딱하게 기울었다.

"집에 있는데 왜 전화를 안 받지?"

환하게 켜진 불빛을 보며 초인종을 누르려 할 때였다.

갑자기 현관문이 열리더니 래미가 밖으로 나왔다.

무탈한 래미의 모습을 보자, 안도감과 함께 진한 반가움이 샘솟아 절로 미소가 입에 걸렸다.

그리고 그 순간이었다. 누군가 래미의 뒤를 따라 나온 것은.

상대를 확인한 루이의 얼굴이 그대로 굳어버렸다.

지해준. 래미의 오랜 짝사랑. 바로 그놈이었다. 래미가 그놈과 함께 집 안에서 나오고 있었다.

두 눈을 의심하며 우두커니 서 있던 루이는 두 사람이 대문으로 다가오자 이내 어두운 골목으로 몸을 옮겼다.

'어째서 도래미가 저놈과 같이 있는 거지?'

두근, 두근. 심장이 미칠 듯이 날뛰어댄다. 통증이 느껴질 정도로 거세게 울려댄다.

'단둘이 만나는 건 안 할게요.'

그 예쁜 입으로 분명히 그렇게 맹세하듯 말했었다. 그런데, 지금 눈앞에 펼쳐지고 있는 광경은 뭐란 말인가.

"일이 있다더니, 저놈과 같이 있느라 전화조차 받지 않는 거군. 그것도 집 안에서 단둘만."

비소를 흘린 그는 그 어느 때보다 차갑고 무표정한 눈으로 두 사람을 주시했다.

가슴 한쪽에 커다란 유리조각이 박혀 들어온 것처럼 욱신거려 왔다.

두 사람이 대문 밖에 같이 서 있는 시간은 그리 길지 않았다. 얼마 지나지 않아 집 앞에 콜택시가 도착하자 놈이 뒷좌석의 문을 열었다.

"조심해서 가. 많이 아프면 내일 병원에 가보고."

"그래. 오늘 저녁 잘 먹었다. 솜씨가 제법이었어."

움찔. 루이의 입술이 노기로 꾹 다물렸다. 저놈한테 저녁까지 해먹였군.

"알았으니까, 그만 가."

"어. 내일 전화할게. 들어가. 춥다."

"응."

차에 오른 놈이 문을 닫자 래미는 손을 흔들어 보이고서 대문으로 향했다.

뒤이어 택시가 출발하기 시작했다.

눈조차 깜빡이지 않고 두 사람을 주시하고 있던 루이의 표정이 더없이 사나워졌다.

그의 모습이 순식간에 골목에서 사라졌다.

20

"선생님, 잠실 K아파트로 가주세요."

콜택시를 탄 해준은 짧막한 반바지를 코트로 가리려 애쓰며 목적지를 알렸다. 그런 해준을 룸미러로 본 기사가 주름 진 눈으로 빙긋이 웃었다.

"여자친구 분 만나고 가시나 봅니다."

"여, 여자친구요?"

"아니에요? 두 분 같이 서 있는 걸 보니 선남선녀가 따로 없던데요."

"그렇게 봐주셔서 감사합니다."

광대가 급격히 승천하고 입이 옆으로 막 벌어지고 있을 때였다.

"역시. 그랬군. 내 예상이 맞았어. 너는 친구가 아니었어."

갑자기 옆에서 들려온 낮은 음성에 해준은 물론이고 운전석의 기사까지 놀라 시선을 돌렸다.

옆을 본 해준의 눈과 입이 사정없이 벌어졌다.

믿을 수 없게도 옆 좌석에 래미의 그 남자가 떡하니 다리를 꼬고 앉아 있는 것이다.

"다, 다, 당신은…… 아, 아니 어떻게……."

더듬더듬 내뱉던 해준의 음성이 쏙 들어가 버렸다.

마치, 발끝부터 머리끝까지 눈과 코를 제외하고 모두 꽁꽁 얼어버린 것처럼 꼼짝도 할 수가 없었다.

뒤이어 루이의 눈동자가 룸미러 속 기사에게로 곧장 날아갔다.

귀신이라도 본 것처럼 벌벌 떨고 있던 기사가 언제 그랬냐는 듯 멍하니 앞을 응시하며 운전에 몰두했다.

'제길, 이게 어떻게 된 일이지? 이게 말이 되냐고!'

해준이 아무리 움직이려 애써도 마음대로 되는 건 그저, 숨을 쉬고 눈만 깜빡이는 것뿐이었다.

기사에게 박혀 있던 루이의 눈이 이내 해준에게로 향했다. 해준의 뒷머리가 비쭉 일어섰다.

남자의 눈동자 색이 한쪽은 빨갛고 또 한쪽은 연한 회색에 가깝게 변했기 때문이다.

'도, 도대체 이놈 정체가…… 크흡!'

채 놀랄 틈도 없이 루이의 손이 휙 다가와 해준의 목을 거세게 콱 움켜쥐었다.

표정조차 일그러뜨리지 못하는 해준의 얼굴을 물끄러미 들여다보며 루이가 입술을 움직였다.

"먼젓번 저주의 기간이 너무 짧고 가벼웠던 모양이군. 래미를 떠올리고 네 심장이 반응을 할 때마다 불운을 겪게 손 써뒀었는데."

'……뭐? 뭐라고?'

목으로 파고드는 억센 힘으로 인해 숨이 컥컥 넘어가고 시야까지 흐릿해질 지경이었지만, 해준은 똑똑히 들었다.

'나한테 저주를…… 내렸다고?'

그동안의 모든 겪었던 모든 불운들이 뇌리를 획획 스치고 지나가자 몸서리가 쳐진다.

'말도 안 돼! 어떻게 그런 일이!'

목을 짓누르던 힘이 갑자기 사라졌다. 기침조차 하지 못한 채 해준은 코로 훅훅 숨만 들이켰다.

"너를 이대로 죽여 버릴까. 아니면, 평생 절름발이로 살게 할까, 그것도 아니면 뇌를 건드려 백치로 만들까, 생각해 봤지."

루이의 붉은 입술이 섬뜩할 정도로 음산한 웃음을 머금었다.

"그러면 안 되겠지. 래미가 평생 너를 동정할 테니까."

중얼거리듯 말한 루이의 입매가 돌연 딱딱하게 굳었다.

"그런 감정 한 자락도 나는 허용할 수가 없거든."

뒤이어 루이의 오드아이가 형형하게 빛나기 시작했다.

옴짝달싹하지 못한 채 동공만 확장시키고 있던 해준이 어느새 멍하니, 빨려 들어갈 듯 루이를 응시했다.

"아으으으. 죽겠네."

요란한 소리를 내며 래미는 기지개를 쭉 켰다.

헤집었던 래원의 옷장을 원상복구시키느라, 꼬박 30분여를 쭈그리고 앉아 있었더니 온몸이 삐걱거릴 지경이었다.

게다가 래원의 방은 보일러를 켜지 않아 계속 앉아 있었더니 으슬으슬 춥기까지 했다.

"루이 씨한테 전화 한 통 하고, 내일 보낼 기획안이나 한 번 더 보고 자면 되겠다."

탁상시계를 보며 중얼거린 래미는 이내 방 안의 불을 끄고서 거실로 나왔다. 깜깜한 거실 벽을 더듬거리며 전등 스위치를 막 켜려는 순간이었다.

헉.

커다란 손이 순식간에 그녀의 양어깨를 움켜쥐고서 끌어당긴다.

"루, 루이 씨?"

이 시각에, 인기척도 없이 집 안에 들어와 이렇게 그녀를 당길 수 있는 건 루이밖에 없었다.

딱딱한 가슴에 얼굴이 닿는 순간, 그녀는 상대방이 루이라는 걸 확신했다. 특유의 시원한 체취와 익숙한 몸의 느낌이 틀림없이 그라는 걸 말해주고 있었다.

"하아…… 또, 또 사람 놀래킨다. 내가 이런 거 하지 말랬잖아요. 심장 떨어지는 줄 알았단 말이에요. 앞으로 규칙을 세워야 할까 봐요. 이런 거 몇 번만 더 겪었다가는 심장마비로 죽을지도 모른다구요."

"……."

루이는 대답 대신 그녀의 몸을 더욱 바짝 끌어안을 뿐이었다. 숨이 콱 막혀올 정도로 거세게.

"내, 내가 그렇게 좋아요? 숨을 못 쉬겠잖아요."

래미가 조금 몸을 비틀며 답답함을 어필했지만 루이는 요지부동이었다. 아니, 오히려 더 힘이 강해진다. 덕분에 래미의 이마가 절로 찌푸려졌다.

"그 정도로 힘줘서 내 갈비뼈가 부러지겠어요? 나, 진짜 아프려고……."

루이가 왜 이러는지 알 수가 없어, 농담 반 진담 반으로 응수하던 래미는 그대로 굳어버리고 말았다.

예고도 없이 루이의 차가운 손이 셔츠 자락 속으로 비집고 들어온 것이다.

기다란 손이 매끈하고 여린 등을 훑고서 이내 갈비뼈를 어루만진다. 오싹, 소름이 돋아 오르고 가슴은 마구잡이로 뛰어댄다.

다음 수순을 어렵지 않게 예상한 래미는 다급히 루이의 팔을 붙잡았다.

"잠깐만요. 루이 씨, 갑자기 왜 그래요."

"……."

여전히 그가 아무런 대꾸를 하지 않자 래미는 심장이 오그라드는 것만 같았다.

"무슨 일 있었어요?"

"……."

갈비뼈를 어루만지던 루이의 손이 급기야 위로 올라와 브래지어 속으로 파고드는 통에 래미는 훅, 숨을 들이켰다.

너무 놀라 머릿속이 새하얘지고, 어떻게 반응해야 할지 몰라 속이 타들어갈 지경이었다.

지금의 루이는 너무, 너무 이상했다. 마치, 그녀에게 화가 난 사람 같다고 할까.

"루이 씨, 왜 이러는 건데요. 일단, 우리, 얘기 좀 해요."

잠깐 사이 바짝 말라버린 입술을 축인 래미는 저지하기 위해 잡고 있던 루이의 팔을 놓았다.

대신, 그녀는 가만히 루이의 등을 껴안고서 다독이듯 어루만졌다. 제발 여기서 멈추어 주기를 바라며.

흐음. 짙은 한숨 소리가 흘러나왔다.

뒤이어 속옷 속을 꽉 움켜쥐고 있던 손이 느슨해지더니 이내 셔츠 속을 빠져나간다.

티나지 않게 안도의 숨을 삼킨 래미는 다급히 벽 쪽으로 손을 뻗어 스위치를 켰다. 어둠에 잠겼던 거실이 환해지고 드디어 루이의 모습이 래미의 시야에 들어왔다.

어둡게 가라앉은 표정. 싸늘하게 굳은 입술. 꺼질 듯 음울한 눈동자.

이 남자는 화가 난 것이다. 아주 지독히도.

"무슨 일이에요? 얼굴이 너무 안 좋아요."

"⋯⋯."

"나한테 화난 거 있어요?"

계속된 그녀의 물음에, 지금껏 한 마디도 하지 않던 루이가 그제야 입술을 움직였다.

"괜찮아. 너한테는 화 안 내."

"음, 그 말뜻은 진짜 나한테 화가 났다는 거네요?"

"응. 그래도 너한테는 화 안 내니까 걱정 마."

루이의 긍정에 래미는 가슴 한편이 쿡쿡 쑤셔오는 듯했다. 잠깐 눈동자를 굴린 래미가 이내 눈을 번쩍 떴다.

"혹시, 아까 저녁 약속을 마음대로 취소해서 그런 거예요? 맞네, 맞아."

루이의 미간이 슬쩍 구겨졌지만 래미는 말을 이었다.

"하긴, 나라도 화가 날 거예요. 영화에, 내가 먹고 싶다는 음식까지 준비해서 기다렸을 텐데, 일방적으로 취소했으니, 왜 화가 안 나겠어요. 미안해요. 그럴 만한 사정이 있었거든요. 사실, 내일 얘기해 주려고 했는데⋯⋯."

"됐어. 하지 마."

루이로서는 진심이었다. 과연 래미가 지해준과 함께 있었던 사실을 제대로 말해줄까.

저 예쁜 입에서 거짓이 나오기를 바라지 않는다. 그로 인해 래미에 대한 믿음이 깨지는 걸 루이는 원치 않았다.

"안 해도 돼."

다시 한 번 쐐기를 박았지만 래미는 작게 고개를 가로저었다.

"이건, 말해야 해요. 나, 지해준이랑 같이 있었거든요."

래미의 입에서 생각보다 덤덤하게 진실이 흘러나왔다. 별거 아니라는 듯.

그녀가 믿음을 깨지 않아 안심이 되기도 잠시, 그럼에도 루이의 기분은 더욱 가라앉는다. 함께 있었던 건 사실이니까.

"잠깐만요, 오해하지 마요. 서점에 갔다가 우연히 만났어요. 우연히."

우연히에 힘을 꾹꾹 준 그녀가 다시 말을 이었다.

"걔도 책을 사러 왔더라고요. 그래서 차 있는 놈이 태워 준다고 걔가 나를 집까지 바래다준 거예요."

래미의 이야기는 계속 이어졌다. 집 앞에 도착해 커피를 쏟은 것이며, 그래서 응급처치를 하고 저녁을 먹여서 보냈다는 것까지.

쉴 새 없이 상황을 설명한 래미가 후우, 한숨을 흘렸다.

"그래서 어쩔 수 없이 약속을 취소할 수밖에 없었으니까, 이해해 줘요."

루이는 물끄러미 래미의 눈을 들여다보았다.

"굳이 하지 않아도 된다니까 왜 시시콜콜 말해 주는 거지?"

"당신과 약속했잖아요. 단둘만 만나는 건 안 한다고요. 그런데 불가항력적인 상황 때문에 같이 있었으니 루이 씨도 알아야 된다고 생각해요. 난 티끌만치도 오해의 소지 만드는 거 싫거든요."

지나치게 투명한 성격이다. 루이로서는 신기할 정도로.

"그러니까, 루이 씨도 무조건 나 믿어야 해요. 알았죠?"

해맑은 말에 루이는 미미하게 움찔, 눈썹을 굳혔다. 이미 그러지 못했으니까.

"왜 대답을 안 해요?"

"너는 믿어."

하지만, 그놈은 믿을 수가 없다. 특히나 래미를 향한 마음이 어떤 건지 알았으니까. 그럼에도 래미의 솔직한 말 덕분에, 드글드글 들끓던 기분이 훨씬 누그러졌다.

루이는 손을 뻗어 래미의 얼굴을 부드럽게 쓸었다.

"지금처럼만 하면 돼."

"뭐가요?"

대답 대신 입술 끝을 올려 미소를 보인 루이가 그녀를 품으로 끌어당겼다.

그 투명한 마음이 지금처럼만 계속된다면 네 주변을 무너뜨리는 일은 없을 거야. 물론, 그놈은 예외지만.

뒷말을 삼킨 루이가 가만히 고개를 기울여 래미의 귀에 속삭였다.

"자고 갈까."

시큰. 곧장 등에 손톱이 콱 박혀 들어왔다.

▷　▷　◆　◁　◁

한강의 전경이 한눈에 들어오는 치우의 아파트.

치우는 래미에게서 도착한 기획안을 이제 막 열어보는 참이었다.

"묘약을 만들어 드립니다, 라고? 하. 제목하고는. 뭐가 이렇게 유치해?"

쯧쯧, 혀끝을 찬 치우는 A4용지로 대여섯 장 정도의 파일을 읽어 내려갔다. 시놉시스를 쭉 읽던 치우의 눈썹이 쓱 위로 향했다.

"뭐야. 사랑의 묘약을 파는 흑마법사, 샤이와 흑마법이 통하지 않는 여자, 도다미의 이야기라고? 미쳤군. 흑마법을 들먹여? 뭐, 흑마법에 대해 까발리기라도 하겠다는 건가?"

치우는 조금 기막힌 표정으로 계속해서 줄거리를 읽어나갔다.

마우스의 스크롤을 조금씩 내리던 그의 눈이 한 문단에서 뚝 멈추었다.

"묘약을 판매하는 소울의 지하에는 대형 서점을 연상케 할 정도로 너른 서고가 있다. 미로처럼 배치된 서가를 따라 쭉 들어가 지하의 끝에 당도하면 헤르나르스라 불리는 거울이 있다. 어둠의 영혼들이 드글거리고 있는 핏빛거울……"

치우의 미간이 설핏 찌푸려졌다.

"어둠의 영혼들이 드글거리고 있는 핏빛 거울, 헤르나르스? 헤르나르스…… 헤르나르스……"

작게 곱씹던 치우가 손뼉을 짝 쳤다.

"드나르드스! 맞아, 드나르드스!"

헤르나르스라고 이름을 바꾸어 놓았지만 분명 전설로만 내려오는 드나르드스를 일컫는 게 분명했다.

"본 적도 없을 텐데, 참 자세히도 서술해 놨네. 꼭 본 것처럼."

순간, 치우의 머릿속에 번뜩, 무언가가 스치고 지나갔다.

혹시, 그 악마 같은 놈이 드나르드스를 소유하고 있는 건 아닌가, 그래서 도래미에게 보여준 게 아닌가 하는 불길한 생각이 든 것이다.

"에이, 설마. 그럴 리가."

치우는 피식 웃으며 고개를 절레절레 흔들었다.

"말도 안 되지. 드나르드스를 소유할 수 있는 건 아할리만의 심장과 계약을 맺은 이밖에 없는데, 아무리 그놈이 강하다 해도 그 정도일 리는 없지."

아할리만의 심장은 결코 아무나와 계약을 맺지 않는다.

오로지, 자신을 감당할 수 있을 만큼 강력한 힘을 가진 존재와만 피의 계약을 맺는다. 대악마이거나, 그에 필적할 만한 존재이거나.

아할리만의 심장은 치우 자신조차도 넘볼 수가 없는 것이었다. 아니, 지금은 그 심장과 드나르드스가 존재하는지조차 알 수가 없다.

"하. 나도 참. 별걱정을 다 하는군. 그냥, 상상해서 썼겠지."

애써 그렇게 결론을 냈지만, 이상하게도 마음속 불길함을 가시지 않는다. 벌떡 몸을 일으킨 치우는 왔다 갔다 거실을 서성거렸다.

얼마 지나지 않아 걸음을 뚝 멈춘 그는 휴대전화를 집어 들고 전화를 걸었다.

액정에 도래미 이름 세 글자가 반짝이길 잠시, 낭랑한 음성이 흘러나왔다.

—네, 여보세요?

굳어 있던 치우의 입매가 언제 그랬냐는 듯 펴졌다.

"안녕하세요, 작가님. L출판사 편집부입니다."

—아, 네! 안녕하세요.

"보내주신 기획안은 잘 받아서 검토했습니다."

—예에? 어제 보내드렸는데, 벌써 검토하셨다고요?

순간, 아차 싶어 치우는 이마를 쓸어 올렸다. 말도 안 되는 불안감에 너무 앞뒤 재지 않고 성급하게 굴어버렸다. 그의 유일한 단점이었다.

"아, 그게, 담당자인 제가 검토만 했습니다. 출간 확정이다, 아니다 그런 결과를 말씀드리려 전화한 건 아니고요."

　─아아, 그렇군요. 그럼, 무슨 일로 전화를 주신 건지…….

"시놉은 좋은데, 이대로 위에다 보고를 하면, 아마 출간이 안 될지도 몰라요."

실망한 듯 잠시 무거운 침묵이 흘렀다.

진짜, 이상한 여자네. 그 힘을 가지고서 뭘 이렇게 출간 따위에 실망을 하는 거야?

　─그럼, 저 출간 포기해야 되는 건가요?

"아니죠. 포기 마시라고 이렇게 연락드린 겁니다. 조금만 손본 다음에 편집장님께 보고 드릴까 하고요."

　─어, 정말요? 제가 어떻게 해야 되나요?

"일단, 좀 더 구체적인 내용을 들었으면 하는데요."

　─구체적으로요?

"음, 그러지 말고, 댁이 어디세요? 여의도에서 멀지 않으시면 회사 근처로 오실래요? 잠깐 뵙고 이야기 나누죠."

　─지, 지금요?

"아닙니다. 작가님 편하신 시간에요. 기획안도 수정하셔야 하니, 빠르면 빠를수록 작가님께 좋긴 하죠."

잠시 생각하는 듯하더니, 곧장 답변이 흘러나왔다.

　─그럼, 한 시간 뒤에 회사 근처에 가서 전화 드리겠습니다.

"네. 기다리겠습니다."

전화를 끊자마자 위로 향했던 치우의 입술 끝이 아래로 떨어졌다. 오늘은 힘을 써서라도 제대로 알아볼 참이었다. 철저히. 확실히.

약속 시간보다 먼저 출판사에 도착한 치우는 사장실에서 커피를 마시는 중이었다.

"오늘은 먼젓번 커피보다는 좀 낫네요."

"그러시다니 다행입니다."

치우의 비위를 맞추기 위해 사람 좋게 웃은 김 사장이 다시 입을 열었다.

"그러니까, 그 작가님께서 곧 출판사로 오실 거란 말이죠? 약속대로 강 사장님을 프리랜서 편집자인 것처럼 대하면 되고요."

"괜한 의심을 하면 안 되니, 한 번 정도는 확인을 시켜줘야 할 것 같아서 말이죠."

고개를 끄덕이며 대답한 치우가 피식 웃음을 흘렸다.

"어차피 오늘 확인시켜주고 나면 다음부터는 올 일 없으니, 그렇게 불편한 표정 안 지으셔도 됩니다."

"하하. 너무 티가 났나 봅니다."

"네, 조금요."

작게 미소를 보인 치우가 손뼉을 짝 쳤다.

"직원분들과는 미리 말씀 맞춰 놓으셨겠죠?"

"물론입니다. 그 부분에 대해서는 걱정 안 하셔도 됩니다."

치우가 직접 출판사 사람들을 조종해도 되었지만, 이 정도 일에 힘을 쓰고 있을 때가 아니었다.

아직, 도래미가 어느 정도의 힘을 보유하고 있는지 파악이 안 됐으니 조심할 필요가 있었다.

'흠. 진짜 그놈이 아할리만의 심장과 드나르드스를 소유하고 있는 건 아니겠지? 아니라고 하기에는 드나르드스에 대한 묘사가 너무 생생하단

말씀이지. 혹시, 그놈이 아니라 도래미가 가지고 있는 거 아냐?'

거기까지 생각이 미치자, 치우는 고개를 절레절레 내저었다. 그건 망상이다, 망상.

조금 더 상념에 잠겨 있던 치우는 휴대전화가 울려대는 소리에 정신을 차렸다.

액정을 본 그의 입술이 올라갔다.

"네, 작가님. 어디쯤 오셨어요?"

―저, 출판사 근처에 거의 도착했는데, 어디서 뵐까요?

"그럼, 출판사로 오시겠어요?"

―출판사로요? 이제 겨우 투고밖에 하지 않은 제가 출판사에 그냥 막 가고 그래도 되나요?

"물론이죠. 앞으로 함께 작업하실 작가님이신데요. 사무실로 들어오시면, 우측에 회의실이 있거든요. 그리로 오세요."

―네, 알겠습니다. 10분이면 도착할 것 같아요.

'네, 네.' 하고서 치우가 통화를 끝내자 김 사장이 곧장 난색을 표했다.

"지금 회의실 난방기가 고장 나서 추우실 텐데요. 그냥 여기서 말씀들 나누시죠?"

"괜찮습니다. 추위를 잘 안 타서요. 그리고 어떤 편집자가 사장실에서 회의를 하나요?"

"그, 그렇군요."

"10분 내로 온답니다. 오기 전에 직원분들 다시 한 번 입단속 시키세요."

마치, 자신이 상사인 것처럼 김 사장에게 지시를 내리고서 치우는 사장실을 나섰다.

밖으로 나온 치우는 쏟아지는 사무실 직원들의 이목을 즐기듯 모델워킹을 하며 회의실로 향했다.

"인테리어 한번 구리네. 뭐가 이렇게 우중충해?"

슬쩍 이맛살을 찌푸린 채, 치우는 기다란 테이블 앞에 털썩 앉았다.

손가락으로 테이블을 툭툭 가볍게 두들기며 입구만 바라보고 있을 때였다.

똑똑, 노크 소리가 들려왔다.

"네, 들어오세요."

치우는 매너 있게 몸을 일으켜 래미를 맞을 준비를 했다.

그녀가 어떤 표정을 지을지, 혹시, 본모습을 드러내는 건 아닐지 상당히 궁금했다.

슬그머니 문이 열리더니 기다리던 래미가 주뼛주뼛 안으로 들어섰다. 다시 그녀의 모습을 마주한 치우의 눈동자가 일순, 의아함으로 물들었다.

'음? 어둠의 기운이 조금 누그러진 것 같은데.'

적은 차이긴 하지만, 분명 몇 주 전쯤 커피숍에서 봤을 때와는 달리 기운이 감소해 있었다.

"안녕하……."

막 허리를 굽히려던 래미가 치우의 얼굴을 확인하고서 눈을 동그랗게 떴다.

"어, 강치우 씨 아니세요?"

놀라기만 할 뿐 전혀 다른 기색은 보이지 않는다.

끝까지 평범한 척 연기를 하시겠다?

치우는 래미만큼이나 깜짝 놀란 표정을 지어 보였다.

"아니, 래미 씨 아닙니까? 여긴 어쩐 일이세요?"

"그러는 강치우 씨는 무슨 일로 여기 계세요?"

"저는 여기서 일합니다만…… 어? 저랑 뵙기로 통화했던 작가님이 래미 씨였어요? 기획안 투고하셨던 에로여신님?"

조금도 짐작하지 못했다는 듯 래미가 잔뜩 얼떨떨하니 입술을 움직였다.

"그럼, 제 기획안을 보셨다는 담당 편집자님이 강치우 씨였어요?"

"네, 맞습니다. 저예요."

"아니, 어떻게요? 그때 커피숍 운영 중이셨잖아요."

"저 투잡 뜁니다. 커피숍은 부업이에요. 보셨다시피 영 손님이 없어서 요. 이 일이라도 안 하면 저 굶어 죽거든요."

가만히 듣고만 있던 래미가 고개를 주억거렸다.

"아아. 투잡 중이셨구나. 하긴, 그때 손님이 너무 없긴 하더라고요."

"네. 그랬죠."

"그러게 커피 값을 조금 싸게 하시지. 어지간히 비쌌어야 말이죠. 솔직 히 동네서 커피 한 잔에 만 오천 원씩 받아먹는데 누가 가겠어요? 저라도 두 번은 안 가겠네요."

그때의 커피 값이 아까운 듯 작정을 하고서 신랄한 비판이 날아왔다.

"하하. 좋은 생두를 쓰다 보니. 조금 비싸긴 하죠."

멋쩍은 치우의 웃음에 그제야 래미가 손으로 입술을 가렸다.

"어머, 죄송해요. 제가 너무 오지랖을 떨었네요."

"괜찮습니다. 일단, 앉으시죠."

자리에 앉은 치우가 맞은편 의자를 가리켜서야, 입구에 있던 래미가 조 심스러운 걸음걸이로 다가왔다.

바퀴가 달린 의자를 빼서 앉은 그녀가 폭풍 같은 한숨을 흘렸다.

"와, 진짜 오는 내내 긴장을 탔지 뭐예요. 출판사까지 온 건 처음이라서요. 근데, 강치우 씨를 딱 보는 순간, 놀라기도 놀랐지만, 다행이라는 생각이 드는 거예요."

"어째서요?"

"생판 모르는 사람과 대화를 나누는 것보다는 그래도 안면 있는 쪽이 낫잖아요. 이래봬도 제가 낯을 꽤 많이 가리거든요."

전혀 그렇게 안 보인다는 말을 꾹 삼킬 때였다. 작게 떨고 있는 래미의 어깨가 치우의 시야에 포착되었다.

'뭐지? 왜 몸을 저렇게 떠는 거지?'

의아함도 잠시, 그 궁금증은 금세 풀어졌다. 양손 바닥을 몇 번 비빈 래미가 이내 호오, 입김을 불어 손을 녹였기 때문이다.

치우의 머리가 조금 멍해졌다.

지금 이 상황은, 래미의 행동은 너무 이상했다. 저건 분명히 추워서 하는 행동이다. 보통 사람들이나 하는.

어둠의 기운은 얼음보다 더 차가운 것과 불보다 더 뜨거운 것 두 종류의 성질이 존재한다.

그래서 어둠의 기운을 다스리는 부류들은 추위와 더위를 전혀 느끼지 못한다. 그저, 사람들 틈에 섞여 살기 위해 계절에 맞춰 옷을 입는 것일 뿐.

치우는 래미에게 온 신경을 집중시키며 입을 열었다.

"자, 그럼, 일 얘기 시작할까요?"

"아, 네. 치우 씨가, 음, 흠. 편집자님이 보시기에 제 시놉에서 어떤 면이 부족한 거예요?"

가만히 들으니 정말 추운 듯 음성도 희미하게 떨린다.

"아뇨, 부족하다기보다, 좀 더 자세한 설정이 들어가야 할 것 같아요. 헤르나르스라는 그 거울에 대해 언급이 되어 있잖아요. 그게 어떤 용도인지는 감이 안 오더라고요. 그 거울이 중요한 건가요?"

생각하듯 눈동자를 굴린 래미가 코를 훌쩍거리고서 시야를 부딪쳐 왔다.

"네. 굉장히 중요하죠. 두 주인공들을 이어주는 매개체 역할을 하거든요."

대답보다 코를 훌쩍이는 게 더 신경 쓰인다.

"그래요? 그 헤르나르스에 대해 자세히 말해 줄 수 있어요?"

"아, 네."

치우의 눈동자가 묘하게 번뜩였지만, 래미는 알지 못한 채 말을 이었다.

"헤르나르스는 시놉에도 있듯이 어둠의 영혼들이 갇혀 있는 신비하고도 무서운 거울이에요. 거기다 아무나 열 수 있는 게 아니에요. 열 때마다 엄청난 힘이 소진되거든요. 한번 열렸다 닫히면 한 시간 후에나 다시 열 수 있고요. 아, 밖의 기준으로는 한 시간이지만, 거울 안에서는 1분이 지난다고 보면 돼요."

치우의 눈동자가 점점 더 진해졌다.

"그런데, 여자 주인공이 헤르나르스에 갇히게 돼요. 그때, 남자 주인공이 구해주면서부터, 두 사람 사이에 사랑이 싹트게 되는 설정이에요."

"여자 주인공은 평범한 보통 사람인데 어떻게 거기 갇히게 되죠?"

"남자 주인공과 함께 들어갔다가 실수로 혼자 갇혀 버려요. 여자 주인공 몸에 이상이 생겼는데, 그걸 고치려고 들어갔다가 그렇게 된 거죠."

"여자 주인공 몸에 이상이 생겼다고요?"

"예에, 뭐."

계속해서 래미의 반응을 살피며 치우는 질문을 던졌다.

"그럼, 그 거울 속 어둠의 존재들은 어때요?"

순간, 래미의 입술이 딱딱하게 굳었다가 풀어졌다.

"무, 무섭고 끔찍하죠. 형체도 없는데 시뻘건 눈만 끔뻑여요. 거울 안으로 들어온 사람을 차지하려 다닥다닥 코밑까지 들러붙어서…… 어우……."

마치, 소름이 끼치는 것처럼 래미가 부르르 떨며 말을 멈추었다.

"하. 상, 상상만으로 진저리가 쳐지네요."

래미가 곧바로 그렇게 해명했지만, 치우는 그저, 상상이 아니라는 것을 직감했다.

이 여자는 드나르드스 안을 직접 경험한 것이다. 지금껏 의심하고 고민했던 것들에 대해 점점 가닥이 잡힌다.

그의 입술 끝이 비스듬히 올라갔다.

"작가님, 많이 추워요?"

"네, 조금요."

래미가 이내 어색하게 웃으며 말을 바꾸었다.

"솔직히, 조금 많이요. 사무실은 따뜻하던데, 회의실로 들어오니 무지 춥네요. 여기는 히터가 안 되나 봐요."

래미의 대답에 치우의 동공이 커다랗게 확장되었다가 원래대로 돌아왔다.

'뭐. 확실해졌네.'

치우는 조금 미안한 웃음을 지어 보였다.

"난방기가 고장 났거든요."

"어쩐지 너무 춥다 했어요."

그러고는 다시 코를 한 번 훌쩍한다. 치우는 너무 어이가 없어 웃음이 비집고 나올 것만 같았다.

그동안 너무 대단한 착각을 해버렸다. 눈앞의 이 여자가 대마법사일 거라고.

사실, 처음에는 추운 척 연기를 하는 게 아닌가 했었다. 하지만 조금 전의 대답으로 인해 연기가 아니라는 게 분명해졌다.

'사무실은 따뜻하던데, 회의실로 들어오니 무지 춥네요.'

치우와 같은 부류는 직접 피부에 닿지 않는 이상, 온도의 변화 같은 건 느끼지 못하기 때문이다. 그러니, 사무실이 따뜻한지, 회의실이 차가운지 전혀 알 수가 없었다.

그런데, 래미는 확연히 그 차이를 안다.

흑마법사 샤이와, 흑마법이 통하지 않는 여자 도다미라는 설정을 봤을 때부터 의심을 했어야 했는데.

그러니까, 샤이와 도다미는, 그놈과 래미의 이야기인 것이다.

'이 설정이 모두 다 사실을 기반으로 한 거라면, 이 여자에게는 흑마법이 안 먹힌다는 건데…… 그때 블랙허브가 안 들었던 것도 말이 되는군. 어디, 정말인지 실험 한번 해볼까.'

치우는 검지를 뻗어 허공에다 쓰윽 도넛 모양의 원을 그렸다. 그러곤후, 래미의 머리 쪽으로 불었다.

뿅뿅뿅, 날아간 링 모양의 기운이 왕관처럼 래미의 머리 위에 딱 맞게 안착했다.

아주 기본적인 저주였다. 저 링이 없어질 때까지 두통에 시달리는.

'어라?'

믿을 수가 없어 치우의 눈이 커다랗게 떠졌다.

3초도 안 돼서 검은 링이 녹듯이 없어져버린 것이다. 생전 처음 보는 광경이었다.

'진짜잖아? 정말로 안 통하네? 어떻게 이럴 수가 있지?'

신기해서 눈을 끔뻑거리던 치우는 문득, 저번보다 약해지긴 했지만 여전히 짙게 래미를 감싸고 있는 검은 기운을 바라보았다.

'흐음, 그럼, 저 거대한 어둠의 기운은 도대체 뭐지? 평범한 사람이 어떻게 저런 기운을 몸에 지니고……'

순간적으로 뇌리를 스치는 생각에 치우의 눈썹이 휙 치켜 올라갔다.

'설마, 저게 그놈 거라면? 그놈이 불어넣어준 거라면?'

치우의 시선이 휙 래미에게로 날아갔다.

"작가님, 여자 주인공의 몸에 이상이 생겨서, 그걸 낫게 하기 위해 거울 속에 들어갔다고 했죠?"

"네, 그랬죠. 왜 그러세요?"

"그건 어떻게 고치죠? 거울 속에서 고치게 되는 건가요?"

답을 정해 놓고 대답을 기다리는 치우의 눈이 한껏 번들거린다. 그걸 알 리 없는 래미가 피식 웃음을 흘렸다.

"에이, 그럼 안 되죠. 남주가 고쳐줘야 멋있는 거죠."

"그렇죠. 그런데, 어떻게요?"

치우는 마른침을 꿀꺽 삼켰다. 그놈이 힘을 넘겨줘서 고쳐준다고 어서 대답하라고.

어서.

"섹스요."

뭐…… 뭐, 뭐, 뭐…….

조금도 예상치 못했던 대답에 치우는 그대로 돌이 되고 말았다. 하지만,

래미는 태연하기 그지없는 얼굴로 말을 이었다.

"두 사람이 몸을 섞음으로써 여주의 몸이 원래대로 돌아오는 거죠. 그것도 한 번으로는 안 돼요. 아주 여러 번을 해야 되는 거예요."

치우의 얼굴은 점점 빨갛게 달아오르고 있었다.

"근데, 또 매일매일은 안 돼요. 그렇게 되면, 우리 짐승남 때문에 연약한 여주의 몸이 남아나지를 않거든요. 그러니까, 사흘에 한 번? 아니다, 이틀에 한 번은 해야겠네요. 그래야……."

듣는 것만으로도 낯간지럽기 그지없는 말을 무미건조하게 이어가던 래미가 눈을 동그랗게 떴다.

"어머, 편집자님! 피, 피! 코피요! 강치우 씨, 코에서 피 흘러요!"

여전히 얼굴이 시뻘게진 채로 치우는 코에다 손을 찍어 보았다. 정말로 손에 찐득한 피가 묻어 나왔다.

"풉! 편집자님, 상상력 되게 풍부하신가 봐요. 푸하하하!"

래미의 웃음이 거침없이 터져 나왔다. 그제야 치우는 정신을 차리고서 한 마디를 뱉었다.

"우, 웃지 마세요."

"죄, 죄송해요. 이야기 도중에 코피 터지는 사람은 생전 처음이라서요. 순간 무천도사님인 줄…… 풉, 풉!"

"웃지 말라니까요!"

조금 크게 외쳤으나, 래미는 키들키들 웃으며 핸드백 속을 더듬었다. 그러고서 쓱 손을 내밀었다.

"이걸로 닦으세요."

치우의 눈이 그녀의 손으로 떨어졌다. 꽃이 새겨진 노란 손수건이었다. 그의 눈썹이 움찔, 굳었다.

"얼른요. 말라비틀어지면 닦이지도 않아요."

그녀의 재촉에 치우는 마지못해 손수건을 받아 들고서 코로 가져갔다.

은은한 향기가 코끝을 간질인다. 어쩐지 기분이 묘해지는 바람에 치우는 코밑을 박박 닦고서 퉁명스레 내뱉었다.

"손수건은 새것으로 사드리겠습니다."

"씻어서 주세요. 섬유유연제까지 해서. 저 첫 원고료 받고 산 거거든요."

당치도 않다는 듯 눈썹을 치켜세우며 하는 말에 치우는 고개를 끄덕일 수밖에 없었다.

강치우, 체면 한번 완전히 구기는 날이었다.

어둠이 대기에 깔린 밤, 치우는 소파에 깊숙이 앉아 생각에 잠긴 참이었다.

성능 좋은 오디오의 스피커에서 일렉트로닉 기타의 화려한 선율이 쉴 새 없이 흘러나오고 있었다.

"정말, 그놈이 드나르드스와 아할리만의 심장을 가지고 있을까?"

믿지 않으려 해도 정황상, 그런 사실을 완전히 배제할 수도 없었다. 도래미가 겪지 않은 이상 그렇게 자세히 드나르드스에 대해 알 리가 없다.

"그놈이 아할리만과 계약을 맺은 게 맞다면, 내가 그놈을 죽일 수가 없단 말이지. 너무 강하잖아. 힘을 쓰는데 제약도 없을 테고."

짐짓 심각하게 표정을 굳히고 있던 그가 이내 씨익 입꼬리를 올렸다.

"하지만. 도래미의 몸에 흐르고 있는 게 놈의 힘이 맞다면, 그럼 또 말이 달라진단 말씀이지. 그만큼의 거대한 힘을 방출했다는 뜻이니까."

리모컨을 눌러 음악을 끈 치우는 몸을 일으켜 고요해진 거실을 서성였다.

어느 순간, 치우의 발걸음이 뚝 멎었다.

그는 거실 벽면에 걸린 거울을 들여다보며, 양쪽 손으로 쓰윽 이마를 깠다.

"확인해 보면 되잖아."

21

치우의 은색 스포츠카가 루나 앞에 멈추었다. 차창을 통해 루나의 2층 건물을 응시하는 치우의 입에서 휘파람이 흘러나왔다.

"이런 도심지에 이 정도로 거대한 저택이라니. 건물 전체에 옅은 주술을 걸어났네?"

아마 모르긴 몰라도 보통 사람들이 오며 가며 봤을 때는 평범한 주택처럼 보일 것이다.

"묘약과 골동품을 취급한다면서 그냥 대놓고 판매하지 뭐 하러 이런 눈속임을 해놓은 거지? 하여튼 음흉하기 짝이 없는 놈 같으니."

입술을 슬쩍 비튼 치우의 모습이 금세 차 안에서 사라졌다.

건물 전체에 결계 같은 걸 쳐놓은 건 아니기에, 어렵지 않게 루나의 내부로 들어온 치우는 순간, 모든 동작을 멈추었다.

가슴이 싸해지는 게 어금니가 절로 악다물렸다. 치우의 시선이 닿은 곳에, 의자에 앉아 책을 읽고 있는 루이가 있었기 때문이다.

"여어, 오랜만이네?"

치우가 뚜벅뚜벅 걸어가면서 하는 말에 루이가 슥 고개를 들어 시선을 마주쳐 왔다.

무려 40여 년 만의 마주침에 치우는 온몸에 오싹, 오싹, 전율이 이는 듯했다.

루이의 짙은 눈썹이 모아졌다.

"너는……."

"쿡. 너무 오랜만이라 감회가 새롭지?"

루이의 눈을 똑바로 응시하며 다가간 치우는 테이블 맞은편에 털썩 앉았다. 치우에게서 눈을 떼지 않은 채 바라보던 루이가 입을 열었다.

"누구?"

생각지 못한 루이의 반응에 치우의 입에서 어이없는 웃음이 튀어나왔다.

"나 몰라? 나, 기억 안 나?"

루이가 가만히 눈을 깜빡이며 고개를 비스듬하게 기울였다.

"……모르겠는데."

치우는 훅 숨을 들이켜며 집게손가락으로 콧잔등을 쥐었다.

40년 전 그날부터 지금까지, 자신은 하루도 이 허여멀건 낯짝을 잊은 적이 없을 만큼 치가 떨리는 나날을 살아왔다.

한데, 정작 이놈은 조금도 기억을 못 하고 있다니!

사정없이 미간을 구겼던 치우는 평정을 유지하려 애썼다.

"이봐, 나랑 피 터지게 싸웠는데, 그걸 기억 못 한다고?"

물론, 치우가 일방적으로 피터지게 깨졌지만.

"내가 너와 싸운 적이 있다고?"

"그래, 그랬지."

루이의 얼굴에 의아함이 담겼다.

"나와 싸운 상대가 이렇게 살아 있을 리가 없는데. 내가 너를 놔줬었던가?"

"그럴 리가. 네놈처럼 같은 부류에 대한 배려라고는 눈곱만치도 없는 놈이 나를 살려줬을 리가 있나. 내가 요령껏 도망쳤지."

피식 웃으며 대꾸한 치우가 계속 말을 이었다.

"하긴. 워낙 인성이 쓰레기라 나 말고도 원수진 놈들이 많아 누가 누군지 기억하기도 힘들겠지."

치우의 도발에도 루이는 여전히 무표정한 얼굴로 기다란 속눈썹만 깜빡였다.

치우의 입술 끝이 미미하게 올라갔다.

"이러면 기억나시려나?"

치우가 슬쩍 몸을 일으켜 루이의 귀에 입술을 가져갔다.

"……40년 전, 박 선생."

작게 속삭인 다음 자세를 곧추세우려는 순간이었다.

"이크!"

치우는 다급히 휙 몸을 날려 루이의 사정거리에서 벗어났다. 루이의 몸에 어둠의 기운이 확 뻗쳤기 때문이다.

루이가 형형하게 눈을 빛내며 치우를 응시했다.

"이제 기억났어. 죽기 직전에 도망갔었지? 상처가 깊어 죽은 줄 알았는데 용케 이렇게 살아 있었군."

"그렇게 쉽게 안 죽지. 치고 빠지는 건 일가견이 있는 몸이거든."

"여기까지 무슨 일로 왔지? 아. 그때 죽지 못해서 죽어 주러 온 건가?"

루이의 한 손에 검은 기운이 무럭무럭 피어올랐다.

치우의 눈매가 싸늘하게 가라앉았다.

"그럴 리가 있나. 그리고 네가 그런 말을 하면 안 되는 거잖아. 내 잘못 보다 네놈 잘못이 훨씬 더 큰데."

뾰족하게 대꾸한 치우가 이내 씨익 웃었다.

"아아, 뭐. 다 옛날이야기지. 이봐, 진정하라고 난 싸우러 온 게 아니야."

정말 싸울 뜻이 없다는 뜻으로 치우가 뒷짐을 지었다.

"싸우러 왔다면 이렇게 무방비하게 왔을 리가 있겠어? 그러니, 40년 만에 마주하자마자 이렇게 살벌한 상황 만들지 말자고. 이러니저러니 해도 우리는 같은 부류잖아."

그럼에도 루이의 온몸에 흐르고 있는 기운은 걷힐 줄 몰랐다. 귀에 속삭인 그 말이 놈을 꽤 자극한 모양이었다.

치우는 가만히 골동품이 전시되어 있는 내부를 훑으며 말을 이었다.

"그리고 지금 나와 싸움을 해봤자, 손해 보는 건 네 쪽이지. 너는 잃을 게 많더라고."

루이의 얼굴이 설핏 굳는 것을 본 치우가 입술에 머물던 웃음기를 싹 지웠다.

"네 그녀, 아주 예쁘더군. 이름만큼이나."

루이의 동공이 사정없이 확장되는 것을 보았다고 느끼는 찰나였다.

눈 깜빡할 새도 없이 루이의 손에 응집되었던 검은 기운이 치우를 덮쳤다. 피하지도 못한 채 치우의 몸이 머리부터 발끝까지 그대로 얼음 덩어리에 갇혀버렸다.

그리고 루이의 모습이 루나에서 사라진 것 역시 순식간이었다.

루이가 도착한 곳은 래미의 방이었다. 치우의 입에서 '그녀'가 들먹여지는 순간, 피가 거꾸로 솟는 느낌이었다.

이미 놈은 그에 대해 뒷조사를 끝마치고 제 발로 나타난 것이다.

혹여, 놈이 래미에게 무슨 해코지라도 한 건 아닌가 싶어, 앞뒤 따져보고 할 것도 없이 여기로 날아와 버렸다.

그런데, 래미의 방은 불만 환하게 켜져 있을 뿐 텅 빈 상태였다. 책상 위의 노트북은 켜진 채였고, 휴대전화 역시 옆에 고스란히 놓여 있었다.

루이는 방을 나섰다.

"도래미, 여기 있어? 있으면 대답해 봐."

혹시나 하는 마음에 화장실 문을 두드려 보았지만, 역시나 기척은 나지 않았다.

"젠장. 전화기까지 두고 어디 간 거야?"

심장이 타들어가는 것만 같은 느낌에 욕설을 흘린 루이는 이내 거실에 우두커니 섰다.

그는 마구잡이로 들끓어대는 속을 진정시키고서 정신을 집중했다.

래미에게는 그가 넘겨준 어둠의 힘이 여전히 맹렬히 흐르고 있는 상태다. 그것을 찾아가 보면 될 터였다.

얼마 지나지 않아 희미하게 그 기운이 느껴지기 시작했다.

빠직. 빠직. 빠드드드득.

치우를 감싸고 있던 거대한 얼음 덩어리가 쩍쩍 갈라지기 시작하더니, 이내 한꺼번에 와르르 무너져 내렸다.

"음. 아할리만이 있는 게 확실하네. 아무 제약도 없이 이렇게 빨리 공격이 가능하다니. 예전에도 이 정도는 아니었는데."

목을 이리저리 움직이며 말한 치우는 허리에 손을 턱 얹고서 커다랗게 웃어 젖혔다.

"혹시나 했는데, 역시나였군."

치우의 눈이 번뜩 빛났다. 루이의 몸에 흐르는 그 기운은 분명, 래미를 감싸고 있던 것과 동일했다.

그러니까, 래미에게로 힘이 옮겨간 그만큼 약해진 상태라는 뜻이다.

더군다나 루이의 약점까지 확실히 알아버렸다. '그녀'를 들먹이자마자 날아가 버리다니.

"설마, 이 정도로 대놓고 반응을 보일 줄은 몰랐는데. 여기까지 와 보길 정말 잘했잖아."

쿡쿡 웃던 치우가 순간, 흠칫 옆으로 돌아보았다.

스무 살은 됐을까 말까 한 소년이 굳은 듯이 그를 빤히 쳐다보고 있기 때문이다.

"넌 뭐냐? 언제 나타났냐?"

"……."

그럼에도 소년이 숨만 몰아쉬고 있자 치우는 머리부터 발끝까지 스캔을 마치고서 놀란 표정을 지었다.

"뭐냐, 그놈이 이제 애완견까지 키우냐?"

그때까지도 석상처럼 있던 복만이 입을 열었다.

"애완견이라뇨. 반려견이라고 하셔야죠. 정말 무식하시네요."

그거나, 그거나, 하는 표정으로 어깨를 으쓱한 치우가 기습적으로 검지를 뻗어 복만의 이마를 쿡 찍었다.

"내가 애완견 따위와 잡담이나 하고 있을 시간이 없거든. 잠이나 자고 있으라고."

복만을 선 채로 재워버리고서 치우는 지하로 향했다.

지하에 도착한 그는 회심의 미소를 지었다. 지하의 모습은 시놉과 흡사했다.

"음, 진짜 지하에 서고가 있네? 그럼, 안쪽 끝에 드나르드스가 있으려나? 근처 어딘가에 아할리만의 심장도 있겠고."

만족스러운 얼굴로 책장 속으로 향하려 할 때였다.

지지지직.

강력한 저항과 함께 치우는 지하 입구로 튕겨져 나와 버렸다.

"하, 뭐야. 지하 전체에 결계라도 쳐 놓은 건가?"

미간을 찌푸리며 다시 휙 뛰어들었으나 결과는 마찬가지였다. 마치 장막이 가로막고 있는 것처럼 그는 입구에서 한 발짝도 더 들어갈 수가 없다.

"그 정도의 힘을 도래미에게 넘겼는데도 이런 결계가 가능하단 말이지?"

생각보다 훨씬 더 가늠하기 힘든 루이의 능력에 치우의 눈매가 가늘어졌다.

"음. 이러면 좀 곤란한데."

"루이 씨?"

래미는 마치, 귀신이라도 본 것처럼 놀란 얼굴이었다.

래미가 있는 곳은 집 근처에 있는 동네의 작은 슈퍼마켓이었다. 슈퍼마켓이라기보다는 구멍가게에 더 가까운.

아무 일도 없이 무사한 래미를 마주하자 루이의 입에서 절로 안도의 한숨이 흘러나왔다.

"왜 여기 있는 거야."

마음과는 달리 더없이 딱딱하고 낮은 음성이 튀어나왔다.

래미는 입구에 앉아 있는 주인아주머니 쪽을 후딱 바라보고서, 별다른 반응이 없자 루이에게로 시선을 돌렸다.

"왜 여기 있긴요. 커피가 다 떨어져서 사러 왔죠."

"핸드폰은 왜 두고 온 거야."

"내 핸드폰 말이에요?"

점퍼 주머니 속을 더듬거려본 래미가 동그랗게 눈을 떴다.

"어, 그렇네요? 책상 위에 두고 그냥 나왔나 봐요."

영문을 몰라 눈을 끔뻑거리며 대꾸한 래미가 휙 눈썹을 세웠다.

"혹시, 우리 집에 갔는데, 내가 없어서 여기까지 온 거예요?"

루이가 순순히 고개를 끄덕이자 래미는 이마에 손을 턱 짚었다.

"아니, 내가 여기 있는 건 어떻게 알고······."

채 말끝을 맺기도 전에 루이는 래미를 품으로 끌어당겼다. 그는 맥이 뛰는 연약한 목덜미에 얼굴을 묻고서 작은 등을 더욱 꽉 껴안았다.

쿵쿵쿵쿵. 자신의 것인지 래미의 것인지 모를 심장 소리가 커다랗게 울려 퍼진다.

아니다. 오롯이 그의 것인지도 모른다.

그 잠깐 사이, 오그라들 대로 오그라들었던 심장이 이제야 뛰고 있는 것만 같았다.

"갑자기 나타나서 이러는 걸 보면 무슨 일이 있긴 있는 건데, 뭐예요?"

루이는 몸을 곧추세우고서 래미의 어깨를 살짝 떼어 놓았다.

"혹시, 최근에 낯선 사람이 너한테 접근한 적 없어?"

"낯선 사람? 없었어요."

"전혀?"

"응. 전혀 없었어요. 왜 그래요?"

즉각적인 대답에 루이의 표정이 미미하게 굳었다. 루이는 작게 한숨을 흘리고서 이마를 쓸어 올렸다.

완벽하게 놈의 도발에 넘어가 버린 것이다. 놈의 한 마디에 약점을 드러냄과 동시에 루나까지 비워 놓고 왔다.

얼음 덩어리 속에 가두기는 했지만, 지금쯤이면 빠져나오고도 남았을 것이다.

사실, 루나를 비워둔 것쯤은 그다지 문제 될 게 없다. 어차피 놈은 루나에서 할 수 있는 게 없을 테니까.

문제는 그에게 약점이 있다는 것을 너무 적나라하게 알려주고 말았다는 것.

"왜 그러는 건데요? 진짜 무슨 일 있는 거 맞죠?"

래미의 얼굴에 걱정스러운 기색이 서리자 루이는 이내 표정을 폈다. 루이는 가만히 고개를 저어 보였다.

"별일 아냐."

"별일도 아닌데, 한밤중에 나 찾아 삼만 리를 하고, 그럴 걸 묻는다고요?"

"……."

"루이 씨."

"조금 더 뒤에, 때가 되면 말해 줄게."

루이는 그렇게밖에 말해 줄 수가 없었다. 다행히 래미는 더 캐묻거나 조르지 않고 고개를 끄덕여 주었다.

"가자. 집에 데려다 줄게."

"응. 알았어요."

루이가 먼저 밖으로 나간 뒤, 믹스 커피 한 통을 산 래미 역시 밖으로 향했다.

래미가 옆으로 쪼르르 다가오자 루이는 가만히 한 팔을 들어 그녀의 어깨를 감쌌다. 기다렸다는 듯 래미가 그의 품으로 파고들며 작게 미소 짓는다.

미소에 화답하듯 얼굴을 쓰다듬어 주고서 루이는 발걸음을 옮겼다. 정면을 응시하는 그의 턱이 더없이 딱딱하게 굳었다.

마음이 너무 복잡해 돌아버릴 것만 같은 밤이다.

래미를 집에 들여보내고, 임시방편으로 집에 손을 써놓은 다음, 다시 루이가 루나로 왔을 때에는 예상대로 치우가 사라지고 난 뒤였다.

루이는 선 채로 잠이 들어 있는 복만을 깨웠다. 잠에서 깬 복만이 주위를 두리번두리번 둘러보았다.

"어? 주인님? 그 남자는요?"

"벌써 도망쳤지."

복만이 돌연 주먹을 꽉 쥐고서 루이를 응시했다.

"그 사람, 맞죠?"

"……."

"그놈, 맞죠? 주인님의 원수."

"……."

"도대체 그놈은 여기를 어떻게 알고 왔을까요? 아니, 감히 어떻게 주인님 앞에 나타날 수가 있을까요? 미치지 않고서야 감히 어떻게요?"

루이가 계속해서 어두운 얼굴만 하고 있을 뿐 대답이 없자, 복만은 의아한 얼굴이 되었다.

예전부터 원수에 대해 말이라도 꺼낼라치면, 주인님은 입을 꾹 다물어버린다.

그저, '그분'에 대한 기억을 끄집어내기 싫어서일 거라고만 막연히 생각하고 있을 뿐이었다.

그런데, 오늘 이렇게 눈앞에까지 나타났는데도 또 함구하고 있다.

왜일까.

묻고 싶은 게 산더미 같았지만, 주인님의 얼굴이 너무 우울해 보여 복만은 입을 닫을 수밖에 없었다.

▷　　▷　　◆　　◁　　◁

루이는 팔짱을 낀 채 우두커니 생각에 잠겨 있었다.

간밤에 제대로 잠을 이루지 못했음에도 그의 모습은 전혀 흐트러짐이 없었다.

강치우.

"놈이 40년 만에 눈앞에 나타난 이유가 뭘까."

과거의 앙갚음을 하기 위해서일 수도 있다. 놈은 나타나기 전에 이미 그의 주변을 조사를 했을 것이고, 래미의 존재도 봤을 것이다.

그녀의 몸에 흐르는 검은 기운도 함께.

간밤에 온 건 래미의 기운이 그와 동일한 것인지 확인하기 위해서일 테고.

그의 힘이 래미에게 옮겨간 것을 확실히 알았을 것이다. 그래서 힘을 잃은 지금이 최적기라고 결론 내렸을지도 모른다.

그럼에도, 앙갚음만으로 설명하기에는 석연치 않은 구석이 있었다. 놈이

지하의 결계까지 건드려 놓고 간 것은 납득이 되지 않는 일이었다.

"아할리만이 여기에 봉인되어 있는 건 나밖에 모르는데."

하지만, 그런 그를 비웃듯 놈은 아할리만이 있는 지하까지 침범했다. 있다는 걸 알고 있는 것처럼.

루이의 미간이 심각하게 구겨졌다.

"도대체 어떻게 짐작을 하고."

이상한 건 그것뿐만이 아니었다.

앙갚음이나 복수 같은 건, 좀 더 치밀하고 계획적으로 이루어져야 하는 게 아닌가. 그런데, 놈은 너무 대놓고 선전포고를 하고 갔다는 것이다.

흐음. 깊게 한숨을 뿜어내는 그의 입술에 씁쓸한 웃음이 걸렸다.

"한 가지는 성공했군."

불안감을 조성하기 위해 선전포고를 하고 간 거라면 확실히 목적은 달성했다. 루이에게는 지금, 잃어버리면 안 되는 게 있었으니까.

래미의 집에 조치를 취해놓고 왔지만, 래미가 밖으로 나가 버리면 무용지물이 된다. 래미 몸에는 장치를 해놓고 와 봤자, 통하지도 않을 테고.

"어쩐다."

그가 불안하지 않을 방법은 단 하나뿐이다. 루나로 데려와서 24시간 붙어 있는 수밖에.

래미를 설득하려면, 거짓말로 회유하든가, 아니면, 모든 진실을 말해 주는 방법밖에는 없다.

어느 쪽이든 루이로서는 결코 쉬운 일이 아니었다.

래미는 기획안 수정을 위해 커피 한 잔을 타서 노트북 앞에 앉았다. 어젯밤 잠을 제대로 못 잔 탓에 눈이며 머리가 묵직하니 죽을 맛이었다.

"도대체 무슨 일이 있는 거야."

루이는 별일 아니라지만, 전혀 그렇게 보이지 않았다.

가게 안에 나타난 루이의 얼굴이 너무 새하얗게 질려 있었다고 할까.

스스로는 전혀 인식하지 못하고 있었지만, 어제만큼은 루이 특유의 느긋함이 조금도 보이지 않았다.

"때가 되면 말해 준다는데 자꾸 캐물어볼 수도 없고. 아 씨, 쿨한 여자인 척하기 징그럽게 힘드네."

그러고서 노트북을 켜는데 휴대전화가 울려댔다. 인희였다.

"어, 김인희. 아침부터 웬일?"

─야. 웬일이고 뭐고, 너 혹시 들었어?

인희의 음성이 심상치가 않다.

"뭘?"

─나도 방금 알았는데, 지해준 교통사고로 병원에 입원했대.

전혀 예상치 못한 말에 래미는 심장이 철렁 내려앉는 듯했다.

"교통사고라니? 갑자기 그게 무슨 말이야?"

─며칠 전에, 그러니까 일요일 저녁에, 택시 타고 가다가 사고를 당했다나 봐.

일요일…… 저녁?

일요일 저녁이면, 그녀 때문에 화상을 입은 해준이 콜택시를 타고 간 날이었다. 래미는 머릿속이 텅 비어 버리는 듯했다. 순간적으로 아무런 사고도 할 수가 없었다.

"해, 해준인 거 확실해? 아니, 얼마나 다쳤는데? 그냥 가벼운 접촉사고지?"

걱정으로 인해 래미의 음성이 높아졌다.

—해준인 거 확실하고, 가벼운 접촉사고는 아니래. 전치 9주나 진단 받았나 봐.

　맙소사. 래미의 입술이 파르르 떨렸다. 갑자기 머리도 지끈거려 온다.

　"전치 9주라고? 어디를 어떻게 다쳤으면 전치 9주가 나와?"

　—도램, 진정, 진정. 손목과 다리 골절상이래. 다행히 수술은 잘 끝났고, 병원에서 안정 취하고 있는 중이래. 다른 곳은 이상 없대.

　그나마 다행이 아닐 수 없었다. 그제야 입술 밖으로 숨이 새어 나왔다.

　"해준이랑 통화해 봤어?"

　—아니. 나도 조금 전에 사실 확인하고 전화해 봤더니 핸드폰이 꺼져 있더라고.

　"그럼, 너는 어떻게 안 건데?"

　—야야, 말도 마. 저번에 같이 술 마셨던 우리 팀 알바생, 유민이 기억나지?

　"응. 학교 개강하면서 일 그만뒀다고 하지 않았어?"

　—어. 그랬는데, 아까 뜬금없이 전화가 온 거야. 친구 병문안 갔다가, 옆 호실 명찰을 봤는데, 지해준이라는 이름이 있더래. 기분이 이상해서 노크를 해봤는데, 인기척이 없다는 거야. 그 길로 나한테 전화를 했더라고. 혹시나 맞는지 확인 차.

　잠깐 숨을 몰아쉰 인희가 말을 이었다.

　—그래서 나도 곧바로 해리한테 전화 걸어서 확인 작업 들어갔지.

　해리는 해준의 여동생 이름이다.

　—그랬더니, 그런 사정 얘기를 해주더라고. 근데, 신기하게도 그 택시 기사님은 하나도 안 다치고 멀쩡했대. 천만 다행이긴 하지만.

　묘한 음성으로 말을 한 인희가 이내 툭 내쏘았다.

―야, 근데 넌 부모님들끼리도 다 알고 지내면서 전혀 소식을 못 들었단 말이야?

래미는 얼굴을 문지르고서 한숨을 푹 내쉬었다.

"어어. 전혀. 부모님, 시골 가신 뒤로는 서로 연락 뜸하신 것 같긴 해."

―하긴, 뭐.

"참, 내가 지금 이러고 있을 게 아니잖아. 입원한 병원이 어디야?"

―잠깐만…… 어, 세한병원 별관 건물 1109호래. 지금 가보려고?

"응, 당연히 가봐야지."

―가서 전화해줘, 그럼.

"알았어."

통화를 끊은 뒤 래미는 쿡쿡 쑤셔오는 머리를 양손으로 감쌌다.

그날, 해준을 그렇게 보내놓고 지금까지 먼저 연락 한 통 할 생각조차 못 했다니.

너, 정말 친구 맞아? 너 때문에 화상을 입고 갔는데, 걱정도 안 됐어?

그저, 출간 제의에 들떠 해준의 존재 같은 건 까맣게 잊고 있었다.

깊은 자책감에 우두커니 있던 래미는 이내 머리를 털어버리고서 허둥지둥 외출 준비에 나섰다.

병원에 가기 위해 집 밖으로 나온 래미는 지하철역으로 가기 위해 뛰다시피 움직였다.

그러다 문득, 어쩐지 뒤가 묘한 느낌에 슬그머니 걸음을 멈추고서 뒤를 돌아보았다.

뒤쪽에는 노부부와 유모차를 끌고 있는 젊은 여성밖에 없었다. 간밤 루이가 낯선 사람 운운한 것 때문에 조금 신경이 곤두선 모양이었다.

"무슨 일인지 속 시원히 얘기해 주면 덜 불안할 텐데."

조금 더 뒤를 응시하고 있던 래미는 다시 발걸음을 옮겼다.

다시 뛰기 시작한 그녀의 뒤로 큼지막한 발걸음이 민첩하게 뒤따른다.

잠시 뒤, 해준이 입원해 있는 세한병원의 입원실 앞에 선 래미는 작게 심호흡을 하고서 손을 들어올렸다.

똑똑똑. 노크를 하자 곧장 안에서 반응이 왔다.

"네, 들어오세요."

젊은 여성의 것으로 추정되는 음성이었다. 문을 열고 들어간 래미의 눈에 제일 먼저 포착된 것은 낯선 여자였다.

화려하게 생긴, 또래로 보이는 여자가 눈을 동그랗게 뜨고서 그녀를 바라보고 있었다.

'혹시, 해준이 최근 좋아하게 됐다는 그 여자인가?'

순간적으로 그렇게 생각한 래미는 곧장 침대의 해준에게로 시선을 돌렸다.

한쪽 팔과 다리에 깁스를 한 채 링거를 잔뜩 꽂고 있는 해준의 모습을 보자 절로 탄식이 새어 나왔다.

"도램, 어떻게 알고 왔어?"

해준이 잔뜩 억눌린 음성으로 입을 열어서야 래미는 성큼 안으로 들어섰다.

"어떻게 알고 오긴, 인희한테 연락 받고 알았어."

"인희는 어떻게 알았는데."

"어떻게 알았는데? 그걸 지금 말이라고 해? 지해준, 넌 이런 일이 있으면 바로 우리한테 연락부터 해줘야 하는 거 아냐? 어떻게 다른 사람을 통해서 듣게 해? 계속 알리지 않을 참이었어?"

미안함과 서운함이 복합적으로 적용하는 바람에 마음과는 달리 딱딱하게 내뱉자 해준이 멋쩍은 표정을 지었다.

"야, 내 꼴을 봐라. 며칠째 제대로 씻지도 못하고 있는데, 알리고 싶었겠냐?"

"그놈의 폼생폼사는."

반쯤 기막힌 얼굴로 해준을 째려본 래미는 이내 풀이 죽고 말았다.

해준의 얼굴이 이상할 정도로 창백하게 굳어 있는 게, 꽤나 많이 아픈 것처럼 느껴졌기 때문이다.

"많이 아프지?"

"음, 그래. 죽도록 아프다."

"미안해. 그날, 나만 집에 안 데려다 줬어도 이런 일은 없었을 텐데."

"저 봐, 저 봐. 내가 너 그렇게 말할 줄 알고 연락 안 한 거야."

"그때 내가 커피만 안 쏟았으면 데일 일도 없었을 텐데."

"야야. 커피는 내가 타 달라고 했는데. 뭘."

"그래도 콜택시 타라는 말만 안 했어도. 차라리 대리 부르라고 우기는 건데."

계속되는 자책감 가득한 발언에 해준은 작게 신음을 흘렸다.

"그래, 다 네 탓이다, 인마."

래미의 눈이 단박에 가늘어지자 해준은 찡그린 와중에도 쿡쿡, 웃으며 말을 이었다.

"그렇게 미안하면 매일매일 와서 수발 좀 들던가."

"뭐래. 나도 바쁜 사람이거든?"

"와, 미안한 척 오지게 하더니, 다 구라냐?"

"미안한 거랑 수발드는 거랑 같냐? 사람 수발드는 게 얼마나 힘든데.

이런, 슈발."

"하. 환자를 앞에다 두고 욕까지 날리네?"

그렇게 래미와 해준이 티격거리고 있을 때였다.

그때까지도 없는 사람처럼 두 사람을 물끄러미 보던 희윤이 홀연히 끼어들었다.

"저기, 해준 씨. 여기는 자판기가 어디 있어? 커피 좀 뽑아올게."

그제야 래미는 아차 싶었다. 너무 해준과 둘만 허물없이 대화를 나누어 버렸다.

해준과 뭔가 불꽃이 오가는 사이가 맞다면 래미는 지금 대단한 실례를 하고 있는 것이다. 아무리 친한 친구라 할지라도.

래미는 퍼뜩 희윤에게로 시선을 돌렸다. 역시나. 편한 척하는 얼굴과 달리 눈빛은 날카롭기 그지없다.

래미는 다급히 희윤에게 눈웃음을 지어 보였다.

"어머, 죄송해요. 인사가 늦었죠? 갑자기 해준이 입원했다는 소식에 너무 놀라서 그만. 저는 도래미라고 해요. 해준이와는 아주 오래된 불알친구고요."

래미는 '불알친구'를 확실히 강조했다.

"저는 정희윤이라고 해요. 해준 씨와는 회사 동료예요."

"아, 같은 호텔에 근무하시는구나. 근데, 출근 안 하셔도 돼요?"

래미는 정말, 순수하게 궁금해서 물은 질문이었다.

"오늘 오프라서요."

역시나 썸 타는 사이가 맞았다.

단순히 회사 동료라면, 쉬는 날 일부러 병문안을 올 리가 없다. 저렇게 화려하게 꾸미고서.

아마, 모르긴 몰라도 허물없이 지내는 두 사람을 보고 속이 부글부글 끓고 있을지도 몰랐다.

이럴 때는 후딱 빠져 주는 게 상책이었다.

"네 얼굴 봤으니까, 이만 가야겠다. 너무 경황이 없어서 음료 한 통도 못 사왔네. 나중에 두 배로 사올게."

"음, 그래."

예상대로 조금 더 있다가 가라는 말은 하지 않는다.

"몸조리 잘해."

"응. 조심해서 가."

희윤에게 가볍게 묵례를 해보인 래미는 이내 병실을 나섰다.

래미가 문밖으로 나가자마자 해준이 심장 쪽을 부여잡으며 신음을 흘렸다.

"해준 씨, 갑자기 왜 그래?"

놀란 희윤이 다급히 다가왔으나 해준은 손을 저어 보였다. 금세, 거짓말처럼 통증이 사라졌기 때문이다.

"해준 씨, 안색이 너무 안 좋아. 간호사 부를까?"

"괜찮아, 이제."

깊게 숨을 몰아쉰 해준은 사이드 테이블 위에 놓인 물을 한 잔 따라 마셨다.

너무 이상했다.

아까까지만 해도 멀쩡하던 심장이 조금 전, 래미가 병실에 나타나기 직전부터 터질 듯이 아프기 시작했다.

래미 앞에서 표를 낼 수가 없어 억지로 참느라 이마에 핏대가 설 지경이었다. 그런데, 래미가 나가고 나니, 믿을 수 없게도 통증이 사라졌다.

물론, 우연의 일치라는 걸 충분히 알고 있지만, 해준은 기분이 묘했다. 게다가 뭔가 기억을 잃어버린 것처럼 머릿속도 너무 멍했다.

'교통사고 후유증인가.'

애써 머리를 비운 해준은 희윤을 바라보았다.

"너도 그만 가."

희윤의 미간이 살짝 찌푸려졌다가 펴졌다.

"나, 여기 온 지 아직 30분도 안 됐는데, 너무 빨리 쫓아낸다고 생각 안 해?"

"조금 힘들어서 그래. 쉬고 싶어. 좀 있으면 어머니도 오신대고."

그러고서 해준이 눈을 감아버리자, 희윤은 물끄러미 그를 응시했다.

희윤은 더 질척이지 않고 한쪽에 걸어 두었던 핸드백과 코트를 집어 들었다.

"몸조리 잘해."

짤막하게 말한 희윤은 흘끔 해준의 눈치를 보았다.

해준의 눈이 굳게 감긴 것을 확인한 희윤은 목에 두르고 있던 스카프를 슬그머니 한쪽에 떨어뜨렸다. 그러곤 이내 또각또각, 병실을 나섰다.

복도를 따라 걷는 희윤의 얼굴이 사정없이 구겨졌다.

도래미, 도래미.

"지가 뭔데 나한테 출근을 했니, 마니야? 짜증 나, 진짜."

희윤은 눈웃음마저 사랑스럽던 래미를 떠올리자 더욱 신경질이 났다.

"친구 좋아하시네."

도래미 쪽은 그런지 몰라도 해준은 아니라는 걸 희윤은 알고 있었다.

예전, 해준이 직원전용 화장실 복도에서 통화하는 장면을, 처음부터 끝까지 두 눈으로 다 목격했었으니까.

분명, 그때 '도래미'라는 이름과 '좋아해'라고 하는 걸 확실히 들었다.

그래놓고 수습하기 둘러대던 것과, 끊고 난 뒤 벽에 이마를 찧어대며 자책하던 것도.

"그나마, 다행이네. 여자 쪽은 아무 감정 없어 보여서."

그녀는 굽 소리를 내며 엘리베이터로 향했다.

로비의 매점에 몸을 숨기고 있다가 호텔 대표이사의 아내이자, 해준의 모친인 윤 여사가 나타나면, 모른 척 함께 엘리베이터에 오를 참이었다. 일부러 놓고 온 스카프를 가지러.

희윤은 호텔의 기념행사 때 보았던 윤 여사의 얼굴을 머릿속에 떠올리며 발걸음을 옮겼다.

집에 도착해 잠긴 대문을 열려던 래미의 손이 멈칫했다.

또다시 느껴지는 시선.

이번에는 느릿하고 태연하게 주변을 살폈으나 역시나 조금도 수상한 기미는 보이지 않는다.

"뭐야, 내가 너무 예민한 건가?"

고개를 털레털레 흔든 래미는 이내 비밀번호를 누르고서 집 안으로 들어갔다.

래미가 완전히 안으로 사라지자 담벼락 뒤에 서서 그녀를 응시하던 이가 후우, 숨을 흘렸다.

그가 모자를 푹 눌러쓰고서 가만히 보고하기 시작했다.

"네, 접니다. 병원에서 돌아와 방금 막 집으로 들어가셨습니다. 그만 철수할까요? ……네, 그럼, 그때까지 더 지켜보겠습니다."

치우의 아파트에는 마치, 비눗방울 놀이라도 하는 것처럼, 동글동글한 검은 기운들이 몇 개 둥둥 떠다녔다.

입으로 몇 개나 더 방울들을 만들어낸 뒤 치우는 집 안을 빙글 둘러보았다.

"지금부터 가서 임무들을 수행해야지?"

치우가 기다란 양팔을 쫙 펼치고서 작게 주문을 외우자, 검은 방울들이 그의 주변을 빠르게 돌기 시작했다. 주문을 다 중얼거린 치우가 양팔을 획 앞으로 뻗는 순간 방울들이 일제히 밖으로 날아갔다.

방울들이 완전히 시야에서 사라지자 치우는 만족스러운 미소를 지었다. 그는 탁 트인 한강의 전경을 바라보다 전화기를 들었다.

"자, 이제 우리 작가님한테 궁금한 거 하나 물어봐야겠지?"

래미에게 전화를 걸고 조금 기다리자 익숙한 음성이 흘러나왔다.

—네, 편집자님.

자신을 편집자라고 부르는 래미의 맑은 목소리를 듣자, 치우는 어쩐지 기분이 묘해졌다.

"작가님, 시놉 수정은 잘돼 가나요?"

—음, 그냥 열심히 하는 거죠.

"제가 궁금한 게 하나 있어서 말입니다."

—뭔데요?

"여자주인공이 몸의 상태 치료를 받기 위해 지하에 있는 헤르나르스에 들어가지 않습니까?"

—네. 그렇죠.

"그런데, 그런 중요한 거울이 있는 지하에 침입자를 막기 위한 결계 같은 것도 없나요? 그런 설정은 못 본 것 같아서요."

─결계요? 아아, 그런 설정은 있어도 그만, 없어도 그만이에요. 어차피 여주한테는 그런 거 안 통하거든요.

치우의 뇌리에 섬광이 스쳐 지나갔다. 호오. 결계까지?

"흑마법뿐만 아니라 결계 같은 것도 안 통하는군요?"

─네. 그렇답니다.

"아아. 이제야 궁금증이 조금 가시네요. 알겠습니다, 작가님. 작업 열심히 하세요."

전화를 끊은 뒤 치우는 눈동자를 굴리며 생각에 잠겼다.

"흐음. 도래미는 차선책으로 남겨둬야겠군. 그러자면 당분간 몸조심해야겠는걸."

얻는 게 있으면 잃는 것도 있는 법.

선전포고를 한 덕분에 루이의 약점은 확실히 알았지만, 그 때문에 도래미에게 접근하는 것 역시 쉽지 않을 것이다. 놈이 분명 두 눈을 시퍼렇게 뜨고 도래미를 지킬 것이기 때문에.

22

　새벽녘, 한창 꿈나라를 헤매던 래미는 무언가 아른거리는 느낌에 조금씩 잠에서 깨어났다.

　비몽사몽, 슬며시 눈을 뜨며 창문을 응시하는 순간, 그녀는 정신이 확 들었다.

　그녀의 방 창문 밖에, 누군가가 안을 응시하듯 딱 붙어 서 있는 것이다.

　"으아아아악!"

　저도 모르게 비명을 지르자, 실루엣이 후닥닥 창문에서 멀어졌다.

　"바, 바, 방금 뭐야? 분명히 누가 있었지?"

　다급히 몸을 일으킨 래미는 창문이 제대로 잠겨 있는지부터 확인했다. 다행히, 꽉 잠긴 것을 본 후에야 깊은 숨을 흘렸다.

　이미 잠이 확 달아나 버렸지만, 래미는 완전히 얼이 빠진 얼굴로 침대에 털썩 앉았다. 온몸에 소름이 돋아 오른다.

　한쪽은 붉고 다른 한쪽은 연한 회색의 눈동자가 옭아맬 듯 응시하고 있다.

비웃듯, 그러나 노기를 담고서 비스듬하게 올라간 입술.

몸을 움직이고 싶었으나 손끝 하나도 까닥할 수가 없다.

저 눈을 피해야 한다고 생각했으나 점점 더 빠져들고 만다.

콰앙!

"헉!"

신음을 뱉어내며 해준은 눈을 떴다. 좀처럼 익숙해지지 않은 입원실 천장이 시야에 들어왔다.

"애, 괜찮니? 악몽이라도 꾼 거야?"

걱정스러워하는 윤 여사의 음성에 해준은 고개를 돌렸다.

"괜찮아요."

"괜찮기는 뭐가 괜찮니? 얼굴이 하얗게 질렸는데."

"저 원래 우윳빛깔이잖아요."

아들의 농담에도 윤 여사의 얼굴은 펴질 줄 몰랐다.

"이게 갑자기 무슨 날벼락인지 모르겠다. 급발진 사고라니, 어디 무서워서 택시라도 타겠니? 아니, 함께 타고 있었는데 기사는 멀쩡하고 왜 너만……."

"어머니."

한껏 푸념을 하던 윤 여사는 해준의 딱딱한 음성에 한숨을 내쉬었다.

"속이 상해서 그렇지, 속이."

"이참에 그냥 좀 쉰다 생각하시면 되죠. 제가 언제 이렇게 편하게 쉬어 보겠어요?"

"그게 지금 할 소리냐?"

혀끝을 차는 윤 여사에게 작게 웃어 보인 해준은 속으로 한숨을 삼켰다. 사실, 눈만 감았다 하면 되풀이되는 악몽 때문에 죽을 맛이긴 했다.

꿈의 내용이 확실히 기억난다면 속이 시원하기라도 할 텐데. 이상하게도 눈을 뜨면 머릿속이 백지가 된 것처럼 아무런 생각도 나지 않는다.

그래서 더 미칠 노릇이었다. 아무래도 사고의 후유증인 듯싶었다.

'언제까지 이러려나.'

답답함에 한숨을 흘리는데, 기습적인 가슴 통증이 일었다.

'으윽.'

보이지 않는 존재가 심장을 꽉 움켜쥐고서 고통을 주는 것처럼 너무나 아프다.

'으…… 갑자기 왜 이러는 거야?'

똑똑똑.

그때, 노크 소리가 들려왔다.

"네, 들어오세요."

윤 여사의 말이 떨어지자 문이 열렸다.

"어머나, 이게 누구야? 래미 아니니?"

해준의 눈이 번쩍 뜨였다. 정말로 래미가 한 손에 음료 박스를 들고서 안으로 들어오고 있었다.

"어, 아주머니도 계셨네요? 오랜만에 인사드려요."

"그래, 진짜 오랜만이네. 잘 지냈니?"

"네에, 저야 잘 지냈지만, 상심이 많이 크시죠?"

"어디, 상심뿐이겠니? 처음, 소식 듣고 하늘이 다 노랗더라."

인사 중인 두 사람을 보는 해준의 입매가 파르르 떨렸다. 또다. 어제도 그렇더니, 래미가 오니, 또 이렇게 통증이 인다.

그냥, 우연이라고 치부하기에는 타이밍이 너무도 절묘했다.

음료 박스를 소파에 둔 래미가 터벅터벅 침대로 다가오자, 아픔이 더욱 강해졌다.

"오늘은 컨디션 좀 어때?"

걱정스러운 얼굴로 래미가 물어왔다. 해준은 어제처럼 억지로 괜찮은 척 얼굴을 폈다.

"뭐, 나름 괜찮아. 나쁘지 않은데. 간만에 쉬고 있잖아."

"참 좋겠다. 쉬고 있어서."

작게 눈을 흘긴 래미는 곧 안쓰러운 표정을 지었다.

"근데, 안색은 어제보다 훨씬 더 안 좋아 보여."

아닌 게 아니라, 아픔과 이 말도 안 되는 현상 때문에 너무 놀라버렸다.

"어머, 식은땀 흘리는 것 좀 봐."

래미가 사이드 테이블에 있는 수건을 들고서 바짝 다가왔다. 해준의 얼굴에 급격히 당황스러움이 담겼다. 며칠 동안 제대로 씻지 못했으니 얼마나 쉰내가 나겠는가.

"야, 야. 괘, 괜찮아. 내, 내가 하면 돼."

"그 팔로 무슨. 가만있어 봐."

기어코 얼굴에 맺히고 있는 식은땀을 톡톡 두들기는 바람에 해준은 동작 그만 상태가 되었다.

상큼한 향기, 부드러운 손길. 심장이 아파서 아픈 건지, 미친 듯이 뛰어서 아픈 건지 구분이 가지 않는다.

그러다 문득, 해준은 래미의 안색이 너무 안 좋다는 것을 확인했다.

"야, 난 모양이 이래서 그렇다지만, 네 얼굴은 왜 그러냐? 완전 까칠해. 걱정거리라도 있어?"

"아니. 그냥, 잠을 좀 설쳤더니 그래."

"뭐 하느라 잠을 설쳐? 밤에 커피 같은 거 많이 마셔서 그런 거 아냐?"

"그러게. 줄여야 할까 봐."

윤 여사는 물끄러미 래미와 해준이 대화를 나누는 것을 응시했다.

부드러우면서도 걱정이 가득 담겨 있는 아들의 얼굴을 보는 윤 여사의 심정이 복잡하게 얽혔다.

어제, 정희윤이라는 아가씨와 나누었던 대화가 떠올랐기 때문이다.

희윤을 본 건 어제가 처음이었다. 병원에 도착해 어쩌다, 그 아가씨와 같은 엘리베이터를 타게 됐는데, 알고 보니 목적지도 같은 게 아닌가.

일찌감치 병문안을 왔다가 두고 온 머플러를 되찾으러 온 거라 했다.

눈치를 보니 둘 사이에 뭔가 있는 것 같아, 역시나 커피를 핑계 삼아 함께 내려와 이것저것 대화도 나누었다.

'일부러 병문안도 오고, 우리 해준이와는 많이 친한 사이인가 봐요?'

'아닙니다. 저는 그냥, 친구예요. 해준 씨, 좋아하는 사람 따로 있어요.'

'그래요?'

'네. 래미 씨라고.'

'래미? 내가 아는 래미? 호호, 아가씨가 뭘 잘못 알고 있나 본데, 두 사람은 아주 오래된 친구예요.'

'아니에요, 해준 씨가 많이 좋아한다고 들었거든요. 해준 씨, 사고 난 날도 래미 씨와 같이 있었대요.'

'뭐라고요?'

'그날, 래미 씨를 집에 바래다주러 갔다가 커피를 마시게 됐는데, 그걸 래미 씨가 쏟아서 데었다나 봐요. 그래서 어쩔 수 없이 콜택시를 타고 가다가 그랬다는 것 같…… 전혀 모르셨어요? 어머, 어떡해. 제가 말실수했나 봐요. 해준 씨 알면 저 혼나겠어요.'

그 말을 듣고도 솔직히 쉽게 믿기가 어려웠다. 워낙 어릴 적부터 형제처

484 1

럼 친하게 자란 아이들이라.

그런데, 지금 두 사람을 보니 그 아가씨의 말이 영 틀린 건 아닌 듯했다.

윤 여사는 가만히 래미를 불렀다.

"래미, 아줌마, 커피 마시고 싶은데 같이 가지 않을래?"

수건을 테이블에 올려놓은 래미가 윤 여사를 향해 몸을 돌렸다. 윤 여사의 얼굴을 가만히 살핀 래미가 이내 미소로 답했다.

"네, 아주머니."

해준에게 '쉬어' 하고 말한 래미가 윤 여사를 따라 병실을 나섰다.

완전히 문이 닫히고 얼마 지나지 않아 해준은 기가 막혀 눈을 깜빡였다.

"뭐야, 통증이 가셨잖아."

믿을 수 없게도 심장을 쥐어짜는 듯한 통증이 순식간에 사라진 것이다.

"도대체 이게 어떻게 된 일이지?"

오싹, 소름이 돋아 올랐다. 마치, 래미 앞에서만 심장이 반응하도록 누군가 조치를 취해둔 것만 같다.

병원 로비에 있는 작은 커피숍.

김이 모락모락 올라오는 커피 두 잔이 래미와 윤 여사의 앞에 하나씩 놓여 있었다. 커피를 한 모금 마신 래미가 먼저 입을 열었다.

"저한테 무슨 하실 말씀이라도 있으세요?"

윤 여사는 그런 래미를 물끄러미 응시했다.

예전부터 그랬지만, 래미는 되바라지지도 않았고, 적당히 눈치도 빨라서 딸 삼고 싶을 만큼 예쁜 아이였다.

하지만, 딱 그만큼이었다.

"사고가 있었던 날, 해준이 너를 집에 데려다 주러 갔다가, 커피에 데는 바람에 콜택시를 탔다고 들었다."

커피잔을 만지작거리던 래미의 손이 움찔 멈추었다. 래미의 안색이 눈에 띄게 파리해졌다. 희윤의 말이 모두 사실이라는 뜻이다.

"너한테 뭐라고 하는 거 아니니까 긴장할 거 없어. 너한테 뭐라고 할 사항도 아닐뿐더러, 사고라는 게 마음대로 되는 것도 아니잖니."

"……네에."

사실, 래미를 바래다주지만 않았어도, 칠칠맞지 못하게 커피만 쏟지 않았어도, 하는 생각 때문에 속이 부글부글하긴 했다.

하지만, 말 그대로 사고는 사고일 뿐이니 삭일 수밖에 없었다.

"그것보다도 내가 궁금한 건 말이다. 요새 너희 둘이 만나는 사이니?"

속눈썹을 깜빡이며 잠깐, 윤 여사의 의도를 파악하던 래미가 눈을 커다랗게 떴다.

"해준이랑 저랑요? 에이, 아니에요."

"아니야?"

"전혀요. 갑자기 왜 그런 말씀을 하세요?"

"아니, 사고 난 날도 같이 있었대고, 어제도 병원에 왔었다 그리고. 오늘도 또 오길래 둘이 그런 건가 했지."

"아니에요. 저, 남자친구 있어요, 아주머니."

"그. 그러니?"

래미의 대꾸에 윤 여사는 이마가 찌푸려지려는 것을 간신히 참았다.

그러니까, 아들놈 혼자 래미를 좋아하는 그런 시나리오인 모양이다.

'어이구, 등신! 잘난 척은 혼자 다 하더니, 겨우, 변변한 직업도 없는 소꿉친구나 짝사랑 중이란 말이야?'

윤 여사는 열불이 확 올랐다.

'아니, 얘는 남자친구도 있는 애가 왜 남의 아들한테 집까지 바래다 달래서 이 사달을 만들어? 집으로 끌어들여서 커피는 왜 먹이고? 웃긴 애네, 진짜. 가만. 저게 해준이 놈 마음 다 알고, 필요할 때마다 요령껏 이용해 먹는 거 아냐?'

갑자기 지인의 예쁜 딸이 상여우로 보인다.

"래미, 내일부터는 병원에 오지 마. 네가 미안해서 죄책감 때문에 매일 찾아오는 건 기특한데……."

"아주머니, 제가 왜 해준이한테 미안해서 오는 거라고 생각하세요? 저 별로 안 미안한데요."

생각지도 못한 래미의 말에 윤 여사의 입매가 살짝 굳어졌다.

"뭐, 뭐라고?"

"해준이가 저 데려다주고, 제가 타 준 커피에 데는 바람에 택시를 타고 가다가 안 좋은 일을 당한 건 정말 저도 마음이 아파요."

"그래서?"

"근데요, 제가 극구 됐다는 걸 해준이가 억지로 데려다 줬고요, 커피 역시 해준이가 타서 차로 가져다 달래서 그런 것뿐이에요. 사고는 택시 급발진 때문이고요. 제가 죄책감까지 느껴야 하는 건가요?"

너무 놀라 저도 모르게 입을 떡 벌리고 있던 윤 여사가 겨우 표정을 관리했다.

"애, 내, 내가 언제 너한테 죄책감을 느끼랬니? 나는 네가 그럴까 봐 그러지 말라는 뜻으로 한 소리지."

"그럼, 다행이고요. 그리고 저, 당분간 여기 안 올 생각이었어요."

"그, 그랬니?"

"어제 경황없이 빈손으로 온 게 신경 쓰여서 한 번 더 온 거예요. 자꾸 들락거리면 해준이도 피곤할 거 아니에요. 그리고 저도 많이 바빠요."

얄미울 정도로 담백하게 대꾸하고서 래미가 커피를 홀짝이자, 윤 여사는 괘씸했지만, 한 마디도 더 할 수가 없었다.

그저, 속으로 아들놈에게 욕만 날렸다.

'어이그, 등신, 등신, 상등신!'

지하철을 타고 집으로 가는 길, 래미는 멍하니 허공을 응시했다.

래미는 아주 기분이 이상했다. 아니, 상해 버렸다. 해준과 그녀의 사이를 오해한 것까지는 그렇다 쳐도, 윤 여사의 반응이 너무 의외였기 때문이다.

마치, 네가 감히 우리 아들과 만난다고? 하는 느낌이 너무 극심히 들었다.

역시, 예뻐하던 지인의 딸도 아들의 여자친구로 생각되면 마음가짐부터 달라지는구나 싶었다. 그래서 더 되바라지게 굴었는지도 모른다.

'지해준한테 마음이 없는데도 이렇게 서운한데, 여전히 좋아하고 있었어 봐. 완전 상처 받았을 거야. 으으, 생각만으로 끔찍하네.'

그렇게 되면, 집안끼리의 사이도 완전히 나빠지겠지.

그간 해준을 짝사랑만 했던 게 너무도 다행스러운 일이었음을, 래미는 새삼 깨달았다.

그리고 문득, 루이와는 이런 문제가 전혀 없겠구나 하는 생각에 실없는 웃음을 흘릴 때였다.

'음?'

뭔가 싸늘하게 느껴지는 시선에 래미는 휙 고개를 들어 지하철 내부를 살폈다.

휴대전화를 보거나 신문을 보는 등 각자의 일에 몰두한 사람들밖에는 보이지 않는다.

새벽의 창문 사건 때문에 신경이 너무 날카로워진 모양이었다. 래미는 작게 한숨을 내뱉었다.

'이러다 진짜 노이로제 걸리겠다.'

지하철에서 내려 동네에 도착한 래미는 집으로 가지 않고 계속 걸었다.

뚜벅뚜벅.

뒤에서 들려오는 발소리에도 아랑곳 않고 조금 빠르게 움직였다.

저벅저벅저벅.

상대의 걸음도 빨라지는 느낌이 든다. 래미는 멈추지 않고 발을 움직였다.

마침내 막다른 골목이 나와서야 래미는 우뚝 멈추어 섰다. 그리고 몸을 휙 돌렸다.

'빙고.'

몇 발자국 떨어진 곳에 점퍼를 입고, 야구 모자를 푹 눌러쓴 남성이 마치, 가던 길을 가는 것처럼 저벅저벅 걸어오고 있었다.

얼굴을 확인하려 했지만, 모자의 챙 때문에 보이지 않는다. 아무렇지 않게 래미를 지나쳐 간 남성이 얼마 가지 못하고 서 버렸다. 막다른 골목임을 그제야 알아챈 것이다.

"아저씨, 왜 나 따라다녀요?"

등을 보이고 있던 남자가 흠칫하더니 이내 돌아섰다. 그가 성큼성큼 다가왔지만, 래미는 물러서지 않고 남자의 얼굴을 확인하려 애썼다.

"허, 뭐야, 이 아가씨는. 아가씨, 나 알아? 내가 왜 너를 따라다녀?"

"그럼, 여기까지는 왜 왔을까요? 보다시피 막다른 골목인데."

"그…… 아니, 내가 길을 잘못 들 수도 있지. 이 동네가 처음이라……."

"어디 가시는데요? 내가 이 동네 길은 빠삭하거든요. 안내해 줄게요."

전혀 물러섬 없는 래미의 말에 남자는 제대로 말을 잇지 못했다.

'얼굴, 얼굴을 봐야 돼.'

래미는 모자의 챙 아래를 보기 위해 슬쩍 자세를 낮췄다.

그리고 막 남자의 얼굴을 확인하는 순간이었다.

'헉.'

남자와 눈이 마주친 래미는 소스라치게 놀라 굳고 말았다. 남자의 눈이 보통 사람의 것이 아니었기 때문이다.

검은 눈동자가 비정상적으로 큰 데다, 아주 조금 보이는 흰자는 핏물처럼 빨갰다.

"이게 진짜, 그냥 갈 것이지……."

남자가 인상을 험악하게 일그러뜨리더니, 한 손을 번쩍 치켜들었다. 놀란 그녀가 반사적으로 가방을 들어 막는 순간이었다.

"어디서 폭력을 씁니까!"

익숙한 음성이 불쑥 끼어들었다.

래미는 들었던 가방을 슬그머니 내리며 상황을 확인했다.

언제, 어디서 나타났는지 그녀 앞을 막아선 복만이, 남자의 팔목을 꽉 움켜쥐고 있었다.

"복만 씨?"

"고객님, 뒤로 물러나 계세요."

남자에게서 눈을 떼지 않은 채 복만이 하는 말에 래미는 뒤로 물러났다.

"이건 또 뭐야. 어린놈의 새끼가 뒈지려고."

"어린놈이라뇨. 나이 먹을 만큼 먹었습니다."

남자가 매섭게 복만을 노려보며 잡힌 팔을 빼내려 했다. 하지만, 복만은 더욱 세게 남자의 팔을 쥐고서 송곳니를 드러냈다.

"크르르르르."

마치, 크고 사나운 짐승이 으르렁대는 것만 같은 소리가 흘러나왔다. 절대 사람의 입에서는 나올 수가 없는 소리였다.

'방금 복만 씨한테서 나온 소리 맞지?'

너무 놀라 잠시, 제 귀를 의심하던 래미는 곧 정신을 차리고 퍼뜩 휴대전화를 꺼내 들었다. 그러곤 남자의 얼굴을 사진으로 남기기 위해 카메라 버튼을 마구 눌렀다.

찰칵, 찰칵, 찰칵.

"제기랄!"

사진 찍는 소리가 나가자, 당황한 사내가 다급히, 있는 힘껏 복만을 밀어내고서 재빨리 도망치기 시작했다.

휙휙, 닥치는 대로 담을 넘어 도망가는 모습이, 요상한 얼굴만큼이나 사람처럼 보이지 않았다.

"고객님, 다치신 데는 없으세요?"

래미는 걱정스러운 얼굴로 다가온 복만을 가만히 올려다보았다.

"복만 씨도 그동안 나 미행했었구나?"

복만이 움찔 놀라 흡, 숨을 들이켰다.

"아, 아니, 그걸 어떡…… 아이고, 아닙니다."

"아닌데, 이런 막다른 골목에서 딱 맞게 짠하고 나타났다고?"

"……."

복만은 삐질삐질 식은땀만 흘릴 뿐이었다.

그런 복만을 날카롭게 응시하며 래미가 기습적으로 손바닥을 내밀고서 툭 내뱉었다.

"손."

그것은 조건반사였다.

0.1초 만에 복만의 손이 래미의 손바닥에 턱 얹힌 것이다.

동그랗게 떠진 래미와 복만의 눈이 동시에 손으로 떨어졌다.

"으아아아악!"

"우아아앗!"

둘의 입에서 역시나 동시에 비명이 튀어나왔다. 정체를 확신한 쪽이나, 들킨 쪽이나 놀라긴 매한가지였다.

복만은 화급히 올렸던 손을 내리고서 벌겋게 얼굴을 붉혔다.

"뭐, 뭐, 뭡니까, 고객님!"

"어, 응. 아냐."

조금 얼빠진 표정으로 고개를 절레절레 젓고서 래미는 복만을 바라보았다.

"복만 씨, 확실히 무슨 일이 있긴 있는 거지?"

"그게…… 네."

"도대체 뭔데, 낯선 남자가 나를 쫓아다니고, 복만 씨까지 이러는 건데?"

작게 입술을 깨문 복만이 한숨 섞인 말을 흘렸다.

"주인님의 천적이 나타났거든요."

래미는 미간을 찌푸린 채 생각에 잠겼다.

천적, 루이의 천적이라면…… 혹시, 그 원피스의 주인을 잔혹하게 살해

했다는?

래미의 두 눈이 한껏 커졌다. 남의 일 같지 않아 심장이 마구 쿵쾅거린다.

풍경 소리와 함께 루나의 입구가 열렸다. 조금 어두운 얼굴을 한 복만이 들어오더니, 뒤이어 래미까지 모습을 나타냈다.

저렇게 함께 온다는 건, 복만이 래미를 몰래 지켜주고 있다는 걸 들켰다는 뜻이다. 루이가 째려보듯 바라보자, 복만이 퍼뜩 입을 열었다.

"어쩔 수가 없었습니다. 고객님을 감시하던 상대가 갑자기 고객님께 폭력을 행사하려는 바람에 제가 나설 수밖에 없었어요."

"그게 무슨 소리야."

날이 잔뜩 선 루이의 낮은 음성에 래미가 끼어들었다.

"요즘, 계속 감시당하는 느낌이 들어서 내가 상대방을 막다른 골목으로 유인했어요. 미행하는 걸 들키니 폭력을 행사하려 들더라고요. 다행히 복만 씨가 막아줘서 봉변은 피했……."

말이 채 끝나기도 전에, 응접 소파에 앉아 있던 루이가 휙 코앞까지 다가와 그녀의 어깨를 거칠게 움켜쥐었다.

"미쳤어? 그러다 큰일이라도 당하면 어쩌려고 그런 행동을 한 거야?"

"무모했다는 거 나도 인정해요. 하지만, 계속해서 누군가가 나를 감시하고 있다는 느낌이 드는 걸 어떡해요. 확실히 확인하지 않으면 돌아버릴 것 같았단 말이에요."

잠시 숨을 몰아쉰 래미가 다시 입술을 움직였다.

"새벽에는 누가 창문에 딱 붙어서 지켜보는 바람에 얼마나 놀란 줄 알아요?"

"집 앞마당까지 들어왔었다고?"

"그랬어요."

루이가 심각한 표정으로 이마를 짚었다.

"혹시나 해서 네 집에 결계를 씌워두고 오긴 했는데, 마당까지 침입하다니."

"우리 집에 결계를 씌웠다고요?"

루이는 가만히 고개를 끄덕였다.

"그러면 집 안에서만큼은 안전할 테니까."

"당신 천적한테서 나를 보호하기 위해서인 거죠? 복만 씨를 몰래 붙인 것도 그래서고."

루이의 고개가 곧장 복만에게로 향하자 래미는 다급히 양손으로 그의 얼굴을 찰싹 감싸고서 자신을 보게 만들었다.

"복만 씨한테 뭐라고 할 거 없어요. 평생 숨길 수는 없는 거잖아요. 게다가 상대방은 당신이 씌워 두었다는 그 결계 안까지 들어왔다고요."

"……"

"이제 확실히 말해 줘요. 나, 위험한 거예요?"

"……"

"루이 씨."

계속해서 입을 꾹 봉하고 있던 루이가 작게 한숨을 흘렸다.

"맞아. 너 위험한 거."

래미는 가만히 눈을 감았다가 떴다. 의연해지려 애썼지만, 이미 그녀의 손끝은 희미하게 떨려오기 시작했다.

처참히 살해되었다는 그녀의 전철을 밟게 될까 봐.

조금 전, 마치, 악마의 형상을 하고 있던 남자에게 폭행을 당할 뻔한 뒤라 그런지 더욱 공포심이 밀려든다.

"하지만, 내 곁이면 안전해."

래미는 흔들리는 시선을 루이에게 고정시켰다. 그가 진정시키듯 그녀의 머리를 가만가만 쓰다듬었다.

"당분간 루나에서 지내면 돼."

"여기서, 당신과 함께 지내자고요?"

"그래야, 내가 너를 지켜. 24시간, 내 곁에서 떨어지지 마."

래미는 너무 혼란스러워 뭐라고 대답해야 할지 갈피를 잡을 수가 없었다.

무려, 루이와 한집에서 지내야 한다니. 하지만, 그게 최선이라는 것 정도는 그녀도 알고 있다.

솔직히, 이제는 혼자 집에 들어가는 게 무섭기도 했고.

잠시 생각에 잠겼던 래미는 결국 고개를 끄덕였다.

"여기서 지낼게요."

허락이 떨어지자, 루이는 그녀를 품으로 끌어당겼다. 루이는 그녀의 정수리에 턱을 괴고서 작은 등을 가만히 쓰다듬었다.

"미안. 이런 상황에 빠지게 만들어서."

"왜 천적이 된 건지는 말해주지 않을 거죠?"

"……나중에. 놈을 잡고 난 뒤에."

래미는 더 묻지 않고 루이의 가슴팍에 얼굴을 묻었다. 팔에 힘을 주어 래미를 바짝 껴안는 루이의 미려한 입술이 비스듬히 올라갔다.

─형님, 저 태숩니다.

"어, 그래."

─저, 궁금한 게 있어서 말입니다. 형님, 혹시 저 말고 다른 놈한테도 목표물의 감시를 지시하셨습니까?

휴대전화를 반대쪽 귀로 고쳐 들고서 치우가 고개를 갸웃거렸다.

"무슨 소리야? 내가 너 말고 다른 놈한테 도래미의 감시를 시키다니?"

─그게 조금 이상해서 말입니다. 여자의 뒤를 졸졸 쫓아다니는 어린 녀석이 있다고 하지 않았습니까?

"그거야, 도래미를 지키기 위해 쫓아다니는 그놈 애완견이고. 왜, 그놈한테 들켰어?"

─아닙니다. 그게 아니라, 또 다른 놈이 여자를 미행하고 다녀서 말입니다.

치우의 미간이 슬쩍 구겨졌다.

"너와 애완견 말고 또 다른 놈이 도래미를 쫓아다닌다고?"

─예. 아주 기분 나쁜 기운을 흘리고 다니는 녀석인데. 혹시, 형님께서 지시한 게 아닌가 싶어서 여쭤 보는 겁니다.

"그럴 리가 있나. 나는 너밖에 안 믿어. 난 아니야."

─그렇군요. 알겠습니다. 특이 사항 있으면 또 연락드리겠습니다.

"그래, 수고해."

끊어진 휴대전화를 테이블에 올려둔 치우는 팔짱을 낀 채 생각에 잠겼다.

"다른 놈이 도래미를 왜 감시하고 다니는 거지?"

워낙 도래미가 흘리고 다니는 기운이 강하니, 호기심에 그럴 수도 있다.

그 역시 처음에는 호기심이 발동하는 바람에, 사람을 조종해 가방을 소매치기하기도 했으니까.

"뭐, 두고 보면 알겠지."

생각을 비우고서 치우는 이내 싱긋이 웃었다.

"이제 슬슬 시작할 때가 됐을 텐데."

"뭐, 뭐라고요? 방금 뭐라고 했어요?"

래미는 자신의 귀를 의심하며 루이를 빤히 응시했다. 하지만, 루이는 뭐가 잘못됐는지 전혀 모르는 표정이었다.

"왜."

"왜라뇨? 내가 어떻게 당신과 같은 방을 써요?"

"침대는 하나 더 놓을 거야. 불편하지 않게 커튼도 달아줄게."

"치, 침대 개수나 커튼이 문제가 아니잖아요. 루나에 있는 내내 루이 씨와 한방을 쓰는 게 말이 돼요?"

"왜 말이 안 돼."

너무도 태연한 루이와 반대로 래미의 얼굴은 조금씩 빨갛게 달아오르고 있었다.

"아, 아니, 겨, 결혼도 안 한 남녀가 한방을 쓰는 건 너무……."

"무슨 생각을 하는 거야. 내 방이 제일 안전해서 그런 건데."

"아무리 그래도 그건 쪼옴."

"내 반경 안에 있어야 너를 지키지."

"바로 옆방은 안 돼요?"

"응. 안 돼. 내 침실을 제외한 곳은 결계를 안 칠 거야."

"왜요?"

"놈의 접근이 용이하도록. 그래야 놈을 잡으니까."

래미는 당황스러운 얼굴로 달아오른 뺨을 문질렀다.

"그럼, 나는 침실 밖으로는 못 나가요?"

"내가 곁에 있으면 어디든 상관없어."

결국, 24시간 내내 루이와 붙어 있어야 한다는 뜻이다.

"가자. 짐 가지러."

루이가 그녀의 손을 잡고 이끄는 바람에, 래미는 더 토를 달 수가 없었다.

걱정 반, 뭔지 모를 기대 반으로 인해 래미의 마음은 싱숭생숭하기 그지 없었다.

그날 밤, 저녁 식사를 한 뒤, 집에서 가져온 옷가지들을 방에 딸린 드레스룸에 정리하는 내내 래미는 기분이 이상했다.

학창시절, 부모님께 허락을 맡고 인희 네에서 친구들끼리 하룻밤을 보냈을 때의 묘한 설렘이랄까.

"어휴, 신변이 위험해서 여기에 머무는 주제에 웬 설렘이냐? 너, 제정신이야?"

그렇게 스스로를 꾸짖었지만, 솔직히 루나로 오니, 불안감이 한결 가시기는 했다.

이제 몇 가지 안 되는 나머지 것들을 정돈하기 위해 그녀는 드레스룸을 나섰다.

막 침실로 발을 디디는 순간, 래미는 그대로 돌이 되고 말았다.

샤워를 마친 루이가 올누드로 욕실을 나오는 장면을 목격했기 때문이다.

'으억!'

비명이 튀어나오려는 것을 간신히 삼킨 래미는 다급히 몸을 돌려 다시 드레스룸 안으로 들어갔다.

순식간에 시뻘게진 얼굴을 양손으로 감싼 채 래미는 무너지듯 무릎을 접고 앉았다.

'헉, 헉. 어, 어떡해, 봐, 봐, 봐버렸어. 봐버렸다고!'

무려, 루이의 그것을!

머릿속이 온통 하얘지는 게 래미는 아무런 사고도 할 수가 없었다. 이대로는 도저히 루이의 얼굴을 볼 수가 없을 것 같았다. 개구멍이라도 있으면 밖으로 도망치고 싶은 심정이랄까.

19금 소설을 연재하기 위해 수위가 센 소설도 많이 보고, 야구동영상도 수시로 본 그녀였다. 남자의 알몸 정도는 아무런 감흥 없이 볼 수 있다 자부했었다.

그런데, 전혀, 결코, 절대로 아니었다!

"어흑흑, 어떡해……."

"뭘 어떡해."

"엄마야!"

뒤에서 들려온 루이의 음성에 래미는 비명을 지르다시피 하며 돌아보았다.

이미 가운을 걸친 루이가 드레스룸 입구에 비스듬히 기대어 그녀를 바라보고 있었다.

"여기서 뭐해?"

"오, 옷 정리한다고요."

그렇게 대답한 래미는 저도 모르게 침을 꿀꺽 삼켰다. 민망함에 루이의 얼굴을 못 볼 거라 생각한 건 아주 큰 경기도 오산이었다!

엉뚱하게도 예상과는 정반대로 래미는 루이에게서 눈을 뗄 수가 없었다.

촉촉이 젖어 있는 매끄러운 머리칼과 우유빛깔의 도자기 같은 얼굴, 그리고 그녀의 것만큼이나 붉은 입술.

"어디 아파? 얼굴이 빨개."

루이가 성큼 안으로 다가오자 래미는 흠칫, 몸을 굳혔다. 자세를 낮춘 그가 래미의 이마에 손을 얹었다.

차가운 손의 감촉에 오소소 소름이 돋는다.

아닌가? 뭔가 저릿한 느낌인 건가?

루이에게서 나는 향이 너무 좋아서인지도 몰랐다.

"열이 있는 것 같기도 하고."

루이의 손이 이마에 이어 볼을 감싼다. 래미는 정신없이 루이의 입술을 바라보았다.

늘 그의 입술을 받아들이기만 했지, 이렇게 가까이서, 대놓고 쳐다보는 건 처음이었다.

'무슨 남자 입술이 이렇게 빨개? 각질 하나 없이 매끈한 것 좀 봐. 꼭, 꼭, 잘 익은…….'

"앵두 같아."

저도 모르게 뒷말은 입 밖으로 새어 나가고 말았다.

"응? 뭐가?"

루이가 앵두 같은 입술을 움직이자, 래미는 다시 한 번 침을 꿀꺽 삼켰다.

'못 참겠다!'

그녀는 루이의 목에 손을 감고서 자신의 입술을 가져갔다. 입술이 맞닿자 짜릿한 전율이 등줄기를 타고 흐른다.

오히려, 당황한 쪽은 루이였다. 늘 수동적이기만 하던 래미의 이례적인 행동에 루이는 그녀의 어깨를 밀어냈다.

색기로 인해 반짝이고 있는 래미의 눈을 마주한 루이의 얼굴에 잔뜩 당혹감이 서렸다.

"너, 이러면 오늘 그냥 못 잔다."

엄포를 놓는 것 같은 루이의 낮은 음성에 그제야 래미는 반쯤 떠나셨던 정신을 붙잡았다.

"나는 상관없는데. 계속할까."

그녀는 순식간에 삶은 문어처럼 시뻘겋게 달아오르고 말았다.

"돼, 돼, 됐거든요!"

밀치듯 루이에게서 벗어난 래미는 미친 듯이 드레스룸을 뛰쳐나갔다.

그런 그녀를 물끄러미 응시하던 루이는 이마를 슬쩍 휘고서 몸을 일으켰다.

"……그냥, 닥치고 있을걸."

어둠이 세상을 지배한 깊은 밤이었다. 평소라면 벌써 꿈나라를 유영하고 있을 시각이지만, 래미는 침대에 누워 말똥말똥 천장만 응시하고 있었다.

두 개의 침대 사이에 장막처럼 드리워진 커튼.

숨소리조차 나지 않는 루이의 조용한 수면 스타일.

그녀의 방 낡은 침대와는 비교도 되지 않는 폭신한 쿠션감.

모든 게 수면을 이끄는 최적의 상태였지만, 그녀는 쉽사리 잠을 이룰 수가 없었다. 낯설기도 한데다, 바로 지척에 루이가 누워 있어서 그런 듯했다.

"루이 씨, 자요?"

자는지 대답이 없자 래미는 빙글 몸을 굴려, 커튼을 조금 옆으로 걷었다.

반듯하게 누워 눈을 감고 있는 루이의 모습이 시야에 들어오자, 래미는 작게 탄성을 질렀다.

"와, 잘 때는 은발로 자는구나."

라푼젤의 싸다구를 날릴 정도로 길고 고운 은발이 침대 아래로 물결 치고 있는 모습이 너무도 신비스럽고 예뻤다.

머릿결을 만져보고 싶어 열린 커튼 사이로 손을 뻗어봤지만, 침대 사이에 거리가 있어 닿을 리가 없었다.

잠시 고민하던 래미는 슬그머니 몸을 일으켰다. 그녀는 커튼을 조금 더 젖히고서 침대와 침대 사이에 있는 공간에 조용히 발을 디뎠다.

혹여, 루이의 머리칼을 밟을세라, 조심조심 바닥에 엉덩이를 대고 앉았다. 그러고서 침대 아래로 늘어진 머리칼을 깃털처럼 가볍게 쓸었다.

혹시라도 루이가 깨면 안 되니까.

'완전 부드럽다.'

그녀의 것보다 훨씬 더 결이 매끄러운 머리칼은 그저, 만지는 것만으로도 기분이 좋았다.

지금 이 순간, 신변의 위협을 받고 있는 사실쯤은 먼 나라의 이야기처럼 아득하기만 했다.

래미는 조용히 몸을 일으켜 침대 끝에 살짝 걸터앉았다. 그녀는 여전히 미동 없이 잠들어 있는 루이를 바라보았다.

이목구비는 물론이고, 머리처럼 은색이 된 눈썹 한 올까지 그려진 것처럼 흠잡을 곳이 없다.

이렇게 예쁘고, 신비한 사람이 그녀의 남자라니, 아직도 믿기지 않았다.

래미는 조심스레 루이의 눈썹으로 손을 뻗었다. 눈썹 역시 머리카락만큼이나 부드러울까. 가만히 은색 눈썹을 만져보려는 순간이었다.

굳게 감겨 있던 루이의 눈이 떠졌다.

동시에 막 눈썹에 닿을락 말락 하던 손이 그대로 루이에게 잡혀 버렸다. 래미는 그대로 심장이 멎는 듯했다.

〈2권에서 계속〉

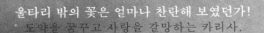